F

海軍士官クリス・ロングナイフ

特命任務、発令！

マイク・シェパード
中原尚哉訳

早川書房

7397

KRIS LONGKNIFE: AUDACIOUS

by

Mike Shepherd

Translated by
Naoya Nakahara
First published 2014 in Japan by
HAYAKAWA PUBLISHING, INC.
This book is published in Japan by
arrangement with
DONALD MAASS LITERARY AGENCY
through OWLS AGENCY, INC., TOKYO.

謝辞

原稿を一冊の本にするのは、すばらしい人々の献身的な仕事のおかげである。特別な感謝に値するのはジンジャー・ブキャナンだ。彼女は持ちこみ原稿の山から発見した作家にあらゆるサポートをしてくれる。エースの人々はすばらしい仕事をする。ジェニファー・ジャクソンは作家にとって理想的なエージェントだ。そして妻エレンは最良の最初の読者だ。

さらに、わたしにさまざまな経験を語ってくれる人々にもこの機会に感謝しておきたい。彼らは遠まわりしてまで救いの手をさしのべるのに、相手は助けが必要だったと思わず、まして感謝もしない。善行が報われないのはクリス・ロングナイフだけではない。みな同類だ。

特命任務、発令！

1

時と場合によってはウォードヘブンの王女として礼装をまとうこともあるクリス・ロングナイフ大尉は、ハイヒールで走るのが嫌いだった。路面は不均一な石畳。さらに雨で濡れている！

通りにひとけはない。左右に並ぶのはニューエデン星開拓期の四百年前に築かれた煉瓦造り、五、六階建ての建物だ。現在は改装されて官庁街になっている。定時をすぎると無人だ。需要がなくなる周辺のレストランや気取った商店も営業を終える。

クリスはそこに一人。あとは今夜の暗殺者たち。

拳銃の安全装置がかちりと解除される音を聞いて、自分がふたたび追われる身になったことを知る。

クリスは方向転換して右へ通りを渡った。暗殺者に偏差射撃をさせることでこれまで生き延びてきた。

外壁から奥まったところに入り口のある商店をみつけた。クリスは前傾を強め、痛む足首に耐えて走る速度を上げた。そして間一髪でその掩体《えんたい》に跳びこんだ。

着弾で石の破片が飛び散る。なるほど、店の外装は本物の石らしい。ショーウィンドウの大きなガラスには跳弾の跡。そこに描かれた店名で幸運を理解した。〈ブレベルズ高級宝飾店〉。ウィンドウは防弾ガラスだ。

それを一瞬で見てとりながら、地面にしゃがんで軍用拳銃に手を伸ばす。

長年のメイドのアビーは、今夜のクリスを目立つ姿で送り出した。「一度メディアに登場しておくと、あとあと都合がよろしいですから」という。

体にぴったりしたバーガンディ色のシースドレスは、巧妙なパッドのおかげで胸があるかのように見える。防弾下着もうまく隠している。サイドの短いスリットは、年若いプリンセスが今夜守るべき慎ましい歩幅を教えていた。しかしいま、そのスリットはきわめて不謹慎なところまで裂けている。おかげで銃にすぐ手が届く。

その拳銃を煉瓦の舗装に押しあてながら、角ににじり寄る。秘書コンピュータのネリーが周辺の映像を網膜に投影してくれるのを待った。このあたりの不動産なら数ブロックを買い占められるほど高価なコンピュータだが……反応はない。

（ネリー、標的位置を教えなさい）

（クリス、ジャミングが続いています。銃の通信を読みとれません）

（いまだに？　近距離無線通信が妨害されるなんてありえない！）クリスは困惑した。

（そのとおりです、クリス。わかっていますが、実際にそうなのです）

頭のなかで聞こえるコンピュータの声は不甲斐なさに失望しているようだ。それでも結論にまちがいはない。

ネリーはクリスの脳にじかに接続されている。どんな状態になるかはっきりわからないいま接続手術に同意したクリスだが、やってよかったとあとで思った。

ありえない現実に顔をしかめつつ、クリスは待った。むこうの次の連射がやんだところで、危険を承知で肉眼で照準をあわせた。敵はフォーマルなブラックタイのタキシード姿。ガーデンシティの今年の流行である保守的なパンタロンではなく、タイツを穿《は》いている。しかしやや筋肉質すぎる。

その胸の中心にクリスは二発撃ちこんだ。

敵は倒れなかったが、腕が反動で上にそれた。次の連射はクリスの頭上の階の窓にあたった。官庁の窓は防弾仕様ではない。クリスにガラスの雨が降りそそぐ。破片のひとつが銃を持つ手に刺さった。

痛みをこらえて、照準を上に修正した。次の三発はその顔にはいった。結果は見なくていい。やむをえない状況で、やるべきことをやった。悪夢にみる血塗られた記憶がまたひとつ増えただけだ。

二人目の敵がいる左へ銃を振った。

男は足を滑らせながら急停止し、ぶざまに片膝をついた。石畳に片手をついて上体をささえる。振り返り、もときたほうへもどろうとした。

クリスはその頭に二発撃ちこんだ。しかし男は転倒しただけだ。

(利口なやつだ。防弾かつらをしてます)ネリーが不愉快そうに言った。

クリスの長い巻き毛も今夜つけたウィッグで、おなじく防弾仕様だ。立ち上がって、街路の角へむかって走りだした。暗殺者の男も起き上がった。さらに危険を冒す価値があるかどうか考えているらしい。

「ジャックはどこなのよ」クリスは愚痴《ぐち》った。

警護班長のジャック・モントーヤは、いつもなら背中に張りついて、うるさい助言をあれこれしているところだ。海軍大尉のクリスは海兵隊中尉のジャックより上の階級であり、命じられる筋合いはない。しかし入隊を許してしまったのが運の尽きで、以後ジャックはクリスの身辺警護について完全な発言権を認められているようだった。その内容はありえないほど過保護。

しばしば口論になった。

それが楽しくもあった。

いまは口論の相手としてでもいてほしかった。

2

今夜の暗殺の試みは何段階にも分かれていた。

一人目は女性用化粧室の接客係だ。さしものジャックもそこまでは随伴できない。親切すぎる危険な女を気絶させてみると、化粧室のドアはロックされていた。ネリーは解錠できず、ジャミングをののしるばかり。

そこでクリスは裏手に面した窓に椅子を投げた。跳び下りると、今度は立派な身なりの男たちが待っていた。

クリスは手近の一人の股間に蹴りをいれた。ささいなことで気絶する弱い乙女ではなく、正真正銘の海軍士官であることを教えてやった。すぐにもう一人も叩きのめして、クリスは走った。生き延びるため……あるいは自由になるために。

二つの目的はしばしば一致する。かわいそうな弟のエディもそうだったはずだ。

ホテル・ランドフォールの正面はメディアとカメラと警備関係者でごったがえしていたが、裏手は仏教寺院さながらに深閑としていた。しかし瞑想している暇はない。右を見ると、路地のつきあたりに車一台と屈強な男二人が待つ。クリスは左へ全力で走った。

追ってくる靴音とゴミ容器が倒れる音を聞きながら、長い夜になりそうだと覚悟した。

路地のつきあたりでは、裾の長いレザーコートの男が立ち小便をしていた。なんという間の悪さ。男は片手で大事なものをしまいながら、反対の手でコートの懐からなにかをつかみ出そうとした。おそらく違法な武器だろう。このすばらしき惑星ニューエデンにふさわしくない。地元の呼び方にしたがって短縮すれば、エデン星だ。

懐のものが出てくるのを待たず、クリスはその首に手刀を叩きこんで昏倒させた。

そしてさらに走った。いまも走りつづけている。

通りの角へむかって走っていると、背後から追手の音がした。二人目の男が懲りていないのか。それともこの襲撃をお膳立てした人物が、金に糸目をつけずに人数を用意したのか。人数をそろえたとしても、腕前が不充分ではしかたない。

まさか初心者ばかり集めたのか。

クリス・ロングナイフは初心者ではない。

角に近づくと、そのむこうから不機嫌な声が飛んできた。

「射線上に立たないでください」

ジャックの素敵な声だ。すくなくともこの瞬間は素敵に感じた。

クリスは大まわりして、曲がり角のむこうに滑りこんだ。ジャックがそこにしゃがんでいる。赤と青の礼装で、制式拳銃でむこうの通りを狙っている。

クリスは息を整えながら、状況を確認した。角の店舗は〈イネイズ・クイックストップ〉。

売り文句は〝五分でランチ、まにあわなければお代はいただきません〟。さすがに防弾ガラスではなさそうだが、通りに面した壁の下半分は厚手の煉瓦だ。

クリスはジャックの背後に隠れた。

「ハンカチか包帯を持ってない？」

銃の持ち手に刺さった一、二センチのガラスの破片を見ながら訊く。

「尻ポケットに絆創膏が」

ジャックは答えて、二発撃った。むこうで悲鳴と、石畳に銃がころがる音。

クリスは絆創膏をみつけると、ガラスの破片を歯で引き抜いて捨て、傷口に絆創膏を貼った。上手ではないが必要充分だ。

「なにをぐずぐずしてたのよ」

「あなたがトイレで用をたして、衣装をもとどおりになおして、大きすぎる鼻をごまかす化粧をするのに、これくらいの時間はかかるだろうと思って待ってたんですよ。鼻についてはご自身の見解ですからね。わたしの意見ではないので念のため」

そしてまた二発撃った。今度は悲鳴は聞こえず、かわりに連射によってやや離れたウィンドウのガラスが砕かれた。さいわいクリスの頭上のガラスは割れなかった。数発が路面ではねる。

「トイレに時間がかかったことなど一度もないわよ」

クリスは反論した。正確には、爆弾をしかけるためにトイレにこもったことが一度ある。

宇宙ステーションの汚水処理施設を爆破する作戦のためだったが、あれは例外だ。

「それはともかく、女性用化粧室のドアの錠前を銃で破壊したせいで、ホテル・ランドフォールからにらまれましたよ。合鍵を持ってくるまで待てというのを無視しましたから。携行許可はあるのかと険悪な質問をされましたね」

その海兵隊制式拳銃でさらに二発撃った。ウォードヘブン星での携行許可はあるが、文明的で洗練されたエデン星では……違法だ。

クリスは、大使館の無愛想な事務官から手渡された『エデン星へようこそ』という公式ハンドブックに目を通す程度にはまじめだ。しかしリム星域のプリンセスとしてエデン星社交界にデビューする夜に、自分とジャックの万一の備えを部屋においてくるほどばか正直ではなかった。

「でも最初の晩からこう来るとは思わなかったわ。二、三日は静かな夜をすごせると思ったのに」

愚痴《ぐち》をさえぎるように、車のエンジン音が大きく響いた。二人のいる角へ灰色の大型セダンが猛スピードで曲がりこんでくる。窓からはすでに銃口が突き出ている。しかしスピードを出して曲がっているせいで、銃手は座席につかまっているのに精いっぱいだ。

おかげでクリスは先制できた。彼らにとっては大失敗だ。

クリスはまず銃手に一発撃ち、さらにフロントガラス全体に短い間隔で十発撃ちこんだ。セダンは曲がりながらふらつき、消火栓に突っこんだ。水が噴き出してあたりを濡らす。

水を浴びる車内に動きはない。

「さすがにだれか気づくはずね」クリスは言った。

「自動車パレードでお出迎えとはありがたい」

ジャックが言ったあとに、むこうの通りからの銃声が三発響いた。

雨水用の側溝はたちまちあふれ、二人がいる通りの角に大きな水たまりが広がっていく。

クリスの高価な、そのくせ小さな靴も濡らしはじめている。

ジャックは二発撃ち返した。二発目に悲鳴がまじった。

「水たまりで遊ぶつもりがないなら、移動しませんか、プリンセス？」

反論はない。今夜は。クリスはすでに立ち上がり、駆けだしていた。

3

ほんの数ブロック先にウォードヘブン大使館がある。灰色の石壁は充分な弾よけになるだろう。しかし二人は通りの角で長居しすぎた。敵はそのあいだに方向を転じて隣のブロックに侵入していた。ブロックの半分まで道の中央を走ったクリスを、不運が襲った。例によって例のごとく。

むこうの角からレザーコートの男が跳び出してきたのだ。走りこんでクリスの背中を撃つつもりだったのだろう。しかし正面むきのクリスに出くわして対応がワンテンポ遅れた。そのすきにクリスとジャックはレザーコートに一発ずつ撃ちこんだ。

コートは防弾仕様らしく、男は転倒しただけだった。バナナの皮を踏んだように足を高く上げて倒れる。銃は路上の手の届かないところにころがった。

クリスは左に方向転換。官庁のビルにむかった。正面玄関は警備が厳重そうだ。と思いきや、鍵は開いていた。クリスはドアを押さえてジャックを待ち、いっしょに駆けこんだ。

「ネリー、ドアを施錠できる？」

「だめです。ジャミングが続いています」

「ベルトで縛りましょう」ジャックが制式ベルトを抜いて、左右のドアハンドルを縛りはじめた。「裏口はどうですか?」

クリスはロビーを走った。エレベータの列と小さなコーヒーショップのまえを通りすぎる。裏のガラス扉のむこうに大使館の正面玄関が見えた。扉を試す。

「びくともしないわ」肩ごしに叫んだ。

「解錠もできません」ネリーがつけ加える。

「撃ち抜いて」ジャックがクリスのほうへ走りながら言った。

そのとおりにして、扉は開いた。クリスは御影石のエントランスの右側に寄った。

通りにひとけはない。むかいには大使館。荘重な柱廊がある本館の左右に多くの翼棟が並ぶ。美しい車道の先には柱廊のなかの賓客用エントリーホールがある。しかしクリスがめざすのはもっと手前の翼棟の地下室入り口だ。

途中でいくらか掩体として使えそうなのは無人の門衛詰め所だ。赤い屋根に白い壁。黒い錬鉄製のゲートは怒り狂った群衆を阻止できるだろう……その群衆が小学生なら。いや、幼稚園児が限度か。

ジャックはエントランスの左側に寄った。

「敵の姿はありませんね」

「そもそも今夜の最初から不審な姿はなかったわ」

「幸運な素人め。門衛詰め所へ行きましょう」

走りだした。クリスが右を、ジャックが左を警戒しながらダッシュで道を渡り、詰め所にころがりこんだ。

「この薄っぺらい壁で大丈夫?」

クリスはジャックに訊いた。狭い詰め所なので顔が近い。

「防弾だと聞いてます。もしちがっていたら、海兵隊派遣隊の大尉に強く抗議しておきます」

「それまで生きてたらね」

クリスはつぶやくと、いくらか体を起こして外を見た。ジャックにまわした腕はそのままだ。

錬鉄製のゲートは自動的に閉まりはじめていた。そこへ通りの角から三人の男があらわれた。黒いロングコートの内側から凶悪なサブマシンガンを抜く。そして門衛詰め所にむけて連射しはじめた。

クリスは応戦しようと拳銃をかまえかけた。しかしジャックの手が銃口を下げさせる。

「ほら」

ジャックは大きな笑み。詰め所は雨あられと銃弾を浴びているが、穴があくどころか微動だにしない。ジャックはクリスから体を離し、詰め所のドアの外を二人でのぞけるようにした。

ゲートの黒い鉄柵のあいだにかすかに光るものがある。不可解な線によって宙吊りになっているのは、四ミリの銃弾だ。見ていると、柵のあいだの空間で何本もの線が揺れるのがわかった。〝錬鉄製〟に見えたゲートが、飛んできたダート弾をはじき返しているのだ。

「セラミック製の柵のあいだにスパイダーシルクのメッシュを張ってあるのね！　おとなしい見かけにだまされたわ」クリスはうれしそうに言った。

「どこかのプリンセスとおなじです」

ジャックはおおいかぶさっていたクリスから離れた。クリスは満足のため息を、不満のうめきに変えて立ち上がる。

通りから罵声が聞こえた。詰め所の屋根の上から機械音が聞こえた。赤い屋根の上でカメラのカバーが開き、むなしく悪態をつく暗殺者たちを撮影している。

「写真のコピーをほしいわね」

「当直の軍曹にかけあってみましょう」

ゲートのむこうに手を振ると、さらに罵声と苛立たしげな銃声が飛んできた。それを聞きながらクリスは車道を進んだ。ジャックは手前で横へ案内し、手近な翼棟の地下へ階段を下りた。ドアは自動で開いた。

（やっとジャミングエリアの外に出たようね）

（あるいは敵がジャミングを切ったのかも）ネリーは答えた。

はいって右手の広いホールの奥では、海兵隊軍曹が席について数枚のモニターを監視していた。顔も上げずに言う。

「ご無事でなによりでした」

「ええ、無事でさいわいだったわ」クリスは苦々しく答えた。王族の不快の表情で口もとをこわばらせる。「警護の者を出すとか、窮地の市民を救出しようとか考えないの？」

「首都市街における武器携行は許可されていないのですよ、大尉」

返事は背後から聞こえた。振り返ると、ブラウン一等軍曹だった。まるで朝の〇九《マルキユウ》ごろのような一分の隙もない軍服姿だ。夜の二二《フタフタ》だとはとても思えない。当直の下級軍曹は口をつぐんでスクリーンの監視にもどり、若い下級士官の指導を上級下士官にゆだねた。

クリスはため息をついた。そう、ここはニューエデン──いや、エデン星だ。人類が四百年前に植民した歴史ある星。ウォードヘブン星があるような、人類が下り立ってまだ二百年の若く野蛮なリム星域ではない。そのリム星域でもさらに未開の星々で、クリスは三年間の海軍キャリアの大半をすごしてきた。

クリスはなんとか筋道立てて話そうとした。アドレナリンが全身をかけめぐっているときには難しい。

「マシンガンの発射音には、その出どころがどこであっても注意すべきではないかしら」

「まったく同意します、殿下」隙のない一等軍曹は答えた。「しかしながら、この海兵隊員が受けている命令もわたしが受けている命令も、署名入りの正式書面です。わが派遣隊の任務はウォードヘブンの主権を守り、そこから寸分もはみださないことなのです、大尉」

クリスの口から不用意な発言が飛び出すまえに、ジャックが割りこんだ。

「明朝、きみの派遣隊の大尉と話したい。今後の対策について。なにより警護の人数を増やしたい。女性海兵隊員を一名、わたしが随行できない場所のために必要だ。あるいは、いつものメイドを毎晩同行させるか」

「それは御免こうむりたいですね」メイド本人の声が答えた。気がつくと、ジャックの赤い夜会服の背中に刺さったダート弾を一本抜いている。「他にもありそうだから、ドライクリーニングに出すときに一言添えるとよろしいわ」

「伏せるのがのろまなのよ」クリスは笑った。

アビーはクリスの尻からも一本抜いた。

「お嬢さまもですよ」

クリスはひきつった笑みになった。

「しかもどうでしょう、新品で大変高価なお召し物をこんなにしてしまって。やれやれ。どうしてさしあげましょうか」

「温かいお風呂にいれて」

「給湯中です。今夜の外出予定をキャンセルしていて正解でした」アビーはクリスの肘に手を添えてホールの奥へと案内していく。「ちょっと目を離したすきに脱け出して、外でやんちゃをなさるんですから」

過保護なお目付役は警護班長だけではなかった。ここにもう一人いた。家の外でうるさいのがジャック。家のなかでうるさいのがアビーだ。

これまで何度も考え、これから何度も考えるはずのことをまた考えた。お姫さま生活のどこが特別なのか。射撃の標的マークを背中に大きく描かれているだけではないか。

しかし暗殺者に狙われるのは海軍入隊前からだった。

最初はクリスが十歳のとき。エディは六歳だった。クリスは生き延び、幼いエディは生き延びられなかった。

今夜も生きて部屋に帰ってきた。すぐにドレスを脱ぎ、セラミック強化された防弾下着とスパイダーシルク製のボディスーツも脱いだ。ジャグジーに体を沈めてまもなく、泡の下でがたがたと体が揺れはじめた。

「震えていらっしゃいますよ」

アビーは、今夜のドレスの被害状況を渋面で点検しながら言った。

「震えてないわ」クリスは嘘をついた。

「波紋はただの波紋かもしれません。でも肩はあきらかに不随意に揺れています。ママ・アビーに話したいことがあるのでは？」

「平気よ」肩を沈めて首まで湯に浸かった。「なんでもないわ」

アビーは、クリスを人前に出られる格好にするためにアビーの母親が雇った。やがてその仕事の半分は、クリスが実の母親から得られなかった母親的助言になった。アビーが複数の人物に雇われていることもすでに判明している。それどころか、クリスについてのレポートを書いて収入を得ている。

使用人が雇用主のプライバシーをゴシップ屋に売って、こづかいを稼ぐのはめずらしくない。しかしアビーのゴシップ記事を買っているのは、人類宇宙各所の情報機関だ。クリスの母星であるウォードヘブンの情報当局さえ、その購読者リストにはいっているのだ！　好都合なところもなくはない。クリス自身もアビーのレポートのコピーを受け取り、自分の情報操作のために利用している。とはいえ、情報共有においてアビーを全面的に信頼できないのも事実だった。

たとえば、今夜の騒動の背後にはだれがいるのか？

ジャックが言うように手口は素人だった。銃の扱いに慣れていない。黒幕はバーゲンセールで悪党を雇ったのか。それともこの星のヒットマンは、そろいもそろって腕が悪いのか。クリスは眉をひそめた。大使も地元警察もその線で考えたがるだろう。

しかしその仮説には穴がある。ジャミングだ。

大規模ネットワークを妨害するのは通常は不可能だ。ネリーほど強力なコンピュータをジャミングするのは、もはや空想の産物。現実にはありえない。

にもかかわらず、実際にネリーはジャミングされた。過去にもあった。この問題はトゥルーおばさんの預かりになっている。トゥルーはウォードヘブンの元情報戦部長で、クリスが小学一年生のときから数学とコンピュータの宿題を手伝ってくれた。いまはネリーを定期的にアップグレードしてくれている。そのトゥルーでさえ、いまだに対抗策をみいだせていないのだ。

こんなことが可能なのは、指先ひとつで惑星全体のシステムをハッキングできる人物だろう。それはまちがいない。

ピーターウォルド家は、最近確認したかぎりでは八十の惑星を支配下におさめている。前回ジャミングされたときは、そのピーターウォルド家の一人がかかわっていた。

クリスはため息をついた。震えはいつのまにか止まっていた。タオルを探す。手の届くところにアビーがおいてくれていた。今夜はぐっすり眠ろう。可能なかぎり。そして明日からはピーターウォルド家の者を追うのだ。

前回あらわれたピーターウォルドは死んだ。クリスが殺したわけではない。船を砲撃したら、結果的に死んだ。しかし彼の父親や一族は、こまかい事情を斟酌《しんしゃく》しないだろう。

新たなピーターウォルドをみつけなくてはいけない。彼……あるいは彼女からこちらがみつけられるまえに。

4

「大使が、九時のスタッフ会議のあとにお会いしたいそうです」

クリスが朝食のために軍人用食堂へ行くと、ベニ兵曹長が大声でそう教えてくれた。

大使館は、敷地は広いが内部は手狭だ。人類協会の六百の惑星が権限委譲の合意によって独立主権惑星になった現在、エデン星におけるウォードヘブンの役割はふくれあがっている。

近年即位したウォードヘブン王レイモンド一世——すなわちクリスの曾祖父は、穏健な指導力によって約百の惑星からなる知性連合を率いている。といっても仮の状態で、正式に連合になるか、連邦になるか、それとも連絡会にとどまるかは未定だ。憲法制定をめざしてピッツホープ星に集まった百の惑星の政治家たちによって議論されている。

しかし現実には、エデン星のウォードヘブン大使館は百の惑星すべての出先機関として機能していた。クリスの任務はペーパークリップやペンなどの購買だ。〝など〟には業務用コンピュータとそのソフトウェアもふくまれる。現品ではなく、現地生産の権利を買う。

大使館で勤務する軍人たちの食堂として管理部から割りあてられたのは一室だけだった。士官室と兵士用食堂の区別はない。いっしょくただ。

そのためクリスは、ホットケーキやブランマフィンやその他の朝食にありつくより先に、ホットな話題を兵曹長から聞かされるのがつねだった。

クリスはうなずいて、とりあえず料理の列に並んだ。兵士用の金属食器ではなく、白磁の皿に料理をのせる。そして食堂の奥の士官たちが集まるテーブルに席をとった。ここがいちおうの士官エリアだ。白いテーブルクロスにナプキン。天板むきだしの兵士用テーブルとは異なる。

クリスは外交官用食堂からも正式に招待されていたが、そのうちにと返事をしておいた。いまは兵士や同僚の士官たちと席をともにすることを好んだ。

クリスがジャックの隣の空席に腰を下ろすと、海兵隊派遣隊の隊長デバル大尉が話しかけた。

「本来の任務以上に血わき肉躍る夜だったようですね」

「ジャックから聞いたの？」海軍大尉のクリスは尋ねた。

「詳細に」海兵隊中尉のジャックは認めた。

「上手な撤退戦だったようだ」デバルは皮肉っぽく。

「逃げながらの銃撃戦よ。撃つのは敵、逃げるのはわたし」

「予想外の展開ですね。あなたが逃げるとは」デバル大尉は眉を上げた。

「そんなことより、問題は銃撃よ」クリスは声を荒らげたいのをこらえた。

「警護の増強は手配ずみです」ジャックが言った。「屈強な海兵隊員四名が次回以降の外出時に警護につきます。化粧室に同行する女性海兵隊員も二人」

海兵隊大尉は眉をひそめた。

「ペーパークリップより危険なものを持ち歩くのは、地元の法律で規制されているんだが」

そこでにやりとする。笑った顔は悪くない。

ジャックは言った。

「そのために同行しているのがペニーでしょう。地元警察との連絡役です」

噂をすれば影。話題の人物が食堂にはいってきた。ペニー・パスリー大尉は海軍情報部出身だが、父親が警察官ということもあって、ロングナイフがらみの任務では各地の地元警察に渡りをつけることが仕事になっていた。

今朝はプリントアウトの束を脇にかかえている。まずは料理の列にむかう。クリスは自分のブランマフィンに専念した。やがてペニーは彼らのテーブルにやってきて、海兵隊大尉の隣の席についた。すまし顔をやめて眉をひそめる。

「昨夜はひと暴れなさったようですね、射撃好きの殿下」プリントアウトの束をどさりとテーブルにおく。「報告書の山に叩き起こされましたよ。ガーデンシティ警察、エデン捜査局、シークレットサービス、公園管理事務所……」

「ご無事でなによりという祝辞かな？」ジャックは山からシークレットサービスの報告書を抜いて、プロの興味にしたがって眺めはじめた。

「一連の破壊行為に激怒する内容よ」

「素直に撃ち殺されてやらなくて申しわけないと、殿下の遺憾の意を伝えてやればいい」デバル大尉のにやにや笑いはナプキンでも隠しきれない。

ペニーは山の底から短いプリントアウトを抜き出した。

「警察の……マルティネス警部補から、護身用武器を携行するのであれば許可申請を提出してもらいたいとのことです」

「お小言ばかりのなかで一番冷静な対応ね」クリスは言った。

「そのようです。消火栓まで破壊したんですか？」

「ちがうわよ。車の窓から狙撃してきたから、その運転手を撃ってやったの。車はその消火栓にぶつかってやっと止まったわ」

「消火栓の周囲に車があったとは、どの報告書にも書かれていませんが」ペニーはいくつかの報告書をめくった。

「現場検証をすれば、消火栓が車に倒されたのか、銃で撃ち抜かれたのかはすぐわかるだろう」ジャックが指摘した。

「エデンの警官がそんなに注意深いとは期待しないことね」

会話に加わってきたのはアビーだ。食堂の裏口からはいってきた。このメイドは士官エリアで食べていることもあれば、兵士たちの席にいることもある。普段は存在感を消していて、クリスでも一日に一回は気づかずに素通りしてしまう。

「きみはこの星出身だったな」ジャックが訊いた。

「ええ、そうよ」

「何年ぶりの帰郷だ？」

「望郷の念など湧かない程度」

アビーはジャックの隣の席に滑りこむと、その朝食の皿からオレンジをかすめとった。ディナーナイフもジャックのナプキンの上から取って皮を剥きはじめる。

ジャックはバナナを接収されるまえに確保した。

「きみが不在のあいだに警察は変わったかもしれない」

「人の記憶は変わらないものよ。虎の斑点模様が消えないのとおなじ。議論でわたしに勝とうなどと思わないことね」

「虎は縦縞だけど」ペニーが指摘した。

「あなたの星ではね。でもエデン星では、彼らは彼らのやり方でやるのよ」

「彼ら？　わたしたちではなく？」クリスは訊いた。

「かわいいお嬢さま、わたしがこの星から出ていった最大の理由は彼らなのですよ。そしてご記憶でしょうが、二度ともどりたくないと申しあげてきました」

クリスはエデン星について事前に調べたつもりだった。商工会議所のパンフレットはバラ色の内容だった。大使館の資料はどこも楽観的だった。ヌー・エンタープライズ社の大株主として入手した財務報告書もすばらしく健全だった。

なのに昨夜の騒動はなにか。

そういえばエデン星について不足している報告書がひとつあった。アビーの個人的意見だ。メイドはいろいろとほのめかすが、詳しい説明を求めると沈黙する。いまもそうだ。

クリスはテーブルを押して姿勢を正し、目を細めた。彼女をかこむグループは黙った。隣のテーブルではマルホニー海軍中佐が長いジョークをしゃべっている。くすくす笑いをまじえつつ、ようやくオチにたどり着く。白の略装軍服ははちきれそうなほどふくらみ、まるで小さな白鯨だ。昇進か退職《アップ・オア・アウト》かの雇用ルールを海軍がいまも適用していたら、彼はとうに〝退職《アウト》〟だろう。しかし規模拡大の恩恵をこうむって、成長のみられない人材にもポストがある。

そのテーブルにもようやく沈黙が下りた。ちらちらとクリスを見ている。

プリンセスは考えた。今後の予想される状況を周知することでなにが得られるか。伏せておいたほうが利益があるか。頭のなかでコインを投げて決めた。

「わたしがここへ送られたのは――」

クリスは低い声でゆっくり話しはじめた。士官から兵士にいたるまで静粛に聞いた。料理の列で厨房用品がふれあう音さえ猫の歩みのようにひそやかだ。

「――リム星域がわたしにとって危険すぎる場所になったからよ。エデン星なら安心して道を歩けるはずだと言われた。ところが昨夜の出来事からすると、トイレで用をたすときさえ蜂の巣にされる危険を冒さなくてはならない」

小さな笑いがいくつか漏れた。ブラウン海兵隊一等軍曹が昨夜の当直だった二等軍曹と目を見かわして、たがいにウィンクした。

「前回レイおじいさまから命令を受けたときは、結果的に、まったく予想外の混乱に巻きこまれた。しかたなく命令を無視して混乱をおさめたのだけど、それがじつはレイの期待どおりだった」

王レイモンド一世を家族として気安く呼んだことに、あちこちに笑みが浮かんだ。しかしクリスが結論を述べると、それらはたちまち消えた。

「さて、このエデン星も世間の評判とは異なって、楽園などではないことがわかったわ。となると、わたしは今回なにをすることを期待されているのかしら」

5

クリスは大使の機嫌をそこねない白の略装軍服に着替えると、先にガーデンシティ警察管理課のマルティネス警部補と電話で一時間にわたって話した。マルティネスは笑顔で協力的だが、書類を遺漏なく作成することにこだわる官僚だった。武器携行許可にたどり着くには書類を山ほど書かされるだろう。

「命を狙う試みが過去に三回以上あったことを、正式な書類でしめす必要があります」

マルティネスは規定を説明した。その規定は古いコンピュータスクリーン上でクリスの顔のすぐ横に表示されているらしい。お役所仕事をする人間は新しいガジェットを嫌い、古臭《ふるくさ》い技術製品に固執するものだ。

クリスは怒るのではなく、感嘆する口調で答えた。

「なるほどね。暗殺未遂が三回という規定は、申請者の絞りこみに役立つはずね。なにしろ最初の二回で命を落とした人物は、あなたの手をわずらわせないわけだから」

「それは、まあ、そうですね」マルティネス警部補は申しわけなさそうにするだけの気配りは持っていた。

「昨夜の銃撃戦は一回とかぞえていいのかしら。あと二回分を書類にすればいい？」

「昨夜？」マルティネスは画面からいったん視線をはずした。「あなたの命を狙う試みがあったとは報告されていませんが。朝の報告を見るかぎり、昨夜は平穏だったと」

さすがにクリスは頭をかかえた。ここの為政者は、悪党が市内をうろついて銃を撃ちまくっていることを認めたくないのか。昨夜が平穏だったというなら、かつての水爆かなにかが爆発するまで不穏さに気づかないのか。

これは、自分がここに送りこまれた理由と関係あるのだろうか。

クリスはアビーのほうを見た。

「わたしの命を狙った試みのうち何件かはあなたのレポートに書かれているはずね。それをマルティネス警部補に送ってあげて」

「そのような使用については料金を申し受けます」アビーはすまし顔で言った。

クリスは険悪な声で答えた。

「請求はわたしに。六件分をお願い」

「六件も！」壁スクリーンの電話相手が声をあげた。

「それでも一部よ。アビー、標準書式になっているわね」

「はい、殿下」用意したような返事。

クリスはマルティネスのほうに言った。

「もしもわたしと警護班が、応戦手段を持たないせいでエデン星で殺害されたら、あなたは王レイモンド、つまり人類協会の元大統領レイ・ロングナイフから、詳細な説明を求められるわよ」

「ロングナイフ大統領から！　というと、ご親族ですか？」

「わたしは彼の曾孫娘」

マルティネスの口は一分間ほどあんぐりとあけたままになった。

「警護班を同伴なさるのですね」

「警護班長のモントーヤ中尉と四人以上が身辺につく。周辺では六人の海兵隊員が交代で警護任務にあたり、場合によっては増員もされる」

「あなたに許可証が下りれば、警護班の分もカバーされますが」マルティネスはつぶやいた。

「いちいち申請しなくていいということ？」

「たいていの許可は相続の対象です。たとえば父親が許可されていれば、子どもは扶養家族からはずれても引き続き許可されます。父親か母親が公認ボディガードであれば、その子は自動的にいずれかの警備組合に加入できる……というわけです」

クリスの手もとの公式資料にはなかった情報だ。

（ネリー、そんな職業団体があるのかあとで調べるから憶えておいて）

（すでに検索中です。公共データベースには記載されていません）

ますます興味深い。

電話が長引いたせいで、クリスが大使執務室に着いて控え室で待機する時間——そしてあれこれ考える時間は、五分しかなかった。まもなくスタッフ会議が終わり、クリスは奥へ招きいれられた。

「大使がお会いになられます」

秘書官はスリーピースのビジネススーツで、大使より大使らしい。それどころか控え室が木製の高級デスク、高価な壁紙、華やかな金線細工などで過剰に装飾されていた。

大使の執務室はさらに豪華絢爛だった。

しかし、クリスは百惑星の王が住む部屋を見て知っている。そこは虚勢とは無縁だった。主《あるじ》がレイ・ロングナイフ──あのレイ・ロングナイフというだけで充分なのだ。権威をひけらかすために飾り立てる必要はなかった。

ファンデルフント大使はその必要があるらしい。部屋の装飾がレンタル品であることを、みんな知っているのだろうか。

大使館は、地元ではブラウン・ハウスと通称されている。建物の表面が茶色の雨染みだらけだからではなく、ブラウンという名の人物がエデン星開拓史の最初の一世紀でなした財を見せつけるために建てたからだ。市内中心部には、地価が高騰するまえの時代に第一世代の入植者たちが建てた邸宅が他にもあった。何世代もあとの子孫たちは、富をひけらかす場所を遠く郊外へ移した。狩猟用の私有林がついているような屋敷だ。市内の物件はブラウン・ハウスのように他の用途に転用されている。

大使館として使われているのはここだけではない。べつの地区にはグリーンフェルド大使館がある。ヘンリー・ピーターウォルド十二世の虚栄心を満たす白亜の豪邸だ。

「大使」クリスはうなずいた。

「殿下」サミュエル・ファンデルフントはお辞儀した。顎の線より下がらないわずかな会釈だ。

秘書官があつらえたらしいスーツ、鷲に似た顔つき、半白の髪。権力のオーラは、しかし百六十センチ台の小柄な身長のために半減している。年齢は八十歳くらいだろう。いまのサミーにあらわれている形質のいずれかを八十年前に遺伝子操作でつくりだそうとして、なにか失敗したのかもしれない。それが低身長の原因になったのか。もちろんその話題には敏感だ。そして面とむかってサミーと呼ぶ者はいない。王女なら呼べるかもしれないが、試す気はなかった。

今日のサミーは短気だった。「殿下」と挨拶した直後に苦情を述べはじめた。

「いったいどういうおつもりですか。われわれ全員がこの惑星で好ましからざる人物《ペルソナ・ノン・グラータ》の宣告を受けて、強制退去させられてもかまわないのですか。あなたはすでに五、六カ所の惑星で出入り禁止になっているようですが、われわれはウォードヘブン代表として働くことに誇りを持っています。エデン星のような重要な惑星とのあいだに友好の架け橋を築く仕事に。退去させられるのは不本意です」

言い終えるや、紫色のファイルフォルダをいくつか引き出しから出して、塵ひとつない大理石のテーブルに放った。フォルダから滑り出た報告書の多くは朝食の席でペニーから見せられている。しかし未見のものも一通あった。首相執務室の紋章がはいっている。

クリスの目はそこに引きつけられた。これで謎が解けた。眉をひそめて言う。

「興味深いですね。ついさきほど、わたしの警護班の武器携行許可について警部補と話しました。警察では、昨夜はなんら事件は起きていないと報告されているようです」

「あきらかに誤情報だ」

大使は鼻を鳴らし、手を振ってマルティネスの話を一蹴した。そして王女への説教をはじめた。クリスの仕事とはすなわち極力目立たず、大使館の平穏を乱さないことだ。エデン星は人類宇宙で二番目に古い惑星であり、ウォードヘブンの貿易拡大のためにもっとも重要な場所なのだから。

クリスは適当なタイミングでうなずき、低い同意の声を合いの手としてはさみながら、頭はもっと意味のあることに使っていた。

(ネリー、メディアは昨夜のことをどう報じているの?)

(いつになったら質問があるのかと思っていました。大半はなにも言及していません)

(なにも? ゼロ? 無?)

(おおむねそうです。銃撃戦などなく、死体もない。死体安置所を調べましたが、銃創のある死体は運びこまれていません)

(それではたしかになにも起きていないようね)

クリスはかすかに眉をひそめた。サミーが垂れ流す分別と叱咤の言葉には不適切かもしれない。

ネリーは調査から得た情報を教えた。

(小規模メディアに気になる記事がありました。市の公共事業とその契約業者について懸念する内容です。ある消火栓に不具合が起きたこと、おなじ消火栓の不具合が三年近くまえにも起きていることを指摘しています。市の作業員の技術レベルの低さを指摘し、より効率的な民間業者を雇うべきだと訴えています)

(三年前、ね。具体的になにがあったのかを調べた?)

(はい、クリス。当時の漏水は工場での溶接不良が原因とされています)

(他に要因はありえない?)

(申しわけありませんが、クリス、記事に書かれていることしかわかりません)

(そして真実にはだれかが強力な鍵をかけているようね)

クリスは大使にむけてうなずいてから言った。

「わかりました。今後は暗殺者の襲撃を受けないように努力しますわ」

皮肉に気づいたとしても、サミーは顔に出さなかった。

「今日のあなたの仕事は、重要な交渉です。さいわいにも大使館内でおこなわれる。建物を破壊せずにやってもらいたいものですな」

「はい、大使。留意します」

サミーはわざとらしく机上のコンピュータに目を移した。クリスはわざとらしく会釈して退室した。忙しい一日になりそうだ。
しかし命の危険はないだろう。とりわけクリスには。

6

ロルナドゥ、ピッツホープ、ハートフォードの三星は、添付ソフトが大量にはいったIBMの最新型業務用コンピュータを現地生産したがっていた。

IBMの販売代理店は契約に乗り気だ。しかし……呈示されている金額はヤマト星、エウロパ星、コロンビア星との同種の契約よりはるかに高い。

クリスはそれらの惑星が結んだ契約金額を知っていた。ヌー・エンタープライズのヤマト現地法人が契約にかんでいるからだ。クリスの側の三星の代表者もそれぞれの情報源から契約について調査ずみだった。販売店もそのことを承知している。にもかかわらず、女性の営業担当者は笑顔で高い値段を言う。三星の代表者たちも笑顔を返し、長くはるかな値切り交渉を開始した。

クリスはひたすらうんざりしていた。

曾祖父のレイがクリスをこの星へ送りこんだのは、こんな時間の浪費のためなのか。

さすがにちがうだろう。

ネリーには、これまでの推測にもとづいて惑星ネットワークを検索させた。クリスは、顔では交渉に耳を傾けているふりをした。ネリーは調査し、やがて報告した。しかし交渉とおなじくらいに実のない報告だった。

（クリス、この惑星の過去百年分の歴史を調べようと試みました。しかしどうしても壁にあたります）

（壁？）

（はい。エデン星の三つの主要メディアのアーカイブを調べました。しかし三つのアーカイブはそれぞれ異なる非標準形式でデータを蓄積しています。アクセスには購読申請をして、承認を受ける必要があります。その購読権がいずれもきわめて高額なのです）

（いくら？）

ネリーは価格を教えた。クリスは、交渉の席にふさわしからぬ口笛を漏らしそうになった。ニュースアーカイブの購読権は、アビーが王女のワードローブにしばしば買いたす高価なドレス数着分に相当した。

（まだ申請していないでしょうね）

（まだです、クリス。こんな金額を許可なく決済できません。わたしはアビーではありませんから。また、このようなものを購読していると知られるのは好ましくないでしょう）

クリスはためらった。この惑星で真実を探り出すのは容易ではないが、秘密を守るのもまた簡単ではなさそうだ。

「クリス、お電話がはいっています」ネリーが小声で言った。

「受けるわ」クリスはやはり小声で答えた。

実際の会話は脳内でやるが、商談の席でしばらく注意をそらすことを周囲にしめすのが一般的な礼儀だ。商談はかまわず続く。クリスは海軍大尉の軍服で出席しているが、ここではやはり王族――つまり飾り物なのだ。

（なにかしら）クリスはネリーのネット接続を経由して電話に出た。

（警察のマルティネス警部補です。武器携行の申請の件で）

（ああ、警部補。迅速な対応を感謝するわ）

（迅速かどうかはわかりませんが、直接お話ししたいことがあります。数分でかまいません。できれば二人だけで、じゃまされないところで）

言外に〝盗聴されないところ〟という意味を感じた。しかしその要件を満たす場所は、クリスにとって通行人をよそおった暗殺者に狙われる危険をともなう。

（この大使館で会うわけにはいかない？）

（避けたいですね）即答だ。

（では大使館前で待ち合わせて、散歩しながら話しましょう。十五分後でどうかしら）

（お昼ごろを考えていたのですが）

（いますぐがいいわ）

こうすることで、もしむこうに暗殺計画があった場合に主導権を握れる。

クリスはマルティネスとの電話を切って、すぐにジャックにかけた。

（壁に耳ありなのは意外ではありません）ジャックは認めた。（しかし地元の警察官がその耳を避けたがるというのは、少々意外です）

（この惑星がますますわからなくなってきたわ、ジャック。むしろこの警部補を自由に話せる気分にしたほうが、かえってなにかわかるかもしれない）

（そこで暗殺されなければの話ですが）

（そのために海兵隊員を五、六人集めてもらえるかしら。全員私服で。目立ちたくないの）

（私服を着せても、彼らが海兵隊であることを隠せるかは保証のかぎりではありませんよ）

（それならそれで、新たな暗殺者が尻尾を巻いて逃げ出すかも）

（たまにはそうなってほしいですね）

7

「マルティネス警部補、さっそく来てくれてありがとう」

クリスは手をさしのべ、彼は握手した。マルティネスはよれよれのレインコートに厚底の靴という、いかにも警官の格好だった。クリスは軍用コートを脱ぎ、私服の薄青色のレインコートを白の略装軍服の上にはおっていた。服装規定に違反しているが、標的にはなりにくいだろう。ジャックの意向にもかなっている。

ジャックは、私服の五、六人の海兵隊とともにクリスのうしろで三角形の陣形をつくっている。マルティネスはクルーカットの集団を見て、うなずいて笑みを浮かべた。

「こういう散歩がしやすくなるように、武器携行許可が早く下りる手配をしておきます」

「そうしてもらえるとわたしたちは助かるわ」

〝わたしたち〟が王族の複数形か、たんにこの集団をさしているのかは、マルティネスの解釈にまかせた。ジャックがうなずいたのはどちらともとれる。

「散歩はどこへ?」クリスは訊いた。

「そこの緑地帯はいかがでしょう。こんな天気のいい日に市民が憩《いこ》う場所です」

マルティネスは空を見上げた。晴れ間から日が差しているとはいえ、白い雲が広がる。むしろレインコートが役立ちそうな天気だ。

「場所はあなたにまかせるわ。歩く方向はわたしが選ぶ」クリスは言った。

マルティネスはこわばった笑みで歩き出す。ジャックのチームは二人を丸くかこんだ。

二ブロック歩いたところで緑地帯が見えてきた。幅は四ブロックから六ブロック分もあり、街路樹と石畳の歩道が延びている。その一角に、古典的なロケットの形のモニュメントが立っていた。むかいには柱廊のある巨大な建物がある。

「あそこが立法府の三院の議場？」

エデン星は三院制という一風変わった政治制度を持つことを、クリスは頭の隅にいれていた。普通は一院制か二院制なのだが。

マルティネスは首を振った。

「あそこにあるのはアメリカ議会だけです」

クリスはその返事を雑談として流しかけた。しかし頭のどこかで警報が鳴った。マルティネスは緑地帯をずんずん歩いていく。まだ時間はあるので、ささいな質問をしてみてもいいだろう。

「アメリカ議会……。アメリカは地球の主要国のひとつではなかったかしら。その立法府がエデン星にあるわけがないでしょう」

「地球のではありませんよ」丸屋根のある建物をマルティネスは顔でしめした。「完全にわたしたちの議会です」

クリスはけげんな顔で説明をうながした。

「この惑星の立法をになう政治家の約三分の一があの建物で働いています。ヨーロッパ議会はニュージュネーブに、中国人の天界委任統治領の議会は広州都《コワンチヨウドウ》にあります」

足もとが芝生から石畳の歩道へ移動して、クリスはつまずきそうになった。

三院制というのは、おなじ主権者に選出された三種類の議院があるのだと思いこんでいた。たとえば人口比例制、地域代表制、富裕層や貴族の階級代表制などに分かれているのだと。目を通した資料に明確な説明がなかったのはなぜか。

(ネリー?)

(あちこちの記録を検索しています。あなたの鼻のように明確だったことが、急に不明確になったようです)

エデン星の小学三年生でも知っているらしい。なぜ書かれていないのか。

「ここの入植者はすべて地球から来たのよね」クリスはマルティネスに訊いた。

「アメラクス銀行、ドイツ帝国銀行、そして中国の同様の金融機関からの融資によって、エデン星の植民事業はスタートしました。初期入植者の大半はその三カ国の出身でした。負債を完済すると、わたしたちは独立政府を樹立する権利を要求しました。そのときめざしたのは、単一の世界政府でありながら、おたがいにできるだけ干渉しないことでした。たとえばこのアメリカ領では、度量衡はヤード・ポンド法、法体系はコモン・ローを採用しています。

ユーロランドではナポレオン法典を使っているそうです。天界委任統治領でどうやっているのかは詳しく知りませんが……」

マルティネスは肩をすくめた。

クリスは、正解に至るための情報がいまの話にすべてふくまれていると直感した。ただしそれは千匹のウサギに全身をかじられているような、とても曖昧な痛みだ。そして次の瞬間にはウサギは一匹残らず消えて、血まみれの自分だけが残る。これだという証拠はひとつもない。

そこで政治家の娘らしい単刀直入な質問をした。

「では、自分が選んだ議員に満足している？　次の選挙でもおなじ議員に投票する？」

「わたしが選んだ議員というのはいません。なぜなら、選挙民ではありませんから」

今度こそクリスの頭のなかで警報が鳴り響いた。

「ジャック、このあたりは情報的に安全かしら」

「いまのわれわれがビーム兵器で攻撃されても、ホワイトノイズが届くだけでしょうね。半径十メートルに大量に浮いているナノバグが焼けるだけです」

ジャックは即答した。彼も次の問いの答えを知りたいだろう。

クリスはマルティネスのほうを見ずに言った。

「警部補、だれかに聞かれないところで話をしたいと言っていたわね。わたしもプライバシーを求めるときがあるのよ。警護班長はそれを用意すると言っているわ。でもその関心事を実行に移すまえに、いまの発言について質問させて。あなたは選挙民ではないの？　人類協会憲章はすべての市民に選挙権をあたえているはずよ。惑星によっては年齢、精神、刑罰状況などで権利を制限することはあるけど……」

クリスは最後まで言わなかった。

しかしマルティネスはまるで、この星では殺人は重罪なのかと質問されたような顔だ。

クリスは最大の情報源に頼ることにした。

「ネリー、人類協会憲章では普通選挙が定められているはずよね」

「ちがいます、クリス。憲章は、選挙権の基準を惑星ごとに決めることを基本的に容認しています」

訂正されてむっとしながら、クリスは反論した。

「それはわかっているけど、レイおじいさまは統一戦争後の大統領時代に、修正第二十四条を成立させたわ。あらゆる惑星で全住民に選挙権があたえられると」

するとと背後からジャックが答えた。

「あらゆる新規惑星で、そのとおりです、クリス。しかし既存の惑星への強制力はありませんでした」

ネリーは、この分野を扱った数十冊の書籍から引用しているらしい口調で述べた。

「レイ・ロングナイフ大統領は普通選挙の採用をすべての惑星に働きかけた。しかしイティーチ戦争によってその努力は中断した……」

マルティネスが続けた。

「エデン星は独自のやり方にこだわったのです。あなたのひいおじいさまにはエデン星の支持と……その産業が必要だった。戦争遂行のために」

彼らは緑地帯の中央を通る石畳の歩道のひとつに立っていた。マルティネスは訊いた。

「さて、どちらへ行きますか？」

クリスは大きなビルを指さした。行政関連の建物らしいので多少なりと安全だろう。マルティネスとともにそちらへゆっくり歩いた。

知っているべきところで知識不足だったショックに耐えながら、もうひとつ質問した。

「あなたのご家族はどんな形でこの星へ？　それはいつごろ？」

「年季奉公契約の労働者としてです。将来の雇用主が渡航費用を出し、かわりに七年間の安価な労働力になるわけです。わが家はメキシコ出身ですが、他の労働者は南米各国から集まっていました。インド、パキスタン、フィリピンからも。ユーロランドには、トルコ、パレスチナ、ロシアの労働者がはいっています。中国には、まあ中国と台湾と韓国の労働者が。いずれも低賃金あるいは強制労働者です」

「それら後続の入植者には選挙権がないの？」

答えを聞く必要があった。ようするにそういうことだとわかるが、知っているのと実際に聞くのではおおちがいだ。

「そうです。例外は選挙権保有者と結婚した場合。子どもはその血筋が五十パーセント以上あれば選挙権があたえられます。一部の人々は血統の管理にかなり気を使っています」

レイおじいさまが自分をここへ送りこんだのはこのためだろうかと、クリスは思った。しかしそれはおかしい。クリスはエデン星史の脚註を見落としたかもしれないが、レイ王にとってはじかに経験した歴史だ。そもそも公民権の侵害という問題でクリスがなにをできるというのか。

そろそろ本題に移らなくてはならない。

「話があるけれども、壁に耳があるところでは話せないということだったわね」

地元警察の警部補は微笑んだ。

「急に話題が変わりましたね。そうです。提出していただいた書類を拝見しました。あれだけの事件を生き延びてこうして申請をなさっているとは驚きです」

「同感だ」ジャックが言った。

「まわりに助けがあったからよ。とても感謝しているわ」

クリスは笑顔で警護の海兵隊を見た。ほとんどの海兵隊員は彼女のほうを見ず、周辺監視に集中している。何人かは笑みを返した。

マルティネスは話を続けた。

「とにかく、警護サービスの許可を推奨しておきました。拳銃と走行車両の使用がふくまれます。複数の人員を要する迫撃砲や重機関銃などは対象外ですが」

クリスは驚いた顔をしないようにした。ここの人々は安全のために大型の武器を選択する傾向がある。なにをそんなに恐れているのか。

ジャックが答えた。

「それで充分だ。一回の行事で同行できる警護の人数に制限はあるのかな？」

「社交の常識の範囲で。せっかくの夜会が、会話に加わらない無愛想な男たちで埋めつくされては、主催者はよろこばない。そうでしょう？」

まあ、それはそうだ。

緑地帯と車道が交差するところに出た。車線数の多いその道のむこうから、政府車両らしい長い車列がかなりの速度で近づいてきていた。信号は歩道側が青なので、クリスたちは渡りはじめた。

「早めに渡りきったほうがいいでしょう」マルティネスが言った。

海軍と海兵隊の一行は早足になった。むこう側の縁石にたどり着いた直後、海兵隊員の一人が大声で警告した。

「近くに爆発物があるようです」

「距離は？」ジャックが訊く。

「不明。すぐ近くです」

クリスは、ポップコーンの容器が地面に落ちて中身がこぼれているのに目をとめた。奇妙だ。あたりには鳩がたくさんいるのに、一羽も集まっていない。

「爆弾よ！」

クリスは叫んで、反対方向へ走りはじめた。ジャックがその腕をつかんでおなじほうへ押す。

「海兵隊、走れ！」

命じたのはブラウン一等軍曹だ。しかし彼は銃を抜き、クリスたちとは反対方向へむかった。肩ごしに一行が充分に離れたのを確認してから、発砲した。

8

クリスの背後で大きな爆発が起きた。

クリスは倒れるように地面に伏せた。その上にジャックがおおいかぶさる。クリスはクッションがわりになったかもしれない。

ジャックの下から這い出したクリスは、よろめきながら立ち上がって、状況の指揮をとりはじめた。

「負傷者はいないか、各自報告を！」
五、六人の海兵隊員が点呼をとった。二人は耳がよく聞こえないらしく、声が大きい。
隣でジャックが起き上がり、指をなめて宙に十字を切った。

「今回も狙いはそれたぞ」小声で言う。

クリスはジャックの皮肉につきあわず、大声で呼んだ。

「一等軍曹！」

ブラウンは遅れて立ち上がった。

「怪我はありません、大尉。爆風は道路中央を狙っていたようです」道のむこうの街路樹を指さした。枝葉が吹き飛んで丸裸になっている。二本は幹の根もとしか残っていない。「しばらく剪定《せんてい》作業は不要だな」

クリスは初期対応を終えて、ようやく警部補のほうをむいた。マルティネスは倒れたままだ。クリスは手を貸した。彼は手を引かれて立ち上がったが、視線はクリスの背後に釘づけになっている。

振り返ると、右の緑地帯へ政府車両が次々と乗り上げていくところだった。エンジン音を響かせ、次の道路で曲がって、来たほうへ引き返していく。芝生や石畳には、重量級の車両が速度を出して無理やり走り抜けた轍《わだち》が残っている。

「書類に載せる事件がまた一件増えたと言いたいところだけど、あの車列に乗っている人は事件そのものを認めないでしょうね」

「ええ、たぶん」

そこへ新たな声が響いた。

「全員、しゃがめ！　両手を頭の上へ！　すこしでも動いたら射殺するぞ、テロリストめ」

マルティネスはすぐにしゃがんで膝をつきながら、大きな声で言った。

「わたしは警察官だ。ポケットに身分証がはいっている」

クリスは素直に命令に従いながら、ゆっくりと声のほうを見た。フル装備のアーマーをつけた若者だ。アサルトライフルでクリスの頭を狙っている。

「わたしはウォードヘブンのクリスティン王女。またウォードヘブン海軍の現役士官でもある。まわりにいるのは海兵隊で、わたしの警護任務についている。爆発したのはわたしたちを狙った仕掛け爆弾だ。諸君の士官に会いたい」

ジャックと一等軍曹はとりあえず兵士たちをこの男の命令に従わせていた。彼らはそれでいい。しかしクリスは過去に何度も濡れ衣を着せられた経験がある。早めに白黒つけたい。

クリスは銃をかまえる相手をじっと見つめた。

「退がれ、巡査長。あとはわたしがやる」

一人の男がそう言いながら出てきて、巡査長の肩に穏やかに手をのせた。ジャックよりすこし年長のようだ。薄茶色のスーツとおなじ濃い日焼け。

「わたしはジョンソン警視です。王女と名乗られたが、証明できますか?」

巡査長は退がれと命じられたのに、ライフルの銃口はぴたりとクリスにむけたままだ。指は引き金にある。

「警視、身分証はポケットにあります。レインコートを脱いでもいいかしら」

「どうぞ。ただし、ゆっくりと」

クリスはそろそろとコートを脱いだ。軍服があらわになると、警視も巡査長もそろって眉を上げた。

「海軍士官との弁に偽りはないようだ」警視は他の一行を見まわした。「海兵隊と?」

「モントーヤ中尉はわたしの警護班長。他の者は今日の警護に志願してくれた兵士です。そちらのマルティネス警部補から面会要請があったので」

警視はおなじ警察官に目を移した。

「身分証はあるだろうな」

「コートのポケットにあります」

「ゆっくりと取り出せ」

マルティネス警部補はそのとおりにした。ジョンソン警視はIDを調べ、腕のコンピュータになにごとかささやいた。そして結果に満足したようだ。

「立っていいぞ、警部補。彼女の主張には適切な根拠があるのか？」

「まちがいないはずです」

「では、海兵隊の諸君はもうしばらく姿勢を低くしておいてもらいたい。殿下、ゆっくりと身分証をご呈示願えますかな」

クリスは従った。

「モントーヤ中尉」警視が言うと、ジャックは低い声で応じた。警視は指示した。「あなたのIDカードを」

ジャックはゆっくりと呈示した。三枚を警視はすべて調べた。

「警察の爆弾処理班が付近を調べても不審なものはみつからなかった。最先端のナノガードでも探知できなかった。なのに、みなさんのそばで地雷が爆発したのはどういうことですかな？」

「サンジュ伍長、報告しろ」ブラウン一等軍曹が命じた。

「使用したセンサーはMK38、モデル9で、目的は違法ナノバグの探索とこちらのナノガードの制御です。縁石に近づいたときに、爆発物と電子デバイスの存在を知らせる最初のアラームが出ました。厳重にシールドされているようすでした。わたしは警告し、王女のあとを追いました。するとセンサーに強い反応が出て、問題のものはポップコーン容器のなかかその下にあると結論づけられました。あとは一等軍曹が処理しました」

「どのように？」

「銃撃による爆破処理です、警視」ブラウン一等軍曹は言った。

「その銃に携行許可はあるのか？」

クリスは口をはさんだ。

「まさにそれについて警部補に相談しているところでした。わたしとわたしの警護班の武器携行許可を申請中です。必要性はこれで証明されたでしょう」

「ふむ」と警視。

マルティネス警部補が、車列が去った方角に目をやって首を振った。

「これがあなたを標的にしていたとはかぎりませんよ」

「つまり、他人を狙った暗殺計画にひっかかってしまったと？」ジャックが首を振った。

「運が悪いにもほどがある」

道路では私服の四人が横一列になって爆発現場を調べていた。その一人が警視のところへやってきて陰気な声でなにかささやいた。警視はクリスの一行を十メートルほど離れた街路樹のそばまで退がるように手で合図した。クリスたちは従った。

しばらくして、警視は彼らのところへやってきた。

「そちらの爆発物探知装置はそのときの記録を残しているでしょうね」

クリスはサンジュ伍長を見やった。

「すべて残っています、殿下」

「その記録をいただきたい」と警視。

「コピーを作成します」クリスは言った。

「オリジナルをほしい」

「ではオリジナルを。こちらにコピーを残します」

警視はうなずいた。そこへ、いかにも防弾仕様らしい大型車がやってきて止まった。警視は言った。

「ご一行全員、ダウンタウンまで同行を願います」

「なんのために？」クリスは尋ねた。

警視は手続き不足を理解したらしく、説明した。

「この新型爆弾の残留物をできるだけ集めたいのです。みなさんの服には爆発物、電子機器、その他の破片が付着している可能性がある。お体と服を専門家に検査させたい。そのためにダウンタウンまでご同行願いたいのです」

そう言われれば同意するしかない。

「よろこんで。大使館に連絡して、昼食からの帰りが遅れる理由を説明させてください。帰隊拒否者とみなされたくないので……例によって」

数時間後、クリスはマルティネス警部補から手をとられて、おなじ防弾仕様車（あるいはその同型車）から下りた。髪はキューティクルの二層目くらいまで削りとられている。アビーが激怒するだろう。海兵隊はすぐに彼女の周囲をかこんだ。大使館の玄関前でも油断しない。

「許可がなるべく早く下りるように努力します」マルティネスは目を合わせずに言った。

「なにか問題でも？」

「上司は急がないつもりのようです」

「今回の件を持ち出せばいいわ。メディアでも大々的に報じられるでしょう」

地元警察の警部補は首を振った。

「彼が目を通すようなメディアには出ないでしょう」

「ではどういうメディアに出るの？　教えて。昨夜の事件もブラックホールに吸いこまれたようにどこかに消えてしまった。これではスクラップブックに記事を貼れないわ」

その点で困るのはアビーだろうが。警部補は答えた。

「ご存じなさそうな非主流のメディアなら」

「信用できるの？」

「他よりは。わたしが読んでいるのは〈エル・カミーノ・レアル〉です。よかったら購読してみてください」

「調べておくわ」すぐに脳内で指示した。（ネリー、ペニーに購読させて。そうすればわたしの名前は出ないから）

（わかりました）

地下室のドアにたどり着くまえに、大使の秘書が飛んできた。

「いったいどこへいらっしゃっていたんですか？」

クリスは眉をひそめてジャックを見た。警護班長は答えた。

「本国の海兵隊通信センターだ。報告に行っていた」

「ふむ、海兵隊は教えてくれませんでしたね。とにかく、行き先を告げずに外出しないでください、殿下。立場をわきまえた行動を」

秘書は鼻を鳴らして言った。

クリスは、うしろに控える海兵隊員のいずれかに賄賂を渡せば、この秘書を撃ってくれるだろうかと考えた。表情からするとバーゲン価格でやってくれそうだ。逆に金を払うから撃たせてくれと言いだしかねない。

「本当に海兵隊に問い合わせたの？」クリスは低く訊いた。不気味な小声で。

秘書はクリスの問いを無視して、自分の用件に移った。

「今夜は出席を請われている行事があります。ミズ・ブロードモアが市内の邸宅で小さな懇親会を催されます。その主賓としてお招きしたいとのことです」

「午後の出来事で疲れてるんだけど」クリスは不満を述べた。

「職務で疲れたわけではないでしょう。契約交渉はご不在のせいで中断してしまいました。続きは明日。今度は席をはずさないでください」

クリスの忍耐力は蜘蛛の糸のように細くなった。

「昨夜もエデン星の小さな舞踏会に出席したら、暗殺未遂に遭ったんだけど」

「そのような主張をなさるのは勝手ですが、大使はけげんに思っていらっしゃいますし、正直なところわたしも同様です。ミズ・ブロードモアはこのエデン星で非常に重要な方です。かならずご出席ください。小さな催しなのでまさか失態を演じることはないでしょうね。これが招待状です。きっちり十五分遅れて到着してください。それより遅いと無作法ですし、早すぎると……まあ、王女らしくないでしょう」

こういう役目を押しつけてしまえば御しやすいとだれかが考えたのか。この男を殴り倒してやろうか、絞首刑にしてはらわたを抜いて八つ裂きにしてやろうかと考えていると、べつの声が飛んできた。

「クリス！　その髪はいったいどうされたのですか」

やはりクリスはだれかに御される運命のようだ。

遺憾なことに秘書は立ち去ったあとで、ぼさぼさの髪の原因がふたたび至近距離で破裂した爆弾のせいであることを説明してくれない。アビーはうめいた。

「今夜は出かける予定でしたのに。これではプリンセスらしいお姿をとりもどすのに、全力でつとめても午後いっぱいかかるでしょう。さあ、はじめますよ」

アビーの〝愛情〟のこもった世話から解放されたのは、大使館のものものしい防弾車両に乗りこむ予定時刻、一九三〇《ヒトキュウサンマル》の直前だった。ジャックは赤と青の夜会服でエスコートする。運転手ともう一人の海兵隊員も礼装軍服。さらに夜会服の男二人、女二人がいるが、クルーカットの頭を見れば海兵隊であるのは一目瞭然だ。

「短時間でよく人を集めたわね」クリスは言った。

「帰ったときすでにデバル大尉が手配していました。彼は大使の秘書より大使館内の噂に詳しいですよ」

「使える男ね」

「海兵隊の朝のジョギングに参加したいかどうか尋ねてくるように頼まれました。毎朝〇五《マルゴー》一五《ヒトゴー》に三マイル。土曜日は五マイル走っているそうです」

「ぜひ参加したいわ」

第一線の兵士たちと毎日一時間いっしょにすごすのはいいことだ。あとは一日じゅうお伽噺の世界に住んでいる。汚れ仕事をやる人々と汗を流すのは現実感覚をとりもどすのに役立つ。そもそもプリンセスは食べて飲んで、あとはすわっているのが仕事だ。すこしは運動しないとまずい。

ジャックはにやりとして答えた。

「そうおっしゃるだろうと言っておきましたよ。あなたの命を守るのがわたしの仕事ですからね。こんなふうに鯨飲馬食でろくに運動しない生活を続けていたら、心筋梗塞で命が危ない」

クリスはジャックに手を上げかけた。しかしそのときリムジンが減速し、目的地に近づいたことがわかった。煌々《こうこう》と明るい会場前で、自分の警護班長に暴力をふるうところを見られるのは不適切だろう。

9

　これを町家《タウンハウス》と呼ぶのなら、郊外にはいかなる本邸があるのか。テキサス州くらいの敷地か。もちろんクリスはテキサス州の広さを肌で知ってはいないが、伝統的な言いまわしとしてそう問いたい。

　ミズ・ブロードモアのタウンハウスは、ウォードヘブン大使館よりはやや小さいかもしれない。しかし巨大な円柱が並ぶファサードのむこうには、翼棟が一ダース……いや二ダースも隠れていそうだ。駐車している数十台のリムジンの多くは、クリスが乗ってきたものより大型だ。駐車位置がコンクリートか芝生かは、交通整理役のお仕着せの使用人が車重を目測して決めている。

「これが小さな懇親会だそうよ、重武装の後衛隊」

　ジャックは信じたふりをした。

「そういう部隊を連れてきてるんですか？」

「あら、用意してないの？」クリスはジャックを見た。警護班長は目をそらす。クリスは言った。「いまさらしかたないわ。偵察に出ましょう」

ジャックはリムジンから下りるクリスの手をとった。白いお仕着せに半ズボンの使用人がジャックから招待状を受け取り、中央エントランスへ案内した。礼装の四人の海兵隊員が二組のカップルをつくってあとに続く。使用人はそれを見て眉をひそめた。

「お伴の方々のためのお飲み物と娯楽を用意してございます、殿下」

「そう。ではローテーションにできるわ。一組をそばにつけて、もう一組は休ませられる」

　警護の半減に同意した。それが限度だ。

「ご随意に」使用人は難色をしめしつつ答えた。

　まわりの難色を無視するのは幼いころから慣れている。無視できないのは死の危険だ。

　ガラス扉のむこうには大理石張りのホールがある。これで玄関ホールにすぎないらしい。ここまでくると嫌みだ。

（クリス、これは地球の十八世紀のフランス王宮を模した設計です）

（ありがとう、ネリー。考えごとのじゃまをしないで）

　舞踏室は、士官学校の教練場より広かった。またしても大理石の円柱が何本も並び、丸天井をささえている。天井は金色の線で飾られ、それを照らすシャンデリアには本物の蠟燭が燃えている。強い芳香が立ちこめる。舞踏室の二階へ上がる階段は大理石で絨毯敷きだ。

　夜会服姿でクリスをエスコートする警護班長は、金色の上着に太い杖を持つ男に招待状を渡した。

「ウォードヘブン星王女、ヌー・エンタープライズ社のクリスティン・アン殿下――」よく通る声が響いた。

「悪くないですね」ジャックがつぶやいた。

「――およびそのお連れさま」長めの間合いのあとに続いた。

「こちらはひとまとめか」

「そばを離れないように。今夜の状況は作戦計画と異なる。想定外を警戒して」

クリスはそう言って、慎重に歩を進めた。さながら古代の闘技場へ足を踏みいれる剣闘士。ただしこの闘技で血は流れない。普通は。

クリスは想定外の出来事が当日にありそうかどうかを、アビーの準備から見積もるようにしていた。裾が床まで届き、胸を締めつける真っ赤なドレスを今夜のために着せられたときに、それまでの気楽さは吹き飛んだ。小さな懇親会にしては大げさではないか。しかし昼間に各方面と戦ったクリスは、もはやメイドと戦う気力を残していなかった。そして会場に着いてフロアを見まわして、アビーがこの星の社交界によく通じていることを思い知らされた。

招待客のドレスはフォーマルだった。最高にフォーマル。一部は破廉恥な領域に足を踏みいれつつ、フォーマルだと言い張っている。ある女が着ているドレスは……まるでなにも着ていないようなドレスだった。本当に若いのか、若さをよく維持した体のまわりを、色とりどりの光が旋回してかろうじて慎みを守っている。男性たちは目を惹きつけられている。プログラムにエラーが起きて一瞬でもどこかがあらわにならないかと期待している。

「興味深いナノバグの利用法だ」ジャックがつぶやいた。

クリスは海兵隊に指示した。

「偵察ナノバグを使用している者がいたら、彼女の周辺から退避させるように。今晩最大の不謹慎な事件の原因者と糾弾されたくないわ。心臓発作を起こしてそのまま棺桶入りになりそうなご老人方も多いのだから」

「未然に防止します」

女性海兵隊員がエスコート役の男性隊員を肘でつついて、その上着の内ポケットから巧みに小型の操作コンソールを抜き出した。

「ずいぶん信用がないな、ドリス」

「信用する理由がないわ」女性海兵隊員は一蹴《いっしゅう》した。

「よそ見をしないで」

クリスは言って、階段のたもとへ進んだ。脳内でネリーが教えた。

(階段の下にいる光沢のある青と黒のドレスの女性が、ミズ・ブロードモアです。エデン星の首都の約五パーセントを所有し、経営しています。ミスター・ブロードモアにあたる人物は現在おりません。自身がオーナー経営者です)

(そのまわりにいるのは?)

ネリーは数人の男女の個人認識をはじめた。しばらく沈黙してから答えた。

(白いドレスの女が情報を送信していません)

クリスはその女を見た。しかし女はすぐに黒のフォーマルスーツの長身の男の陰に隠れた。

多くの人が集まる場では短い自己紹介文を自動送信しあうのが社交の礼儀になっている。軍用機が何世紀も使っている敵味方識別装置のようなものだ。しばしばジョークの種にもなる。発信装置を止めることが許されないわけではない。内向的な性格やプライバシーを重視する理由から送信しない者はいる。しかしこのような社交の集まりで装置を止めているのは……とても興味深い。

ミズ・ブロードモアはクリスに手をさしのべて挨拶した。

「おいでいただいてうれしく思いますわ。昼間は大使館であれこれ忙しくされているようですね。そんななかで来ていただいて」

「初めての社交行事というわけではありませんから」クリスは指摘した。

「ええ、聞いていますよ。昨夜のマルタの親睦会からは早めにお帰りになったそうですわね。レンタル会場にうんざりなさったのでしょう。ああいうところではちょっとしたことでだいなしになってしまいますから」

クリスはわずかにうなずくだけにした。ミズ・ブロードモアは昨夜の事件を知らないか、すくなくとも気にとめていないようだ。彼女から遠くない位置には筋肉質の若者がつねに数人控えている。この女主人がやらないことを、すべて引き受けるというかまえだ。

ミズ・ブロードモアは集まった人々にクリスを紹介しはじめた。名前と送信される自己紹介文はネリーのデータベースと一致している。必要に応じてあらためて通知するようにネリーに指示した。

しかし、ちらりちらりとクリスの注意を惹きつづけるのが、白いドレスの赤毛の女だ。視界の中央ではなく、いつも隅にいる。クリスがだれかと話そうとすると、そのたびにむきなおったり手を動かしたり、注意をそらすことをする。とても……気にさわる。

やがてミズ・ブロードモアがすばやく二歩退がって、その正体不明の女の手をとった。

「今夜の賓客はもう一方いらっしゃいますのよ。ご存じでしょう。お二人のお家はいわば双璧ですから。けれど、あなたは広く旅をして見聞を広めていらっしゃる。対してこちらは箱入り娘。文明宇宙への旅は初めてだそうですわ」

ミズ・ブロードモアは芝居がかった間をつくった。すると周囲の立ち襟や下襟につけたカメラが次々とシャッターを切るのがわかった。クリスは歯を食いしばり、さっさと終わらせたいと思った。

女主人は充分に楽しんだらしく、捕食動物のような笑みを浮かべて結論を述べた。

「クリスティン・ロングナイフ、こちらがビクトリア・スマイズ-ピーターウォルドですわ」

10

これは戦闘の緊迫に他ならない。張りつめた意識が大量の情報をまたたくまに見てとる。クリスは、社交生活は戦闘に似ているとしばしば冗談を言う。

しかしたしかにいま、舞踏室のフロアの中央で、その戦闘中の意識状態になっていた。

ビクトリア・スマイズ-ピーターウォルドは、その亡兄によく似ていた。輝く青い瞳につややかな肌。力強い顎の線。白いドレスは露出が多く、申しわけ程度におおわれた胸はクリスが嫉妬するサイズだ。これはオリジナル装備か、後付けのアドオンか。外見では判断できない。

ビッキーは自然受胎で生まれ、遺伝子改変はないはずだ。そもそも望まれない妊娠だったのだから。ハンクは完全に遺伝子工学の産物だった。人工授精で子宮に宿った。それに対して、ビッキーは母親が勝手に宿した。生まれるはずではなかった。しかし、いまこうしてここにいる。

冷たい青い瞳は強い意志にあふれている。簡単に消し去れる弱い女ではない。

ドレス姿は絵に描いたようだ。許しがたいほど抑揚にあふれた曲線美。男たちは目を離せないだろう。あわれな連中だと、クリスは思った。床の上で大きく広がったフェイクファーの裾。そこに隠れた足は大きくて不格好かもしれないのに。

女の外見を観察しつつ、背後の備えも見た。鋭い目つきの男三人、女一人。身辺警護らしい。

五分と五分だとクリスは思った。ビッキーの警護班は海兵隊員ではなさそうだが、名誉と屋外サバイバル技術のかわりに、ありあまる悪意を持っているはずだ。

クリスとビッキーと双方の警護班を取り巻く空間の外は、静まりかえっていた。期待感に満ちている。

自分たちはミズ・ブロードモアの余興なのだ。大事な客をいつまでも待たせられない。

クリスは手を差し出した。

「お会いできてうれしいわ」最初の一言として適切だろう。中立的だ。

ビッキーはクリスの手を驚くほどの力で握った。一部の男性のようにひねりも加えてくる。自分の手を上に、相手を下にしようとする。クリスはいかなる服従的なサインも出すつもりはなかった。手の角度はがんとして変えない。親指が上、小指が下。指の節が白くなるのを感じる。

手を放したのはビッキーのほうだった。ビッキーの華奢な白い手がピンクに染まる。

「あなたが兄を殺した」

ずいぶん社交的なご挨拶だ。クリスは感情をまじえずに答えた。

「そんなつもりはないわ。彼の新しい船がこちらにむかって砲撃してきた。わたしは船齢八十年の老朽船でできるかぎりの応戦をした。撃ちはじめたのは彼のほうよ」

「たまたまみつけた異星人のテクノロジーをそうやって独占したわけね。ロングナイフ家は大儲け、他の人々は蚊帳《かや》の外」

ビッキーが教えこめば、コブラでも嫌みを言えるようになるだろう。

「砲撃戦のまえにハンクに言ったのよ。それは妄想にすぎないと。わが家で独占などできないし、そんな気もない。いますでにどう？　人類宇宙の半分の大学が、研究チームをあの二星系に送りこんでいるわ。大企業はほぼすべて、中小企業でも多くがその謎の解明に取り組んでいる。あくまでも〝取り組んでいる〟段階で、解明できたものはなにひとつないらしいわ。それともちがうニュースを聞いているのかしら？」

「それでも事実は変わらないわ。あなたはグリーンフェルド艦に砲撃した。そしてわたしの兄が死んだ」

彼女が怒っているのは、クリスが〝グリーンフェルド艦に砲撃した〟ことか、それとも〝兄が死んだ〟ことか。ロングナイフ家の行動力学も劣らず興味深いが。

クリスは首を振った。

「あの程度の砲撃戦なら彼は生き延びられたはずよ」そしてつけ加える。「わたしは生き延びたから」

「もう長くはないわよ、ロングナイフ。覚悟しておきなさい」

売り言葉に買い言葉で反射的に答えたあとで、しまったと思った。

「わたしは長生きするつもりよ。あなたが雇うヒットマンが昨夜程度の腕前なら」

するると、乳白色の美しい肌がみるまに紅潮した。ドレスの布地ごしに乳首が浮いた胸から頬まで赤く染まった。なるほど、赤毛に似合った気性の持ち主らしい。自制心を学んだほうがいいわよ、ビッキー。

「あれはわたしがやったことじゃない。ある下級職員の思いつきよ。上司の娘を歓迎するプレゼントのつもりだったらしいわ。その職員はもういない。過ちの代償を払わせたわ」

〝代償〟とは解雇のことか、それとももっと悪い処分か。あわれなその職員がまだ息をしていることをクリスは願った。

昨夜の暗殺未遂の責任者に同情するのはおかしいと、頭のなかで小さな声が言った。すると、敗者に慈悲をかけるのは王女の役割の一部よと、いたずらっぽい自分が慎重な自分に反論した。

「きっとまた会うことになるわね」

できるだけぞんざいな口調で言うと、この舞踏室で二番目に危険な女に背をむけた。

ビッキーは好きなだけののしればいい。あの砲撃戦の現場にいて戦ったのはクリスなのだ。そして多くの善人と多くの悪人を埋葬した。

「いろいろと教育的でしたね」ジャックが隣でささやいた。

「ミズ・ブロードモアがしかけた余興よ」クリスはささやき返した。「ネリー、ミズ・ブロードモアの招待は今後いっさい受けないように。こんな毒蛇の巣穴にわたしを放りこんだ大使は、今度ひどいめにあわせてやるわ」

しかし逃げるわけにはいかないし、逃げられなかった。ヌー・エンタープライズのエデン支社の上級役員が夫人同伴で来場し、クリスを待ちかまえていたのだ。まずはお天気の話題。春から夏になって気温が上がるだろう。うれしいニュースだ。さらに役員はクリスを取引先の人々へと巧みに誘導し、とても興味深いらしい彼らに紹介してまわった。

その一人が娘を同伴していた。エデン大学の最終年次で、卒業後は海軍に入隊したいという自分の考えについて、クリスの支持を求めていた。両親は娘が話すたびに首を振る。

クリスは答えた。

「興味深い経験を積めるわ。やはり責任をあえて担う人々がいなくては……」その先は両親に考えてもらうためにあえて言わなかった。「とにかく、二年間の入隊はとても教育的よ。わたしにとってはそうだった」

「あなたもカレンも生きてその期間を終えられれば、たしかによい経験でしょうね」父親は硬い表情で口をはさんだ。

「入隊するのは死ぬためじゃないわ。強くなるためよ」カレンは反論した。

「その考えを若気の至りというのよ」母親が言い返す。

クリスは親子の戦場から撤退した。いても解決の役に立たない。クリス自身の両親が、まだ娘のキャリア選択に納得していないのだ。

一時間近くたって、ようやく小さなテーブルに退避した。靴を半分脱いで足を休める。小さなものほど痛めつけられるのは、なんとも理不尽だ。

現実のあれこれを憂いながら舞踏室を見まわす。周回しながらもビッキーとのあいだに一定の間隔をおきつづけるのに成功していた。オーケストラはフル編成で、ビッキーとクリスの対決の直後からダンス曲を演奏している。

光でできた空中衣装……としかいいようのないものをまとった例の女は、それをそばで見たい男性客を引き連れてダンスフロアの中央付近にいた。その人ごみによってビッキーの白いドレスが隠されているかぎり、二回戦がはじまる恐れはない。

なにも着ていないのとおなじあの女は、じつは人選ミスではないのかもしれない。ミズ・ブロードモアが今回のパーティに投じた核燃料のメルトダウンを防止するために、制御棒として雇ったプロのストリッパーかもしれない。興味深い仮説だ。

クリスは爪先をアビーの拷問器具にそっともどした。涼しい顔で耐えてやる。頑然と。

そのとき背後から声をかけられた。

「やっぱりあなたが、あの娘の兄を殺したのね」

11

舞踏室のこちら側にロングナイフ派の強力な集団がいてほしいと思ったのは事実だ。クリスはふりむいて声のほうを見た。半白の髪からすると、その老婦人は百歳をゆうに超えている。しかしその年月を学究生活に費やしたようには見えない。護衛付きのクリスにくってかかる態度からすると。

(ネリー?)

(この女性も情報を発信していません。顔認識データベースを検索中です)

では自分の灰色の脳細胞に頼るしかない。古めかしくさえある。ラペルピンによれば、イティーチ戦争での従軍経験あり。ドレスは保守的。クリスの脳裏で穏やかに声がささやく。聞こえるのは警報ではない。むしろ仔猫の鳴き声だ。ごろんと寝ころがって無防備に腹を見せたい。

こんな自分の反応はおかしいと、被害妄想的な部分が思った。

いいえ、言葉ほど怖い人じゃないと、クリスのべつの部分が叫んだ。弟のエディが誘拐犯によって堆肥の山に生き埋めにされたときをさかいに消えてしまった、クリスの子どもの部分だ。

「おばあさま？　ルースおばあさま？」

老婦人は両腕を広げた。クリスは靴の痛みも忘れてその腕に飛びこんだ。

「あなたのお母さまが忘れさせたのよ。トラブルとわたしを邸から追い出して、二度と来るなと言った日に」

クリスは、輝く灰色の瞳を見ながらけげんな顔で訊いた。

「そんなことが？　初めて聞くわ。おばあさまと将軍の写真はちゃんとあるのよ。母のメイドが化粧台の上から持ち去ったりはしていない。なのに、なぜ見忘れてたのかしら。おばあさまはほとんど年をとっていないのに」

「あらあら、ロングナイフらしい嘘をつくようになったのね」ルースはふざけてクリスを叩いた。

「トラブルおじいさまもいらしてるの？」

深く考えるまえにその問いが飛び出していた。クリスは眉をひそめて訊いた。

ルースは答えた。

「なるほどね。その反応からすると、あのいたずら小僧がまたなにか悪さをしでかしたのね。そしてあの片頰だけの笑みを見ると、わたしたちの多くが警戒心をいだくわけを、あなたもようやく理解しはじめたと」

「まあ、彼のアドバイスは二重に、いえ、三重にチェックする癖はついたわ」

「立派ね。次はずる賢いレイが思いつくことを十回、二十回とチェックすることよ。そうすればこんな白髪になるまで長生きできる」

よい助言だ。現役海軍士官が、その最高司令官たる王の命令に対して、そんなことをできればの話だが。

クリスは落ち着いて話をしようとルースをテーブルの席に案内した。

「ところで、この星へはなにをしに？」

「古代史を教えているのよ。わたしにとっては五、六分前の出来事だけど。ガーデンシティ大学の客員教授をしているの。統一戦争とイティーチ戦争の遺物だと思われているわ。埃っぽい昔話をくりかえす老人だと」

（ルースは現代史の博士号をお持ちです）ネリーが脳内で注釈を加えた。

「わたしの記憶どおりなら、おばあさまの講義を聞いて居眠りする暇はないはずね」ルースの話はただの昔話ではなく、読むべき本の示唆が頻繁に挿入されるのだ。「そして学生たちが睡眠不足で目を腫らすほど宿題を出す」

ルースは肩をすくめた。

「苦情はあまり聞かないわ」

本当にそれだけのためか。それともなにか裏があるのか。クリスにとってはたいていなにかあるのだが……。それとなく探ってみることにした。

「トラブルおじいさまもいらっしゃるの？」

ルースは鼻を鳴らした。

「エデン星を初めとしていくつかの惑星からは、いつでも彼を歓迎するという招待状が来ているわ。ほんのひとときでも立ち寄ってもらえるなら……そして悪い目的でなければと」

「わたしはいい目的のためにここで働いているわ」

クリスは、偵察ナノバグを担当している女性海兵隊員に目をやった。しかし女性隊員は首を横に振る。こういう社交行事では空中はナノバグだらけだ。

クリスはうなずいた。そして自分がエデン星に派遣されたおもてむきの任務を、この大好きなおばあさまに簡潔に説明した。するとルースは言った。

「よく聞きなさい。中身のない任務に見えても、ちゃんと中身はあるものよ。わたしもあのパットン号に、表むきはただの野菜栽培係として赴任したんだから。あなたはあのポンコツ船をしばらく乗りまわしたそうね」

「退役軍人たちのおかげよ。パットン号を博物館に変えて、ついでに多少なりと戦える軍艦に変えてくれたわ」

「多少なりと戦えたのなら、わたしたちが乗っていたころよりましよ」ルースは笑った。

「昔からひどかったわ。もうスクラップになった？」

「さあ、どうかしら。最後に見たときはハイチャンス・ステーションに係留されていたけど。あちこち壊れた姿のままで。あの星の住民のものだから、彼らが決めることよ」

ルースは軽く間をおいてから訊いた。

「ところで、あなたはどんな決断を迫られているの？」

クリスは見まわした。もちろん、飛びまわるナノバグが見えるわけはない。

「さあ、どうかしら。近いうちにお昼でもいっしょにいかが？」

「今日のあなたのようなお昼は遠慮するわ」

「知ってるの？」すると疑問が湧く。「どこからそれを？」

ルースは笑った。体の奥から湧いてくる笑いだ。

「学生にヨーロッパ領のトルコ人コミュニティ出身の子がいるの。〈トルコの真実《ザ・ターキッシュ・トゥルース》〉を推薦されたわ。通称トリプルT。おおむね信用できる情報源よ」

「わたしは〈エル・カミーノ・レアル〉を推薦されたわ」

「いい新聞よ。トリプルTと記事を共同掲載していることも多いわ。あとは日本人学生が信頼している〈バンザイ〉かしらね」

クリスはそわそわしはじめた。もっと話したい。しかし人類宇宙に公表できる話ではない。ロングナイフ家の伝説をつくった獣の群れに夫人としてはいっていったこの人物に、訊きたいことがいろいろある。

ルースおばあさまとトラブルは正確にはロングナイフ家の人間ではない。しかしトラブルはイティーチ戦争でレイの右腕として活躍し、戦後も家族ぐるみのつきあいをしてきた。彼らの娘のサラは、祖父アルの最初の妻になった。車の運転中にトラックが運転席側に突っこんできて亡くなるまでのことだった。事故だったのか、粗略な暗殺だったのか、いまとなってはわからない。

そう、ルースおばあさまは呪われたロングナイフ家の人間に近づきすぎた悲劇を知っている。それでもこうして曾孫娘に声をかけてくれる。他人のふりをしようと思えばできるのに。

待てよ。ルースおばあさまは、どうやってこの催しに来たのか。

いつのまにか自分が会話を放置してしまっていることに気づいた。小声で訊いた。

「おばあさまはだれに招待されて？」

かつての戦士はまた笑った。

「わたしたち大学教授には独自の方法があるのよ。貧乏だけど、洗練された貧乏人だから。名前も出さないわ」フロアを見まわした。「たとえばこのなかには夫人を同伴していない老人がいる。ああ、あそこだわ。あの派手な娘にダンスを申しこむ列に加わっている。奥さまに告げ口しようかしら、やめようかしら」

宇宙に知られてもかまわない話題がもうひとつあるのを思い出した。

「軍用ブーツ以外でまともな婦人用の靴をどこかで探せないかしら」

二人はクリスの足もとを見た。

「そのサイズだと、わたしが昔履いていた搾乳作業用の長靴しか思いつかないわね。ハートフォードの貧しい農場で、自分をお嫁さんにしてくれる素敵な男の子があらわれるのを待っていた時代の話よ」

「男の子は惜しいことをしたわね。おばあさまが男を探すのに苦労したなんて信じられないわ」

「苦労したわよ。ただの男の子なら簡単にみつかるけど、大人の男はなかなかね。ちょっとそこのあなた、海兵隊の。そう、あなたよ、中尉」

ジャックはそれまでよそをむいていた。金魚鉢のなかのように狭い社交界で可能なかぎりクリスのプライバシーを尊重していたのだが、ルースに呼ばれてふりむいた。

「はい」

「いつになったらこの子に求婚して貞操《オーネスト》のある女にするつもり？」

クリスは悲鳴を漏らした。しかしジャックは落ち着いて対応した。

「トードン中佐、ロングナイフ家の女性を正直者《オーネスト》にするのは不可能です。生まれながらに不正行為の常習犯で、分別のつく年齢ではさらに邪悪になる。分別などつかない。残念ながら、わたしは弾よけにはなれても、彼女を正直にすることはできません」

困る質問をあざやかにかわした。クリスとしては本心での答えを聞きたい質問でもあったが。

またその返事は、いつかクリスが本命の男性におなじ質問をしたときに返されるかもしれない答えでもある。うむむ。

あとは無意味なおしゃべりが続いた。退屈した神のおかげか、ビクトリア・ピーターウォルドはクリスがあくびをしはじめるまえに会場から撤退した。おかげでクリスも遅くならないうちに帰宅して、いい一日を締めくくることができた。

いい一日だったことになっているのだ、表むきは。

幕間 1

グラント・フォン・シュレーダーはリムジンのドアの内張りを指先でこつこつと叩いていた。そうやってミズ・ビクトリア・スマイズ＝ピーターウォルドが最後の写真を……その五枚目を撮り終えるのを待っている。

この娘は見栄っ張りだ。虚栄心の塊だ。

ようやくドアが閉まり、グラントはすぐに車重数トンの車体を走らせはじめた。さらに指先をこつこつと叩いて待つ。やがて秘書コンピュータがじかに接続された脳内で報告した。

(車内の情報安全を確認)

グラントは苛立ちを抑えて、できるかぎり穏やかな声で尋ねた。

「お父上がお嬢さまにエデン星訪問をすすめた理由はなんでしたか」

「曖昧なことを言っていたわ。たとえば、困ったことがあったらあなたに頼めとか」

ご令嬢はドレスの上端をなおしながら答えた。布地に乳首の形がきわどく浮いている。

グラントは低く毒づいた。そして年齢にともなう良識と男性ホルモンの低下をありがたく思った。

「それとともに、世間並みの常識を身につけて、兄上より長生きできるようになれともおっしゃったはずです」

ビクトリアは眉を上げた。父親と対面したときの映像をペーターが流したのか、それとも父親が言うほどその身辺のセキュリティは万全ではないのかと考えている。

その検討が終わるまで、グラントは口をつぐんで待ってやった。

「ロングナイフの娘と対決するのは愚かです」

「そんなわけはないわ」ビクトリアは即答した。「あの女は兄を殺したのよ。生かしてはおけない。むこうだってわかっているはずよ」

グラントはため息をついた……声を出さずに。ピーターウォルド家の十三代目のふたりときたら。兄の十三世には二度会ったことがあったが、感心しなかった。その妹も同類だ。グラントはげんなりしながら深呼吸し、隣にすわった肉感的な娘に良識を説きはじめた。

「兄上は亡くなられた。それはたしかです。しかし死にいたった状況は推測の域を出ない。確実なのは、彼がミス・ロングナイフと剣をまじえていたこと。しかも何度も。中立的な立場でいうなら、それはやめるべき悪癖です」

「あの女は兄を殺したのよ。報いを受けさせる」ビクトリアはいまいましげに言った。

レッスン1にしてこれだ。グラントは大きな成果を期待せずにレッスン2に移った。

「あなたの寝室で秘密の一時間をすごす男たちはもういなくなります」

「あら、ビタリーはよくお勧めしてくれたのに」若い娘は舌なめずりをした。「そういえば最近見ないわね。あの子はどこ？」

グラントはグリーンフェルド星へ帰る宇宙船で、ハリーことヘンリー・スマイズ－ピーターウォルド十二世にじかに説明するつもりだった。ハリーは大いに興味を持ってくれるだろう。その娘が望む寝室の一時間にどのように対処したか。それが十五年がかりの計画をどのような危険にさらしたか……。グラントはその会見の席でビタリー・グルーシュカの二の舞になりたくなかった。

「彼は呼び出されてお父上と会ったのですよ」グラントはそれだけを言った。

ビクトリアは微笑んだ。あたかもグラントが知らないことを知っているかのように。あるいは、グラントの下で十年間よく働いてくれた若者の安否など気にしていないように。

「ピーターウォルド家の人間を殺した者は、おなじように殺されるべきよ」

「では、よそで殺してください。このエデン星でわたしたちはビジネスをやっている。莫大な利益を生むビジネスです。外聞の悪いことは内輪にとどめていただきたい。お父上は利益の上がるビジネスを学ぶためにあなたをここへよこしたのです。厄介なロングナイフを殺したければご自由に。ただし、ここではないどこかで」

ビクトリアはしばらく考えこんで、それから笑った。

「わかったわ、グラントおじさん。そうする」

どういう意味か判然としなかったが、今夜はこれ以上言っても無駄だろう。いまさらだが、ピーターウォルド家の者は頭があまりよくない。

離だ。

グラントがこのエデン星にいるのはそのためだ。ハリーに対して苛立たずにいるための距

しかしハリーから送られてきた一個目の荷物が苦痛だとしたら、二個目はよろこびだった。その夜遅く、ミス・ビッキーがおとなしくベッドで眠りについたころに、グラントの書斎のあるドアが開いた。たいていの訪問客はそこをグラントの〝自己満足の壁〟だと思っている。さまざまな業界の有名人と握手しているグラントの写真が飾られているからだ。

じつはここは、グラントの標的の壁なのだ。

その壁の奥にある秘密通路から出てきた経験豊富な標的は、鍛え抜かれた戦士だった。

グラントはその男を抱きしめた。

「エディンハルト・ペトロビッチ・ミュラー。まだ生きていたか」

「それを言うなら、あの幸運なグラントが腹が出るまで長生きするとは、昔のチームのだれも思いませんでしたよ」

やや年下のミュラーは、そう言って贅肉などないグラントの腹を軽く叩いた。グラントは答えた。

「おまえがチームを率いてくると聞いたときは、暗号の解読ミスを疑ってプログラムを二回動かした。しかしまちがいなかった。おまえだ。チームの他の連中もおなじように筋金入りか？」

「あなたに鍛えられたとおりです」エディンハルトはにやりとした。

かつてグラントが指揮した若い少尉も、いまではこめかみに白いものがまじっている。若者は知恵をつけ、自分の特任部隊を率いている。もちろんグラント自身も老けこんだつもりはない。笑って言った。

「中隊もすぐに来るのか？」

「多くはすでに到着しています。それぞれ身分を隠して。おなじ職業を名乗っている者はいません。一人くらい摘発されても驚かないつもりでしたが、いまのところ全員そろっていま す。エデン星の警察の目は節穴なんですか？」

「節穴ではなく、旧弊なやり方に慣れきって、たるんでいるんだ。この星は熟した果実だ。だれかにもぎとられるのを待っている」

チーム指揮官は直立不動で踵をあわせ、敬礼した。

「昔のように果実をもぎとるのを夢みていました。やりましょう」

12

未明にアラームが鳴ると、クリスはベッドから跳び下りた。海兵隊は最高の早起き仲間だ。ジョギングの服装は軽いのが一番。スパイダーシルクのボディスーツに、セラミック製防弾プレートがはいったトレーナーと運動用ショートパンツ。同様のアーマーがはいった軍用ブーツだ。

たいていの個人携行武器の攻撃に耐えるこの防備で、自分の拳銃を腰のくびれに隠す。そうやって出ると……ホールにジャックとペニーがいた。

「海兵隊には負けられませんから」

ペニーのスウェットシャツの胸には〝進め、海軍〟と書かれている。

ジャックのスウェットはまだウォードヘブン・シークレットサービス仕様。すなわち無地だ。

クリスは友人たちと大笑いしながら意気揚々と外へ出た。

そして驚いて急停止した。

待っていたのはデバル大尉だ。整列した兵士たちを見まわすクリスに、デバルは敬礼した。

「海兵隊派遣隊のトレーニング準備はできております、殿下」

「しかも完全戦闘装備で！」クリスは声をあげた。

そうなのだ。海兵隊の全員が左腕にM－6をかかえている。正式な視察はクリスはやったことがないのでわからないが、ざっと見て完全な戦闘装備だ。そして……実包を装填しているらしい。

「ここまで必要なの？」クリスは小声で訊いた。

「適切な防備と装備をせずに海兵隊を危地におもむかせることはしませんよ、殿下」

クリスは額のあたりで手を振った。デバルはさっと敬礼をやめた。

「一等軍曹、派遣隊を二つに分けろ」

号令に従って、全体がきびきびと三歩移動した。すると第一小隊と第二小隊のあいだにクリスたちがはいる空間ができた。

「相当量の武器弾薬だけど、携行許可は？」クリスは訊いた。

「そのような法律の細目を気にする人間はまだ熟睡していると確信しています。この好都合な状況が変化しないあいだにトレーニングを終了させるべく、急いで出発することを提案します、殿下」

さっさとしろと言われたクリスは、ジャックとペニーのあいだに並んだ。

「おっと、もうひとつ。この星の狙撃手はかなり腕が悪いとのことです。そこで殿下はこれを着てください」

デバル大尉がクリスに手渡したのは真っ赤なスウェットシャツだ。前面には獰猛そうなブルドッグが描かれ、〝常に忠誠を《センパー・ファイ》〟とつぶやいている。背景は金色の球と錨とロケット宇宙船だ。

そして背面には同心円の標的マーク。ネイビーブルーと金色ででかでかと描かれている。

「わざわざ、ありがとう」

クリスは言って、アーマー入りの自分のスウェットの上からそれを着た。

デバルはにやにやしながら説明した。

「海兵隊に付随的な死傷者が出ては困りますので。万一海兵隊員が被弾するときは、前からでなくてはいけない。撃たれるときは敵に突撃しながら」

「そうだ《ウーラー》」海兵隊のかけ声があがった。人々の眠りをさまさないように小さく。

「一等軍曹、派遣隊を前へ」

むかう先は緑地帯だ。夜半に小雨が降り、空気はひんやりとして樹木と土の匂いがした。そして本物の汗の匂いだ。人通りはない。ゴミ収集車が前夜に出されたゴミを集めている。

クリスにとってはあっというまの三マイルだった。さすがに息が切れた。社交行事が多すぎるせいだ。社交の場でもいまのように標的マークを背負っていることを意識すべきだろう。敵の下手な鉄砲も数を撃てば当たるのだ。

大使館に近づいたとき、黒い大型セダンが前方で停まった。一等軍曹が隊列を停止させる。運転席からジョンソン警視が下りてきた。今日はお抱え運転手はいないのか。さすがにこんな時間だからか。

クリスは隊列を抜けて駆け足で警視の前へ行った。ジャックとデバル大尉がややうしろに続く。話が聞こえ、いつでも応援に出られる位置だ。

きびしいまなざしで海兵隊を見る警視に対して、クリスは言った。

「こんな早朝にお目にかかるとは思いませんでした」

「市の清掃部からの電話で叩き起こされたのですよ。緑地帯が軍隊の侵攻を受けているとね。どこの軍かは心当たりがあった」両腕を広げて驚きを表現する。「そして来てみたら、あなたがいた。きみと、きみも」

ジャックとデバルを顔でしめす。そのデバル大尉がクリスに訊いた。

「隊を帰らせてもよいでしょうか、殿下」

「ぜひそうしてもらいたい」警視が言った。

「よろしくお願いするわ」クリスは即座に落ち着いた声で言った。

ジャックとペニーがクリスのすぐうしろで警護についた。ビルの屋上、通り、その他クリスの死を招く危険がひそんでいそうな場所に目を配った。

戦闘装備の海兵隊は駆け足でかたわらを通過していった。しかしクリスを無防備にしたのは短時間にすぎなかった。一分とたたないうちに作業服姿の二人の海兵隊員が大使館から駆けてきた。センサー当直の隊員らしい。やや遅れて松葉杖の海兵隊員一人がよたよたとやってきた。左足がギプスで固定されている。あわてて着たらしいスウェットの上下という服装だ。

　これにはさすがのクリスも胸を打たれた。海兵隊のファミリーの一員として迎えられたようだ。仲間として認められた。背筋が震えると同時に、力がみなぎった。この男女は自分のために命を捨てることもいとわないだろう。

　もちろん、この無言の契約は双方向だ。忠誠心は上にも下にも流れる。そうでなければそもそも存在しない。ありえないように思えるかもしれないが、いまのクリスは彼らのために生命を賭する義務がある。軍隊を知らない者には、クリスが下士官や末端の兵士のために自分のすべてを投げ出すというのが理解できないだろう。しかしクリスはわかっている。厳粛な誓いは双方をひとしく縛るのだ。

　そうでなければ成立しない。一人は全員のため。全員はおたがいのため。地獄の入り口が開いて、責任をはたすべきときがきたら、そうしなくてはいけない。

　クリスはすこし背が高くなった気がした。背筋が伸びた。一等軍曹の期待どおりだろう。相対しているのが警察のジョンソン警視だとしても。

　警視が目のまえの女性の変化に気づいたかどうかはわからない。気づいたとしても顔には出していない。

「武器携行許可を持ってきてもらえたのでしょうか」クリスは口火を切った。

「それはわたしの仕事ではない」

　警視はそう答えて、口をつぐんだ。さらに言うかどうか考えているようだ。

クリスは視線で彼をとらえた。優秀な政治家はひたすら目をそらさないことで、告白や譲歩や選挙戦の寄付金を得るものだと、幼いころから父親の膝の上で学んでいた。

そして相手の視線を人質にとるのは、他の人質とちがって罪に問われる心配がない。

白みかけた空の下で、クリスの視線は効果を上げた。

「警察内の、あるいは外部の人々の一部が、許可か保留かで意見が割れていましてね。あなたの行動に手綱がかけられなくなるのではないかという心配がある」

標的になる場所に丸腰で出ろというのか。許可なしではもはややっていけない。銃規制法を無視するクリスとその仲間には、いずれ反発が強まるだろう。大使館を出るたびに身体検査がおこなわれるようになったらどうするか……。

「昨日の道路脇にしかけられた爆弾をわたしたちが偶然爆発させたおかげで、難を逃れた車列があるはずです。その人物がお礼がわりに許可を出してやろうとなさるのでは？」

クリスはまばたきしながら言ってみた。映画ではかならず効果があるやり方だ。ビクトリア・ピーターウォルドがやれば成功確実だろう。

さらにべつの切り札も試した。

（ネリー、わたしたちが救った人物の名前はわかる？）

（いいえ、クリス。まだ調査中です。調査は恐ろしくこみいっています。いま説明しますか？　長くなりますが）

（あとでいいわ）

ネリーは役に立たない。クリスの色気戦術もだめだったようだ。警視は首を振った。

「残念ですがね。公式に認められた事件なら公式に感謝しますが、公式には起きていない事件ですから。そして非公式にもあれがなんだったのか理解できていない。もしもあなたを狙った爆弾があやうくこの星の人々に被害をおよぼすところだったのだとしたら？　そのようなことは起きてほしくない」

そしてこの星ではさまざまな事件が痕跡を残さず消える。これではクリスは自分の名誉を守ることも難しい。眉をひそめて訊いた。

「では、わたしがはいった高価な棺桶をレイ王やアルおじいさまや父のもとへ送って、あなたの所轄でわたしが死んだことについて、誠実かつ外交的な謝罪をするつもりですか？」

警視はにこりともせずに返した。

「ウォードヘブン星もグリーンフェルド星へ、ヘンリー・ピーターウォルド十三世の死についてさぞかし誠実かつ外交的な謝罪をしたのでしょうな」

「外交的な謝罪に誠実さなどありませんわ」

クリスはむっとして答えた。なるほど、この攻め口はうまくなかった。では次の手は？

今度はジョンソン警視がまばたきせずにクリスを凝視していた。なにを訊く気か。

「あなたはなにをしにこの星へ？」警視は小声で訊いた。

クリスの背後でジャックが鼻を鳴らした。

「その質問だけは……」ペニーがため息とともにつぶやく。

クリスは天を仰いだ。もちろん早朝の空をおおう灰色の低い雲に答えは書かれていない。今度はクリスが大きなため息をついた。トムのアイルランド流の芝居がかったため息にもひけをとらない。それから相手の目をまっすぐに見て言った。

「警視、この惑星は体制が安定し、強固な銃規制法があり、法に従う住民がいる。だからウォードヘブンのおてんば娘を放りこんでおくのに最適な場所なのだと言ったら、信じますか？　リム星域の情勢が落ち着いて、彼女が前回やらかした危険な行動が忘れ去られるまでのあいだ」

「信じるかと？　いいえ」

「ええ、わたしもだんだん信じられなくなってきているわ」クリスは小声でつぶやいた。

警視は軽く笑った。クリスは続けた。

「ここに到着して、あいかわらず暗殺未遂が起きるのを経験してからは、まったく信じられなくなりました。事件は公式の記録に残らない。深夜のニュース番組でも報じられない」

クリスは最後のところを強調した。この星はいったいどうなっているのか。

警視は薄笑いを引っこめた。

「どうやら真剣にお悩みのようだ」

「真剣です。昨日の爆弾のように。わたしにあたえられた任務はペーパークリップやその他の事務用品の購買、コンピュータの販売とソフトウェアのライセンス契約の締結など。ようするに、ヘンリー・ピーターウォルド十二世が息子の死とわたしのかかわりを忘れるまで、銃弾が飛んでこないところでおとなしくしてろということです」

「銃弾は飛びませんよ。当面は」

「そうでしょうか。しかもビッキーがあらわれたいま、状況が変わるのでは」クリスは眉をひそめて考えた。「彼女のビザ申請の時期を調べてもらうわけにはいきませんか？　わたしのビザ申請より先だったのか、あとだったのか。あとだったとしたら、直後だったのか」

警視は眉を上げた。

「興味深い問いですね。調べてみるかもしれません。場合によっては」

「結果を教えていただけませんか？　場合によっては」

クリスは、妖艶な女を演じるのは下手だが、ヌー・ハウスの料理人をまるめこむのは幼いころから得意だった。それこそよちよち歩きのころから。

警視はクリスをじっと見た。

「できるかもしれませんな。あなたがこの星へ送りこまれた本当の理由を探り出して、わたしに教えてくれたら」

「〝場合によっては〟とか、〝かもしれない〟とかの但し書き付きでは取引できませんね」

「もちろんわたしも取引成立の握手をするつもりはない。聞いたことがあるでしょう。ロングナイフと握手するのは危険だという話を」

「ええ、子どものときから知っていますわ」クリスは低く言った。

「またお会いする機会があるでしょう。かならず」

警視は去っていった。

「どういうことだったのですか？」ジャックが訊いた。

「ぜんっぜん、わからない！」クリスはたまった怒りを一言ずつ吐き出した。「むしろ教えてほしいわ。なにか思いあたることはない？」

ジャックもペニーも首を振るばかりだ。彼らは大使館にもどった。シャワーを浴び、着替えて、朝食をとる。それまでにひらめいたことはなかった。しかし大使のオフィスから呼び出しもない。ということは、上司がかかわるような問題ではないということだ。

愉快な契約交渉に出る準備をしていると、ネリーが割りこんできた。

「クリス、ルースからメッセージがはいっています。今日のお昼をいっしょにどうかとのことです」

「いいわよ、たぶん」

クリスは答えながら、ジャックとデバル大尉のほうを見た。二人ともうなずいたので、完全な警護体制を期待できそうだ。

「今日のルースは授業があるので、昼すぎにガーデンシティ大学の教職員棟前で待ち合わせたいとのことです」

「そこで待ってると伝えて」

ルースと話すのは楽しいだろう。もしかしたらテーブルの下で封印した命令書をこっそり渡されるかもしれない。無害な老人を介した命令伝達というわけだ。

無害な？　お笑いぐさだとクリスの被害妄想の部分は考えた。
それにしても、自分はなぜここへ送りこまれたのだろう。

13

　契約交渉のテーブルにつき、明るい愛想笑いを顔に張りつける。そして……ネリーの長くて有益らしい説明を聞くことにした。

　たしかに長かった。有益かどうかは……わからない。断片をつなぎ、多くの空白を推測で埋めれば、興味深いことが浮かんでくるかもしれない。

（クリス、まずエデン星は人類とコンピュータが発明した最高の暗号システムをそなえています。そしてシステム内は見渡すかぎりファイアウォールにつぐファイアウォール。それどころかオフラインでしか手にはいらない情報もある。デ一タ復元のために料金支払いと人手を介した許可取得が必要なものもある。そもそもデータの標準形式というものがありません。情報の保存と取り出しにおいて、ここはまるで巨大なバベルの塔です。たいていの惑星は住民がデータを入手しやすいように整理しています。ここはそうではない。だれでも知っていることを、ここではだれにも知らせないようにしているようです）

　クリスは困惑を顔に出さないように努力した。テーブルではコンピュータとアップグレードの料金をめぐって交渉中なのだ。

祖父のアルは、クリスが海軍を辞めたらいつでも雇ってやると言っていた。ヌー・エンタープライズの本部に、万全の安全管理をしたオフィスを用意すると約束した。クリスはその好条件の提案を蹴る手紙をアルに書き送った。将来もし自分が提案を受けたいと求職にあらわれたら、その場で射殺してくれと依頼した。

当時のクリスの脳は、得体のしれないエイリアンにむしばまれていたにちがいない。とにかくまず、ネリーが直面している問題だ。エデン星の人々は情報共有にきわめて消極的だ。クリスは、情報は力であると教えられて育った。エデン星ではその情報から人を遠ざけている。

こんなときにどう調べればいいのか。ルースに尋ねてみなくてはいけない。

ネリーはデータの標準形式がないことについて長々と説明していた。ウォードヘブンでは個人のファイルは、氏名、生年月日、ID番号で開くことができる。このエデン星ではそれらはファイルの奥にしまいこまれている。そしてシステムごとに異なる場所に保存している。

(さらにシステムごとにクラックして侵入しなくてはいけないんです。いちいち全部!)

(データ辞書のようなものがあるはずよ)クリスは考えた。

(あります。ただしオフラインか、まったく無関係なタイトルで。クリス、ここの人々は被害妄想です。統合失調症です。みんな頭がおかしいんです。本に書いてあるとおりです)

ネリーはウォードヘブンの医学書をすべて参照している。しかしここでいう〝本〟とはいわゆる教科書ではない。最近のネリーはアクション、サスペンス、犯罪物のフィクションを片っ端から分析している。人間にとって恐怖とはなにかを研究している。自分たちが頻繁に死の窮地におちいるのは、恐怖を好むクリスの性格のせいだと非難していた。

（あなたのせいでみんなが何度も死にかけるのだとしたら、早期警報システムが必要です。厄介な事態をまえもって察知する必要がある。ジャックとペニーはそれがわかるようです。二人は恐怖を知っているからです。わたしはデータにもとづいた予測しかできない。もっとふさわしい能力が必要です）

おかげでクリスは、追いかけられる夢や、大量殺人や、不気味な怪物の夢に毎晩悩まされるようになった。悪夢の研究はいいが、バッファできちんと遮断しろとネリーに命じると、ようやく悪夢はおさまった。

かわりに、いつもの悪夢がもどってきた。追いかけられ、殺されそうになる夢だ。そして、自分の命令に従ったばかりに早死にした人々の夢も。

クリスは思わず身震いした。さすがに契約交渉の席ではふさわしくない。

「すこし……肌寒くない？」

だれも同意しなかった。

しばらく交渉のやりとりを聞いてから、またネリーの話にもどった。

（メディアはどうなの？　真相を知る人はかならずいる。万人を常時だましつづけることはできない）

最後のところは首相の受け売りで、その首相もどこかからの引用だ。

（メディアはありますしかし主流とみなされるメディアの報道はあまり信用できません。とりわけわたしたちが見聞きしたことを基準にすれば。現在は大使館の購読メディアを調べています。興味深い経験ですね。苛立たしいと人間がいうのはまさにこういう状況でしょう。わたしたちが知る二度の事件にまったく言及していないどころか、そもそも政治的な話題がない。掲載されているのは家庭内の騒動や、バーや台所や学校での刃傷沙汰。しかし銃は出てこない。爆弾もない。さらに興味深いことがあります。ニュースが消えてしまうのです）

（アーカイブにはいるという意味？）クリスは訊いた。

（たしかにアーカイブにはいる記事もあります。それは追加購読料を払えばアクセスできますし、追加は大使館が払っています。しかし、たとえば新しい政策が発表されたときに、古い政策はどうだったのかと探すと、アーカイブにない。記事のなかに前回の演説へのリンクがあっても、その演説も事件もみつからない。出てこない。データストレージは、はるかに多くのデータを蓄積できる容量があります。そのどこかにあるのはまちがいない。なのに、アクセスできない。クリス、こういうことは不愉快でしかたありません）

ネリーはクリスの頭のなかで唾を吐かんばかりに怒っていた。クリスはくすくす笑いを嚙み殺した。目のまえの交渉にはふさわしくない。

ネリーは失敗の経験が少ない。現バージョンのコンピュータが、この状況にどう対応するのか見物だ。

（他のニュースソースはどうなの？　マルティネス警部補やルースおばあさまから推薦され

た新聞があるでしょう）

（大使館はどちらも購読していません。ペニーの口座から両紙を購読しました。他に言及された二紙を、さらにジャックの口座から。購読料はいずれも安くなかったので、あなたの口座から二人に補塡しておきました。二紙ともわたしたちが見た事件を報じています。しかし内容は不充分です。緑地帯で爆弾が破裂したことは書かれていても、車列の存在にはふれていません。官庁街で銃撃戦があり、オートマチックの拳銃が使用されたと思われることは報じています。しかし死者数の記載はありません。いっそこちらで記事を書いて送ってやりましょうか。収入になります）

（身内の新聞記者は一人で充分よ、ネリー）

アビーに加えてネリーまで王女の身辺情報を売りはじめたら、クリスにはプライバシーがなくなる。

契約交渉は山場にはいっていた。ネリーの残りの話はあとで聞くことにした。テーブルのやりとりにより多くの注意をむけはじめた。しかし頭ではネリーの話が気になった。

わかったことは多くない。エデン星は臭《くさ》いという強い感触があるだけだ。古い宗教逸話になぞらえれば、蛇がだれなのか、その蛇が潜む木がどこにあるのか、まだ見当がつかない。だれが人々の身代わりになっているのか、あるいは裸足で歩かされているのか。

まもなくクリスは昼の休憩を宣言した。そしてべつのことを考えはじめた。

ルースおばあさまは、クリスにあたえられた本当の命令を知っているのではないか。かりにそうでなくても、楽しいおしゃべりができるだろう。そしてエデン星のパズルにはめこむべきピースを、いくつかみつけられるかもしれない。もしかしたら。

14

昼食に出かけようとすると、リムジンは見あたらなかった。かわりに三台の巨大な黒い都市型四輪駆動車が、大使館の車寄せに停まっていた。ジャックがカーキと青の礼装軍服姿で隣へ来て、コインを投げた。

「表だ。どうぞ中央の車両に」

「もし裏が出たら？」

「もう一度投げて確認します」

ジャックは平然と答えてドアを開けた。ペニーがすでに奥の窓際の席にいる。ジャックはこちらの窓際にすわるつもりらしい。となるとクリスは中央の席しかない。

「ここまで厳重な警護が必要？」

「さあどうでしょうかね、殿下。ふたたび事が起きたときに、これで充分かどうかもわからない」

クリスはジャックにうながされて座席におさまった。まえの席には海兵隊員が三人。いずれもカーキと青の礼装軍服だ。

「十五人とわたしたちです」ペニーが答えた。「エデン星の護衛チームも出ますが、控えている予定です」

「警護班の総数は？」

「姿を見せずに、というわけね」

といいつつ、ジャックの背後にぴたりとついてくるだろう。

「前後の車両には狙撃班が乗っています。危険な状況になったら活躍するはずです。ああ、それからお手洗いに同行する女性隊員も二人。他にご希望が？」

「ええ、あるわ。これらの布陣を合法にする武器携行許可」

ペニーがいたずらっぽい笑みになった。

「希望とゴミ。さて、先にたまるのはどちらでしょうか」

「あなたのおばあさまの口癖？」クリスは訊いた。

「いいえ、トムのおばあさんです」ペニーは答えた。声を震わせずに。

あと数分で大学キャンパスというところで、ネリーが言った。

「クリス、ルースおばあさまから電話です」

「つないで」

「クリス、授業が長引きそうなのよ。教職員棟の裏で拾ってくれる？」

「いいわよ、おばあさま。どこへ行けばいい？」

クリスの面前の空中にマップがあらわれた。その上で緑の光点が点滅している。おなじものが運転手のヘッドアップディスプレーにも投影された。

「わかりました、殿下。キャンパス内をまわりこむ必要がありますが、問題ありません」

「ではそこで」クリスはルースに言った。

すると、緑の光点はマップ上から消えた。

ネリーがクリスの面前からマップを消しながら言った。

「ルースが発信装置を止めました！　民間人にはできないはずなのに」

気分を害しているらしい。ジャックが言った。

「トードン中佐は、たぶん予備役登録を残していらっしゃるんだ。ロングナイフ家の近辺で生きるには、安閑とした民間人とちがって高度な安全対策が必要になる。そしてロングナイフに近づくときは、それを使う冷静な判断力が必要だ。あのお年であれだけ頭が切れるのはそのためだろう」

クリスは反論しなかった。

車列が右左折しながら進むキャンパスは、クリスにとって見慣れた眺めだった。中央には煉瓦造りの建物が集まっている。石造りの円柱が並ぶような大げさなファサードは少ない。その周囲の建物は、惑星が豊かになった時代を反映している。煉瓦ではなく御影石などの石材を使い、新古典主義と呼ばれる建築様式が増える。さらに外側は、今度は人口増大と予算不足に苦しむ時代だ。教室や研究室が詰めこまれた四角い無愛想な箱が並ぶ。高価な建材が必要なほど高層ではなく、高価な土地を無駄遣いするほど低層でもない。どこの惑星でも教育はおなじ歴史をたどる。

　建物の類似に苦笑したあとは、学生の類似に笑いそうになった。惑星ごとのクッキーカッターで型抜きしたように、みんなそっくりだ。

　空腹な大学生の群れに車列はのみこまれ、のろのろとしか進めなくなった。学生たちは徒歩なのに車を恐れない。道路をわがもの顔で歩く。道を斜めに横切る一年生の二人組とぶつかりそうになって、クリスは言った。

「轢《ひ》かないように気をつけて」

「最大限に気をつけています」

　運転手は答えるそばから、先頭車とのあいだを二人の女子学生が横切ったのでブレーキを軽く踏んだ。

　そうやって低速走行していたのは幸運だった。待ち合わせ場所より二ブロックも手前でルースが手を振っているのに遭遇したからだ。

　ジャックは悪態をついた。普通は最悪の状況で使う表現だが、今回は称賛の気持ちだ。

「あなどれない人物だ」

　ジャックはドアを開け、自分用には補助席を引き出した。ルースはクリスの隣にすわった。ジャックは肩ごしに運転手に指示した。

「次を右折してさっさとこの混雑から出ろ」

　ルースは言った。

「三寸の虫にも神がお与えになる常識すら、この学生たちは持ちあわせないのよ。本当に。そういう彼らがわたしは好きよ。学ぶ力を持っていることを誇らしく思う。でも学んで利口になっても、自分の安全にはまるで無頓着。平和はいいけど、長すぎる平和は考えものよね」

ベルトを締めるルースに、クリスは尋ねた。

「キャンパスの出口へむかっているけど、食事はどこで？」

「いい店を知ってるわ。このまま六ブロックほど進んで、右折して四ブロック」

リストユニットを持ち上げて、運転手のコンピュータになにかを送った。

「了解しました」運転手はすぐに答えた。

「予約は？」ジャックが尋ねた。

「そこがいいところなのよ。半径数光年で最高のギリシア料理を出す店だけど、予約は受けつけないの。ああ、追加料金を払えば奥の別室を用意してくれるわ。そのほうがいいでしょう」

そう言って、ジャックに意味ありげな笑みをむける。ジャックは警護対象に言った。

「クリス、あなたのご親戚でありながら常識のある方がいらっしゃるのですね。長生きさえすれば」

ルースは半白の髪を押さえながら言った。

「わたしは姻戚としてこの家系に加わっただけよ。わたし自身は農夫の娘。母の膝にすわって父の陰気な顔を見ながら、常識というものを学んだわ。雨が降るのはいつか、農場のローンをどう返すかと悩みながら毎年暮らす。そうすれば、なにが重要でなにがそうでないかわかるようになる」

クリスは鼻を鳴らした。ジャックがルースを称賛するのが気にくわない。

「それほど常識があるかしら。この二十四時間に二度もロングナイフと会っているのよ。これは大変な危険行為。非武装で警護もつかない年輩女性にとっては」

「だれが非武装ですって？」

ルースはどこからともなく銃を抜いた。女性的でありながらきわめて危険な外観の自動式拳銃だ。そしてジャックになにか言われるまえにすばやく隠した。どこに隠したのかクリスにはわかったが。

「さらに美形の若者が二人ついてきているのに気づかないかしら。わたしの身辺に目を光らせている。優秀なボディガードよ」

「待ってください」ジャックはとうとう片手を上げた。

クリスも訊く。

「どうやって銃を入手したの？　どこでボディガードをみつけたの？」

「雇ったのよ」ルースは当然のように答えた。

「どうやって!?」クリスもジャックもペニーも……ネリーさえもいっせいに訊いた。

「業者組合を通じてよ、もちろん」

ネリーが問いただした。

「どんな組合ですか？　護衛、武装エスコート、ボディガード、警護チーム……。普通の惑星で使われるあらゆる名称で職業別データベースを検索しましたが、それらしいものは一件もヒットしなかったのですよ」

「わからないの？」

ルースはクリスを見て、さらにジャックを見た。ジャックは首を振る。ルースは眉をひそめる。

「あなたがこの星へ来ると聞いて、曾孫娘に会うのが楽しみだという話を大学の何人かの友人に話したのよ。すると翌日、学部長のロゼモンが話があるとやってきたわ。エデン星の最古の家柄で老人の彼は、わたしの身辺警護を強化したほうがいいと助言してくれた。ロングナイフ家とある家のあいだには遺恨があるからと。もちろんわたしは、こんな平和なエデン星でと驚きを表明したわ。平和は大事なことよ。水面下に不穏な動きがあることは知っている。訪れるたびに、ここはもとのままなのかと驚くほどよ。でもとにかく、ヘルマン・ロゼモンはわたしの淑女らしからぬ挑発を受け流して、コンサルタントの電話番号を教えてくれたの」

ルースは肩をすくめた。

「その番号にかけてみたわ。すると礼儀正しい若者が来て、わたしの一日の行動スケジュールを聞き取り、アパートメントのようすを調べていった。その二日後、あなたが到着するすこしまえの日に、徒歩で大学へ出勤するわたしに屈強な若者二人がついてきた。以来、彼らか、彼らによく似た二人が毎日。アパートメントは夜間も見張ってもらっているそうよ。姿を見たことはないけど」

「銃は？」ジャックが訊いた。

「サービスの一部として。そう言われたわ」

「わたしたちはどうしてそう言われないのかしら」クリスは不満げに言った。「それどころか、そういう組合の存在をまったく聞かなかったのはどういうわけ？」

ルースは軽く笑った。

「わからない？　エデン星は宇宙にいい顔だけを見せるのよ。醜い部分は地元住民と一部の訪問者にしか見せない」

「それは気づきつつあるところ」

「その組合の連絡先を教えていただくわけには？」ジャックが身も蓋もなく依頼した。

ルースは前の座席を見て、後続の車両を見た。

「この海兵隊を地元のサービスに入れ替えるつもり？」

それはありえない。金で雇った地元のボディガードが、いざというときに身を挺して守ってくれるとは思えない。そばにいてほしいのはやはり自分の海兵隊だ。

しかしジャックにはべつの考えがあった。

「彼らはこの星の裏側をよく知っているはずです。われわれは知らなすぎる」

「でもその連中を信用できる？　金で雇った人間は、べつの金を提示されればそちらになびくわよ」

クリスは言った。その疑問符がつくのがアビーだ。身辺の疑問符をこれ以上増やしたくない。

ルースが前の席に呼びかけた。

「ねえ、そこの海兵隊員。リム星域出身のこの蛮族のお姫さまを、あなたならいくらで売る？」

「このク……いえ、惑星の全財産を積まれても海兵隊員は買収されません」

後部座席の銀髪の客人の面前なので、軍曹は言葉遣いに苦労している。ところがルースの返事のほうが下世話でまるっきり海兵隊流だった。

「海兵隊の律儀さはよく知ってるわ。わたしもタフな野郎どもといっしょに海賊やイティーチ族と戦ったんだから。たこつぼにはいるのもビールを飲むのもいっしょの毎日だったわ」

軍曹はなにかに気づいた顔をした。

「ルース？　おばあさま《グランマ》？　まさかあなたはあの……？」

「あのトラブル将軍と結婚したルースよ。もちろん当時の彼はただの大尉だった。厄介事《トラブル》の常連だったことは否定しないわ。ええ、海兵隊員、その愚か者がわたしよ。知りあいになれてうれしいわ」

「こちらこそ光栄です」

もともと硬直していた前席の海兵隊員が、さらにこちこちの姿勢になった。

女性運転手がマイクにむかってささやいた。

「お乗せしたのはトラブル将軍夫人よ。各員、失礼のないように」

クリスは笑った。

「王女なんてたいしたことないわね。おばあさまの扱いのほうがすごい。伝説の人だから」

「伝説なものですか。ただの死に損ないよ。有名で役立たずの夫に釈明したくないから、目のまえでポックリいくのはやめてくれと思ってるだけ。そうでしょう、軍曹？」

「僭越ながら、役立たずという形容については同意いたしかねます」

「あなたたち前線の兵士は、佐官以上の将校など屁のつっかい棒にもならないと本当は思ってるでしょう」

「将軍夫人のまえでは同意できません」

さすがに笑みを浮かべているが、姿勢はあいかわらず鉄の棒をのんだようにまっすぐだ。

「話をもどしますが」ジャックが割りこんだ。「組合からボディガードを雇えば、われわれは武器携行について法律遵守の体裁をとれると思います。いちおうは法律に従い、残りはやむをえずという形にできる」

クリスは反対した。

「素性のわからない者に、わたしの毎日の行動予定を詳しく教えるのは不愉快よ。おばあさまはこの昼食の約束をボディガードに教えたの？」

「二回とも聞かせたわ」笑みを浮かべて言った。

「そして二回とも約束とは異なる行動をしたわけね」とクリス。

ルースは満面の笑みでジャックを見た。

「農場の娘とばかにしても、学習の早さは認めるでしょう?」

「疑念を持ったことはありません。いままで生き延びていらっしゃるのが証拠です」

「では、おばあさまの警護に海兵隊員が一人二人加わっても怒らないでしょうね」

「それはだめよ。狙われているのはあなたなのよ。わたしじゃない」

「王女の警護はわれわれがやります」

前の席の軍曹が笑みを浮かべている。どうやらこの提案はデバル大尉の決定事項であり、ルースの意見は関係ないようだ。

そしてルースが雇ったボディガードが買収されそうな場合でも、海兵隊の影を見れば考えなおすだろう。

めあての店、〈アクロポリス〉に到着した。ルースはまず三人の海兵隊員を連れて店内にはいり、昼食と席の手配をした。ジャックと軍曹は三台の車両周辺に警戒線を設定して、爆弾などをしかけられないようにした。車両が無人にならないように交代で食事をとる順番を決める。打ち合わせが終わったころにルースがもどってきた。

「一番広い部屋を使うことにしたわ。ジャック、ナノバグ掃除をよろしく。クリス、この店を気にいるはずよ」

ルースが最初に連れていった海兵隊員の一人は防護電子技術の専門家だったらしく、クリスが店にはいるまでに掃除は終わっていた。

広い店内にはいると……奇妙な具合になった。常連客たちは軍服姿の海兵隊の行進をまったく無視している。すくなくとも無視しているふりをしている。完全武装で長銃身のスナイパーライフルをかかえて歩いても、顔すら上げない。

「興味深いお店ね」

クリスは店主に言った。模造品の蔓植物を這わせた仕切りのあいだの通路を案内される。店内の壁には、アテネの丘の上に再建されたアクロポリスの風景がある。壁面にじかに描かれているらしい。

「すべてお客さまのご希望にあわせております」店主は快活な笑みで言ってから、肩をすくめた。「でないと、市内にそういう店は他にいくらでもございますから」

クリスはルースに目をやった。ルースは知らぬふりをしている。説明はあとまわしのようだ。

奥の部屋も充分広かった。壁には地球のギリシア市街を窓から眺めた風景が描かれている。二つある本物の窓のそばでは狙撃班がテーブルについた。一カ所だけのドアは海兵隊が左右のテーブルをすぐに占領した。

ルースはクリスたちを部屋の中央のテーブルに案内した。

「ここがいいわ」

店主は注文を取った。

「ランチです。短時間でお出しできる料理です」

ルースはメニューを眺めて、ギリシア語でなにか注文した。店主はそれを聞いて微笑んだ。

「よいご趣味をお持ちです、奥さま」

クリスはおなじものを頼んだ。ジャックとペニーもだ。店主はすばらしい食事を約束してテーブルを離れた。

他のテーブルで、海兵隊はハンバーガーばかり注文している。何人かがラム肉版に挑戦している程度だ。

ウェイターが去ると、ルースは白いナプキンを広げ、水を口に運びながら訊いた。

「それで、この星へはなにをしに？」

クリスは建前の説明をした。

ルースは水を飲むとすぐに愉快そうな笑い声をたてた。

「トラブルからの前回のメッセージで、レイにずいぶん怒っているようすだったのは、そのせいね。あの人はいつものように口が堅くて、レイがなにをたくらんでいるのか教えてくれなかった。いずれわかると言っていたけど、そのようね」

今度はクリスが上品にナプキンを広げた。

「ということは、おばあさまが封印した命令書を持っているわけではないようね。わたしがこの星へ送りこまれた理由について、レイおじいさまが書いたものを期待していたんだけど」

ルースはクリスが言うあいだに数回も鼻で笑った。

「難しいわね、クリス。なぜって、あの男はやることなすことろくな考えがないんだから。知らなかった?」

さすがにクリスは問い返した。

「あの男というのは、あのレイ・ロングナイフのこと? 人類宇宙の端から端まで伝説として知られ、現在は百を超える惑星連合を統べる王ということになっている?」

ジャックとペニーは少々居心地の悪い顔になった。ルースの発言はさすがに反逆罪に相当するのではないか。自称の王位はともかく、歴史的に認められた伝説の人に対してそれは。

部屋の周囲にいる海兵隊員たちは急に壁の絵に興味を持ちはじめたようだ。

「クリス、あなたはこの星の真実を知りたいのね。でもあなたが自分の血筋について子どもっぽい幻想を抱いているようでは、わたしがなにを話しても無駄よ」

クリスはすぐには答えず、言葉を選んで話した。

「知っているわ、おばあさま。多くの人々がロングナイフの伝説で事実と思いこんでいる話は、報道の誤りと大きな幸運の産物にすぎないということを。それがいまだに消えていないのはとてつもない幸運。わたしたちはどこにでもいる生身の人間にすぎない」

ルースは鼻を鳴らした。

「いいわ。ではレイおじいさまについて話して。百惑星の王とやらはどんな人物か」

クリスはしばし考えてから、声の調子を変えずに言った。

「海兵隊に告げる。いまから話すことが明日のメディアに絶対に流れないように」何人かがうなずいた。それからクリスは話しだした。「レイおじいさまの出身は、客引きやペテン師の家系。その血筋の人々が教会に立ち寄るとしたら、牧師の説教が終わったそばから掏摸《すり》や置引きを働くため」

ジャックと一部の海兵隊員は喉を詰まらせたような顔になった。ペニーにいたっては顔を輝かせた。未亡人になった戦いからあとで、初めて見せる笑顔かもしれない。

ルースは口の左右が半白の髪に届くほどににんまりと笑った。

「申し分のない言い方ね」

クリスは追い打ちをかけた。

「というわけで、レイおじいさまがスーパーマンでないという意見は一致したわけね。未来を見通す力などない。自分と人類の半分をしばしば困難におとしいれ、命からがら逃げ出してきた人。それを前提にして、おじいさまがわたしをここへ送りこんだ理由は？」

ドアが強くノックされた。はいってきたのは、芳しい料理の大皿を運ぶ数人のウェイターだ。海兵隊はそそくさと拳銃をしまった。クリスは興味深い料理が次々と並べられるのをしばらく見守った。父親の選挙遊説についてまわった経験から、経験豊富な年長者の食べ方を見てしたがうのが得策であることを知っていた。

ウェイターたちが去ったあと、ルースはなにか考えごとをしているようだった。クリスをじっと見ながら、不思議な匂いのチーズがかかった奇妙な外見のサラダをゆっくりと食べる。

クリスは沈黙を引き延ばしながらプレッツェルに手を伸ばした。しばらくして、意を決して質問した。

「おばあさま、エデン星では一部の人間しか選挙権を持っていないのはなぜなの？」

ルースは吹き出した。

「老人には質問を。そうすれば話す、というわけね」手つかずの料理を見て、「みんな食べなさい。ラムはクスクスとあうわよ。それが食べ方」

クリスはルースの勧めにしたがってすこし食べた。たしかにおいしかった。しかしすぐにフォークをおいて、正面から相手を見つめた。

ルースは話しはじめた。

「ひとつの質問に答えると質問の嵐を呼んでしまう。だから、そもそもの初めから話すことにするわ。地球の各国の宇宙開発において最初の核融合宇宙船が完成しつつあるころのことよ。公費を支給されて量子重力の研究をしていたある変人科学者が、木星の方角で奇妙なものを発見した。中国は無人の高速探査機を打ち上げた。それがたまたまジャンプポイントにはいって姿を消した。するとどの国も火星探査計画など棚上げしてしまった。ヨーロッパのサンタマリア号、アメリカのコロンビア号、中国の笑神号が競うようにこの木星をめぐる奇妙な場所へむかった。地球の冷静な人々が慎重にと呼びかけていたのに、三隻は無人機を一機だけジャンプポイントに送りこむと、次はみずからが突入した。そのときサンタマリア号が行方不明になったのは知ってる?」

ルースの問いに、ペニーとクリスはうなずいた。

「そのために彼らはすこし躊躇した。でもすこしだけだった。アルファ・ケンタウリは利用価値のない星系だったけど、地球のジャンプポイントから一日で行ける場所にべつの星系があった。そこでみつけたのが、この美しい青と緑の惑星、エデン星というわけ。中国は発見して五秒後には植民を宣言していた。アメリカも遅れるわけにいかない。ヨーロッパも続いた。でも、そこへはるばる移住してきたのはどんな人々だと思う?」

「最良にしてもっとも聡明な人々でしょう」クリスは答えた。教師から期待される答えはたいていこれだ。

「教科書的な答えをありがとう」ルースは退屈そうに言った。「さて、船に乗って地球から永久に出ていったのは、本当はどんな人々だと思う?」

「たしか中国は流刑囚を強制連行したのではありませんでしたっけ?」ペニーが言った。

「エデン星の中国領以外では、学校の教科書にそう書いてあるでしょうね。でも北京のかつての支配者が例外だったわけではないのよ。よその惑星をぜひ見たいと希望してエデン星にやってきた人々ももちろんいたけど、多くはなかった。残りは地球の政権にとってうとましい人々だった。囚人とか、厄介者とか。ヨーロッパとアメリカの刑務所は、特別な重罪人を残して受刑者の大半を送った。そしてカルト的な宗教団体。熱心な信者のためにすばらしい新世界を用意した」

「着陸の日の演説には、そんな人々は登場しないわね」

勇敢で先見的なウォードヘブンの初期入植者をたたえる長いスピーチを、クリスは貴賓席で何度も聞いた。

ルースは軽く笑った。

「地球のアメリカもかつてはおなじだったのよ。人口の大半はヨーロッパから逃げ出してきた人々。一部は自力でやってきたけど、多くは破産して年季奉公人として船賃を借りて渡ってきた。年季奉公契約書にサインしてから、進んで刑務所にはいった人々もいた。二百年後の人々は、初期の船に乗った先祖に感謝したかもしれない。でも当時のアメリカ人実業家で、たしかベンジャミン・フランクリンという男は、異なる考えだった。彼はこう書いたのよ。〝新たな入植者を送ってきたジョージ英国王への感謝として、ガラガラヘビを送ってやればいい〟と」

「ガラガラヘビ？」ジャックが訊いた。

「そうよ。大きくて猛毒。暗い路地で会いたくないわ」

「このエデン星もそうだったと？」

「しばらくはね。そのうちアメリカ人は自分たちの惑星としてコロンビア星をみつけた。中国はニューカントン星をまるごと自分たちの領土とした。ヨーロッパ人はおなじくエウロパ星を。日本はヤマト星に進出した。ニューエルサレム星については、いうまでもないでしょう。

こうして、ニューエデン星やニューヘブン星のような多民族同居型の植民惑星への関心は薄れていった。そもそもエデン星は問題をかかえるようになっていたわ。だれが統治するのか？　負債を返して銀行の支配から脱した人々は、自分たちで問題を解決しなくてはいけない。どんな政府に統治をゆだね、口出しを許すのか。でも彼らは口出しされるのが嫌いなのよ」

「だから領地ごとに独自の政府をおいたのね」クリスは言った。

「自分たちの領地では自分たちでルールを決める。惑星政府の気にいらない法律には拒否権を行使する。当初はそれでうまくいっていたわ」

「でも自分たちが生む子どもたちでは、労働需要をまかないきれなくなった……」ペニーが言った。

「テクノロジー礼賛の時代でも、汚れ仕事はつねにある。子どもたちにそれをやらせたがる親はいないわ」

「そのための労働力を地球から輸入したのね」クリスは言った。

「こういう外来労働者が増えるにしたがって、彼らが政治に発言権を持たないことがしだいに問題化していったというわけ」ルースは結論を述べた。

クリスは口をすぼめて考えた。

「それをどうするべきか、だれもわからないのね」

「まさか。どうするべきかは、イティーチ戦争のまえからはっきりしていたわよ。レイがそれを実行しようとしていたときに……目玉だらけで好戦的な怪物たちと遭遇したわけ。さあ、これから激流を渡るぞというときに、馬を乗り替えろと言ってもだれも従わない。まったくお手上げよ！　検討に値しない愚策と批判する人々もいた。そういうわけで、レイは早々に旗をおさめて引き上げたのよ。あとはそのまま。今日にいたるまで」

「どうするべきかは、みんなわかっているとおっしゃいましたね」ジャックは訊いた。

「学生たちは毎年おなじ議論をするわ。選挙権を持つ子は現状を擁護する。他の地区出身の子は、このままではいけないと主張する。さまざまな改革のアイデアが出る。他の惑星のように大きなひとつの議会を求める案が出る。すると多くは尻込みする。大きな変革はつねにそうね。現状の拡大という案もある。スペイン人は独自の領地を持てばいい。トルコ人も。いや、トルコ人はアラブ人といっしょでいいか。それではまずいか。だんだん問題が出てくるわ。アフリカ人も自分たちの領地がほしい。日本人にも選挙権をあたえないわけにいかない。ヤマト星は宇宙に散在する日本人コミュニティを見守っている。彼らを怒らせたくない。そういう母星を持たない人々をどこに住まわせるべきか。フィリピン人は？　スペイン人といっしょではだめか……」

ルースは肩をすくめて続けた。

「まわっている車輪を止めるのは大変よ」

「つまり選挙権のある人々は難問を認識しているのね」クリスは言った。

「でも損失をこうむる気はないんですよ」ペニーは指摘した。

「だから対策はとらない」とジャック。

「車輪がはずれるまでね」ルースは言った。「むしろエデン星のやり方は称賛したくなるほどよ。車輪がはずれかけていることを、人々の目から隠しつづけている。選挙権を持つ学生の多くは、持たない学生と真剣に議論したことがない。わたしのクラスにはいって初めて。啓発的な経験よ、本当に」

クリスは考えこみながら、ランチをまた一口運んだ。料理はおいしい。クリスの食欲が消えているのだ。純粋に食事を楽しめるときにあらためて訪れたい。

ゆっくりと尋ねた。

「昨日の爆弾をわたしたちが爆発させなかったら、どうなったのかしら。狙われた人物があれで死んでいたら？　要人の車列のようだったけど」

「新聞には載らないわよ」

ルースは、ブドウの葉で包んだ料理を食べながら答えた。クリスはイチジクの葉で包んだものに手を伸ばした。

「死者はどう扱うの？」

「たとえば心臓発作。救急搬送したけどまにあわなかったと。あるいは治療法のない特殊な癌だったとか。スキーの事故とか。八十歳になっていきなりスキーをはじめる人の多いこと」

「エデン星ではそうなの？」

ネリーが調べた。

「そのとおりです。いまデータベースを検索しました。経済界と政界の人々に多い死因は、心臓発作、癌、スキーです。それ以外の職業についているこの惑星の一般市民にくらべて、五倍の高率です」

「あの銃撃戦の日に死んだスキーヤーは？」ジャックが訊いた。

「いません」ネリーは報告した。「かわりに大型ヘリの墜落事故が起きています。アスペンへスキー旅行に出かけた十二人が一度に亡くなっています」

ルースがいたずらっぽい笑みで訊いた。

「ネリー、そのなかでスキー経験のある人の内訳はわかる？」

コンピュータのくせに情けない声でネリーは答えた。

「わかりません。他の惑星ならできます。エデン星ではだめです。ここのデータベースは穴だらけです」

ネリーがくどくどと説明しはじめるまえに、ルースはうまくさえぎった。

「よく知ってるわ。じつはトゥルーディから送ってもらったハッキングとクラッキングのツールを使ってるのだけど、それでもだめよ。ここの防備は堅い」

「トゥルーおばさんを知ってるの？」クリスは訊いた。

「あなたが生まれるずっとまえからね。何度もおたがいの命を救ってきたわ。どちらが先だったか忘れてしまったくらい」

クリスはうなずきながら聞いた。二人とも何度も死線をくぐったと穏やかに話す。しかしルースはこうして白髪になるまで生きている。トゥルーも隠居生活を楽しんでいる。いや、ほぼ隠居か。あるいは隠居などしていないのか。最後に聞いた話ではトゥルーは第一エイリアン星へ渡航予定とのことだった。

クリスは考えながら言った。

「ようするに、エデン星は問題をかかえ、改革が必要ということね。そして人々の多くはどう変えるべきかもわかっている」

ルースは口をはさんだ。

「一方で現状維持を望む人々もいるわ。過去と現在と未来の自分たちのやり方を壊されたくないという人々」

「それはいつものことよ」クリスはため息をついた。「さてそこで、ロングナイフ家の末娘になにをしろというの？　指をパチンと鳴らせば惑星が変わるとは、いくらレイおじいさまでも考えてないでしょう。わたしは惑星を変えたことなどない」

「その主張には同意しない者が何人かいるでしょうね」ペニーが皮肉っぽく。

「具体的な名前を挙げてもいいですよ」ジャックがにやにやしながら。

「それらのケースでは、状況はすでに坂道をころがりはじめていたのよ。わたしはところどころで押してコースを修正しただけ。止まっているものを動かしたことはないわ」

ジャックとペニーはすこし考え、同意してうなずいた。

ルースはしばらく食事に専念した。そして唇を拭いてナプキンを下ろした。

「改革を望まない人々にもそれなりに理由はあるわ。世の中が変わりはじめると将来が見通せなくなる。歴史を概観すれば、善ではじまって悪にいたった改革は枚挙にいとまがない。民衆がころがしはじめたボールを、ロベスピエールやレーニンのような悪党が登場して横取りし、だれも望まない方向へ運んでいく。理性のある人々が危険な方向へ流れてしまう」

ルースはしばし沈黙して全員を見まわした。

「ニュースの洗浄がいきとどいていて厄介なのは、裏でだれが動いているのかわからないことよ。わたしはわからない。クリス、あなたはわかる？」

不安な問いを最後にお開きとなった。

大学へ帰る車列に四台目が加わった。クリスの不安はやがて解消された。ルースのアパートメント前に着いて四台目から下りてきたのは、三人の海兵隊員だった。軍服ではなく私服。しかしクルーカットで背筋を直立させた姿勢は、大学生にはとても見えない。

ルースはすぐ彼らに気づくと、明るく手を振った。さらに自分で雇ったボディガードにも手を振る。ボディガードは海兵隊をじっとにらんでいた。

クリスが展開を見たのはそこまでで、すぐにその場を去った。

おかしな話だが、午後の契約交渉は長引くことを期待した。時間が必要だからだ。ネリーといっしょに本格的な調査をしなくてはいけない。もし大使が今夜も行事を予定しているなら、ノーと言える王女になるつもりだった。契約交渉のテーブルでは何度も言っているが。

クリスが会議室へむかっていると、アビーにさえぎられた。

「殿下、ボス、ご主人さま。到着以来、何度もお休みをいただこうとして機会を逃《のが》していました。今夜こそ、休ませていただいてよろしゅうございますか？」

「この午後からいいわよ。今夜は出かけないから。バスタブのお湯の張り方もわかるわ。ひさしぶりに帰郷した星のママでもパパでも元ボーイフレンドでも会っていらっしゃい」

「ご厚意をよく伝えておきます」アビーは思いきり冷ややかに言った。

15

アビーが知る街並みはすっかり変わっていた……ともいえるし、変わらないともいえた。路面電車の七十九番線はもうファイブコーナーズ地区へ行っていない。いまは百二十八番線だ。しかしアビーが乗りこんだ車両は、十五年前に乗っていたものと同一だとしてもおかしくない感じだった。落書きの層を薄く剝がせば、昔のそれが出てきそうだ。

しかし鉄道警官が目を光らせている。ナイフを出したらエデン星の治安を乱す行為とみなされるだろう。そもそも落書きの層で、かろうじてこのオンボロ車両は形をたもっているのではないか。

アビーはあえてみすぼらしい服装にしていた。といっても、二度とファイブコーナーズにはもどらないと誓って去ったときの、名前を思い出すつもりのない若い女ほどみすぼらしくはない。

なぜもどってきたのか。

ご挨拶はすぐに受けた。二度も。

バッグに滑りこんだ少女の手をすかさずつかんだ。その手はすでに財布を握っていた。多くの顔を持つメイドは、手首をへし折ってやろうとして思いなおした。十歳ほどの少女は生きるためにやっているのだ。

アビーは五ドルあたえて少女を解放した。ここはエデン星だ。たいした金額ではない。巾着切り《きんちゃくきり》はそれほど簡単に許さなかった。ナイフの返却は肋骨のあいだへ……といきたいところだが、手加減した。路上での流血は近隣の噂になる。それは望ましくない。

ナイフは没収し、十四、五歳の少年は煉瓦の壁に叩きつけてやった。いくらか懲りるだろう。いや、懲りないか。

界隈で変わらないものをみつけても、よろこばしい再会とはかぎらなかった。アルトーク老人のアイスクリーム屋台はおなじ場所にあった。しかし近づいてみると店番の顔がちがう。老人はいつものように〝保険金の受け取り〟に行って、とうとう湾の底で魚と眠るはめになったのか。かつて子どもたち相手に冗談めかしてそう話していた。あるいは生き延びて引退して、息子に商売を継がせたのか。

アビーはコーンに盛ったチョコレートアイスクリームを注文した。かつてのお気にいりだ。よく冷えているところは変わらない。しかし一口なめて、顔をしかめた。やはり記憶は美化されるものだ。

捨てようとして、幼い少女に気づいた。目を丸くして見上げている。七、八歳か。いや、六歳か。そういえばさっきから、まわりをうろちょろしていた。盗みを働くほどには近づかず、魅惑的な香りが届かないほど遠ざかりもしない。昔々の若い……いや、名前は思い出さない。

アビーはコーンを少女に渡した。

少女は、この冷たいお菓子のかわりになにを求められるのか待つように、アビーをしばらく見つめた。アビーがそれでも黙っていると、少女は走って、あるいはスキップして去っていった。

悪い教訓になったのではないかと懸念した。ただで手にはいるものがある、おいしいものをくれる人がいると思ったのではないか。ファイブコーナーズでそれは悪い教訓だ。

駆け去る少女を見ながら、暑い日の冷たいチョコレートの味を思い出そうとした。この地区での楽しかった記憶を探る。ないわけではない。

それから、いい思い出が少ない場所に足をむけた。いかにも用事があるように歩く。道はよく知っているように。十分ほど遅刻しているように。うしろから近づく者がいても、だれだかわかっているように。

そんな早足では、たちまち最後の曲がり角に来た。その先に、エデン星でかつて住んでいた場所がある。歩みを遅くした。

見るべきものはあまりない。このブロックに並ぶ家の半分は廃屋になっていた。当時すでにそうなりかけていた。あの〝茶色のおうち〟は、いまその仲間入りをしていた。

驚くにあたらない。十五年ぶりなのだ。ママ・ガナがいつまでもここに住んでいるわけがない。

そう考えてはいけないのだ。ふいにアビーはある感覚に襲われた。遠い感覚だ。朝、この家を出た。学校へ行ったのか、あるいはどこかへエデン・ドルを稼ぎに行ったのか。自分か……あるいはママのために。そして帰ってみたら、家は空《から》っぽになっていた。ママがいないだけではない。ママが自分のものと称するガラクタもすべてなくなっていた。ママの痕跡すら消えていた。

アビーは近所を尋ねてまわった。ママはどこに行ったのかと。だれも知らなかった。アビーはママを知っていそうな大人を探した。知っている人はなかなかみつからなかった。読み書きもろくにできない子どもにとっては簡単でない。

あの最初の捜索は最悪だった。

当時のアビーは、さっきアイスクリームをあげた子どもくらいの年だった。一昼夜を一人ですごした。ようやくママ・ガナの居所を知っている人を知っているという人にいきあたった。ママ・ガナは店を開いていた。

そしてアビーはぶたれた。まるで朝学校へ行って、夕方おなじ場所へ帰ってくるのがまちがっているというように。ぶたれるいわれはない。その理由では。

アビーは教訓として忘れなかった。

廃墟になった茶色のおうちのまえをゆっくり歩いていくと、不法占拠者の気配がはっきりとあった。煙の匂いがして、影の奥で動くものがあった。

最初に頭に浮かんだのは、このまま歩いてぐるりとまわって路面電車の駅へ帰ることだ。

そして自分の居場所へもどる。苦労して手にいれた居場所へ。アビー・ナイチンゲールにもどる。さまざまな仕事ができるメイドに。こんな場所からは立ち去るのが賢明だ。

崩れかけた茶色のおうちを肩ごしに見た。調べればママの痕跡を探り出すことは可能だろう。

そう、自分と海兵隊の分隊でやればできる。

あるいは、自分とベニ兵曹長とペニーの三人でもいい。

しかしだめだ。ファイブコーナーズのようなスラムに彼らを案内できない。ロングナイフ家の令嬢は、自分のメイドの出身地を見てどんな顔をするだろう。耐えられない。

そうか。ではここでやめるのか。ママがケーキを焼いて待っていてくれないという理由で？　そう簡単にあきらめていいのか。マイラのことはどうか。これっきり忘れるのか。

これがプリンセスに命じられた仕事ならどうか。もうすこし手立てを考えるだろう。

あれはきつい仕事だ。

アビーはふと足を止めた。ここから〝緑のおうち〟は近いはずだ。

「コンピュータ、二ブロックもどったところにある茶色のおうちをマークして。そしてこの道を一ブロック進んだところにある緑のおうちをマークして」

緑のおうちはそれなりにきれいな状態だった。

〝煉瓦のおうち〟はさらに二ブロック先にあるはずだ。そうコンピュータに指示した。アビーが今日装着してきたデータグラスに投影された地図に、三つの点が表示された。

さらに数ブロック歩いて、昔住んだ家を二軒追加した。荒れ地に光の点のパターンが描かれる。

そこから二ブロック先でファイブコーナーズは終わっていた。

正確にはちがう。地区名の由来の五差路がそこにある。まわりは乾いた地面とみすぼらしい雑草。再開発の途中の風景だ。更地のあいだに何軒か家が残っている。孤独に耐えながらショッピングモールができるのを待っている。富裕層の高級住宅か、それをめざす階層の住宅が建つのを待っている。

しかしいまのところ、そうはなっていない。

そしてファイブコーナーズがそうなることはないだろう。

アビーは問題にあたって考えた。この雑草だらけの更地のあいだにも、かつて住んだ家が残っているかもしれない。他の惑星であれば衛星写真を呼び出せば確認できる。

しかしエデン星ではできない。大金を積み、秘密情報の取扱権限を持つ人間と面会して、そのルールに従わなくてはならない。アビーは地球でちょっとした写真を撮ろうとして殺されかけたことがある。他の惑星ではなんら問題なかった。

ため息をついて、アビーはその貧しい地区に背をむけた。記憶にある最初の二カ所の住まいにマークをつけられなかった。

前方から男がぶらぶらと歩いてきた。にやにや笑いでこちらへやってくる。

見覚えがあった。屋根の落ちた廃屋のわずかな日陰で、三人の仲間といっしょに壁によりかかっていた男だ。駅からの道でこの地域にたむろする男たちをいちいち確認し、記憶にとどめていた。こういう手合いは昔から知っている。

「よお、ねえちゃん、そんなに着飾ってどこ行くんだい？」

アビーはまず無視しようとした。「失礼」と言って脇を通り抜けようとする。

「これから五分間の予定を聞かせてくれよ」

男は横移動して行く手をさえぎり、手を伸ばそうとした。息が酒臭《さけくさ》い。わけ知り顔で意地の悪い笑み。のぞいた前歯は数本欠けている。

右手はズボンのポケットにいれたままだ。出せば折りたたみナイフを握っているだろう。

太陽が東の空から昇るくらいにあたりまえだ。

今日、大使館からこの思い出探しの旅に出てきたときに、この種の危険は予期していた。実際に直面しても、すこしもあわてていない。

対処法は熟知している。実地で数多く経験している。このファイブコーナーズでも、ここから何光年も離れた場所でも。

アビーは男に一歩踏み出しながら、眉を吊り上げた。アビーの戦闘的な表情を土産に冥界へ旅立った男は多い。この男に頭があるなら、仲間のところへ逃げ帰るだろう。

「予定はないわ」低く言った。不気味に、抑揚なく。

「おれがつくってやろうか、予定を」

男の笑みは片頬だけ吊り上がった。ジャックの笑みも片頬だけだが、これとはちがう。こんな流し目ではない。

「どうしようかしらね」

アビーは言って、すばやく間合いを詰めた。右の拳をその笑みに叩きこむ。膝がこの男の動機の中心をつぶす。一呼吸もかからず愚か者は地面に崩れ落ちている。

三人の仲間が曲がり角をまわって見物していた。楽な獲物なら分け前にあずかろうという魂胆だ。

アビーは問いかけるように眉を上げた。こうなりたい？

三人同時にかかってくれば、多少は歯ごたえがあるだろう。アビーではなく、彼らにとって。アビーは苦もなく三人倒せる自信があった。

しかし愚か者にも一分の判断力はあるらしく、曲がり角のむこうへ逃げていった。

アビーは一瞬で倒れ伏した襲撃者を見下ろした。ナイフがポケットから落ちている。側溝のほうへ蹴ると、金属のグレーティングにあたって音をたて、格子のあいだから落ちた。この楽観的すぎる男は、とうぶん顔を見たくない。

今日の靴はウォーキング用、ないしランニング用、場合によって格闘用のつもりで選んできた。つまり補強の鉄板入りだ。その爪先で腎臓に強く一発蹴りをいれた。

男は悲鳴をあげた。

回復不能の負傷ではないはずだ。もしそうなっても、人間にはそのために二個ある。もう一個を大切にすればいい。

アビーは道を渡り、右へ曲がった。あとを見ない。足音が聞こえたら振り返っただろう。しかしなにも聞こえない。当面は。

どんな敵をつくったかはあとでわかるはずだ。

16

前方のブロックは瓦礫処理を待つように荒廃していた。そのなかのかろうじて崩れていない建物の日除けの下で、小さな人影がアビーを待っていた。さきほどアイスクリームをあげた少女だ。まだ指をなめている。

アビーがそばを通ると、少女は隣に並んで歩きはじめた。

「プロミーをあっさり倒したわね」

「そうしたほうがよさそうだったから」

「プロミーは顔を忘れないわよ」

「そんなわたしと話しているところを見られないほうがいいんじゃないかしら」

アビーは顔をそむけたまま言った。少女の目は大きい。濃い色をしている。未知のものへの欲求に満ちている。かかわらないほうがいい。

少女は隣を歩きつづける。

「ここでなにをしてるの？」

アビーはこの散策についてなにも言うつもりはなかった。しかし勝手に口が動いた。

「あるものを、というか、ある人を探してるのよ」

不愉快なじゃまがはいるまでは、地図に点を打っているだけだった。それまではファイブコーナーズから出ることしか考えていなかった。そのとき、パターンに気づいた。ママ・ガナは引っ越すたびに、ファイブコーナーズから離れようとしていたのだ。出ていきたかったのはアビーだけではないらしい。

とはいえ、ファイブコーナーズそのものも内側から崩壊が進んでいた。ママの引っ越しはやむをえないパターンだったのかもしれない。訊いても素直に教えてはくれないだろうが。

ふいにアビーの隣の少女がしゃがんで、歩いている猫を抱き上げた。猫は抵抗せず、もてあそばれるままになっている。むしろ喉を鳴らしている。

「なでる?」

野良猫にひっかかれることは予定リストの上位ではない。やんわりと断った。少女は猫を下ろした。すると猫はアビーの足にまとわりついた。

「女神《ゴデス》はあなたが好きみたい。だれにでもなつく子じゃないのよ。あなたはみんなに親切にしたのね。あたしにアイスクリームをくれたように。どうして好きでもないアイスを買ったの?」

猫が自分をこの地区の一員とみなしてくれたことがうれしかった。しかし少女は急におしゃべりになっている。あまり好ましくない。

「昔はこういうアイスクリームが好きだったのよ。いまはそうではないみたい」

「いい眼鏡をしてるのね。いろんな色が映ってるわ。高級なコンピュータでしょう。お金持ちなのね」

この眼鏡がコンピュータのインターフェースであることに気づかれるほど他人を近づかせるつもりはなかった。いろいろと面倒なことになりかねない。

「お金持ちじゃないわ。最近はコンピュータを脳に直接つないでいる人がいる。そのほうがお金持ちよ。眼鏡ではなく、コンタクトレンズにつないでいる人もいる。それもお金持ちね」

「そうね。ブロンクはリーダーを使ってるわ。もっといいのがほしいといつも言ってる」

「ブロンクって？」

「友だちの男の子。なんでも知ってるの。人を探してるのよね。ブロンクはだれでも知ってるわよ」

「六ブロックの全員を？」

「いいえ、もっとたくさん。どこのギャングも、彼には縄張りを自由に歩かせる。彼らの道具をなおしてあげてるから。でも抗争に使うものはなおさないのよ。殴られてもそれだけはやらない。でも電波の音楽がうまく働かなくなったら、たいていなおしてあげてる」

ギャングも一目おく人物と知りあいなのが、少女はとても誇らしいようだ。

その少年がママ・ガナの行方を知っているかもしれない。

そしてチンピラに襲わせる工作も。

大使館の敷地を出た時点で、ばかげた危険を冒しているのはわかっている。アビーは肩をすくめて、もう一段の危険を冒した。

「わたしをそのブロンクのところへ案内してくれない？　きっとおたがいに役に立てるわ。たとえばこのコンピュータ。ブロンクは気にいるんじゃないかしら。これか、べつのを」

このコンピュータをやるわけにはいかない。大量のデータがはいっている。同様のべつのものだ。低価格版でいいだろう。アビーのコンピュータは、クリスのネリーのような特注品ではないが、そのへんのドラッグストアで買えるようなものでもない。

驚いたことに、少女はアビーをじっと見はじめた。態度がきびしくなっている。

「ブロンクは厄介な相手に気を許さないわ。あなたは警察？」

「いいえ、警察じゃない」

「じゃあ、だれ？」

まずい。これはまずい。この問いにだけは答えを用意していなかった。そこで一番いい嘘をついた。

「十五年前までここに住んでいたのよ。今回は、母を探しにきたの」

「みつけたら、ジョーブレーカーに引き渡すつもり？」

「テロ対策班のことを、ここではいまだにジョーブレーカーと呼ぶの？」

「知らない。あたしが知るかぎり、昔からそう呼んでる」

「その連中に雇われてはいないわ」

少女は濃い茶色の瞳でアビーを見つめつづけた。すべてを見て、値踏みして、扱いを決めようという目だ。

アビーはこの少女についての印象を白紙にもどし、あらためて観察した。ろくに洗っていないよれよれの髪。汚れた顔に、すりむいた肘。体は棒のように細く、女らしくなるのは何年も先だろう。と思うと、明日変身するかもしれない。ファイブコーナーズの子どもは極端に栄養不足だ。アビーも当時は幼く見られた。この子もじつは十歳前後なのかもしれない。

しかし経験豊富なメイドをはっとさせたのは、この目だ。なにを見てきたのだろう。なにをしてきたのだろう。アビーは自分が十歳前後のときに知っていたものごとをあてはめようとして、やめた。十五年前のファイブコーナーズは地獄だった。現在のここはさらに悪化している。この子は昔のアビーよりもっと凄惨なものを見ているはずだ。

信用する理由はない。ギャングとつきあいが深いハッカー少年などなおさらだ。立ち去るべきだ。足を早めて。

少女が指さして教えた。

「この先に交差点があるでしょう。店が二軒、きれいな家が二軒建っている。家の芝生はきれいに刈られている」

アビーは少女の指さすところがわかった。

「ジョーおじさんとモンおばさんはあの角にドラッグの売人を立たせないの。絶対に。ショットガンで追い払う。だからあそこは中立地帯なのよ。先に行ってて。ブロンクを連れていくから。話をして、ブロンクがその気になれば協力してくれるかもしれない」

「そのジョーおじさんはどうなの？　なにか教えてくれないの？」

「ジョーおじさんに尋ねても無駄よ。訊きたければそうしていいけど、おじさんはなにも知らないと答えるだけよ」

「賢明な人物ね」

ジョーおじさんのような人は昔からいた。アビーはそちらへ歩きはじめた。ふと振り返ると、猫が身づくろいをしているだけで、少女の姿は消えていた。

ジョーおじさんの店はいい日陰になっていた。暑い空気を天井扇がけだるくかきまわす。浅黒い肌の老人はアビーをじろじろと見た。

「このへんの人間じゃないな」

アビーが認めると、彼はソーダの冷蔵ケースをしめした。アビーは場所代がわりにオレンジソーダをもらった。

「瓶の保証金こみだ。店内で飲んで、返せば保証金分はもどす」

「いい仕組みね」

アビーは代金を払った。そして店の商品を見まわした。多くは家庭用の……というより、あばら屋用の食料品と日用品だ。とくに固形燃料のコンロと蠟燭の在庫が豊富。いや、一方の壁全体が安ワインと酒精強化ビールで占められていた。

かつてアビーも、十セント貨や二十五セント貨を握りしめてこんな店に通ったことがある。

ただしいまは、どの商品にも一ドル以上の値札がついている。

ジョーおじさんの、「厄介なことを起こしたら叩き出すぞ」という声で、来客がわかった。

少女だ。ただしだれも連れていない。

「オレンジソーダでいい？」アビーは訊いた。

「グレープがいいわ」

少女は真剣な顔で店内を見まわしている。

「あたしとジョーおじさんだけよ」アビーは教えた。

「この人、嘘つき？」少女はジョーに訊いた。

「いまのところ嘘はねえな」

老人は答えると、すぐに煙草の箱を奥の棚に並べる作業にもどった。

少女はそろそろとアビーに近づいた。

「あなたの装置はとてもにぎやかだって、ブロンクが言ってる。手出しできないようなのが流れてるって」

アビーはリストユニットに目をやった。

「そのにぎやかな音楽はどこのだと言ってた？　警察のか、ジョーブレーカーのか」

「どっちでもない。もしそうなら逃げてるわ。でもブロンクは、あなたはスーパーブレーカーかもしれないって言ってた。そうならわからないって」

「わたしはリム星域で仕事をしているのよ。そこにはエデン星の支配者も想像できないような機材があるわ」

茶色の目が丸くなった。

「リム星域！　宇宙へ行ったことがあるの？」

「噂ほどたいしたところじゃないわよ」

「リム星域のどこなんだ？」

若い男の声が飛んできた。〝リム星域〟というところで声がうわずっている。ガールフレンドより頭ひとつ背が高い。多少なりと清潔。すくなくとも肘はすりむいていない。濃く青い目は訊きたいことであふれているようす。

「ウォードヘブンといくつかの惑星よ」アビーは答えた。

「ウォードヘブンのまわりで大きな宇宙戦争があったらしいじゃん」少年は言った。

「わたしは参加してない。友人の一部が参加したわ。そのうちの一部が死んだ」

若い二人はそれについて議論をはじめた。

サンプルが二人に増えたおかげで、年齢をより正確に推測できるようになった。少年は十三、四歳。少女はせいぜい十二歳だろう。

「仕事って、どんな？」ブロンクがふたたび訊いた。

「興味深いことをいろいろ。あれをやったりこれをやったり。詳しいことは話せないけど」

「そして出身がここだって？」

「十五年ぶりの帰郷よ」

「十五年くらいよそに行きたいもんだよ」少年はつぶやいた。

「そして母親を探してるんだって」少女が説明した。

「母親はだれにでもいるさ。十五年もいなくなってて、いまだに会いたいもんかね。おまえのばあちゃんもそうかもな」

「あたしはガナばあちゃんなんか二度と会わなくていいわ」

アビーはその名前を聞いて、二度まばたきした。しかし声はうわずらせないようにした。

「二人ともなにか飲む？　名前をまだ聞いてない彼女はグレープソーダね。あなたは、ブロンク？」

「おれはビール」できるだけ背伸びをして言った。

するとニ列むこうの席からジョーの声が飛んできた。

「そいつはストロベリーソーダだ。うちでそのガキにはそれしか出さん」

「モンおばさんはビールを出してくれるぜ」少年はやや不満げな声になった。

「嘘は隣が死んでから言え。年寄りが情報交換してないとでも思ってるのか」

うまく話がそれたところで、アビーはソーダの冷蔵ケースからグレープとストロベリーソーダを出して、二人の……場合によって信頼性に欠ける情報源へ運んだ。代金を支払い、保証金をさらに積む。そして埃をかぶった暖房器具をかこむ席に二人を連れていった。

瓶が半分あいたところで、アビーは訊いた。

「ところで、汚れた顔のあなたはなんて名前？」

「キャラよ」少女は答えた。「それから、風呂にはいれなんて言わないで。きれいにして売り物にしようって魂胆でも、その手には乗らないんだから」

最後のところはブロンクをにらみながら言う。

「お母さんの名前は？」

アビーは訊いてみた。さりげなく、それとなく。しかし通じなかった。

「関係ないでしょ。それよりあなたの人探しよ。ブロンクはだれでも知ってるわ。そしてあなたが腕につけてるようなコンピュータをほしがってる。でも、どうせくれないだろうって。嘘ついたの？　自分の情報がはいったコンピュータは売らないものだって」

「ちょっと先走りすぎたようね」

アビーは少年にむきなおった。十四歳の少年から話を聞き出すのは簡単だ。男の子は男性ホルモンの塊。こちらにそれはない。ただしよく見ると、少年が注目しているのはアビーのリストユニットのようだ。

「じゃあ、ブロンク、キャラのママの髪は明るい色？　プラチナブロンドとか、人によっては白いというような」

ブロンクはアビーの手首から顔を上げた。

「ああ、そうだよ。最近はだんだん茶色くなってるけど。キャラの髪だってよく洗えばそういう色なんだ。きれいなんだぜ」

少女は舌を突き出した。

「絶対洗わない」

「なあ、キャラ、ほんとに美人になるって。おまえのママみたいに」

「それであの人がどうなったっていうの？」

それはアビーがまだ訊くつもりのない問いだった。おそらくもうすぐこの目でマイラを見ることになる。そのとき評価すればいい。親に対する娘の評価などまったくあてにならない。

「この子のママの名前はマイラ？」

「いまはルビーで通ってる」ブロンクは答えた。「でも気取ってるだけだって、おれのママは言ってる。昔の名前はべつにあるって」

「ええ、ママの昔の名前はマイラよ」キャラは小声で言った。

「それから……ガナおばあちゃんという名前も出したわね」

アビーはその名前をやや吐き出すように言った。キャラはもじもじした。

「かもね」

「身長はわたしくらいで、昔だったら美人といわれたような？」

古典的な美人といってもよかったが、怒れる十二歳の少女がどう受け取るか。

「年寄りでデブでこうるさいばあさんよ」

「いまも男好きがする？」アビーはブロンクに訊いた。

「熟女好きのじいさんから見たらそうかもね」

「わたしは……」しかし昔の名前はいまも引っかかる。そこでべつの言い方をした。「ガナとマイラは、他にも娘がいたと話してた？」

少年と少女は首を横に振った。

驚くにはあたらないはずだ。なのに、ショックだった。どうやら彼らは靴底の泥を洗い落としたようにきれいさっぱり忘れたらしい。アビーが髪の汚れとともに記憶を洗い流したように。

深いため息をついた。

「どうやらあなたの家族がわたしの尋ね人のようだわ。家に案内してもらえないかしら」

17

「ずいぶん大きな野良猫を拾ってきたもんだね」

十五年ぶりの娘へのママ・ガナの挨拶だ。驚くにあたらない。

キャラは口が裂けそうなほどにやにやしながら、状況を楽しんでいる。

「ついてきちゃったのよ。飼っていい？」

ママ・ガナはアビーにむかって鼻を鳴らした。十代のアビーがうんざりするほど聞いた不機嫌さの表明。

「好きにしな。でもがっかりさせられるよ。いくら目をかけてやってもね」

キャラに案内された家には驚いた。石材と煉瓦のしっかりしたテラスハウスが連なるブロックだった。どれも三、四階建て。空《あ》き家はない。そう、ママは出世したのだ。二ブロック先のヘプナー地区。かつてはファイブコーナーズの貧乏人がはいってこないように、ゲートで仕切っていた住宅街だ。

ママは相応に老けていた。デブというキャラの形容は正しくない。適度にふくよかで、皺やたるみはない。この体を維持する経費をだれに払わせているのか……というのがプロとしてアビーの頭に浮かんだ疑問だった。

「いまはなんて名乗ってるんだい」ガナが訊いた。

「ナイチンゲールよ。アビー・ナイチンゲール。あなたは、ママ？」

「トパーズよ。いい名前でしょ。高級で」

「硬くてもろそうな名前ね」

「ママ、なんの騒ぎ？」

影になった階段の上から声がした。暗くてもマイラの細いシルエットは見まちがえようがない。アビーの鋭い観察眼は逃《のが》さない。

しかし、どこかおかしかった。アビーの記憶にあるしなやかな体とちがい、弱々しい。壁によりかかっているようすは……。

「マイラ、あれを使ってるの？」アビーは思わず訊いた。

「いいえ」

しかしキャラの表情からするとその返事は嘘だ。アビーは母親にむきなおった。

「自分の娘に！」

「こうでもしないと食べてばっかりなのよ。豚じゃ使いものにならないからね」

「かわりに路上のガキに客引きをやらせるのは気にくわないというわけね」

「いまは依頼人というのよ、仔猫ちゃん。依頼人はプライバシーを重視するんだから。家族経営で秘密を守ってるのさ」

「昔よりさらにひどくなってる」

「お屋敷でのおまる掃除よ。あんたたちを食べさせるためにママがやってたことより、おまるのほうがましでしょ」

「それでもあのころは未来があったわ」

アビーはそれ以上言うのをやめた。言うと出ていかざるをえなくなる。そのまえにマイラのようすをよく見たい。

「そう、あんたはいま王女のところで働いてるらしいわね。お姫さまと取り巻きの美形青年たちを相手に、どんなご奉仕をしてるの？」

アビーは、「なにも！」と怒鳴ろうとして、はっとした。隠れた意味の重大さに気づいた。

「わたしの勤め先をどうして知ってるの？」

ママの笑いはかん高くなった。

「驚いたようね。仮面舞踏会では周囲に気をつけなさい。身なりのいい紳士の腕につかまってるのは、あんたの母親かもしれないよ。トパーズは神出鬼没なんだから」

アビーのスパイとして訓練された部分に警報が鳴り響いた。

「歓迎されていないことはよくわかったわ。再会できてよかった、マイラ。滞在期間中にまた会いたいわね。キャラ、ブロンク、あなたたちも会えてよかったわ」

アビーは背をむけ、整然たる撤退を開始した。執事か特殊部隊に制止されるのではないかと思ったが、無事にドアの外に出られて安堵した。

ブロンクは隣についてきた。キャラは、「どこ行くの、おばさん」と言って引き止めようとした。このいたずらっ子を無視するのはつらかったが、足は止めなかった。

歩けば怒りはおさまる。アビーは路面電車の駅へ急ごうとした。しかしブロンクの足どりが奇妙に重い。

やがてアビーは舌打ちする状況になった。先ほどとおなじだ。通りの角ごとに三、四人の男たちが固まって立っている。

「ここは急に人口が増えたの？　それともいつもこんなににぎやか？」アビーは小さく言った。

「相手は多いよ。何人かは銃を持ってると思う」とブロンク。

だからのろのろ歩いていたのか。

しかし歩みが遅かった本当の理由がまもなく追いついてきた。

「待って、おばさん」キャラが言った。

「ずいぶん手間どってたな」とブロンク。

「出てきていいの？」アビーは訊いた。

キャラはまずブロンクに舌を出した。

「ママは今夜出かけるの。いないあいだにもどるわ。どうせ朝までなにも気づかないから」

「ルビーもいっしょに？」

「そう」

「どうしてわたしに人が集まってくるのかしら」

アビーは、近づいてくる男たちのことを言った。ブロンクがささやいた。

「二日前の晩にプリンセスが襲撃を受けたじゃん。あのときやられたやつの何人かは、この地区の出身だったんだ。だから借りがあると思ってるんだよ」

「逆恨みもいいところだわ。わたしは部屋のベッドで寝ていたのに、クリス・ロングナイフが暴れたことの責任をとれだなんて」

「なにもしてないの？」キャラが訊く。

「全然。母の墓に誓って」

キャラはそのようすを想像してくすくすと笑った。そしてぱっとそばを離れ、走るようなスキップするような足どりで男たちのグループのひとつに近づいた。

そのなかに長身の男がいた。白ずくめで、金色の大きなベルトバックルをしている。キャラはその男に話しかけた。男は聞いている。そして首を振った。

どうやらアビーは、ロングナイフの幸運のつけを払わされるようだ。

こんなときは先手必勝だ。

すばやい動作で拳銃を抜く。キャラが話した長身の男に狙いをつけながら、ダート弾を薬室へ送る。ただし装薬量はぐっと減らした。狙いを低めに修正して撃つ。次の瞬間には、男のバックルにダート弾が突き立っていた。

「目を狙ってもよかったのよ。それでもやる？」アビーはよく通る声で言った。

長身の男はバックルを見下ろして、それからアビーを見た。まわりのギャングたちはそれぞれの武器に手を伸ばした。そしてリーダーの合図を待つ。

さいわい、キャラはすでに射線から離れている。ブロンクはやっとアビーのそばから離れはじめた。撃てという命令が聞こえたら、すぐに地面に伏せるつもりらしい。

長身の男がふいに笑いだした。

愉快そうではないが、腹の底から笑っている。ギャングたちもみんな笑いだした。

アビーは小さく笑った。

「キャラの話じゃ、おれたちの仲間がやられた晩に、おまえは家にいたそうだな」

「自分の部屋のベッドにいたわ」

「いい男といっしょにか？」

アビーは関係ないというように肩をすくめた。

「あのプリンセスに近づくな」

「わたしはただのメイドよ。髪を洗うのが仕事」

「だったらキャラの髪も洗ってやれよ。風呂にはいれば見映えがするようになるぜ」

キャラはアビーのかたわらへ駆けもどりながら、そちらにむいてブーッと口から下品な音をたてた。また笑い声があがった。小さい子なら許されるが、もう二、三カ月大きければ頭をひっぱたかれるだろう。

それから駅まで、なにごともなく歩いた。

18

駅には電車が来ていた。アビーは走ったが、まにあわず発車してしまった。おかげでギャングたちが気を変えるのを心配しながら二十分待つはめになった。

子どもたちは無口になって目をあわせない。

「どうしたの？　キャラは会ったときからしゃべりつづけだったのに。いまは二人とも舌を盗まれたみたいに話さなくなって」

キャラは目をあわせずにつぶやいた。

「行っちゃうんでしょう。そして帰ってこない。また十五年」

最後は大きく言って、アビーの目を見上げた。

「十五年いなかったけど、いまはいるわ。そして雇い主はしばらく滞在する。また来るわよ。それにブロンクにコンピュータをあげる約束があるから」

少年がほっとした顔になった。だまされたと思いかけていたらしい。

その疑念に気づいたことは顔に出さずに、約束を守ることを態度でしめそうとした。

「あなたが使ってるコンピュータを見せて。たしか、医者の診察室にあるリーダーとたいして変わらないようだったけど」
「知らない。医者なんかかかったことない」
ブロンクは言いながら、ユニットを出した。
たしかに雑誌リーダーと変わらない筐体《きょうたい》だ。しかし画面にはなにも映っていない。脇から
ブロンクが声で命令した。
「ピュータ、ウォードヘブンから訪問中のプリンセスの名前はなんだ？」
コンピュータはキャラによく似た声で答えた。
「クリスティン・ロングナイフ王女。最近の経歴。ウォードヘブンの戦いで防衛戦隊を指揮
し……」
「もういいわ」
アビーは止めた。雇い主について子どもたちが調べたいなら、自分たちだけでやってほし
い。真実を求める大きな目で、具体的な質問をされるのはかなわない。話せることばかりで
はないのだ。
「中身はどうなってるの？」
ブロンクはあっというまにカバーをはずした。なかはケーブルがからんだ混乱のきわみ。
その下に、十年前の雑誌リーダーの標準的な基盤がかろうじてのぞける。実装されているメ
インプロセッサは十五年前の上位製品。メモリーユニットの一部は、洗濯機かなにかからは
ずしてきたようだ。

　他にも用途が判然としないチップや基盤が押しこまれている。しかしブロンクはアビーのリストユニットが発するノイズを特定したらしい。簡単にできることではない。

「この路線の途中に、たしか電機店のライズがあったわね」

「ブロンクったら、しょっちゅう行って棚を眺めたがるのよ」キャラが鼻を鳴らした。「そして毎回身体検査される。商品をポケットにいれてないか調べるために。わたしにはしないけど」

「じゃあ、あなたがかわりに商品を持ち出すの？」アビーは姪に言った。

　ブロンクが血相を変えた。

「そんなことやらせない。おれはいつかあの店で働くんだ。だから前科はつくらない。身内の前科もつくらせない」

「ファイブコーナーズ出身の子どもたちにしてはめずらしく、いい心がけね。キャラのボーイフレンドが頭がよくてよかったわ」アビーは穏やかに言った。

「キャラだって頭いいよ」

　言われてキャラはまんざらでもないようすだ。すくなくとも舌は出さなかった。

「コンピュータにはどうやって詳しくなったの？」

　アビーは訊いた。次の電車がやってくるのが見える。予定より早いのか、乗りそこねたと思ったのがじつは大幅に遅れていたのか。ファイブコーナーズ近辺では時刻表などあってないようなものだ。

「ミックとトランが教えてくれた。全部じゃないよ。犯罪がらみの知識は聞いてない。でも多くを学んだ。とても多くを」

キャラはうなずき、誇らしげに同意した。

アビーは二人の運賃も払った。音声認識を使い、運賃表に手を滑らせるだけで支払いをすませるようすを、二人は驚かないふりをしながらまじまじと見ていた。ソーダを買うのも硬貨だったように、この界隈はまだ現金決済なのだ。

車内にはうたた寝する警官と、太りすぎで座席から尻がはみでた老人がいた。なるべく離れた席にすわり、アビーは自分のコンピュータに問い合わせた。

「周囲にナノバグは?」

コンピュータが答えるより先に、ブロンクが言った。

「所有者不明の目が一個。おなじＩＤの耳が一個ある。殺す? それともしばらく止める?」

「法律を守るんじゃなかったの?」

キャラが口を出した。

「ナノバグは違法なんだから、焼いちゃいけないって法はないでしょ」

「いや、悪さをしていないナノバグを焼くのはよくないことだとみなされるんだ。それか、ギャングが縄張りを主張するときか」ブロンクは答えた。

「眠らせるだけでいいわ」アビーは言った。

静電気のはじける音が近くでひとつ、奥のほうでもうひとつ聞こえた。〝ただのリーダー〟にしてはたいしたものだ。

「コンピュータ、ママ・ガナの家にナノバグは何個いた？」

アビーは自分のコンピュータに訊いた。退散してからずっと知りたかったことだ。

その問いにもブロンクが先に答えた。

「ゼロだよ。あそこは徹底的に掃除されてる。ばあちゃんの家ほどきれいなところはない。ギャングのアジトなみだ」

「そういうことを知っているのは、つまり……」アビーはブロンクを見た。

キャラが説明した。

「さっき出くわしたボーンズとか、べつのグループのロケッツは、ミックとトランにアジトの掃除をさせてるのよ。ごはん食べたり、だべったりする場所だから、ジョーブレーカーに見られたり聞かれたりしたくないでしょ。他のグループからもね。だからミックに金を払ってる。実際の掃除はブロンクがやってるわけ」

「ギャングはなぜミックを信用してるのかしら」

「ぼくはべつの掃除も請け負って稼いでるから。リーダーの改造費用もすこしもらってる」

「それで充分？」

「むこうは充分だと思ってるし、ぼくも不満はないよ」

「あたしもよ」

彼らは二人掛けの座席にすわっていて、キャラはブロンクを抱きしめた。ブロンクは赤くなった。

話題を変えるのにいいタイミングだ。

「さっきの騒ぎだけど、あの界隈の連中がどうしてプリンセスの事件にかかわったの？」

ブロンクは肩をすくめた。

「大きな仕事があるという話がどこかから聞こえてきたんだ。普通のターゲットじゃない、よその惑星からの客。いつもの組《クラン》は今回は手を出さない。すくなくとも所属のヒットマンは出さない。となると、わかるだろう。このへんで銃を手に暴れてるやつらには大きなチャンスだ。目立つ働きをすれば、警備業界の本物の組合にはいれるかもしれない。このへんではめったにない機会だ」

「そしてしくじって路上の露と消えても、大きな組織までたどられる心配はないというわけね」アビーはつけ加えた。

「そうだろうね。連中はそこまで考えてなかったけど。すくなくとも仕事にむかうときは」

「仕事にいった彼らはどうなったの？」

ファイブコーナーズの空《あ》き地に集団埋葬でもしたのだろうか。しかしブロンクは肩をすくめるだけだった。

「調べようか？」

「やめなさい！　危ないから。こういうことにかかわっちゃだめ」

「また人を雇いはじめたって聞いたわ。この話、知りたい？」キャラが言った。

「やめて！　いえ、知りたいわ。でもあなたたち二人はこの件に近づかないで。噂を耳にしたのなら情報として聞くわ。でもロングナイフという女にはかかわっちゃだめ。彼女の首を狙う人間は多いけど、死ぬのはいつも襲撃するほうよ。だから、わたしはいまでも彼女の髪を洗っている」

少年と少女はまだ納得しないようすでアビーを見つめている。

「だったら、いつかコンピュータで彼女について調べてみなさい。内容をよく聞いて、それを、そう、二倍にすれば真実に近いわ。彼女の事件はニュースにならないことが多いの。とても多い」しばし間をおいて続けた。「わたしはそのほとんどをこの目で見たわ。わかったわね」

子どもたちはうなずいた。そして、よく知っているライズの最寄り駅がアナウンスされると出口へ走っていった。

ブロンクを連れてコンピュータを買いにいくのは、この十五年間にアビーが着衣でやったもっとも楽しいことのひとつだった。といっても、ブロンクが買いたがったのはコンピュータではなかった。完成品の棚には目もくれず、部品売り場へむかった。驚くにはあたらない。

まずケースから探した。小さなイヤーピースと眼鏡のユニットから、古めかしいリーダー型筐体までいろいろある。ブロンクは一番安いのを選んだ。画面はモノクロディスプレーだ。

「安さにこだわる必要はないのよ」アビーは言ってやった。

「増設しやすい大きめの筐体がいいんだ。そして高そうに見えないほうがいい。ていうのは……」

「せめて画面はカラーのほうがいいわよ。色分けした図を見ることもあるでしょう。デフォルトを白黒表示にしておけばいいだけだから」

ブロンクは説得を受けいれた。

プロセッサとストレージは中程度でいいという。追加の探知モジュールは、ハイエンド製品をアビーが手にとってやった。

「ミックには黙っておこう。うらやましがられるから」

部品がそろったところで会計し、そのあとは子どもたちの案内でピザ屋にはいった。静かなテーブルについて、組み立てるために部品を広げる。

しかしそこでキャラがアビーにささやいた。

「あたしにも買ってほしいものがあるの」

「どんなの？」

キャラに連れていかれたのは宝飾品売り場だった。といっても高級品のショーケースではない。安価な化粧雑貨だ。キャラが選んだのは、緑の模造エメラルドに聖母子像がエッチングされたもの。裏側はフル機能の電話機になっている。

アビーは「いいわよ」と言ってやりたかったが、迷った。

「これはただの電話じゃないってわかってる？　持ち歩いてると……」

「勝手に位置を追跡されるのよね。むこうで操作すると、こちらでスイッチを切っていても音を聞かれる。わかってる、ブロンクから説明されたから。でも、働かないように細工できるって」

アビーは少年のほうを見た。自信ありげにうなずいている。

「ガナおばあちゃんの家はセキュリティをそなえているから、たとえこの機能を止めてもひっかかるわよ」

「だから持って帰らない。秘密の場所に隠しておく」

十二歳にしてスパイの基本を身につけている。さすがにアビーが育った家庭環境だ。ママ・ガナが話したこともよく考える必要があるが、とりあえずこの宝飾品だ。そして十二歳の少女が、子をしっかりと抱く母親の像に惹かれる理由も考えさせられた。

ブロンクはアビーとの五ドルの賭けに勝った。ピザが来るまえに新しいマシンを組んで走らせることに成功したのだ。

「画面がついただけだよ。まだやることは山ほどある。電源がはいって動きだしただけ」

アビーは賭けの五ドルを払った。

しかしピザを食べおわるまでにさらに払うはめになった。ソフトウェアの有料ダウンロードだ。そのあとも特定の条件で追加負担してやれるように設定した。そしてお開きにするまえにひとつだけ確実にやらせた。キャラの新しい電話の隠し機能を切らせた。

まだ空が明るいうちに、ファイブコーナーズへの帰りの電車賃を払ってやった。

「ロングナイフにかかわっちゃだめよ。死んでほしくない人にはおなじことを言って」

「心配しないで、アビーおばさん。気をつけるから」二人はいっしょに答えた。

二人とも若い。自信満々だ。

しかしアビーはそこまで安心できなかった。

19

王女クリス・ロングナイフは、意外に順調な一日のはじまりに驚いていた。自分らしくない気がするほどだ。

朝は海兵隊との爽快なランニングではじまった。海軍と陸軍の大使館付き武官も参加した。ベニ兵曹長に加え、マルホニー中佐まで早起きして派遣隊の意気上がる朝を率いた。プリンセスの存在は中年男の生活習慣さえ変えたようだ。

契約交渉はようやく決着した。クリスが三日前に予想した金額との開きはごくわずかだ。しかしここまで数日をかけ、熾烈な攻防戦の末につかみとった数字を、両者は勝利とたたえた。それぞれの上司も満足だろう。

となれば、必要経費は気前よく使ってかまわないだろう。なにしろ祝勝会なのだから。

クリスも戦勝気分につきあった。ガーデンシティいちの高級レストラン〈ザ・ボールト〉での昼食会に出席した。

楽しい宴といえただろう。クリスは四人の男性から言い寄られた。それぞれが機知にあふれた会話を披露し、母星自慢をしてクリスを招いた。二人は同年代の息子がおり、ぜひ会わせたいと希望した。

そうやって彼らが昼食のマティーニを三杯飲むあいだ、クリスはソーダ水で通した。素面の目で見ると、彼らはさほど機知にあふれてはいなかった。

昼食会がそのまま午後の飲み会になり、さらに夕食会までつきあわされそうなクリスを救い出したのは、ジョンソン警視からの電話だった。

「少々お話を」

五分後に警視のセダンが〈ザ・ボールト〉前にあらわれた。

「この店でよく昼食を？」

警視は取り調べの目つきだ。さしものロングナイフも罪悪感をいだく……かもしれない。

「エデン星のとあるコンピュータ技術をめぐる商業契約を締結したところなのです。辣腕のビジネスマンたちがわたしに印象づけようと、必要経費の大盤振る舞いを」

「印象づけられましたか？」

「ええ、とても。彼らの意図とはちがう意味で」

「彼らはあなたについて勉強不足のようだ。あなたは金に感心したりしない」

「その金をなにに使うのか、です。ただの金を見せびらかされても……」クリスは肩をすくめた。「ビジネス倫理の話をするために呼び出したのですか？　かまいませんけど。昼食会のつもりが、明日の朝食まで続きそうでしたから。感謝します」

「ドライブにお誘いした理由はべつにありますよ」

ようやくクリスは車が大使館にむかっていないことに気づいた。

(ネリー、行き先がどこだかわかる?)

(まったく不明です、クリス。こちらが教えてほしいくらいです)

役に立たないコンピュータは困る。そのうえ口答えまでする。トゥルーディを訪問する予定を立てておいたほうがよさそうだ。

クリスは斜めにすわりなおした。体をジョンソンにむけ、さらに……拳銃に手を伸ばせるように。セダンの後部座席も再確認した。だれも乗っていない。

警視はさすがに緊張を察した。

「いえ、あなたを誘拐するつもりはありませんよ。試みるほど愚かではない」

「安心しました。では行き先は?」

「あてはありません。交差点をランダムに曲がらせているだけです。尾けてくる車がいたらあなたの射撃の腕前に頼るしかない」

「警視の腕前は?」

「二十五フィートで十発十中。しかし人を撃ったことはない」

「幸運ですね」クリスは皮肉っぽく言った。

「そうなのでしょう。さて、このあてのないドライブは、いいニュースをお伝えするのが目的です。そしてあなたのいつもの伝で、悪いニュースもある」

「ではわたしのいつもの伝で、いいニュースから」

「上層部は、あなたと専用警護チームに武器携行の暫定《ざんてい》ライセンスを発給することを決定しました。あなたのチームとトードン夫人の警護チームを合同させたのはなかなか巧妙だった。あなたの海兵隊の一部は、すでに許可がある夫人の警護につき、そのあとあなたの警護にもどった。理屈の上では、彼らは夫人の警護のために武器を携行し、そのあと急にあなたの警護に移ったので、武器庫に銃をもどす暇がなかったと解釈できる。巧妙なトリック。さすがはトラブル将軍を曾祖父に持つ方だ」

警視の幻想を訂正してやろうかと思ったが、やめた。善意の行動が報いられたわけだ。海兵隊は将軍の夫人と知って躊躇なく警護についた。おかげでその曾孫娘を警護するさいにも武器使用が認められたのなら、ありがたいことだ。

しかし気分がよかったのは三秒間だ。この会話の入り口を思い出した。

「それで、悪いニュースというのは……？」

「あくまで暫定であることとです。ガーデンシティ個人警護管理局の正式ライセンスを受けていない、たとえばあなたの海兵隊が使用する武器は、非殺傷性の護身用に制限されます」

クリスはしばらく黙って考えた。

「いまここでわたしの銃を呈示してかまいません。現状では合法のはずですから」

「合法です。没収するつもりはありません。その銃が非殺傷性ダート弾を発射するものであるかぎり」

クリスはブローニング製オートマチックを懐から出した。

「そこにすこし問題があります。この銃をあたえられたのは……まあ、その話はいいでしょう。使用するのは四ミリ・ダート弾です。この銃には一ノ弾倉からはコルト・ファイザー製高性能麻酔ダート弾が装塡されます。しかし切り換えレバーを反対に倒すと、左の弾倉から徹甲弾が装塡されます。わたしと海兵隊がレバーをつねに右に倒しておくと約束すれば、左の弾倉が空《から》かそうでないかは、いちいち問題にされなくてもよいと考えますが、いかがでしょうか」

「検査が厄介ですね」

しかし警視はクリスの見解を否定はしなかった。クリスはさらに言った。

「そもそも麻酔ダート弾でも、装薬量を充分に増やせば肉や骨や頭蓋骨を砕く能力があることはご存じですね」

「おや、そうなのですか。初耳です」

警視の発言は、クリスが聞き慣れた外交的二枚舌なみの説得力さえ持たなかった。

腹の探りあいに急にあきあきした。童心に返って指貫探し遊びをやるにしても、隠された指貫には一日ドライブしてもたどり着かないだろう。

「警視、数日前にわたしはホテル・ランドフォールから帰るときに普通ではない出口を使用しました。そこから大使館までの路上には数多くの死体が残されたはずです。なのに、新聞には一行も書かれなかった。死体安置所に運ばれた死体はなかった。それらはどこに消えたのですか？　もっと重大な問題として、今後海兵隊が同等かさらに多くの死体の山を築くはめになったときに、それもまた消えるのですか？　それともエデン星のあやふやな法廷で、わたしと海兵隊に不利な証拠として扱われるのですか？」

「それはあなたのメイドにお訊きになったらいかがですか？」

予想もしない方向から飛んできたジャブだ。クリスのステップは乱れた。

「この話とアビーがどう関係あるのですか？」

「昨日の午後、問題の襲撃者の多くが雇われた地区を、彼女は訪れています。そしてギャングのボスと面会しています。すくなくともその一人と。さらにギャングのメンバー数人と長時間をともにすごして、その一人にコンピュータ一台を供与。さらにそのガールフレンドも同席して夕食をともにしています」

クリスは奈落の底に落ちるような感覚を味わった。軌道からスキップに乗らずにスキップ降下しているようだ。

（ネリー、アビーの昨日の行動を追跡している？）

（いいえ。アビーは発信装置を停止していました。彼女は自分あてにメールを一件送信していて、それは昨夜遅くにあなた宛のコピーが開く設定になっていました。しかし部屋にもどった時点で消去しています。そのときわたしは開けませんでしたし、現在はそのものが残っていません）

（ネリー、あなたの仕事ぶりに少々失望しているわ）

（気持ちはわかりますが、アビーは最高レベルの暗号化システムを導入しています。そしてわたしがクラックするより早い頻度でシステムを更新しています）

（それについてはあとで話しましょう）隣に顔をむけた。「警視、わたしのもっとも忠実なメイドが昨日訪れた場所を教えていただけませんか？　それとも上の許可が必要ですか？」

「そんなことはありませんよ」

ジョンソンはクリスを出し抜いて気をよくしている。セダンのフロントウィンドウにいきなりガーデンシティの地図が投影された。赤い線と、それと交差するさまざまな色の線が描かれている。交差するだけのものも、かなりの距離を平行移動するものもある。

（クリス、メールが発信された場所はここです）

赤と黒の線上に緑の×印があらわれた。遅い時間帯だ。ネリーがクリスの視野に投影したもので、警視には見えない。

「なるほど、警視、わたしが知らない――知らなかったことをご存じのようですね。あとで調べてみます」

ジョンソンは自慢げな笑みを浮かべた。クリスはべつのことを訊いた。

「ところで、携行許可についてわざわざ警視からご連絡いただいたのはどういうわけですか？　マルティネス警部補の担当では」

警視の笑みがやや陰った。

「あなたの扱いが一段上がったのですよ。今後あなたに関することはすべてわたしが窓口になります」

そうすれば、クリスが選挙権を持たない者といろいろ話して、この惑星について興味深い知見を得る機会はなくなるわけだ。

クリスは警視に思いきり空虚な愛想笑いをむけた。これくらいのことはときどきできる。やるべきことが増えた。警視が大きな問題を持ちこんでくれたのはたしかだ。

クリスは脳裏でメモ書きした。隠れたところに疑問点がいくつかある。その疑問を調べるのに、警視の手をわずらわす必要はない。

まず最初は、身内の件だ。クリスの命をつけ狙う集団に、アビーはどんな用があるのか。

20

クリスは大使館へ大股で歩きながら、脳内で指示を飛ばした。

（ネリー、わたしの部屋にジャックとアビーとペニーを呼び出しなさい。急いで！　五分前に命じられたつもりで来いと。ああ、それからペニーには、拷問用の親指締め器を持ってくるように言って）

（それは冗談ですか、クリス？）

（黙ってわたしが言ったとおりに伝えなさい）

（わかりました、殿下、上官、ボス）

クリスの部屋には最初からアビーがいた。クリスの上着を脱がせ、状態をたしかめるように髪に手を滑らせる。

「また公式行事がございますよ。大使によると、チャリティ美術展があるのでぜひ観覧にお出かけいただきたいとのことです。できればロングナイフ家の財布で何点かお買い上げいただきたいと……慈善のために」

クリスはメイドから離れた。本当の話なのか、それとも、こんなふうに多忙なのでこみいった話をしている暇はないというアピールなのか。

そのこみいった話は、ジャックとペニーの到着でさえぎられた。プロの尋問者であるペニーは親指締め器も引き伸ばし拷問台も用意しておらず、クリスは失望した。しかし命令無視を十八番《おはこ》にしているクリスはなにもいえない。

アビーは侵入者に眉を上げたが、いつものように存在感を消す行動をとった。客のじゃまにならないように壁ぎわに控える。

クリスはそれを利用してアビーを追いつめた。

「今回はあなたに用があるのよ。昨日はなにをしたの？」

「午後にお休みをいただきましたので、個人的な用事をすませました。あわれなメイドにもささやかなプライベートはあってしかるべきでしょう」

虐げられた大衆の代弁者という独善的な口調でアビーは答えた。

しかしクリスは首を振った。

「説明不足よ。三日前にわたしを銃撃した犯人たちの出身母体であるギャング組織と、昨日いったいいなんの話をしてきたのかと訊いているのよ。ギャングのメンバー二人と会食したのはなんのため？」

クリスの右隣にジャックが、左隣にペニーがついた。どちらも無言だが、クリスの問いが状況説明がわりになっている。それを聞いて、けわしい目でアビーをにらみはじめた。

「プライバシーは万民の権利のはずです。貧しい労働者は自分の時間さえ持てないのですか？　そもそもなぜわたしを監視しているのですか？」

アビーは反論した。反撃姿勢をとるまで時間はかからなかった。そして論点は的確だ。

「べつに監視してはいないわ。でも、コンピュータのGPSを停止するならそれなりの説明があってしかるべきよ。そして監視しているのはわたしではなく、ジョンソン警視。路上で唾を吐かないほうがいいわよ。すぐに前科がつく。それはともかく。なんのためにギャングのリーダーに会ったの？」

アビーは背筋を伸ばした。もとから姿勢は正しているが、その背中がさらにまっすぐ伸びたようだ。

「会っていません。その地区から出るときにたまたま出くわしただけです。殿下の悪行の責めをメイドに負わせようとするので、筋ちがいであることを明確に説明しました。彼らは理屈に屈服しました」

「何人殺したんだ？」ジャックが訊いた。

「一人も。理屈で屈服させたと言ったはずよ」

「素直に信じられないのはわたしだけかしら」ペニーが言った。

またしてもアビーは論点をずらしている。そこでクリスは指を三本立てた。

「いいわ、ひとつめの質問には答えたことにしましょう。ではギャング二人に夕食をごちそうしたのはなにが目的？」

「ブロンクに買ってあげたコンピュータを本人が組み立てたいと言ったからです。買ってあげたのが完成品か、それともばらばらの部品か、警察はそこまで調べましたか？」

どうも話がおかしい。クリスは指をまだ二本立てていた。アビーのごまかしに乗ってはいけない。質問をすりかえさせてはいけない……。

「ギャング二人を饗応したのよね？」

「ちがいます。姪にピザを注文してあげただけです。ちなみに彼女はギャングといっさいかかわりありません。コンピュータを買ってあげた相手はそのボーイフレンドです。彼もギャングではありません。わたしの訪問目的に協力してくれたお礼としてコンピュータを買いにいきました」ゆっくりとつけ加える。「ちなみに彼もピザは好物でした。十代の少年の例にもれず」

「じゃあいったいなにをしにその地区へ行ったの？　発信装置を止めてまで！」クリスは問いただした。

「母親を探しにいったのです」

「母親を!?」三人同時に。

「そうです。だれにでも母親はおります。ご存じありませんでしたか、クリス？　おしべとめしべの話をお母上から聞かされたでしょう」皮肉っぽく眉をひそめた。「王女に母上がいらっしゃるように、メイドにも母がいます。王女には普通は父上がいらっしゃいますが、メイドは場合によりけりです。そのほうがいいのですよ。あの地区で不良と呼《バスタード》ばれるのは並大抵ではありませんが、私生児《バスタード》として生まれれば、最初からそう呼ばれますから」

「そういえばエデン星出身という話だったわね」ペニーが指摘した。

「二度と帰りたくないとも申しあげたはずです」

「じゃあ母親を探しに……もっともすさんだ地区へ行ったわけね」クリスは言った。

「そのすさんだ地区で生まれ育ったのですから、探すならそこでしょう」

「姪はみつけたのか」とジャック。

「彼女のボーイフレンドの多大な協力を得ました。そのお礼にコンピュータをと約束したのです。古い雑誌リーダーなのに、驚くような使い方をしていて」

「多大な協力の結果……？」

ペニーがうながした。クリスはそちらに目をやった。尋問者の学校で研鑽を積んでいるだけのことはある。アビーはゆっくりと答えた。

「多大な協力の結果、キャラに頼んで家族の住まいに案内してもらいました」

「なぜ？」ペニーは訊いた。

「なぜだと思いますか？　王女さまはヌー・ハウスで生まれ、お育ちになりましたね。立派なお邸です。わたしが最初に住んだ二軒の家は再開発で取り壊されていました。ぺんぺん草がはえているだけ。まあ、そのほうがましなくらいの場所でしたが」アビーはそこで息を吸った。「十二歳のときに友人を何人も招きたいような家ではありませんでしたね」さらに硬い声で、「発信装置を止めたのは、そういうことをあまり知られたくなかったからです。出身地を……尋ね人を」

「ごめんなさい……」クリスはメイドが離職の決心をしてしまったのではないかと恐れた。

「それで、お母さまには会えたの？」

「ええ。妹にも。そしてキャラと優秀なボーイフレンドにも。なんとかしてやりたいと思いました」

三人はそろってうなずいた。

「もし再訪する時間が必要なら……」

クリスが言いかけると、アビーはさえぎった。

「わたしとしては、あの場所にはとうぶん近づきたくありません」

三人はふたたびうなずいた。アビーの心中は余人に測りがたいと思いつつ。

「しかし希望に反して、近々再訪せざるをえないでしょう」

「なぜ？」クリスは訊いた。

「なぜなら、ブロンクに予定よりはるかに高性能のコンピュータを買いあたえるはめになったからです。必要でした。この惑星にロングナイフがいる状況で、彼が生き延びるために」

「どういうこと？」

話のゆくえがわからなくなった。なんのことだ？

「クリス、母はわたしが王女のために働いていることを知っていました。母は市内の高級なエリアに出没していました。パーティで身なりのいい男性の腕につかまって歩いているところを見ても驚かないようにと言ったのです」

「それは……いいことかしらね」クリスは確信のない口調で言った。

「よくありません……まったく。わたしがあなたのために働いていることを知っているはずはないんです。王女は新聞の大きな話題ですが、わたしはその写真の背景にも映っていません」

クリスはうしろに退がった。アビーを壁ぎわに追いつめる必要はもうない。あとの二人も退がった。

「入港船舶記録かなにかで、あなたの名前を見たのかもよ」ペニーが仮説を述べた。

「なにもかも秘密にされるエデン星でその可能性は低いですね。さらにアビー・ナイチンゲールという現在のわたしの名を母は知らないはずです。娘が帰ってきて、さらに王女の身辺で働いているのを偶然知ったというのは、きわめて考えにくい」

クリスはゆっくりうなずいた。たしかにこれは新たな展開だ。まったくべつの不可解な状況だ。

アビーはゆっくりと言った。

「わたしたちについて多くの人が多くのことを知っている。多くの人が必死に調べている。わたしとしては、その人々についてもうすこし知りたいですね」

クリスも賛成だ。アビーはふと思いついたように言った。

「ああ、それからクリス――」しかしこのメイドのことなので、最初から言うつもりでタイミングを測っていたのだろう。「ブロンクのハッキング技術へのわたしのささやかな投資は、あなたに負担していただくのが賢明だと思います」

「ついでに、ベニ兵曹長からその少年にピザを何度かおごってあげるといいわね。ブロンクスの新しいコンピュータにソフトウェアが増えれば、それだけわたしたちの安全に役立ちそうだわ」

21

クリスは考えるべきことが山ほどあった。そして考えられる時間はバスタブのなか……アビーに髪を洗ってもらっているときしかなかった。

アビーに母親がいた。驚くにはあたらない。クリスにも母親がいる。そしてなるべく避けている。アビーも同様だというのは興味深い。

アビーの家庭の確執が、クリスの命にかかわるわけではない。

しかし秘密だらけのエデン星にありながら、アビーの母親は娘の帰郷を知っていた。さらに娘がロングナイフ王女のもとで働いていることを知っていた。これはひっかかる。

アビーの母親はどうやって知ったのか。なぜ知ろうとしたのか。

それともだれかが吹きこんだのか。ちょっとした情報を母親の耳にいれたのか。それはだれか。クリスの身の安全にどのようにかかわる人々なのか。

考えを整理してみたが、疑問符が多すぎた。この記号を禁止する法案があるなら、賛成票を投じたいほどだ。

クリスは鼻を鳴らした。そのせいで石鹸の泡が鼻にはいりそうになった。

ネリーには大金をかけている。あらゆる情報が即座に入手できるコンピュータをそばにおいている。なのに、エデン星に来てから厚い壁にはばまれている。

（すみませんね、クリス。努力しているんですが）

おっと、最新ガジェットのことを忘れていた。コンピュータを脳にじかに接続しているのは重要な生存戦略だが、ときには――たとえば入浴中は――ネリーを肩からはずしたい。手術によって頭部にもうけたプラグの穴は、ネリーをはずしているときはキャップで閉じられている。

しかしここに最新ガジェットを使いはじめていた。近距離での無線接続機能を持つプラグキャップだ。そのため、こうしてああでもないこうでもないと考えていることが、近くにおいてあるネリーにすべて漏れている。

（ごめんなさい、ネリー。あなたを責めてるわけじゃないのよ。わたしたちが厚い壁にはばまれているというだけ。偶然ではないわ。状況をわたしたちに知らせたくない連中がいる。そして彼らは成功している）

（ブロンクという子が、アビーからもらった新しいコンピュータでわたしたちに協力してくれないでしょうか）

（可能性はあるわね）

しかしそのせいで殺される危険もある。クリスはこれ以上だれかを死なせたくなかった。ましてや子どもを。

「アビー、その男の子と……あなたの姪は優秀なの？」

「生き延びるという点ではそれなりに優秀でしょう。ファイブコーナーズで生まれ育って、いまも息をしていますから」

「でも、いま探りをいれようとしている相手に対してはどうかしら」

アビーはすこし黙ってから答えた。

「王女殿下、わたしには推測しかできません。とにかく、故郷を訪ねたのはまちがいでした。そのせいでかわいらしい子どもたちを巻きこんでしまった。わたしにできるのは、彼らが死の危険におちいらないように手を貸すことだけです。他にいい考えがありますか？」

「あなたの母親は姪を守ってくれないの？」

「わたしの妹を高値で売れる体型に維持するためにドラッグ漬けにするような母親ですよ」

アビーの尋常ならざる怒りが、クリスの髪をすすぐ手つきに影響した。クリスの頭皮はとばっちりに耐えた。

クリスはバスタブから出て体を拭きながら、自分にできることを提案した。

「ベニ兵曹長が子どもたちと会う機会をつくってあげて。彼がブロンクという子になにができるかはそのときしだい。兵曹長が必要と判断するソフトウェアの料金はわたしがもつ。あなたがわかって兵曹長が苦手な追加アイテムがあったらそれも」

「たいした金額にはならないでしょう」

アビーは今夜のドレスを選びはじめた。クリスはいつものスパイダーシルク地の防弾ボディスーツを着こんだ。さらに今夜はセラミックアーマーもつける。下着の引き出しにある防護用品はフル装備だ。

今夜の宴にだれが来ているかわからない。なにをしてくるかわからない。

狙われるのはクリスだ。


「あそこにでっかい白いのが駐まってるでしょう」ブラウン一等軍曹がリムジンを指さした。地上を走る車両というよりも、まるで豪華な宇宙船のようだ。「あれが目立ちたがり屋のミズ・ビクトリア・ピーターウォルドが借り上げてるものらしいです」

「そんな機密情報をどこから手にいれたの?」クリスは訊いた。

「社交面のコラムが好きな女性海兵隊員がいましてね。本人は好きで読んでいます。そういうゴシップ記事から得られる情報にはときどきあきれますよ。軍事機密の扱いにずさんな人々がいる」

「ビリー・ロングナイフはよく〝社交的手段による戦争〟と呼ぶわね。でも、その参加者が自星の戦争論をよく勉強しているとはかぎらないわ」

「貧しい者ほどよく学べというのに」

ジャックが口をはさんだ。

「いや、できればのんびり学んでほしいね。セキュリティが甘いおかげで、こちらは対応をとれる。小さな優位でもありがたい」

しかしクリスは緊張の度合いを強めるだけだ。

白鯨のように巨大なリムジンにしても、ビッキーのずさんさの証拠とはかぎらない。目立ちたがり屋は戦場ではお呼びでないが、新聞の社交面では力になる。威圧して勝利をおさめるのは基本戦法だ。ビジネスと……女の喧嘩では。

とはいえビッキーがそのような勝利を狙っているとはクリスには思えなかった。

「今夜の警護体制は？」

一等軍曹は説明した。

「会場には優秀な射手を六人いれます。全員私服で防弾装備です。ジョルハト伍長は軍服の三人を率いて車両警備にあたります。デバル大尉は即応チームとともに大使館で待機しています。今夜はトラブル将軍夫人がパブで学生のグループと会食予定です。大尉はどちらにも増援できるような態勢です」

ルースは今宵、平穏であってほしい。たまにはそうあるべきだ。クリスがそれを願うにはまだまだ年季がたりない。

リムジンを下りるやいなや、マルタ・ホワイトブレッドがクリスの肘をがっちりとつかんだ。

「プリンセスに秋の園芸ショーをお見せしたかったですわ。すばらしいんですのよ。園芸家と遺伝子技術者の仕事ぶりが。花だけではないんです」

「花だけではない？」クリスはなんとか話題についていこうとした。

「もちろん花がほとんどですけれども、ファンタジー動物の展示もありましてね。昨年の一番人気はペガサスでした。つまり空飛ぶ馬です。小さくて、薄い翅《はね》がはえていて」

「飛べるんですか？」なんとか話題にあわせて質問した。

そのときにはクリスとマルタのまわりには五、六人の招待客が集まっていた。そのなかにミズ・ブロードモアの姿もあった。この女とは二度と口をきかないと決めている……できれば。

マルタは遺伝子技術者が作製した飛べる小さな馬について、夢中でしゃべりつづけている。

「そのために体重をできるかぎり軽くしたんです。骨は鳥のように中空にして。それでも鳥の脚はとても頑丈なのですね」

「といいますと？」

「馬は怖くて緊張していたのでしょう。ミズ・ブロードモアは、飛行距離を短くという指示を調教師が守らなかったとおっしゃっています。とにかく、馬は飛び立って、天井近くを何度も旋回しました。馬はとても楽しそうでした。でも着地に失敗して、脚を四本とも折ってしまったのです。すぐに眠らせる処置がされましたわ。痛々しい悲鳴を聞かされましたから」

「そうでしょうね。脚を全部折るのはとても痛いでしょう」クリスは眉をひそめて言った。

「あら、動物も痛みを感じるのかしら？」

この女は自分の邸のメイドや下男に対してもおなじ態度にちがいない。銀行口座にふりこまれるわずかな給与で暮らしている彼らには痛みなどないと思っているだろう。

　この女と話すくらいならミズ・ブロードモアのほうがましかもしれない。

（あわれなファンタジー動物をつくらせた張本人ですよ）ネリーが指摘した。

この惑星にはまともに話せる人間はいないのか！　それともこの集まりがおかしいのか。

　クリスはマルタを大きなグループへなんとか誘導した。すると秋の園芸ショーで一番の出品はなんだったかという議論がはじまった。クリスは戦闘行動のテクニックと尻の感触にもとづく進路判断によって、混雑した海域からの撤退に成功した。

　気づくと隣に若い女がいた。美術展のガイドで、名札にはサマサとある。化粧っ気がなく、曲線美あふれる体つき。今夜の展示についてよく知っているはずだ。

「今シーズンのお勧めはなにかしら」

「ホロビデオです」親しみやすい笑顔とともに答えが返ってきた。

　クリスはジャックに合図してまわりに一時的な壁をつくらせた。内側にガイドと女性海兵隊員一名をいれて、急ぎ足で人ごみから離れていく。

「わたしはプリンセス・クリスティン。クリスと呼ばれているわ」

「サマサ・タイディングズです。エデン大学美術科の学生です」

「ではあなたが偉大な美術の教え《タイディングズ》について講義してくれるのかしら」

「いつもそうからかわれます」

「でもこれからは、王女にからかわれたと自慢できるわ」

「祖父は労働組合の活動家なんです。ロングナイフ家のプリンセスと親しく話したなどと知られたらなにを言われるか」

「そうね。でもロングナイフ家の子女はまず大学へ行って、教育を受けて、見聞を広めるのよ。暴れまわって人々に迷惑をかけるのはそのあと。さっさと海軍にはいったわたしは、いまだに家族の不興をかっているわ」クリスは軽く笑ってみせた。

「でも、海軍はしばらく戦闘などしていないようですけど」

クリスの隣の女性海兵隊員は苦笑を自制できなかったようだ。

サマサは目を見開いた。

「まさか、戦闘したことが？」

「このあたりとちがって、リム星域には遵法精神の低い人々が多いのだと言っておきましょう」クリスは遠まわしに言って、話題を変えた。「ところで、今夜の展示にはどんなものがあるかしら。何点か買うように言われているのよ。お勧めは？」

「たくさんあります。大舞踏室にはホログラム展示がいくつも。多くは牧歌調やその他の風景画です。会議室はどれもひとつの作品の専用になっています。わたしが好きなのは印象派ですね」

「それはよくないわね。わたしの母も印象派のファンなのよ」

「あら」

「十一歳のときに母に連れられてそのホログラム作品をいくつか見たわ。さまざまな色の奇妙な模様が動きまわっていた。気分が悪くなって吐いちゃったわ。昼食のすぐあとで、そこは宇宙ステーションだったから。組み合わせが最悪。一週間、悪夢に悩まされたわ」

「十一歳で？」

学生ガイドをあきれさせてしまったようだ。

「つまらない幼少期をすごしたのよ」

悪夢といっても、堆肥の山に埋められて窒息死した幼いエディの悪夢にくらべればたいしたことはない。しかしその話はしなかった。

大舞踏室に近づくと、ジャックが先にはいった。女性海兵隊員と二人の銃手が続く。クリスに先行してホログラム作品のなかにはいり、ひとつひとつ安全を確認していく。

広い舞踏室のはずだが、はいってみると広くなかった。正面に石の壁がある。壁面には蔓植物が這い、花が咲いている。近づくと忍冬《すいかずら》の濃厚な香りだ。

ところがサマサはクリスを連れてまっすぐ石壁に歩いていき……通り抜けた。

驚いて吸った息は、冬の乾燥した空気だった。雪をかぶった風景が広がっている。クリスはめまいを覚えてよろめきそうになった。

遠景には白い山並みが連なっている。近景では、鹿が樹皮をかじっている。クリスはついその頭に手を伸ばした。手は空《くう》を切った。

「よくありませんね」サマサが言った。

「ええ、ちょっと恥ずかしいわ」クリスは気まずく笑った。

「いいえ、そのことではなく、作品のほうです。原始的すぎる。鹿はあなたの手の動きに反応して逃げるべきです。それを実現するプログラムコードは数年前から出まわっています。それを組みこんでいないのは弁解の余地のないずさんさです」

ずさんな出来には見えないと思ったが、クリスはホログラム鑑賞の評論家ではない。

「あなたもなにか作品を出しているの？」

「いいえ。わたしのような学生は、リーダーに従ってプロジェクトに参加させてもらうのがやっとです。自分の作品はまだとても。でもわたしのボーイフレンドはつくっています。歴史環境デザイン科の院生で、初期の地球のすばらしい風景を描いています。アメリカ大陸に初めて立った男女の姿です。マンモスの群れが走ると、床が揺れるんです。なかなかの作品ですよ」

「見てみたいわ」

走るマンモスの群れを撃たないようにしなくてはと、クリスは頭のなかでメモした。銃弾がどこへ飛んでいくかわからない。

そのあともさまざまな風景があった。砂漠、極圏、岩の海岸に沈む夕日、整備された庭園。石のベンチをみつけて思わず腰かけそうになった。

「本物ではないわね」手がすり抜けるのを見て、クリスは言った。

「ここにあるのはすべて幻影です。じつは一部の岩や木の切り株は本物です。すくなくともさわれる実体はあります。そのなかにプロジェクタがはいっているんです。おかげで小径を歩いているように見えるし、つまずいたのが本物の岩かどうかもわからない」

「その投影装置は何百万ドルもするんでしょうね」ジャックが抑揚のない口調で言った。

「本当にそうなんです。学生の多くは借金漬けです。ここで売れれば、恒久的に設置しておくことができます。売れなければ、やや使用歴のある装置としてだれかにレンタルすることになります」

サマサの苦笑いをクリスとジャックが聞いていると、岩のひとつがいきなり花弁のように開いた。

あらわれたのは自動砲だ。クリスはすぐに気づいた。

「動かないで」

クリスは唇を動かさないでささやいた。脚は歩行の途中で止めている。

(ネリー、海兵隊を呼んで)

(すでに呼んでいます)

22

小説やビデオでは、いかつい軍曹が止まれと怒鳴ると、兵士たちはぴたりと止まる。戦場で緊張して行動しているときなら可能かもしれない。

クリスもやったことがあった。地雷原の横断中で、なんとか静止できた。

しかし美術展の観覧中の一般人にそんな心構えはない。

クリスは、戦場でも美術展でもひとしく死の危険を予期しているが。

自分では動くなと命じつつ、クリス自身はその命令に従えなかった。上げた片足を下ろしているさいちゅうなのだ。

あとは自動砲のセンサーの種類で決まる。

モーションセンサーなら、最後に動いた者は生き延びられるかもしれない。最初に動いた者が全弾を浴びて、弾倉が空になれば。

クリスの顔写真がその機械の頭にはいっているなら、なにをしても無駄だ。

暗殺者がどこかにひそんで遠隔操作している場合でも、やはりなにをしても無駄だ。

声に反応する方式もありえる。その場合もクリスは不利だ。命令する立場だからだ。ジャックは聞く立場。そして若い学生は……。

学生はそもそも命令に服従する訓練を受けていない。

サマサは、あらわれた銃身に気づいて、まず悲鳴をあげた。次に走りだそうとした。ジャックは好判断で、彼女が二歩目を踏み出すまえにその膝を下から蹴飛ばした。そして上からおおいかぶさるように身を投げた。

女を押し倒すのは男の本能だとクリスは理解した。サマンサは体の要所に豊満なクッションがあるので、転倒による怪我はどちらにもないだろう。ジャックはせいぜい楽しめばいい。同時にその姿勢は、礼装軍服の防弾仕様の背を銃口にむけることになる。撃ち出された大量のダート弾は布地に刺さって止まる。とはいえ着弾の衝撃は伝わる。明日はあざだらけだろう。そしていつもうめくだろう。

しかしクリスも他人の心配をしている場合ではなかった。だれも重力には抗しきれない。転倒しながらせめて左むきになり、同時に拳銃を抜いた。自動砲の機械の頭脳に銃をむけたときには、むこうも照準をこちらへ移動させていた。

クリスは岩を狙って撃ちはじめた。拳銃が手のなかで跳ねる。フルオートで連射。徹甲弾をフルパワーで発射する。

がまんくらべだとクリスは思った。きわどい勝負になる。

ダート弾の着弾を感じた。まず右足首。しだいに腿へと上がってくる。たんなる情報として脳で感知する。戦闘のさなかに苦痛を感じている暇はない。それはあとだ。

岩にむけて撃ちつづける。小さな部品にあたって火花が飛ぶ。なににあたったのかわからない。こちらの銃弾が壊しているものは投影されたホログラムに隠れている。

ダート弾の着弾が腰から下腹へ上がってくるのを感じた。ガードルにいれたセラミック防弾プレートが働いている。

クリスは狙いをわざと上下に散らした。自動砲の急所にあたれば……。

海兵隊員二人が部屋に飛びこんできた。サブマシンガンを顔のまえにかまえ、銃声のもとを探している。やがて自動砲にむけて長い連射をした。自動砲はそちらに旋回する。するとクリスにはその側面が見えた。遊底のスロット部分に狙いをさだめた。銃器はそこが詰まると致命的だ。新兵は訓練教官から、スロットをいつも清潔にしておけとうるさく言われる。

自動砲が旋回するときにジャックはふたたび数発を浴びた。

クリスは遊底めがけて撃ちながら、頭のべつの部分では自分やジャックのアーマーにあたらなかった銃弾の軌跡を思い出していた。

このホログラムの外に犯人がひそんでいるはずだ。

自動砲の連射がふいに不連続になった。再開したものの、だんだん遅くなり、ついに停止した。

沈黙。

つづいて照明が消える。

かわって悲鳴、叫び、うめき声があちこちから聞こえてきた。広い舞踏室にすすり泣きが満ちる。

「主電源をだれかが落としたな」ジャックが言った。

二人の海兵隊員はいつものように準備のよさをしめした。いや、〝常に備えあり〟は沿岸警備隊のモットーか。とにかく二人はハンドライトを取り出した。二本の光線が室内のようすを調べている。

「だれか明かりをつけろ」

声が響いた。聞きちがいようのない一等軍曹の命令。

すると光があった。

さすがは神と称される一等軍曹。

再生した光は惨状をまばゆく照らした。

美術展に出かけるのに防弾装備をつけるほど被害妄想が強いのはクリスとジャックと海兵隊くらいだ。楽観的思考で来場した民間人二十人前後は、その代償として血を流していた。

その惨状のむこうから、約二十人の男女の海兵隊員が小走りにクリスのところに集まった。全員がサブマシンガンをかまえている。いまからクリスを攻撃する者がいたら強烈な反撃を受けるはずだ。

倒れた人々のあいだに、ホログラム用のべつのプロジェクタがいくつも散乱している。電源は切れている。他にも自動砲がしこまれたものがあるのだろうか。

懸念しているのはクリスだけではないらしく、海兵隊の一、二名が、岩や切り株などに用心深く目を配っている。訓練どおり、銃の照準ごしに不審物を見ている。

「装置を撃たないように」

クリスは命じた。数百万ドル分の装置が穴だらけの鉄くずになったら、貧乏アーティストたちはレンタル業者への説明に往生するだろう。

クリスもこの正当防衛による損害の責めを負いたくないが。

「撃ってくるやつがいたら捕まえろ」一等軍曹が言った。

クリスのもとに集まった海兵隊は、王女をかこむ壁をつくった。遠くからサイレンが聞こえる。しかし舞踏室で倒れた負傷者たちには早急な手当てが必要だ。

「救命装備を持っている者は？」

クリスが訊くと、ほぼ全員がうなずいた。

「一等軍曹、わたしのまわりには射撃が得意な者だけ残して、残りは民間人の救助にあたらせなさい」

「ご希望なら、殿下」一等軍曹は、賛成しかねるというようすで返事をした。

「もちろんご希望なんだ、軍曹」ジャックが美術展ガイドの上からどきながら、苦しげに言った。「なにしろロングナイフだからな。正気とは思えないほど危険を好む」

舞踏室の入り口から二人の海兵隊員が駆けこんできた。武器はかまえておらず、かわりに大量の救急キットを持っている。二人はすぐにしゃがんで負傷者の処置をはじめた。

「あれは駐車場の警備チーム？　ネリーが呼んだの？」クリスは訊いた。

「そうです」一等軍曹は答えて、合図した。

クリスのまわりの海兵隊は二人を残して、負傷者の救助に加わった。

しばらく遅れて民間人もぽつぽつとはいってきて参加した。一部のリムジンは車内に救急キットをそなえていたようだ。数人の救急隊員が倒れた負傷者に駆け寄る。茫然と立っていて、海兵隊員に大声で呼ばれて手伝いはじめる者もいる。

「ジャック、あなたは無事なの？」クリスは訊いた。

「その質問は立場が逆ではありませんかね、殿下」

「わたしは大丈夫よ」

「出血していますが」

「その場合は、アビーから一部の下着メーカーあてに辛辣な苦情の手紙が行くわ」

「殿下、脚を」一等軍曹が言った。

クリスは言われたところを見た。スパイダーシルクのボディスーツに数本のダート弾が刺さり、そこから出血している。

「ダート弾の先端が編み目にはいったんだな」ジャックが言った。

「そういう自分はどうなのよ」クリスはふたたび訊いた。

「大丈夫です」ジャックは答えてから、うめいた。

「軍曹、調べてあげて」

クリスは女性海兵隊員の手を借りて立ち上がった。たしかに脚はずきずきと痛みはじめた。ガウンのドレープの形状がおかしい。内部のセラミック製防弾プレートにダート弾が突き刺さったままだからだ。

「ビッキー・ピーターウォルドの姿をだれか見てない？」クリスは訊いた。

そのときちょうど、噂の人物が女性化粧室から出てきた。屈強なボディガード数人にかこまれ、振り返らずに出口へむかう。

「運のいいタイミングだったのかな」ジャックがつぶやいた。

「あるいは情報にもとづくタイミングかしら」クリスは言った。

一等軍曹がジャックを見ながら言った。

「中尉、頭にダート弾が刺さっていますよ。海兵隊士官は石頭とよく言いますが、さすがにこれは前代未聞です」

ジャックは笑った。あるいは笑おうとした。かつらを頭から剝いでみせる。

「どおりでフォーマルな場所では髪が長めだと思っていました」

一等軍曹は言いながら、防弾仕様のかつらを調べた。ダート弾が刺さったところの内側はこぶのようにふくらんでいる。外側で銃弾を止め、内側は衝撃を拡散させて弱める仕組みなのだ。

「うまく働いたようだ」一等軍曹は言った。

「首は大丈夫なの、ジャック？」クリスは訊いた。「それだけのエネルギーを受けたらどこかに負担が来るはずよ。三発くらいあたった?」

「平気です」ジャックはぼやけた目でクリスを見た。「いつも以上にお美しい。二人とも」

「完全に脳震盪を起こしてますね」と一等軍曹。

「引き上げましょう。近くに病院は?」

「殿下は大使館内の医務室へ案内するように命じられています。デバル大尉は即応チームとともに一分後に到着します。それまで移動は待てとのことです。中尉もです」

「しかたないわ、大尉の命令どおりにしましょう」

クリスは急に立っていられなくなって、しゃがんだ。そして歯を食いしばってつぶやいた。

「まずいわね。撃たれた脚は立つのもだめなら、しゃがむのもだめ」

一等軍曹の声が聞こえた。

「大尉、こちらに担架を二つお願いします。プリンセスはダニに食われて出血中。中尉は明日の朝には大変な頭痛に悩まされるはずです」

「だれが頭痛だと?」ジャックはうめいたが、すぐにがっくりとうなだれた。

サマサは竜巻のなかの小枝のようにがくがくと震えていた。

「この方は命の恩人だわ……」

歯の根があわないようすでそう言うと、ジャックの顔をなでようと手を伸ばした。しかし一等軍曹が制止した。

「やめといたほうがいいですよ。骨折してるかもしれない」

ようやく増援部隊が到着した。

23

デバル大尉は海兵隊らしく迅速かつ的確に人員を展開させた。クリスが二つ注文をつけたのは、整然とした行動をじゃましただけだった。

クリスは、ダート弾で穴だらけになるのをまぬがれたとはいえ、野球のバットで殴られたようだった。全身をめった打ちだ。それでも痛みをこらえて、いまやっておくべきことをやった。

「大尉、電子技術専門の兵にその残骸を調べさせて」

歯を食いしばって、震える手で自動砲をしめした。

「すでにやっていますよ」デバル大尉は答えた。

「ネリー、ベニ兵曹長をここに呼んで。あの自動砲がどこかに消えないように。そのまえに徹底的に調べなくてはいけない」

「手配します。さあ、殿下、引き上げましょう」大尉は強くうながした。

「出るときにあっちを通って。あのテーブルの招待客たちのほうへ」

大尉は大げさにため息をつくと、担架を運ぶ兵たちにその方向をしめした。

ホテルの従業員たちがテーブルを運び、椅子を並べていた。床に倒れていない招待客のための準備だ。なかでも最初に用意されたとおぼしいテーブルを、クリスは指さした。やはりそこでミズ・ブロードモアとマルタ・ホワイトブレッドがいっしょに休んでいた。

「これはやはりあなたを狙った暗殺未遂事件かしら」

ミズ・ブロードモアがクリスに尋ねた。美術展をだいなしにした事件の責任はすべてクリスにあると言いたげだ。

クリスはため息をついた。

「おそらくは。購入するチャンスがありませんでした」

「みなさんそうですわ」マルタが顔をしかめた。

二人の冷ややかな視線の意味するところはあきらかだ。社交界のこまごまとした行事に招待される人々のリストにおいて、クリスの名前は底辺へ急降下している。

ああ、よかった！

しかし心とは逆に顔をしかめ、肘をついて上体を起こして、いかにも痛みに耐えている声で言った。

「ひとつだけ理解できないことがあります」

「あら、なにかしら」ミズ・ブロードモアは鼻を鳴らした。

「わたしが初めて訪問する惑星では、たいていいまの時期までに大統領と議員の半数の訪問を受けているものでした。まがりなりにもビリー・ロングナイフの娘で、レイ・ロングナイフの曾孫娘ですから。せめて挨拶だけでもと、大勢やってくるのです」

二人とも黙ってクリスを見ている。話の行き先が見えないようすだ。そこで、もっとあからさまに言ってやることにした。

「そのような権力者はこの美術展に招かれていないのですか？　あるいはお二方が今週もよおされる夜会には？」

「もちろん招待しておりますとも」どちらも即答した。

あとは沈黙。

二人は目を見あわせた。その目に宿った光は四十ワットかそれ以上はあっただろう。どちらもクリスにはなにも言わなかった。

「殿下、そろそろ外へお運びします」デバル大尉が頃合いをみて口をはさんだ。

クリスは黙って運ばれていった。二人はクリスが声の届かないところに去ると、早口でなにか話しはじめた。

この地雷がどんな結果をもたらすか楽しみだ。

駐車場へ進みながら、大尉が振り返った。

「殿下、自分は士官学校で小隊や中隊の作戦要素を詳しく勉強したつもりですが、いまのがなんだったのかさっぱりです」

クリスは担架にゆっくりと身を横たえた。苦痛がやわらぐわけではない。べつの苦痛に変わるだけだ。

「大尉、社交界では人物にランクがあるのよ。Aランク、Bランク、Cランクとね。わたしはいま、FランクかGランクあたりに落ちたわ」

海兵隊大尉は眉を上げた。

「でも社交界Aランクで自信満々のあの二人のおばさまは、じつは超Aランクの客がまぎれこんでいたことをいま知ったのよ。いままで正体を隠していた。だれでも秘密のサークルにはいりたいものよ。わたしはあの二人のおばさまに、秘密のサークルはたしかに存在し、その人々はこういうところに顔を出さないことを教えてやったわけ。そういう人々は自分たちの存在すらあかさないと。さて、あのおばさま方はどんな気分かしらね」

「興味深いですね、殿下。とても興味深い」

駐車場では、ちょうどジョンソン警視が車から下りてくるところだった。しかしデバル大尉はいかなる遅滞も許さず、クリスとジャックを少々乱暴に車両に乗せた。どちらのもおなじ頑丈な四輪駆動車だ。ほとんど戦車だった。大砲がないだけ。小口径の自動砲はたっぷり搭載している。

市内の交通はすべて美術展方面へむかっているかのようで、四輪駆動車はあっというまに大使館に着いた。あるいは警察のオートバイ二台がサイレンを鳴らして先導してくれたおかげか。すくなくともこの措置については、ジョンソン警視に明日礼を言わなくてはならないだろう。

クリスが最初に大使館内を案内されたときも、医務室はのぞいていなかった。しかし陸軍のドクターは兵たちとおなじ食堂で食事をするので、クリスは顔を知っていた。台車付き担架に横たわったクリスの脚をドクターが注意深く調べはじめたとき、クリスも医師を注意深く調べた。

とりあえず酒臭くはない。

デバル大尉は声に出さずに祈っていた。クリスは気づかないふりをしたが、このドクターが夕食で飲酒していないことを念じたのだ。大尉は、今夜は飲むなと指示していた。なにしろ最重要の警護対象が二人とも敵地へ外出するのだ。大尉はドクターの食事にマルホニー中佐を同席させ、指示を忘れないように念をいれていた。しかしその中佐も酒好きであることをクリスは知っていた。二人が大尉の難しい言いつけを守ったとはたいしたものだ。

ドクターは所見を述べた。

「刺さってますね。しかし深くはない。このボディスーツとドレスを切って脱がす必要があります」

「あなたには無理でしょう」アビーがどこからともなくあらわれ、クリスのかたわらに立っていた。「まあ、今夜はずいぶんお楽しみだったようですね」

「全然よ。人間には撃ち返していないわ。相手は自動砲」

「やれやれ」

「ドクター、先にジャックの手当てをしてやって。彼のほうが深刻だから。そのあいだにアビーに手伝ってもらってこれを脱ぐわ」

ドクターはクリスの脈拍を調べ、ペンライトで瞳孔を確認し、手を開いて指折りかぞえさせてから、満足して隣へ去った。

アビーはカーテンを引いて、クリスのプライバシーを守った。両手を腰にあて、怖い顔で見下ろす。

「なんて格好ですか」

「説教はあとにして。本当にあちこち痛いのよ。でもあざになってるのを見せないと、あの藪医者は薬をくれないと思うから」

「聞こえてますよ。そのとおりです、殿下」カーテンのむこうから。

アビーははさみを手にした。

「とにかくドレスを脱がせましょう。今回のお召し物にいくらかかっているかは言わないでおきます」

「大丈夫。請求書はだれかにまわすから」クリスは険悪な表情で言った。

「当然です。さあ、じっとして。でないと切ってはいけないところを切り落としてしまいますよ」

ドレスはばらばらに切断された。ダート弾がはずれないところもあった。ガードルのセラミック装甲の反応層で先端が固着しているのだ。ガードルは機能をはたしていた。ダート弾といっしょにはずす。内側から見ると亀裂や破片がわかった。もちこたえているが、ぎりぎりだったようだ。

ボディスーツを脱ぐのはいつもの手順だ。しかしスパイダーシルク地から引き抜こうと体をよじるたびに、悲鳴をあげそうになった。

右半身は醜いあざだらけだ。ダート弾の侵入は阻止できても、運動エネルギーは皮下に伝わる。セラミック装甲がエネルギーを分散させているのがせめてもの救いだ。

ボディスーツを右脚まで脱がせたところで、アビーはクリスの慎みの部分に青のガウンをかけ、医者を呼んだ。

「ドクター、そっちの石頭の海兵隊から手が放せるようなら、こちらの海軍も看てもらえないかしら」

「申しわけありませんが、プリンセスはお待ちください。目下担当中の打撲と挫傷の数々のほうがはるかに興味深いので」

「なんですって？」

クリスは悲鳴のような声をあげて、診察台から下りようとした。そのせいで本物の悲鳴を漏らした。

アビーはクリスをもとどおり寝かせてから、カーテンごしに呼んだ。

「ジャック、そちらは隠すところを隠してある？　この詮索好きの隣人があなたの醜いご面相をひとめ見てやりたいとご希望なのよ」

「隠すところがどうなってるか不明だ。拘束されて動けない」返事は震える声。

「アビー、カーテンを開けなさい」クリスは命じた。

「ここでは家族以外、面会禁止です」ドクターが警告した。

「わたしが彼を選抜し、警護班の班長をつとめさせているのよ。ドクター、開けて」命令というより懇願だ。

「そうおっしゃるなら。おい、カーテンを開けろ。なんだ、きみは選抜されていながら、まだ愛をささやくにはいたっていないのか」

「そのようだ、ドクター」

衛生兵がカーテンを開けた。

クリスは最初に頭に浮かんだ五種類の悪態をのみこんだ。

ジャックの礼装軍服はばらばらになって床に落ちていた。いや、よく見ると規則的な形状で切られている。この装甲入り礼装軍服の設計者は、過酷な使用のあとでは切断して脱がせることを考慮していたようだ。

しかしクリスが凝視したのはそこではなかった。

ジャックは全身のあちこちに吸引器具のようなものをつけられていた。背中、首、頭は左右からはさまれて固定されている。まるで金属の蜘蛛にたかられ、食われているように見える。

ほぼ全裸だ。尻と背中は青黒いあざがあり、そうでないところは不気味な灰色。大事なところにはタオルをかぶせてある。

クリスはようやく詰めていた息を吐いた。小声で訊いた。

「こんな治療をする必要が？」

ドクターはジャックから離れながら答えた。

「あえて必要はないでしょう。しかし医者が新しい治療器具を手にいれると、機会があれば使ってみたいと思うものです。すすんで症例になってくれる患者がいれば」

ドクターは快活な灰色の瞳と白髪の持ち主で、一般的な父親像そのものだった。目のまわりの皺だけは懸念があらわれている。いまはジャックを見ながら深い皺になっている。

ジャックは弱々しい声で言った。

「そんなに重傷とは思わないんだけどな。まるで死ぬかどうかしそうな言われようだ」

「〝どうか〟のほうね、どちらかというと」アビーが口をはさんだ。「とはいえ、これではまだしばらく手を放せそうにないわね」

「まだ拷問がたりないんですよ」衛生兵がにやにやしながら言った。

「勤務評価を下げるぞ」

ドクターは警告しながらも、笑みを漏らしていた。それからクリスのほうに移動して、まだボディスーツに包まれているほうの左脚に手を添えて調べはじめた。目のまわりの皺は深いままだ。

ドクターはジャックのほうを振り返らずに言った。

「衛生兵、その海兵隊員の普通なら脳みそがはいってる部位をよく観察しろ。その筋肉の塊が腫れてくる兆候があったらすぐに知らせろ。わかったか？」

「わかりました、神さまお医者さま」衛生兵は軽口で返事をした。

「では殿下、かつて健常だった骨と肉がどんな惨状になりはてたかを診断しましょう」

「たしかに健常ではないわ」クリスは同意した。

ドクターはスパイダーシルクに刺さったダート弾を抜こうと苦労しはじめた。

「凶悪なしろものだ。そして頑固だ。大尉、壁ぎわに突っ立ってないで、鍛えた右腕を役立ててくれませんかね。この医務室を襲撃したり騒ぎを起こしたりするやつはいない。わたしが許さない。処方箋に書いている」

デバル大尉は、緊急処置室と、そのドアの窓を通して見える医務室の入り口のドアを油断なく見張っていた。しかしドクターに言われてそこから離れ、こちらへ来た。

「プライヤでこのダート弾を引っぱってください。どれくらいの力で抜けるかな。まっすぐ引いて」

海兵隊員がうなり声を漏らすほど力をこめて、ようやく最初のダート弾が抜けた。

「ふむ、これほどか。いや、二番目の妻はわたしが手術のような繊細なことをやるには馬鹿力がありすぎると言うんですよ。しかしピクルスの瓶を開けてやると黙る。というわけで、プリンセス、あなたはピクルスの瓶と認定されました」

「オリーブの瓶かも」アビーはにこりともせず口をはさむ。

「きっと詰め物入りだ」ドクターは負けじと続けた。

隣からジャックが抗議した。

「やめてくれ。ただでさえ全身が痛いのに、笑わせないでくれ」

「笑いは百薬の長というだろう」とドクター。

「この場合はちがう」ジャックとクリスは声をあわせた。

「ずいぶん態度の悪い患者もいたものだ」

ドクターは首を振った。しかしそんな非難に値する患者でも、とうぶんは看護の目を離さないつもりのようだ。

「マルホニー中佐には、今夜は一人で飲んでもらわなくてはいけないようだ」クリスの診察を終えてから言った。「お二人の状態は悪くないように見える。しかしそう見えた——あるいはそう主張してこの藪医者の診察室から自分の足で歩いて出ていったのに、まもなくポックリいった患者が何人かいた。というわけで、お二人は毛布をかぶって暖かくして、この軍医が語る世にも恐ろしい症例物語を聞いていただこう」

クリスにはそんな暇はなかった。これ以上だれかの射撃場の的になるのはうんざりだ。ロングナイフらしくわが身を守る行動を開始すべきだ。関係者の襟首をつかんで責任者を問いただされねばならない。

しかしドクターの話がつまらなかったのか、なにか注射されたのか、とにかく三話目の途中でクリスは眠りこんでいた。

幕間 2

グラント・フォン・シュレーダーは、ウィンドウを閉じるボタンを叩きつけるように押した。午後の事件を伝える最新ニュースが目のまえから消えた。家政コンピュータに訊く。

「あのばかな小娘はもどったのか?」

コンピュータはきまじめに訊き返した。

「〝ばかな小娘〟とは、ミズ・ビクトリア・スマイズ - ピーターウォルドのことでしょうか。彼女はちょうどおもどりになったところです。オフィスへ来るように連絡しますか?」

「〝ばかな小娘〟とはミズ・ビクトリアをさすものと、彼女の滞在中はつねに定義する。すぐにここへ来るように通知しろ」

待つあいだに、グラントは状況をもう一度整理した。気にいらない。ニュースは、普通は初期報道からさほど変わらないものだ。ところが今夜の事件はどんどん変わる。広がっている。

おしゃべりな二人のばあさんの口をだれかふさいでくれないか。

いや、二人のせいではない。なぜいつまでもニュースに登場させているのか。くだらないおしゃべりを圧殺できないのか。

ミズ・ビクトリアがオフィスにはいってきた。すました顔だ。できるなら……蹴飛ばしてやりたい。

「ロングナイフの娘をまた仕留めそこねたようですね」

ビクトリアの痛いところを衝いたはずだ。ところが失敗を恥じるどころか、小娘はどうでもよさそうに肩をすくめた。

「殺せなかったけど、もうすこしだったわ。あと一歩。次はもっと近づく。むこうもわかってるはずよ。そしていつかは殺す。クリス・ロングナイフは死ぬ。今夜は病院のベッドでそれをじっくり考えればいいのよ」

「次はありませんよ。わたしのこの惑星では」

会議テーブルにある賓客用のクッション入り座席に、ビクトリアはすわった。

「ああ、グラントおじさん。怒っているようすね。なにか不愉快なことでも？」

なにより不愉快なのは〝グラントおじさん〟と呼ばれることだ。まず深呼吸で短気を抑え、次の深呼吸でこの上司の娘への対応を考えた。グラントは教育係として任命されたのだ。そこでできるだけ教育的な口調で言った。

「初期のニュースでは、春のチャリティ美術展での出来事は、ガス管の爆発が原因と報じられました」

「なるほど。想像力のあるニュース屋もいるものね」ビクトリアは喉を鳴らした。

「ところがあなたが雇った殺し屋たちは想像力に欠けていた。爆弾を一発使っておけば、想像力のある報道との食いちがいはほとんどなかったのに」

ビクトリアは眉を上げただけ。グラントは続けた。

「殺し屋たちは自動砲を使った。被害者の体には数多くの弾痕が残り、現場には自動砲の残骸が残った」

「そして、ここの警察はその程度のことも適切に始末できないというのね」

ビッキーは首を振った。計画のずさんさを発見したことがグラントの落ち度というわけだ。グラントは切れそうな忍耐をなんとか指先でつかまえ、尻ポケットにねじりこんだ。

「メディアの記者には用意したスクープを報道させることができます。警察発表もあとで修正できる。しかし残念ながら、ミズ・ブロードモアとミセス・ホワイトブレッドは、銃と銃撃戦を見たとおおっぴらに発言しています。あちこちで話し、それが広まっている」

「殺せば？」

「二人ともエデン星の有力者なんです。影響が大きすぎる」提案の根を断つように手を横に振った。

「心臓発作を起こさせれば？」ビッキーは眉を上げる。

「いきなり今日というわけにはいかない。あなたの行為は、ほんの小さな利益を得るために、われわれが十五年かけた大事業を危険にさらしています。お父上がおっしゃっていたでしょう。大物を狙うときには雑魚は捨てろと」

「ロングナイフは雑魚ではないわ」

「いまは雑魚です」

「あなたがビタリーを馘にしなければ、彼がいい仕事をしてくれていたはずよ」

グラントはついに立ち上がり、机をまわって上司の娘に歩み寄った。腰に両手をおいて見下ろす。

「エデン星におけるピーターウォルド帝国の目標はロングナイフではありません。もっと重要なものです。ロングナイフへの攻撃は以後お控えください」

ビクトリアは肩をすくめた。

「そう言うのなら、グラントおじさん」

グラントおじさん。いつのまにかその名が定着した。この赤毛の鈍い頭にも記憶力はあるらしい。

それはそれでいい。これ以上の失策はあってはならない。

24

「あら、まだ生きてるわ」

翌日の早すぎる朝、アビーの意地悪く楽しげな声が響いた。

クリスはうめいた。

「どうかしら。トムがおばあさんの昔話で聞かされたという小鬼に、全身を責めさいなまれた気分よ。ちょっとこっちへ来て。腕が動くかどうか、試しにあなたを絞め殺してみるから。トムが言うには、本物の悪魔なら死なないはずよ」

アビーはにたにたと悪魔的な笑みでクリスのベッドに近づいた。

クリスは一考して……というより、腕を伸ばすことによる全身の激痛を考慮して……アビーの絞殺を断念した。

アビーは尋ねた。

「二人とも食欲は？　士官食堂の幹事が特例を定めました。スウェットでも出席可です」

海軍の青と金色のスウェット上下をクリスの膝の上に放った。

「やめて、痛い……」

海兵隊の赤と金色のスウェットは毛布のかかったジャックの腹の上に。すると本人は訊いた。

「病院みたいにベッドで食べるわけにはいかないのか？」

楽しげなドクターの声が答えた。

「残念ながら、ここはあくまで大使館の医務室だ。重傷患者を完全看護する体制はない」

「ではなぜわたしたちはここに？」クリスは訊いた。

「市内の設備の古い病院に送るのは気が進まないのですよ。深夜ひそかに絞殺されたり、一服盛られるかもしれない。死体は汚れたシーツといっしょに洗濯工場の機械に送られるかもしれない。患者がそうなっては、わたしの寝覚めが悪い。そもそも二人とも防弾装備がよく機能したおかげで、このとおり——」ジャックの医療モニターの表示を見て、「——健康体だ」

「薬なら盛られているし、頭痛はするし、全身の筋肉が悲鳴をあげているのよ。どこが健康体ですって？」クリスは反論した。

ドクターはにっこりして、クリスの左腕をつついた。痛みがない数少ない部位だ。

アビーが母親めいた口調で教えさとした。

「体が固いから痛いのですよ。そして動かないから固くなる。さあ、着替えましょう。そして朝のお薬のまえに胃に食事をいれましょう。空《す》きっ腹に薬はいけません。ヤク中のプリンセスが子どもたちに手を振るわけにいきませんからね」

二人の屈強な海兵隊員がやってきて、ジャックの着替えを手伝いはじめた。あとから女性海兵隊員も二人はいってきて、クリスの着替えを補助した。そして二人は食堂へ歩かされた。

食堂の幹事が軍服着用ルールを一時解除したというのが事実だとしても、二人以外は聞かされていないようだ。ジャックのメニューもおなじだ。クリスはアビーが運んできたプルーン入りオートミール粥を口に運んだ。ジャックのメニューもおなじだ。背後に立つデバル大尉と二人の大柄な海兵隊員は……はげましているのか、無言の圧力をかけているのかわからない。

「善行に報いなしとはよくいうが、あわれな女子大生の命を救った報いがこの過酷な仕打ちとは」ジャックは情けない声で言った。

「もちろん、彼女はきっとお礼をしにくるだろうさ」大尉はにやにやしながら。

クリスはドクターに耳打ちした。

「アビーから薬の話を聞いたわ。これほど前後不覚に眠ったのは十二、三歳のとき以来よ。わたしは二度とそうならないと誓ってるの」

ドクターは眉をひそめた。

「あなたのファイルに依存症の履歴はありませんが」

「首相の娘は恒久的な記録にいろいろ載せないようにできるのよ」

ドクターはなるほどとうなずいた。そしてクリスのテーブルにおいた薬の山を調べて、いくつかを引っこめた。

「痛みの程度を随時報告してください。痛くて頭がもげそうなほどになったら、海兵隊に頼んで錠剤を食道の奥へ撃ちこんでもらいますから」

「いいわよ、神さまお医者さま」クリスはにやりとして答えた。

「海兵隊に撃ってもらうなら、まずあの衛生兵だな」

ドクターはぶつぶつ言いながら、料理の列へパンケーキを取りにいった。

クリスの食後の処置についてはアビーに指示が出されていた。きわめて少量の朝食が終わるやいなや、クリスは自室へ連れていかれた。

「医師の処方により、打撲傷に対する温熱療法を実施します。いつものバスタブを使いますが、いつもの快適な入浴ではありません」

クリスはなにか小さな布切れを渡された。

「この大使館にジャグジー付きのバスタブはここ以外には大使の部屋にしかないため、今回はジャックと混浴になります」

「これはなに？」

布切れを広げると二つに分かれた。

「マイクロビキニです。皮膚の露出は最大限。こちらで必要に応じて状態を確認するためです」

「ジャックは？」

クリスはバスタブの大きさを目測した。二人……どころか四人でもはいれるくらいの大きさだ。

「ジャックはじろじろ見たりしません。そもそも浴槽にはいってしまえばかわいらしい笑顔しか見えませんよ」

疑念が顔にあらわれたらしい。アビーは続けた。

「なんならお嬢さまは最初からバスタブにつかっていてもかまいません。そうすれば見えませんから。逆にジャックを鑑賞できます。もちろん、お嬢さまが上がったあとにジャックの温熱療法を実施してもかまいません。時間はたっぷりありますから」

アビーはどちらでもかまわないというようすだ。

クリスは声に力をこめた。

「これが終わったら参謀会議を開くわ。ネリーはどこ？」

「デスクの上です」

アビーは言いながら、クリスのスウェットを脱がせてマイクロビキニに着替えさせた。

「ネリー、いつものメンバーに三十分後にここに集まるように言って。ああ、今回はドクターとデバル大尉にも参加を求めて」

「了解しました」隣の部屋からネリーの声が答えた。

クリスが首まで深く沈んで待っていると、ジャックがやってきた。青い病院用のローブを着ている。それを脱ぐと、たいした見物だった。ジャックの水着は背中がすべて露出している。背中から臀部までをおおう無数の円形のあざがすべて見えた。青黒く醜い。重なったところは腫れてふくらんでいる。しかし円のふちは癒えはじめている。つまり青黒い色から不気味な黄色と緑に変わっている。

「ずいぶんカラフルね」クリスはなるべく軽口に聞こえるように言った。

「そちらも似たようなものですが」

言われてクリスは水面を見下ろした。アビーは弱めに水流をまわしている。それほどはっきり見えるわけではない。

「やはり気になるようですね」ジャックは片頬だけに小さな笑みを浮かべた。

それからあとは瞑想の時間になった。というより、お湯と水流が作用するなかで自分の体の状態に神経をとがらせた。塞栓症《そくせんしょう》が起きては困る。

ジャックが先に上がった。わずかに打撲傷をまぬがれた皮膚がピンク色になっている。

「保護装備をもっと強化しなくてはね。セラミック製のガードルとかどう?」クリスは提案した。

「あんなものを穿《は》いてたら走れない。結構です。でも軍服のメーカーには装甲を厚くするように意見します。町は危険だらけだ」

「そう言ってやって、ジャック」

スウェットにはあきたので、略装軍服をアビーに用意させた。自分で着られた……おおかたは。前かがみになって靴紐を結ぶのはさすがに無理で、アビーの手を借りた。ちょうど一《ヒト》〇《マル》〇《マル》〇《マル》にリビングにはいった。

中央におかれた大きなテーブルには、ペニー、ベニ兵曹長、ドクター、デバル大尉がすでについていた。ちょうどはいってきたジャックは、海兵隊の略装軍服に着替えていた。アビーは壁ぎわの長椅子に控えようとしたが、クリスは無言でテーブルの席を指さした。ドクターや大尉は、メイドが参謀会議に参加するのを奇妙に思っただろう。しかし口をつぐんでいる。あるいはなにか聞いているのかもしれない。アビーの高度な射撃能力を一度ならず見たジャックが、メイドに近づくなと耳打ちしているのではないか。

アビーとジャックが室内のバグ取り完了を宣言すると、クリスは口火を切った。

「紳士淑女の諸君、わたしは標的になるのにあきたわ。この星のだれかがしかけた罠に金輪際かかりたくない」

「賛成」「同感」「その時期だ」という声があいついだ。

「ではその罠をどのように避けますか?」ジャックが訊いた。

「そのために開いている会議よ。提案を受けつけるわ」

ボールを投げた。

ボールはてんてんと床にころがった。沈黙。

クリスはしばらくして首を振った。

「賢明なご意見をありがとう。ではまず数字から。ネリー、ベニ、デバル大尉。昨日の自動砲についてわかっていることを」

人間の二人は目を見かわした。機械のネリーも黙っている。人間的な遠慮というものをコンピュータなりに演じているらしい。

「ネリー、わかっていることを言いなさい」クリスはきびしくうながした。

「問題の自動砲は、標準的な製品で、この星で容易に入手可能です」

コンピュータはゆっくりと話しはじめた。ドクターが鼻を鳴らした。

「ご自慢の銃規制法が聞いてあきれるな」

ネリーは続けた。

「じつは、セキュリティシステムを設置した邸宅は、しばしばこのような自動砲で外周を警備しています。通常はセキュリティ会社が監視しています」

「昨日の自動砲は人間が監視していたの？」クリスは訊いた。

ベニが発言した。

「残骸にはネット接続機能はありませんでした。そもそもネット接続していたら、もっと早く自動砲の存在がわかったでしょう。あれには音響および動体センサーによる制御装置が後付けされてました」

「特定できる要素は？　チップの固有番号とか」

デバル大尉が言った。

「自動砲の製造番号は、あったとしても削りとられていた。発射管制システムには発火装置がついていて、分解を試みたとたんに基盤ごと燃え上がった。ほとんどなにも残っていません」

しかめ面で話し終えた。その情報が全員の頭にしみこむのを待って、クリスは言った。

「最初の晩はだれかがネリーのネットワークをジャミングした。今回は、二種類の機能を持つ部品を使い、この惑星では前例のない照準システムをつくって組みこんでいた。共通点はなにかしら？」

ベニが、いつもの前かがみの姿勢から背中を起こして答えた。

「電子技術ですね。殿下を狙っているだれかさんは、高度な電子技術を持ってる」

「そしてこのエデン星では、コンピュータ関連のシステムは人類宇宙で最悪の複雑怪奇さになっている……」ペニーが言った。

「ネリー、新しいコンピュータチップとソフトウェアを開発できる会社を市内で探して」

「やってみますが、簡単ではありません」

「どうして？」

「クリス、この星の宣伝は口コミか少数の業界紙に頼っているようです。どれを購読すべきかわかりません。連邦金融統計局の記録と報告書は公開データベースにありません。あなたのヌー・エンタープライズの株主権限を使っても、わかるのは本社住所と昨年の株式配当くらいです」

「それでよくビジネスの合法性を監視できるわね」クリスはつぶやいた。

「難しいでしょう。問題が発覚するのは大きなスキャンダルになったとき。でもここではニュースにならない」ペニーは言った。

「父は政府がビジネスにあまり口を出さないようにしていたわ。規制を強めると、アルおじいさまが執務室に怒鳴りこんでくるから。でも市場の公平さは維持しなくてはいけない。それはだれがやっているのかしら」クリスはドクターを見た。「この星での勤務は何年？」

「十二、三年になりますかな。三人目の妻がコネを使ってわたしを遠ざけて以来。いや、わたしが彼女から遠ざかりたかったのかな」宙を見て灰色の瞳をきらめかせる。「記憶が曖昧だ」

「頭蓋骨と骨盤のちがいは憶えてますか？」デバル大尉が訊いた。

「普段は憶えている。しかし例外もある」

くすくす笑いを、クリスはさえぎった。

「ドクター、この大使館を事実上運営しているのはだれ？」

「その質問をいまかいまかと待っていたんですよ」ドクターはデバル大尉と目を見かわしながら言った。

「大使が飾り物なのは一目瞭然よ」クリスは言った。「ではだれが実務を担当しているのか。クロッセンシルド中将に通じているのはだれか」

するとドクターはため息をつき、海兵隊大尉は眉を上げた。ドクターはゆっくりと話しはじめた。

「わたしの赴任中に政務官が九人から十人も交代しているのですよ、殿下。さまざまな理由から好ましからざる人物《ペルソナ・ノン・グラータ》の宣告を受けている。たいていは相手に若い男女がからみます。正確には少年少女が」

「全員？」「不愉快な話ね」クリスは言ってから、しばし考えた。

「判で捺したように」ドクターは肩をすくめた。

「口実にバリエーションがないわね。毎年おなじ演目ではあきるでしょうに」とペニー。

ドクターはまた肩をすくめるだけだ。

「つまりエデン星について知りすぎると、汚名を着せられて強制退去になるわけね」クリスは言った。

「前回の政務官が帰されたのは約一ヵ月前です」デバルが教えた。

「わたしが辞令を受けたころだわ」クリスは、アイルランド系のトムの祖母がほめてくれそうな大げさなため息をついた。「つまりこういうことね。わたしは生き延びるためにこの惑星の真実をつきとめなくてはならない。ただしそのさいに、少年少女がからむ不名誉な話に巻きこまれないよう気をつけなくてはならない」

「可能でしょうか、殿下。いままでもずいぶん薄弱な理由で強制退去されている」とドクター。

「今度の相手はプリンセスよ。しかもロングナイフ。この条件ならどう？」クリスは歯を剝いた。

「なるほど、おもしろい戦いになりそうだ」ジャックは痛みをこらえるような笑みを浮かべた。

「大尉、こちらにはどんな用意があるの？」

「わたしが指揮しているのはウォードヘブンが展開する最大規模の大使館派遣海兵隊です。増援のライフル中隊は射手百二十五名。その支援要員として技術兵および銃火器専門兵がさらに五十名。大使館スタッフを軌道エレベータ経由で直近の知性連合籍商船ないし軍艦に乗せる避難訓練を毎月実施している」

デバルは自分の任務をすらすらと述べた。まるで毎晩就寝前に暗唱しているかのようだ。海兵隊士官は本当にやりかねない。

「特殊作戦能力は?」ペニーが訊いた。

「もちろんあります、大尉。公表はしていないが」

「ネリー、地下メディアの分析は終わった? パターンがある? 特ダネをよくつかむ記者とか?」

「分析はできています。でも砂利ばかりで金塊はみつけられません」

「いいたとえね、ネリー。でも金塊がないのはなぜかしら」ペニーが訊いた。

「特ダネをよくつかむ記者はいます。でも彼らはすぐに主要メディアに移籍します。そのあと、半分くらいのケースは勘ちがいだったことがわかるのです。この惑星は地元住民にとっても謎だらけのようです」

「野党も挨拶に来ないのよね」クリスは眉をひそめた。

「あらゆる権力者は現状維持を望んでいるのでしょう」とドクター。

「ではわたしを攻撃するのはだれ?」

長い沈黙のあとに、ジャックが当然の可能性を指摘した。

「ビッキー・ピーターウォルドということは？」

クリスはうなずいたが、全面的には納得できないようすだ。

「いつものようなピーターウォルドがらみの事件なのかしら。エデン星はかかわっていない？　でもちがう。火のないところに煙は立たない。秘密がないのに隠し立てはしない。わたしが原因で起きた騒動とは思えない。なにか秘密があって、それを必死で隠そうとしている。それに近づいた者はみんな強制退去の憂き目にあう」

クリスはテーブルの面々を見まわした。全員が注目している。

「それがなんなのか知りたいわ。殺されるまえに」

アビーが穏やかに言った。

「そのための最高の情報源は、わたしが親しくなった二人の子どもかもしれません」

クリスは首を振った。

「子どもとはかかわらない。ロングナイフ家に近づきすぎた子は命を落とすから」

「シャーロック・ホームズはベイカー街遊撃隊の少年たちをうまく使いましたが」ドクターが口をはさむ。

「シャーロック・ホームズはフィクションよ。この惑星の子どもたちは実在。そして本当に死ぬ。やはりこの件は大人の手で解決するわ。ドクター、アビー、そしてあなたもよ、ジャック。子どもは巻きこまない。ドクター、あなたは滞在期間が一番長いわ。地元民の知りあいは多いでしょう」

「いや、あまりいないんです。大使館暮らしは意外と閉鎖的でね。積極的に外へ出る者は、たちまち帰還させられる」

デバル大尉は眉を上げてドクターを見た。

「じつは、わたしはつきあっている地元女性がいる。しかし絶対にロングナイフとはかかわらせない。それは宣言しておく」

長い沈黙が流れた。

ふいにアビーが立ち上がった。

「クリス、電話をとらせていただきます」

メイドは耳に挿入した装置をしばらく聞いた。そしてどこかを押してから言った。

「もう一度話して」

今度は音声が外にはっきりと流れた。声は幼く、かん高い。おびえているようだ。

「おばさん、ブロンクがいなくなったの。ギャングにさらわれたのよ」

25

「それはたしかなの?」アビーは訊いた。

「ブロンクは他の連中とはちがうのよ、おばさん。やるといったことはかならずやるの。今日は新しいコンピュータを自慢しに店に行くと言ってた。昨日はずっといじって調整してたのよ。どんなことができるか試しながら。新しいおもちゃをもらった赤ちゃんみたいだって言ってやったわ。本当に楽しそうだった。でも、今日は店にあらわれなかったらしいの。ミックは会ってないって。そしてギャング集団のボーンズの姿がいつもの通りに見あたらないの。やっと一人みつけたら、わたしとは話したがらない。避けてるのよ。ブロンクはボーンズのだれかに連れていかれたんだと思う。でもアビー、リーダーの骨男《ボーンマン》がいる納骨堂《クリプト》に行く勇気はないわ。一人じゃ無理」

「やめなさい。行かないで。駅なら来られるでしょう?」

「ええ」

「そこで会いましょう。すぐに行くわ。すこし待ってて。持っていくものがあるから」

〝持っていくもの〟がなにかクリスにはわからないが、だれが同行すべきかは、はっきりわかった。

プリンセスだ。

アビーは少女をはげまし、慎重さを助言して電話を切った。そしてテーブルの席から立ち上がった。

「申しわけありませんが、緊急の用事ができてしまいました」

「いっしょに行くわ」クリスは言った。

「キャラの話が聞こえませんでしたか？　ブロンクがなぜ厄介事に巻きこまれたとお思いですか？　クリス、あなたに近づいたからです。このうえ事態を悪化させないでください」

「いいえ。その子を苦しめている連中に思い知らせてやるわ。ロングナイフとその関係者に手出しをすると痛いめにあうことを。いっしょに行くわよ、アビー」

いさましく立とうとして……うめき声が漏れた。

「荒事ができるお体ではないでしょう」アビーは冷たく言った。

「ならば、かわりに荒事を引き受ける者が必要だな」デバル大尉が荒々しい笑みを浮かべて、リストユニットを操作した。「一等軍曹、三個分隊の出撃準備だ。私服で、喧嘩騒ぎに対応できる装備をしろ。最大限の暴力を想定して。出発は十五分後。ああ、それから、全般的技術サポートと狙撃兵二チームを加える」

了解の返事が聞こえた。大尉はクリスに言った。

「殿下、軍服は脱いでいかれることを推奨します。路上のチンピラを懲らしめるのが目的なら、こちらの身分は伏せたほうがいい」

「海兵隊はチンピラに対応できるの？」

デバル大尉は不吉な笑いを漏らした。

「できますとも、うちの海兵隊の何人かは路上生活の出身なんです。ストリートファイトの経験はたっぷり積んでる。そんなやつらも新兵訓練所にはいって十五分で訓練教官にのされる。ギャングの程度はわかってますよ。海兵隊の力もわかってる。懲らしめてやりましょう。意外なことになるかもしれない。やられたやつらの何人かが、翌日に入隊願を持ってくるとか。前例がありますす」

十五分後、海兵隊は大尉の作戦プランにしたがって……出撃した。

26

アビーはすばやく路面電車から下りると、はやる気持ちを抑えて駅にキャラの姿を探した。背後には海兵隊の歩く音が聞こえる。アビーよりゆっくり慎重だ。彼らは安全についてくればいい。アビーは、キャラのためなら多少の危険も辞さないつもりだった。

駅にキャラの姿がないのは不思議ではない。長居するとべつの厄介事を招く。アビーは通りにむかった。海兵隊の分隊よりかなり先行して歩いた。

ブルース軍曹と〝レイ王の愚連隊〟こと海兵隊分隊はありがたい存在だ。背後をまかせられる……アビーが先行しすぎなければ。

デバル大尉は明確に命じていた。

「全員、無事に帰ってこい。必要以上の人数を痛めつけるな。殴りあいなら真鍮のナックルを使え。ナイフを抜いてきたら銃を使え。撃ってきたら、軍曹以下はフルオートで撃て。狙撃チームは銃を持つ者を倒せ。手加減無用だ。くりかえすが、全員が夕食に無事に帰るように」

「ウーラー！」兵士たちは答えた。

駅前の通りは暑くて埃っぽい。そしてひとけがない。昼間なのだ。仕事がある者は仕事に行き、ない者は涼しいところに引っこんでいる。キャラの姿は見あたらなかった。アビーは通信リンクを操作した。

「キャラ、どこにいるの？」

「こちらからは見えてるわ、おばさん。でもうしろに怖い人たちがいる。その人たちが消えないと出ていけないわ」

「彼らはあなたやわたしに危なくない。味方よ。何人かは最高の友人」

路地からひょいと頭がのぞいた。キャラの表情はきわめて疑わしげだ。一方で伯母を信頼している。その伯母が怖い集団を連れているとしても。

少女は走るように、スキップするようにアビーに近づいてきた。それを見てアビーに懐かしい記憶がよみがえってきた。もう子どもではなく、まだ大人の女ではない、軽やかな蝶のような年頃。自分も若返りそうだ。

しかしアビーがこの故郷へ帰ってきたのは遠い昔の理由からだ。昔の不信。昔の憎悪。昔に流れた血。

キャラと抱擁し、頬にキスしたところに、ブルース軍曹が追いついてきた。

「その少年が捕らえられている場所の見当はつくかい？」

問う声は鋭く強い。目はアビーでもキャラでもなく、通り全体を見ている。動くものを油断なく探している。後方に控えるスラックスとシャツの私服姿の男女も同様だ。彼らは比較的安全な駅がつくるささやかな影のなかにいる。

　キャラはアビーを見上げた。うなずかれて、早口に説明した。

「ボーンズがたまり場にしてる店は〈ブリート・パレス〉よ。おばさんが来たときに襲おうとした連中。ちょっとまえからボーンズのメンバーの姿が通りから消えている。たぶんブロンクを捕まえて、これからどうするか話しあってるところだと……」

　最後は希望を失いかけているように声が細くなった。

「その〈パレス〉という店はどこだい？」

　ブルース軍曹は三人のあいだに空撮マップを投影した。キャラは、数ブロック先の大きな屋根をしめした。途中に空き家が多い。待ち伏せの危険がある。

「第二分隊を待つ？」

　アビーは訊いた。できればその選択肢を軍曹に選んでほしくなかった。ブルースは答えた。

「部下たちをこの状況に送りこむのは気乗りがしないな。第二分隊がいようといまいと。しかし、ギャングってのは有利と不利をじっくり考えて行動する連中じゃない。だからこちらもさっさと動いたほうがいい。縄張りにあらわれたよそ者について考えさせずに。ニュージェント伍長、Aチームを連れて道路の右側を進め。ディン伍長のチームは左だ。ああ、それからこのお嬢ちゃんをまかせる。しっかり守れ」

　女性海兵隊員が率いる四人のチームをキャラにしめした。アビーが大丈夫と手を振ると、キャラはそちらへ行った。

「わたしは通りの中央を行くわ」アビーは言った。

軍曹はわずかに苦笑した。

「できればわたしのそばに控えていてもらえるとありがたいんだが。あえて危険に身をさらさずに」

日差しが暑い。通りは埃っぽく、弱い風が散乱したゴミを舞わせる。アビーはここにいたくなかった。こんな場所を自分の出身地として海兵隊に見せたくない。

「はっきりいって、懐かしい雰囲気だ」最初のブロックの端まで来たところでブルース軍曹が言った。「おれの出身地にくらべたらここは高級だ。手前にあった三軒の小屋は、なんとまだ水道が出ていた」

軍曹は小さく友好的な笑みを浮かべた。声は穏やかだ。アビーは言った。

「昔からこうだったわ。こんな場所が故郷だなんてだれも認めたくない」

「それでももどらずにいられない故郷さ」軍曹はリストユニットを操作した。「ギャビー、前方の屋根の上に動きが見える気がするんだが」

「二人います。長い銃は見あたりません。でも短い銃はわかりません、軍曹」

ギャングの見張りがいるのは意外ではない。廃墟化したビルからは、木材を燃やす煙と人間の排泄物の匂いが漂ってくる。窓からのぞいたなにかがきらりと光る。

どこに罠がひそんでいるか。

屋根に見張りがいるビルに近づいていくと、その一人が急に立ち上がって、二発撃った。

なんにもあたらず、埃が立っただけだ。

アビーは麻酔弾一発をその見張りに撃ちこんだ。おなじタイミングで軍曹もおなじことをした。男は屋根の上に倒れ、滑り落ちそうになった。もう一人がつかまえなければ転落していただろう。横に伸ばした手で押さえた少女が叫んだ。

「撃たないで。こっちも撃たないで。彼は撃つなと言われたのに撃ったのよ」

アビーとブルース軍曹は前進を続けた。軍曹はつぶやいた。

「ギャングはこれだ。統制がとれてない」声を張り上げた。「海兵隊、よく聞け。おれが殺せと言ったら殺せ。撃つなと言ったら、撃鉄を上げたまま安全装置をかけろ。わかったか?」

「ウーラー」と了解の声が返ってきた。

アビーはその言葉と……声を考えた。無線ネットワークごしでも用はたりるのに、わざわざ声で指示した。界隈に聞こえるように大声で。相手側がどう思ったか興味深い。

埃っぽいもう一ブロックを進んだ。

アビーも割れ窓の奥の影のなかで動く気配がわかるようになった。腐った床板がきしむ。アジトの納骨堂《クリプト》へ進む海兵隊を数人が追っている。みつからないように、気づかれないようにという意図はとうに失敗している。

「骨《ボーンズ》はかたかたとよく鳴るな」ブルース軍曹はプロの笑みを浮かべた。

アビーはやはり一人で来なくてよかったと思いつつ、尋ねた。

「彼らが銃を持ってるかどうかわかる？」

「ギャビー、目視ないしセンサーでわかる武器があるか？」

「破裂しそうな心臓が周囲に多数あります、軍曹。一部は隣をついてきてます。爆発物はいまのところひっかかりません。あったらすぐ報告します」

「そうしろ」ブルースは続いてアビーのほうに言った。「第二分隊と車両隊の動きは？」

アビーは自分のリストユニットを見た。

「第二分隊を乗せた路面電車はいま駅にはいってきているところ。車両隊もおなじころに駅に到着予定よ」

「では彼らが来るまではじっとしておいたほうがいいだろう。どうかな、カスター女史？」

「あなたたちは騎兵隊ではなく海兵隊でしょう」

しかし歴史的人物を引用して呼びかけられたのは、アビーとしてまんざらでもなかった。

「きみが料理をできるなら、結婚を考えてもいいな。しかも射撃の腕もいい。さっきおれは右肩にあてたが、きみは左肩にあてた」

「残念ながら、わたしはお湯もまともに沸かせないのよ」そういう話はあとにしたい。

「お湯は迷惑な男の頭にぶっかけるのか。おれたち海兵隊員はいろいろ欠点はあっても、迷惑じゃないはずだぞ」

「考えておくわ。ところで隣のブロックのあれが〈ブリート・ハウス〉じゃないかしら。二階と玄関ポーチに人が出ているわね」

話題を変えて、口説くのをやめさせた。

ギャングのアジトは木造に漆喰の二階屋だ。かつては立派な家だったのだろうが、いまは塗装が落ち、漆喰は剝落《はくらく》している。玄関ポーチの上には二階のバルコニーが張り出し、どちらも日除けのパラソルを立てたテーブルが出されている。一階と二階のその椅子で、十人以上の男とほぼ同数の女がくつろいでいる。

「ギャビー、この〈パレス〉についてなにがわかる？」

「屋内には心拍の速い心臓が多数。みんな緊張してます。実弾の反応も。出入り口はいくつもあります。裏手、両側面、もちろん正面も」

「通りのむかいの建物はどんな具合だ？」

「だれもいません。無人です。じつは、けっこう考えてるのかもしれませんよ、軍曹。あそこに伏兵をおいて挟み撃ちにしたら、自分たちに流れ弾が飛んできちまうって」

「ありえなくはないな。ニュージェント、チームを連れて通りを渡れ。通りの右側はやつらが押さえてる。おれたちは左側をとる」

まもなく分隊はボーンズから道をはさんで対峙する位置に展開した。日陰にはいってほっとする。しかし〈パレス〉から目を離さない。手は拳銃のそばにおいている。

暑い朝の空気のむこうから、路面電車のベルの音が聞こえた。第二分隊がまもなく駅に着く。クリスと海兵隊大尉が乗った車両部隊の低いうなりも、アビーの耳に聞こえた気がした。

いよいよだ。

アビーは歩み出た。すると、隣にブルース軍曹がついてきた。

「あなたはいいのよ」

「だめだとは命じられてない。うちの伍長たちは優秀だ。こんなときくらい楽しませてもらいたいね」

「まったく海兵隊は！」アビーは腹立たしげに言った。

「そこがいいところだと思わないか？」

問いではない。アビーの注意を惹いたのはべつの問いだった。

「おれたちの納骨堂《クリプト》になにしにきたんだ？　骨《ボーンズ》になりたいのか？」

「話をしにきたのよ」アビーは抑揚のない口調ではっきりと聞こえるように言った。

道のむこうで、ひどいにきび面に醜いにやにや笑いのチンピラが首を振った。

「その答えでボーンズを知らないってのがまるわかりだな。おれたちは話なんかしねえ。ヤるだけだ」

玄関ポーチでどっと笑い声があがった。見えないところのホルスターから銃を抜く音が聞こえそうだった。こいつらがボーンズの精鋭だ。銃を持っている。

うまくやらなくてはいけないと、アビーは自分に言い聞かせた。しくじれば、この通りに血の雨が降る。一片の脳みそも飛び散らないはずだが。

「友人がそこにいるらしいという噂を聞いたのよ。若いわ。身長はわたしくらい」

「若いのが好みなのか？」べつのチンピラが言って、下品に笑った。

「姪っ子が彼を好きなのよ」

「おれはその姪っ子のほうが好きかもな」

　くつろいでいるべつの男が言い、下品な笑いがさらに広がった。キャラをどんなふうにもてあそんでやるかを話しはじめた。

　アビーは自分の忍耐力が切れそうなのを感じた。

　すると右肘を強く握る手があった。ブルース軍曹が大きく明瞭な声で言った。

「おれたちは無駄話をしにきたわけじゃない。冗談は引っこめて、骨男《ボーンマン》に来客だと伝えてくれ。まじめな話をしたいと」

「だれが来てるって言えばいいんだ？」

　最初の狡猾そうなチンピラが言った。そのにやにや笑いを見て、アビーは殴りたくなった。

　そこへ大音量が響いた。

「ウォードへブンのクリスティン王女よ」

　黒い四輪駆動車が三台、まるで煙幕のように土埃を蹴立てて通りを走ってきた。三台とも〝サンルーフ〟が開き、銃手が安全に伏せた姿勢から凶悪そうなマシンガンをかまえている。第二分隊の登場だ。

　三台はアビーとブルース軍曹の背後に停まった。その車両と奥の影から海兵隊がいっせいに出てきて、車両のあいだで銃をかまえた。

「騎兵隊の登場のしかたをよく知ってる」ブルースがアビーに耳打ちした。

27

クリスは海兵隊のやりたいようにやらせていた。自分は中央の車両の後部座席から動かず、大尉の楽しみに水を差さないようにした。文字どおり、うしろで見ているだけだが、充分に印象的だった。

完全な戦闘装備だったら、文句なしに威圧的だっただろう。

完全な戦闘装備でなかったから、むこうはつい撃ってきたのだろう。

クリスはデバル大尉の手を借りて車両から下りるところだった。普段ならジャックの仕事だが、ジャックもクリスと同様に体がぼろぼろだ。二人してよろけて尻もちをついたらみっともない。というわけで、クリスは下りる動作がいつもよりややゆっくりだった。そのせいでだれかが気をとりなおし、引き金を引くつもりになったのかもしれない。

音だけ聞くと奇妙な戦闘だった。この戦闘そのものがユニークなのか。

だれかが引き金を引いて、どこかのピストルから高出力の銃弾が飛んだ。だれかが続いた。さらに。

クリスの周囲からは低出力の麻酔ダート弾を打ち出すポンポンという音がした。

ピストルの音がもう一発聞こえた。さらに一発。

それっきり高出力の銃声はやんだ。

麻酔弾のほうもすぐに静かになった。

デバル大尉は車両のステップにすっくと立った。私服のスラックスのまっすぐな折り目がよく見える。

「おまえたち、たっぷり楽しんだか？　まだやりたいか？」

やりたい者はいないようだ。

「海兵隊に負傷者は？」

「いません」軍曹らがすぐに答えた。

大尉は悠々と地面に下りると、クリスにむきなおった。

「殿下、まだご自身でおやりになるつもりですか？　現状のこいつらは下着をかなり汚してるはずです。少年の救出はこちらにおまかせいただいても」

クリスは痛みや鎮痛剤の影響に耐えて、できるかぎり堂々とした態度をとった。

「なんですって？　地元住民と話すせっかくの機会なのに。彼らがこの星の秘密を教えてくれるかもしれないのよ」

デバル大尉は下りるクリスに手をさしのべた。

「ロングナイフ家の考え方は理解できませんね」

クリスは下りながら答えた。

「だれもできないわ。ロングナイフ家の者でも。ここだけの話よ。最高機密だから」

大尉は口のなかでなにかつぶやいたようだ。クリスは聞かなかったことにした。

海兵隊は銃を高く控え銃にかまえている。もう遠慮はない。クリスとアビーと、キャラという名の少女を護衛しながら道を横断し、玄関ポーチの日陰にはいった。

テーブルでくつろいでいる者はもういない。動ける者はポーチの手すりぎりぎりまで左右にどいている。動けない者も何人かいる。

ポーチの中央のテーブルはひっくり返り、男ばかり七、八人が倒れている。ほとんどはファイザー＝コルト製麻酔弾がよく効いて眠っている。二、三人が出血している。

「こちらが撃ったの?」クリスはデバル大尉に訊いた。

「いいえ、殿下。うしろや横から撃たれてます。ようするにこいつらの下手な射撃のせいです。アドレナリンと恐怖で舞い上がってて、五歩離れた納屋の壁にすらあてられない。まして十歩離れた海兵隊にはあたりっこない。でも隣や前の仲間にはよくあたるってわけです。こいつらの心拍はどうだ、ブルース軍曹?」

「ギャビーの報告では、胸から飛び出さんばかりに元気だそうです」

「素人どもめ。軍曹、おまえの心拍はどうだ?」

「射撃練習場ですぐうしろからブラウン一等軍曹に見られてるときのほうが、もっとどきどきしますね」にやりと笑って答えた。

クリスは動かずに見ていた。しかし一部の女が負傷した仲間のギャングの手当てをしているのを見ると、さすが無視できなかった。

「軍曹、衛生兵は同行しているの？」

「もちろんです、大尉。いや、殿下」

ブルース軍曹は銃撃戦より王族への対応が苦手のようだ。

「海兵隊の手当てに忙しくないなら、ここで倒れている連中の手当てをさせたら？」

軍曹はリストユニットになにか指示した。まもなく赤十字のバッグを持った海兵隊員二名が走ってきて、負傷者のかたわらに滑りこんだ。ざっと調べて、「命に別状なし」と診断した。

そこへデバル大尉と二人の護衛の海兵隊員が奥からもどってきた。

「店内にはおびえた連中が何人もいます。バカはバカをやりかねない。なかにははいらないほうが賢明ですよ、殿下」

「ジャックと同行しすぎて考えが感染したようね」

クリスはドアへむかった。

大尉はただ首を振り、リストユニットにむかってなにか言った。クリスがドアにたどり着くまでに、三人の軍曹全員と狙撃チーム二班がうしろについていた。

二人の海兵隊員がクリスのまえでドアを左右に開ける。舞台の幕が開く。

28

店内はいかにも客があわてて避難したようすだった。テーブルの椅子がいくつも倒れている。男女の客は横や奥の壁ぎわに整列している。とても緊張した男たちと、とても恐怖した女たち。

緊張している者は恐怖もしているだろう。その逆も真だ。

大尉の言うとおり、ここはレディの来る場所ではない。

しかしクリスはロングナイフだ。レディではない。

壁ぎわに立っている者は海兵隊にまかせて、奥のテーブルの席にすわって冷静なふりをしている二人の男をクリスは注視した。一人は白いシャツとスラックス。これがボーンズのリーダーのボーンマンだろうか。もう一人は赤いスラックスに、明るい黄色でふくらんだ袖のシャツという派手ないでたち。こちらはロケッツのリーダーのロケットマンか。おそらくロケットの噴射炎を見たことはないはずだ。それぞれのうしろには、布面積の少ない派手な色の服の女が控えている。参謀か……ただの飾りか。

クリスが単刀直入に質問したいことは他にもいくつかあった。

なぜここにリーダーが二人そろっているのか。ちょうどギャングの会談中だったのか。一方のギャングが相手方のアジトを訪れているのか。

ギャングの外交と流儀についてはまだ勉強する必要があるようだ。

しかしそのギャングの教科書には、王女の友人を誘拐するとどんなめにあうかまでは書かれていないだろう。実戦でルールを教えてやる。

クリスは答えを待たずに、登場時の口上をくりかえした。

「わたしはウォードヘブンのクリスティン王女。友人がそちらに拘束されている」

白ずくめのほうが、どうでもよさそうに手首を返した。

「おまえがプリンセス・クリスティンなら、首に大金がかかってるってことだよな」

クリスは目の隅で動きを見ていた。女のうしろに半分隠れた男が、さっとピストルを抜いて撃った。

最初の一発は高くはずれ、天井に穴を開けた。

二発目がクリスの左腕にあたった。

古めかしい鉛弾だ。スパイダーシルク地のボディスーツごしだと、火炎が伝わったようにチクリとしただけだ。それでも明日の朝には青黒いあざがまたひとつ増えているだろう。

三人の軍曹の拳銃がいっせいに応射した。ほぼ同時だ。三発のダート弾は撃った男の眉間に小さな三角に並んで着弾した。

その結果、後頭部は形容しがたいことになった。しかしすみやかに結果はあらわれた。男は壁に叩きつけられ、釘づけにされた。といってもわずかなあいだだ。命を失った体はゆっくりと床に滑り落ちはじめた。砕けた頭蓋骨のうしろの壁には血と脳漿が飛び散っている。途中で失禁もした。突然の死がきたならしく、尊厳に欠けることをあらためて教える。クリスにとってはいまさらだ。

しかしギャングの一部は初めて学んだらしい。多くが青くなり、何人かは吐いた。

クリスは六ミリ・ピストル弾を腕から抜いて、脇へ捨てた。こんな旧式の弾はスパイダーシルクで容易に止められる。

ジャックが進み出た。ピストルを低くかまえ、店内を見まわして言う。

「他にも試したいやつがいるか？」

挑戦者は名乗り出なかった。

ジャックと三人の軍曹はクリスのまわりに張りつき、室内を四分の一ずつ担当する態勢をとった。ジャックはさらに言った。

「こちらの用事が終わるまでだれも動くな。息はしていいぞ、必要なら」

クリスは三歩前進して、二人のリーダーがいるテーブルの空いた席にすわった。

「ええ、わたしがプリンセス・クリスティンよ。首に大金がかかっている。だから毎朝きれいに洗ってるけど……この首をとった者はまだいないわ。その話はもういいわね」

二人のリーダーは黙ってうなずいた。クリスは続けた。

「では次。あなたたちはブロンクという名の少年を拘束しているはず。わたしは会ったことはない。わたしの部下でもない。でも呪われたロングナイフ家の一員に近づきすぎたせいで、その身に不幸がふりかかったらしい。彼の友人にも。わたしはそれが不愉快」

クリスはしばらく黙った。話が相手の頭にしみこむ時間を長めにとった。ギャングのリーダーは二人とも頭が悪そうだ。すくなくとも一般的な意味での思考は苦手だろう。

「あなたたちは彼をつかまえている。わたしは彼をとりもどしたい。返して……お願い」

賢明な政治家はかならず〝お願い〟とつけ加えるものだと、クリスは早いうちから学んでいた。たとえそれが相手の腕をへし折ろうとしているときでも。「言うのは無料だ。いつも言葉はていねいに」と父親から教えられた。

二人のリーダーは目を見かわした。自分から先に譲歩を言いだしたくないらしい。背後の女たちも目で無言のコミュニケーションをとっている。しかしクリスからは男たちにさえぎられてよく見えない。

長い沈黙。さらに引き延ばす。

緊張が耐えがたくなったころ、白ずくめのほうが目をそらした。そして壁ぎわに並ばされたギャングと、彼らを銃で牽制する海兵隊を見て、ようやく言った。

「フラン、あの器用なやつを連れてこい」

おなじく白ずくめの若い女は、その指示が気にいらないようだ。しかし反論せず、奥へ引っこんだ。店内の男たちの気を惹くような尻を振る歩き方だ。

海兵隊の軍曹たちに効果はなかった。店内の四分の一ずつを油断なく見張っている。

ジャックも。

だいぶたって、ようやくフランはもどってきた。ひょろ長い体つきの若い男を連れている。アビーの隣の少女が小さく声をあげたことから、ブロンクらしいとわかった。店内はまだ恐怖に支配されているが、すくなくとも二人の目はよろこびに輝いた。

しかし次の瞬間に状況は一変した。

フランがどこかに隠し持っていた小さな拳銃を取り出したのだ。ブロンクのうなじに押しあてられた銃は、小さいとはいえ充分な殺傷力がありそうだ。

フランが意地悪くにやりと笑った。

「これでようやく対等に話せるわ」

「いいえ、ちがうわ。ロングナイフは人質をとった者とは交渉しない」

クリスは断言した。女は驚いたらしい表情に変わった。

そのとき、もう一人の女が椅子から立ち上がり、二人のリーダーのかたわらへ移動した。やはり手に拳銃を持っている。

「ラーズ、あんたがロングナイフの女を呼びこんだのよ。そしてしくじった。あんたはバカだけど、さすがにこれはしくじらないと思ってたわ。ところがみごとにしくじった！」

「トリクシー、仲間のまえでそんな口のきき方はするなよ」

赤と黄色の男は懇願するように言った。やはりこいつの本当の色は腰抜け《イエロー》だった。

クリスはやれやれと首を振った。ギャングの仲間割れがはじまった。これだけ銃が抜かれているうえに、交渉相手はリーダーの座を追われようとしている。最悪だ。がまんならない。

「狙撃隊、どこを狙ってる?」クリスは大声で訊いた。

「白いほうを」「派手なほうを」という答えがそれぞれ返ってきた。

狙撃隊といっても長いスナイパーライフルをかまえているわけではない。手にしているのは拳銃だ。ただし銃身は延長タイプで、レーザー照準器がついている。

クリスはまばたきした。すると見たいものをネリーが見せてくれた。照準レーザーはそれぞれ二人の女の額を狙っている。

「銃を下ろして少年から離れなさい。クリスは女たちに言った。フランが引き金を引くまえにどちらも死ぬわよ。銃を下ろすのは落ち着いてゆっくりと。いま照準器をむけているスナイパーは、フランが引き金を引こうと考えたときに、その考えが頭で固まるまえに脳を打ち砕くから」

「できます、殿下」狙撃兵の一人が言った。

フランはブロンクからしばし目を離して、トリクシーを見た。ほんのしばらく二人は迷うようすをみせた。

やがて二つの銃口はブロンクから離れ、それぞれの〝男〟がすわっているテーブルに移動した。

二人のリーダーはそれぞれの〝女〟を見ている。このときを予期していたようだ。今回は四人のうちだれかが死ぬと覚悟していたらしい。

リーダーの男たちは銃に手を伸ばした。女たちは撃った。きわどいタイミングに見えた。しかし壁ぎわの二カ所からも発砲があった。

二人の女は簡単には倒れなかった。リボルバーの輪胴がまわるより短い時間に放たれた計六発が、二人に不気味なダンスを踊らせた。

フランは一発撃った。トリクシーは二発。いずれも床に穴を開けただけだ。

結局、銃を抜いた男は四人だった。ジャックと軍曹の一人が彼らに銃をむけている。二人の狙撃手もそうしているはずだ。

「撃つな、海兵隊」クリスは穏やかに、しかし命令的に言った。

「撃っていません」クリスの背後からいくつかおなじ返事が聞こえた。

クリスはリーダーたちに言った。

「こちらは仲間を返してもらえればいい。今後は拘束しないように。それだけよ」

「好きこのんでつかまえたんじゃない。こいつはおれたちを盗聴したんだ」ボーンマンが言った。

「両方のグループを盗聴してた。おまえの手先として」ロケットマンも言った。

クリスはゆっくりと答えた。

「わたしはエデン星で盗聴を指示したことはないわ」ブロンクに声をかけた。「きみ、話すのは初めてね」

「はい、初めてです。ええと、で、殿下……」

王女への呼びかけに慣れないのはしかたない。

「アビーはわたしのメイドよ。その彼女がこの地域を訪れた。アビー、だれかになにかを盗聴するように頼んだ？」

「いいえ、殿下。ブロンクとキャラには、王女とその周囲にかかわるなとはっきり言いました。子どもを巻きこんではならないと殿下に厳命されていましたから。わたしは殿下には逆らいません」

子どもじゃないという声が二方向から飛んできたが、それは無視した。しかし、〝殿下に逆らわない〟というのが具体的にどのへんなのか、あとでアビーを問い詰めようと思った。

「ジャック、アビー、この部屋で活動中のナノバグはある？」

「大尉、自分の受け持ち範囲の警戒をしばらく交代してもらえませんか」ジャックの声。

「いいぞ」大尉の声がした。

そのあと革と金属がこすれる音がして、クリスは背後でおこなわれていることを理解した。アビーとジャックがそれぞれデバッグ装置を出して室内を調べている。すぐに二人とも反応なしと報告した。しかしそのあとアビーが眉をひそめ、しゃがんで、リーダーの元情婦たちの死体に装置を近づけた。

「まだ生きているものがありますね。ナノバグが二個。二人に一個ずつ。いずれも非常に高価なハイエンド製品。まだ送信しています。焼きますか？」

クリスは首を振った。

「壊さずに採取して。調べたいから。ブロンク、あなたはデバッグ装置を持ってる？」

少年はうなずいた。

「アビーの隣で、あなたの装置が反応するかどうかやってみて」

ブロンクは試したが、反応しなかった。

「やはり、あなたたちを盗聴していたのはこの二人の女のようね」

クリスはテーブルのむかいのリーダーたちに言った。どちらも結論に不愉快そうだ。クリスは続けた。

「彼女たちはその情報をどこへ流してたのか。高価で高性能なナノバグをだれから受け取ったのか。知りたいと思わない？」

二人のリーダーは、ここでうなずくくらいなら、ギャングのメンバーたちのまえで裸に剝かれて鞭で打たれたほうがましという顔だった。しかし結局うなずいた。

「アビー、ナノバグを制圧できる？」

「封じこめは終わっています、ボス殿下」

ギャングたちは王女への不敬な呼びかけに笑いを漏らした。クリスは肩をすくめて無視した。

「ブロンク、うちのベニという兵曹長といっしょに仕事をする契約してくれないかしら。彼も電気を餌にする機械が大好きなのよ」

「でもアビーが、王女には近づくなって」そう言いながらも笑顔だ。

「知らないふりをしてればいいのよ」クリスは答えて、立ち上がった。「さて諸君、わたしたちの興味は、一時的とはいえおなじ方向をむいているようね。わたしはこの二人の女がだれのために働いていたのか知りたい。あなたたちもそのはず。いちおう言っておくけど、ブロンクとキャラはわたしの保護下にあるわ。この二人の身にまたなにか起きたら、次回の訪問では容赦しない。わかった？」

リーダー二人は目を見かわした。サソリのように険悪な目つき。ただし……ラクダの巨大な蹄で踏まれる寸前のサソリだ。

「あのな、敵の敵は味方ってわけじゃないぜ」ボーンマンは言った。

「当然よ」クリスは同意した。

話はついた。そう思ってクリスは大尉のほうにむきなおった。

ところがデバル大尉は緊迫したようすで立っていた。耳にいれた装置を軽く操作する。聞き慣れた一等軍曹の低い声。その最後のところが耳にはいった。

「……緊急通信です。復唱、緊急通信。海兵隊員二名が撃たれて死亡。トラブル将軍夫人が行方不明」

29

かつて感じたことのない真っ白な怒りがクリスを満たした。

ギャングのリーダーたちにさっとむきなおる。これはすべて罠だったのか。クリスと海兵隊の半分を大使館から引き離すための策略か。もしそうなら……。

おなじ考えが多くの海兵隊員の頭にもよぎったようだ。銃の安全装置を解除する音があちこちで響いた。虐殺がはじまりかねない。

クリスの視線を浴びたギャングのボス二人は、骨のない泥人形のようにへなへなになった。一人が広げた手をかかげる。クリスの怒りの炎を素手で防げるとでも思っているのか。

「神と聖母子に誓って、他の騒ぎのことは知らないよ」

「こっちもだ」もう一人が言った。「そのガキは手下の二人が引っぱってきたんだ。ちょっといたぶってやろうって思ったらしい。ほんとだ。なんならその二人は渡すぜ。ゴルド、あいつらを連れてこい」

壁ぎわで動きがあって、二人の男が押されたり引かれたりして出てきて、ギャングと海兵隊のあいだの床にへたりこんだ。

しかしクリスはギャングに興味を失っていた……いまは。デバル大尉が一等軍曹と話す声に注意を奪われていた。

「軍曹、いまの話を詳しくもう一度」大尉が言う。

「ルース・トードン夫人の警護任務にあたっていた海兵隊員二名のネット接続が、四分前に切れました。呼んでも返事がないので、手順どおりに、待機させていた即応分隊を派遣しました。分隊が到着してみると、海兵隊員二名は倒れていました。地元の救急車を呼んで、到着を待つあいだに予備的に確認したところでは、いずれもバイタルはないとのことです。大尉、二人ともひどくやられているようです」

個人の話ではない。海兵隊の仲間に起きたことだ。

「続けろ、軍曹」冷たく、きびしく、殺気立った声。

「付近を捜索してもトラブル夫人の姿はありませんでした。彼女はしばしば発信装置を停めますし、今回も朝からずっとそうでした。海兵隊の目で居所を確認していました。現状ではまったく手がかりなしです。夫人の通信機器と接続して問い合わせようと手をつくしていますが、いまのところ成果はありません」

沈黙した空気に怒りが充満している。爆発寸前だ。

そこにクリスは口をはさんだ。

「ルースは地元のボディガードを雇っていたはずよ。その死体はみつかったの？」

「彼らは見あたりません。死体どころか、どこにもいません。夫人とおなじく姿を消しています、殿下」

「彼らがふたたびあらわれるときは、死体になっているか、まっすぐルースのもとへ案内してくれるか、どちらかね」

クリスはきびしい声で言った。デバル大尉もうなずいた。クリスはギャングのリーダーたちを見た。刺すような視線。

「今回のことにあなたたちは心から驚いていると考えることにするわ」

二人はがくがくと何度もうなずいた。

「そして友好的な関係を結ぶことにする。ビジネスパートナーだと考える」

うなずくのがさらに早くなる。

「金がほしい？　安全に銀行に預けられる金よ。わたしの首にかかっているような危険な金ではなく」

うなずくのが止まった。裏のある問いだとわかったのだろう。判断に迷っている。

「わたしの曾祖母を探してほしいの。わずかな手がかりでもいい。無事の救出につながったらお礼ははずむ。わたしの友人になると得をするわよ。敵にするとひどいめにあう。了解？」

じっと見つめあった。ギャングとプリンセス。彼らにしてみればクリスの力より、その切迫した必要のほうが理解しやすいだろう。それはそれでいい。たしかにルースを取り返したいのだ。無事に。

クリスはきびすを返し、店から出た。背後では海兵隊がプロらしくきびきびした動きで撤収行動をとっている。ギャングたちはほっとして背中を丸めている。生きて夕日を拝める見込みになったのだ。

玄関のステップを一段飛ばしで駆け下りるクリスの背後では、ざわざわと話し声が広がっていた。ギャングたちは呪われたロングナイフの一人に近づきすぎた。みずから首をつっこんだ。だれでもない、自分たちのせいだ。

こうなったらどちらにつくか決めなくてはいけない。ロングナイフのまわりではよくあることだ。

どっちつかずの者は居場所を失う。残るのはロングナイフの側と、敗者の側だけ。

もちろん今回はちがうかもしれない。どんなことにも初めてはある。ロングナイフの側が敗者の側になるかもしれない。

ギャングたちはどちらかに賭けなくてはいけない。どちらを勝ち馬と見るか。

クリスはすでに決めている。オッズなど関係ない。ロングナイフの勝利に全財産を賭ける。

30

海兵隊員は現場にそのまま倒れていた。死亡を確認するのに移動させる必要はなかったからだ。初弾でいきなり十ミリ炸薬弾を顔にくらったら、いかに海兵隊でも生存は難しい。

海兵隊の技術兵とベニ兵曹長、さらに地元警察が加わって、わずかな手がかりでも見落とすまいと現場検証をしている。

他の海兵隊員は警察とともに現場周辺をパトロールし、野次馬を追い払っている。本来は地元警察の仕事だ。しかし海兵隊に帰ってもらえと命じられてきた警部補は、ブラウン一等軍曹の顔をひとめ見て、警察と海兵隊の共同任務を提案した。賢明だ。

クリスが到着して一分とたたずに、ジョンソン警視が隣にやってきた。驚くにはあたらない。

ネリーは海兵隊が収集する生映像と、傍受した警察のフィードをすべてクリスに送っていた。しかしわかることは少ない。無駄口を聞かされるまえに、クリスから先に尋ねた。

「どう思いますか?」

ジョンソンは顎を掻いた。

「難しいですね。あなたを狙った二度の事件と関係あるかもしれない。一方で、無関係な大学キャンパス内の事件かもしれない。そもそもトラブル将軍には敵が多い。金で雇われてテロ行為を働く長い人生を送ってこられた。その呪われた過去が夫人に牙を剥いたのかもしれない」

金で雇われてテロ行為を働く……。それが兵士の仕事だと警視は本気で思っているのだろうか。自分の仕事がそうだからか。しかしクリスは追及せず、訊きやすい質問をした。

「報告書にそのように書くつもりですか？」

「わたしにとってはそのほうが簡単だな」

「ルースはわたしの曾祖母なのですよ」

「そのようにどこかで読みました」

「取り返したいのです」

「そうでしょうね」

クリスは相手の態度が気にいらなかった。自分を抑えこむために派遣された地元警察官はこういうことを言うのか。クリスはむきなおり、一言ずつ力をこめて言った。

「わたしは曾祖母を取り返したい。かならず取り返す。曾祖父に次に会ったときに、夫人が帰ってこない理由を説明する立場になりたくない」

「全力をつくしますよ」

ジョンソンの返事は、言葉としてはよかったが、目には真剣味が欠けていた。クリスはそれが気にいらなかった。

「もっと手をつくしてください。ルースを取り返してください。生きた姿で」

クリスの要求に、警視は顔をしかめた。

「エデンは法治星なのですよ」

クリスは鼻を鳴らした。父親はウォードヘブンの法をつくっているが……みずからしばしばそれを破る。

「その法を今回は被害者のために働かせてください」

「考えてみましょう」

これ以上は要求をくりかえしても無駄だ。なにしろ相手はコンクリートの壁……そして石頭の管理職なのだ。警視に背をむけて歩いていった。

デバルの隣に歩み寄って声をかけた。

「大尉」

「殿下」

「忙しい？」

デバルは周囲を見まわした。制圧すべき危険人物を探す視線だ。そのような対象がいないことに顔をしかめた。

「いいえ、いまは」

「優秀な海兵隊員を数人貸してほしいの。ジャックとわたしはいまから大学院の学部長に会いにいく」

「たしか、トードン夫人が警備スタッフを雇うときに口ききをした人物でしたね」ジャックが言った。

「そうよ」

「冷静な話しあいを期待します」

デバル大尉はそう言って、五、六人の海兵隊員を合図で集めた。全員が青と赤の礼装軍服で……長銃身のライフルを吊っている。

少人数の集団は足早にキャンパスを横切っていった。できるだけ目立たないようにした。それはつまり、彼らを見かけた人々は、べつのもっと重要な用事のほうへそそくさと去っていくという意味だ。

クリスが肩ごしに見ると、集団の人数がいつのまにか増えていた。アビーはいい。しかしベニ兵曹長と、例の少年と、そのガールフレンドまでついてくる。こういう奇妙な随行者は減らしたほうがいい。でないと動物園のようになる。

いや、最強最悪の動物園でいいのか。

大学院の学部長のオフィスは、古い煉瓦造りの建物の最上階の角部屋だった。クリスは階段を一段飛ばしで昇った。ベニ兵曹長だけは息を切らした。

アビーが非難がましく見下ろした。

いくわよ」

「ジョギングしたらどう、兵曹長。でないといずれクリスは出発するときにあなたをおいて

「そうかな」ベニは反省するよりむしろ期待しているようだ。

クリスは一行を率いて、学部長室の前室にはいった。

「面会予約はございますか？」

中年の秘書がクリスのまえをさえぎろうとした。その行く手には〝大学院学部長〟と金文字が彫りこまれたドアがある。クリスはまずそのドアノブに手をかけた。

「彼がわたしに面会する予約をしたのよ」

言い放って勝手にはいる。少人数ながらきびしい面持ちの軍団があとに続く。

「申しわけありません、ロゼモン教授。止めようとしたのですが」秘書が言った。

クリスはすみやかに前進して大きな木製デスクに近づき、秘書が親切にも教えてくれた名前で呼んで、握手を求めた。

「こんにちは、ロゼモン教授。わたしはウォードヘブン星のクリスティン王女です。ヌー・エンタープライズの大株主でもあります。ヌー社はご存じでしょう。当大学のいくつかの研究プロジェクトに研究費を提供しているはずです」

鋼鉄の装甲はクリスの言葉で溶けないが、バターは口で溶かせる。革装の書籍が並ぶ板張りのオフィスで毎日すごしているような相手には、こういう話からはいるのが効果的だ。武器と拷問具の出番はあとだ。

「ええ、ええ、もちろんですとも」

半白の髪で、シルクの上着にボウタイ。オフィスに一人でいるときもこの格好らしい。立ち上がり、デスクごしにクリスの握手を受けた。デスクはきれいに片付いていてなにもない。クリスはその手をがっちりと握ったまま、デスクのむこうにまわった。教授は驚いたようすだ。しかしその目は二人の海兵隊員に釘づけになっている。二人は爪の裏を掃除している。とても大きなナイフの先で。ロゼモン教授はぞっとして、不安になっている。クリスにむきなおったときには、その顔には恐怖があった。

クリスは握ったその手を押して相手を椅子にすわらせた。これでクリスは見下ろす形になる。百八十センチ以上の身長を効果的に使う。海兵隊大尉とナイフを抜いたままの二人の軍曹もやってきて、とりかこむ。

口を半開きにした教授は、自分が生身の弱い人間であることを理解したようだ。いつ死んでもおかしくない。それは今日かもしれない。

「教授、いくつか答えていただきたいことがあります」

冷ややかな言葉を笑みでやわらげようとした。しかし笑っているのは口もとだけだ。教授は青ざめ、椅子の上で身を縮めている。クリスから目を離せないようすでつぶやく。

「そ、そうですか。どんなことを？」

「ルース・トードン夫人が客員教授としてこちらに来ていますね」

「そうだったかな。よく憶えていない。客員教授は何人もいるので」

「ええ、何人もおいででしょう。しかしトードン将軍の夫人は何人もいない。将軍はトラブルの名で知られ、わたしの曾祖父でもあります。思い出しましたか？」

そう言われて教授の記憶力は改善したようだ。

「そ、そうだ。思い出した。彼女だ。感じのいい年輩女性だ」

「わたしがエデン星を訪れると彼女が話しているのを聞いて、あなたは身辺警備の強化を助言したそうですね」

「そうだったかな？」

「そのように聞いています」この男がルースを嘘つき呼ばわりしたことを脳裏にとどめた。

「ではそうなのだろう」教授は同意した。ずいぶん自慢げだ。

「十五分前に、ルースは誘拐されました。この大学のキャンパスで」クリスはきつい声で言った。

「なんてことだ。キャンパス内での誘拐事件など、そう、何年も起きたことがないのに」

クリスは相手の返事を無視したが、情報はのちの検証のために記憶した。

「大使館付きの海兵隊員二名が死亡。ルースは行方不明。そしてあなたが紹介した契約ボディガード二名は姿がない」

クリスはしばらく黙って、話が教授のはげ頭にしみこむのを待った。学者の頭がそれを理解するまでしばしの沈黙。そしてようやく小声で、

「なんと」

「そう、なんと、です。あなたがボディガードを雇うように提案した。そのボディガードはなんらガードしなかった。それどころか彼女を誘拐した犯人たちといっしょに逃げた」

「そんな、ありえない」しかし本心らしくは聞こえなかった。

「ボディガードの派遣元を教えていただけませんか？　調べにいきたいので」

「ああ、もちろんです」静かで快適な自分の部屋への侵入者が、どこかへ行ってくれるという期待で表情が明るくなった。しかし一時のことだった。「いや、それはできない」

「なぜできないのですか？」

「彼女がどこと契約したのか知らないのですよ。わたしが紹介したのは警備業務の仲介業者です。業者は彼女の要件を聞いて、ちょうどいいサービスをする業者を数社提示し、彼女がそのなかから選んだわけです。ここではそういうやり方なのですよ。あなたは最近来られたようだが」

「まだ一週間です」クリスは言いながら考えた。「その仲介業者というのは？」

「わかりません。わたしは電話番号しか知らない」

教授は引き出しから回転式の名刺ホルダーを取り出した。こんなものをまだ使っているのか。古い映画でしか見たことがない。その一枚を出した。

「これだ。警備……。それしか書いてない。あとは電話番号。かけてみましょう」

クリスは教授の手を放してやった。教授はその手を古めかしい電話機にやり、うれしそうに数字のボタンを押しはじめる。クリスは、ベニ兵曹長と同行の技術兵のほうを見た。彼らは黒い箱を手にしている。

「あなたがおかけになった番号はただいま使われておりません」

おなじ音声がいくつかのスピーカーからいっせいに流れた。

「おっと、かけまちがえたかな」

「いいえ、その番号です」

ネリーがクリスの首の横から言った。教授は、魔物がとりついているのかとクリスを見た。

「他に警備関連の電話番号は？」

「ありません」

「他に彼らと連絡をとる方法は？」

「ありません、ええと……殿下。連絡は警備組合のほうからくるものなので」

「組合は宣伝活動をしていないのですか？」ジャックが訊いた。

「まさか、全然。警備が必要で、組合が契約をしたければ、むこうから連絡がきます」

「その電話番号はどこから？」クリスは訊いた。

「ああ、何年もまえのものです。ある人物がやってきてこの名刺を。警備契約を結ぶのは、石鹸を買うようにはいきませんからね」

「ウォードヘブンでは石鹸を買うようにできますが」

「リム星域だから。ここはエデン星です」教授は鼻を鳴らした。

袋小路は不愉快だ。しかし数日放置して腐ってしまった魚とおなじで、これは食えないと認めざるをえない。

階段を下りるときは、上るときより重い足どりになった。ジャックは学部長室にしばらく残り、発信装置を切らないようにと助言した。今夜また王女が話をしたいと希望する可能性がある。教授は、違法行為とか、いままでそんなことはしたことがないとか不満を述べた。教職員棟のまえの広い歩道にもどったところで、クリスは一行にむきなおった。

「妙案があれば聞かせて」

答えるのはキャンパスライフの雑踏のみ。

いや、アビーが子どもたち二人と顔を寄せあっていた。しばらくぼそぼそと話す。やがてアビーは顔を上げた。眉をひそめている。

「ちょっと見ていただきたいものが」

クリスとジャックとデバルはそこに集まった。海兵隊は丸く並び、円の外側を警戒する。兵曹長と技術兵たちが黒い箱を操作した。ふいに空中が明るくなり、付近のナノバグが処理された。

「ここの安全は確保しました」ベニ兵曹長が宣言した。

「なにかわかったの？」クリスは訊いた。

「さっきの電話番号、やろうと思えば住所までたどれるよ」ブロンクが言った。

「普通の惑星なら簡単にできるわ。でもここでは不可能か違法かどちらかのようだけど」

「まあ、そうだね。わかってる。でもほら、おれは違法行為をやる人間を知ってるから。もちろん、ただってわけにはいかないけど」

少年は居心地悪そうに肩をすくめた。

「料金を払ったとして、その違法行為にかかる時間は？」ジャックが訊いた。

「わからない。ミックとトランは料金を払って、値段なりのものを受け取る。そのせいで調べられたことはない。おなじようにプリンセス・クリスがお金を払えば、値段なりのものは手にはいるよ。たぶん。でも、なにかにひっかかると思う。だれかが動きはじめる。動いてなにをするのかはわからないけど……」

頭のいい子だ。クリスはうなずいて同意をしめした。地元の人間が普通にやることでも、ロングナイフが手を出したら一部の人々の注意を惹くだろう。

「アビー、ロングナイフの名が書かれていないクレジットカードを何枚か持ってるわね」

「あなたまでたどるのに一週間以上かかるはずのものを何枚か持っています。その一枚をブロンクに？」

「ここではやめて。わかりやすい行動はあとでツケがまわるものよ。移動しましょう」

31

　五分後、クリスたちは大学を出て移動していた。行き先は大使館ではなく、ランダムに進路変更している。大型車両のはずなのに、いつものチームに加えて、二人の子ども、ベニ兵曹長、さらに数人の技術兵まで乗るとさすがにすし詰めだ。武装した海兵隊を満載した車両二台はうしろからついてくる。

「アビー、その子……ええと、ブロンクに、安全なカードをあげて」

　ブロンクはまもなく、ネット上で望みのものを売っているサイトをみつけた。

　ネリーが声をあげた。

「奇妙だ！　おなじキーワードで、エデン星で最高のサーチエンジンを使って検索したのに、わたしがやったときはヒットしませんでした」

　少女がかわって答えた。

「無理よ。エデン星では探そうと思って探すと探せないのよ。そういうものだとブロンクがいつも言ってるわ」

　ブロンクはすぐに訊いた。

「どれくらいのを買いたい？」

「どれくらいのって？」

「ミックとトランは最低ランクのリストしか買わない。手にはいる内容もそれなりだ。割り増しを払っても最低ランクを避ける客もいる。払ったぶんだけリストは大きくなって、対象のプライバシーがよくわかるようになるからね」

「つまり、リストを買った客のリストも売っているのか？」ジャックが訊いた。

少年は不思議そうにジャックを見た。

「そりゃ売ってるさ」

「郷に入れば郷に従えよ」クリスは言った。「いいわ、最低ランクのリストはいくら？　ランクは何段階あって、それぞれいくらなの？」

「五段階だよ」

ブロンクは最低ランクの価格を言った。クリスでもぎょっとする数字だった。そこからランクが上がるごとに倍、倍と増えていき、最終ランクではヌー・エンタープライズの大株主にとってさえ高いと感じる価格になった。

アビーが警告した。

「そのランクを買うと、その事実が第六ランクを買った人々に五分以内に知れわたるのではないでしょうか」

「そうね。あなたはここの出身だから。ブロンク、第四ランクを買って」クリスは指示した。

少年は操作した。五のうしろにたくさんのゼロを入力するのに苦労しているようすだ。隣の少女が口笛を吹いた。

「ママもこんな大金は使わないわ」

「あなたのママはこの女性のように命の危険にさらされていないからよ」アビーが教えた。

少女は目を丸くしてクリスを見た。

しばらくしてブロンクが言った。

「電話番号と一致する住所をみつけたよ。番号も昨日まで生きてたみたい」

「逃亡をはかってるな」デバル大尉がつぶやいた。住所を運転手に渡す。「出てくるところを押さえられるかもしれないぞ」

車両はいっきに加速した。クリスは座席に背中を押しつけられた。

五分後、目的のビルはすぐにみつかった。正面でちょうどバンが動きだすところだった。デバル大尉がすばやく命じる。

「バンの前方をさえぎるんだ。乗っているやつに話がある」

簡単だった。バンのまえに割りこんで急ブレーキをかけると、太った男が怒鳴ってきた。

「おい、なにやってんだよ！」

クリスは体の痛みをこらえて、真っ先に車両から跳び下りた。

「少々質問したいことがあるのよ」

「用があるなら兵隊でも連れてきやがれ」言い放った次の瞬間には、男は海兵隊に包囲されていた。男はたちまち青ざめ、協力的な口調になった。「なにを知りたいんだい？」

「あなたはだれを動かしてるの？」クリスは訊いた。

「だれじゃなくて、ものだよ。レンタル家具の契約を中途解約したやつがいて、それを回収しにきたんだ。四〇一号室だ」

クリスたちが行こうとしていた部屋だ。

「バンは空《から》です」海兵隊員の一人が報告した。

「四〇一号室を調べましょう」

海兵隊員は自主的にバンの運転手を横へ引っぱっていった。運転手はおもしろくなさそうな顔をしていたが、海兵隊員が「今年のドジャースをどう思う？」と話しかけると、楽しそうに世間話をはじめた。

タイル張りの玄関ホールには、きしむエレベータと階段があった。軍曹らが海兵隊を率いて階段を駆け上がるわきで、クリスは後続のジャックたちを待った。

「用心というものを学びつつあるようですね」こううるさい警護班長は言った。

「階段を上る気になれないのよ。いまの体では」

「同様です」

通信リンクからデバル大佐が報告した。

「四階のすぐ下に待機しています」

エレベータから老夫婦がおぼつかない足どりで出てきた。クリス一行を見てそそくさと去っていく。エレベータ内は六人分の空間しかない。ベニ兵曹長はいつもの安全確認をして、技術兵たちは次ので来るように指示した。アビーは子どもたちといっしょに待とうという姿勢だったが、クリスはメイドの同行を望んだ。

四階のボタンをクリスは押した。騒々しく動きだす。二階でいったん止まった。若い事務員は乗っている面々をひとめ見て、「次のにします」と言って退がった。

四階で廊下に出る。階段から海兵隊が出てきて脇にしたがった。デバル大尉が無言でハンドサインを出す。一行は四〇一号室のまえに進んだ。

銃をかまえ、ドアを蹴り開けて、なかに殺到する。

室内の三人はぎょっとした顔で振り返った。従業員用のそろいのシャツには、〝ていねい引っ越しサービスのジョージ〟とある。銃口をむけられ、自然に手は高く天井へ。

「いったい……」

リーダーらしい人物が言いかけるのを、クリスはさえぎった。

「わたしはウォードヘブン星のクリスティン王女。このオフィスの元使用者は殺人および誘拐事件にかかわった疑いがあります。海兵隊が証拠を調べるあいだ退がってください」

「ここにいたのが誠実な市民でないとして、捜査するのは警察では？」リーダーは訊いた。

「もちろん、彼らはあとから来ます。ではベニ兵曹長、現場検証を」

ベニと技術兵たちは部屋の捜索をはじめた。

「ちょっと、なんとか王女さん、おれたちは時給で働いてるんだ。これじゃ大損だよ」

「ここの家具を運べと依頼したのは？」ジャックが訊いた。

「部屋を賃貸してた会社だよ。レンタルオフィスのクァン・トレだ」

「そのクァン・トレ社の電話番号は？」

「おれは知らない。会社は知ってるかも」

「ではわたしといっしょに廊下に出て、かけてみようか」

ジャックがとろけるような猫なで声で提案した。リーダーと二人の部下は出ていった。

「兵曹長、ここのナノバグはどれくらい？」クリスは訊いた。

「調べていません。命令はまず犯罪の痕跡を探すことだったので」

「先にナノバグの状況を調べて。どんな証拠が出てくるか興味があるけど、外部に知られたくはない」

「わかりました、大尉、殿下、ボス」

海兵隊の技術兵たちは笑いをこらえていた。やがて空中がぱちぱちと光ってナノバグが焼けた。アビーもおなじことをした。

アビーのかたわらの少年は首をふるばかりだ。

「なにもいないと思ったのになあ」

アビーが説明した。

「ハイエンド製品を使っているのよ。これはプロの戦いだから。あなたのコンピュータにも部品を追加するように、兵曹長に頼んでおいたわ。誘拐されるまえに。遅かったけど」

「まだ充分まにあうわ、アビーおばさん」少女が言って、少年の腕にしがみついた。

十五分で室内は調べつくした。

「なにもありませんね」ベニ兵曹長は報告した。

「外のごみ箱も調べて」

「海兵隊がやりました。真新しいゴミ袋を三つ発見。メディアは完全に消去されています。フロッピーは消磁して、ランダムに書きこんで、また消磁している。静電気さえ残ってない。相手は最高のセキュリティ製品を買って使ってますよ」

「そんなはずはないわ。悪党は頭が悪いと相場が決まってるのよ。かならずミスをする。お約束を知らないのかしら」

「知らないのでしょうね」ジャックが引っ越し屋の事情聴取からもどってきた。「自分たちを悪党だと思っていない。だから頭が悪い必要を感じない」

「なにかわかった？」

「引っ越し屋が会社から指示を受けたのは約一時間前です。言われてすぐここへ。クァン社がこの物件の賃貸契約解除を電話で知らされたのが約二時間前」

「その電話をかけてきたのは？」

「ジョン・スミス・アソシエーツ社。調べました。電話帳にはジョン・スミスを名乗る会社が百万社くらいあって、そのなかにこの番号はありません」

「ジョン某の支払い方法は？」

「ある地方銀行からで、口座はすでに閉鎖されています。その線を調べられますが、エデン星の例からして収穫は期待できないでしょう」

「なにを調べるって？」

ジョンソン警視の声が聞こえた。続いてくるのはペニーだ。

「電話でプリンセスの居場所を教えろと。ついでにわたしも乗せてきてもらいました」

「いったいなにをしているのかおっしゃってください、リム星域のプリンセス」

「探しているのよ、いろいろと」クリスは言葉を濁した。

「エデン星での捜査はわたしの仕事です」

「それは知らなかったわ」クリスは一言ずつ強調した。

「わたしはきちんと仕事をしていますから。すくなくとも、あなたに関する苦情処理に忙殺されていないときは。今日も引っ越し会社から正式な訴状が届きました。民間警備会社からはあなたが警報システムを焼いて破壊したという苦情が数回」

敵の動きがずいぶん早い。

「さっきも言ったように、探しものをしているだけです」

「そのどれも行き止まり。そこであなたを大使館へ連れもどしにきました。こういうことは警察にまかせていただきたい。犯人検挙と人質の解放は警察の仕事です」

クリスは言いたいことが山ほどあった。どれも暴言だ。喉もとまで出かかったのをぐっとこらえて、礼儀正しい態度に変えた。一時的に。

「業者の方にご迷惑をおかけしたことを謝ります。お詫びに海兵隊がお手伝いします」

警視はクリスに対して目を細めた。しかし引っ越し屋のリーダーはすでに指示をはじめていた。デバル大尉の合図で、海兵隊は椅子を集め、やや当惑した表情でエレベータへ運んだ。他の者は、引っ越し屋の二人の部下が机を貨物用エレベータへ運ぶのを手伝ったり、リーダーが書類キャビネットを台車に載せるのを手伝ったりした。

ペニーがジョンソン警視をドアの外へやや強引に連れ出した。クリスの行動をきびしく見張ると約束している。

書類キャビネットが移動したあとの床で、キャラがしゃがんでなにかのゴミをいじっている。拾って手のなかに隠して、クリスにウィンクした。

クリスはウィンクを返した。アビーの家族だけあって目のつけどころがいい。

自分の探しものもそんなふうにみつかればいいのだが……。そう思うと、クリスは癇癪を起こしそうになった。ヌー・ハウスでも家具を動かした裏からしばしば宝物をみつけた。レイおじいさまの最初期の演説の草稿が出てきたこともある。

そうだ、この部屋の壁の裏まで調べないうちは帰らない！

そのつもりだった。しかしいまはキャラとそのボーイフレンドのブロンクにまかせようと考えはじめていた。彼らも隅々まで探してくれているはずだ。

ジョンソン警視を追って外へ出て、さまざまな言いわけを述べた。今後はおとなしくして、ルースの発見につながるように警視に協力したいと話した。

しかし警視は協力の申し出を断った。
それは大きなまちがいだ。

32

大使館への帰路では、クリスは口をつぐみ、お行儀のよいお姫さまを演じた。

海兵隊車両は、大学の教職員棟前での駐車中に各種ナノバグが付着していた。しかしクリスは焼き払うのを控えた。ジョンソン警視から財産権の侵害についてお説教を受ければ、それだけ彼がルース捜索に専念する時間が減ってしまう。

大使館の車まわしにはいるやいなや、「バグを焼いて」と命じた。

「ウーラー」と海兵隊の返事。

ドアを開けるとすぐに声が飛んできた。

「大使がお会いしたいとお待ちです」

「あとで」クリスははねつけた。「デバル大尉、作戦室はある？」

「小さいですが」

案内されてみると、本当に手狭だった。隣は広い会議室。クリスが契約交渉で無益な長時間をすごした場所だ。

「ここを接収して。大使にはわたしから説明しておく」

「ウーラー」大尉は答えた。

クリスは足早に大使の執務室へ行った。大使は長い会議テーブルの上座につき、幹部職員と予算会議中だった。クリスは宣言した。

「ここを使います。みなさんは外でお待ちいただきたい」

大使はなにか言いかけたが、クリスの鋭い命令で全員が跳び上がった。

「全員、出ろ！」

職員たちは退散した。

ドアが閉まると、大使は主導権をとりもどそうと試みはじめた。

「自分がなにをしているのかわかっているのかね、お嬢さん」

クリスはテーブルの反対端に立ち、両手をついて身を乗り出した。

「わたしは〝お嬢さん〟ではない。ウォードヘブン海軍の現役大尉。王女であり、ロングナイフ家の一員。そしてルース・トードンの捜索活動を現在指揮している。大使には二つの選択肢がある」

テーブルの反対側の小男は縮み上がった。この長テーブルのどちらが上座でどちらが下座か、決まっていなかったとしたらいま決まった。

「トラブル将軍とその親友であるレイモンド王にわたしが次回面会したときに、あなたがルースの捜索に全面協力したことを伝える。そうすればあなたの経歴は傷つかずにすむ」

クリスはその言葉が相手にしみこむのを待って、続けた。

「一方で、あなたが妨害を試みたとする。その場合、わたしは王と首相に最優先扱いのメールを送る。先方からは次の最優先メールで、あなたあての大使召還状が届く」

実際にどうなるかはわからない。レイは昔の戦友のために手をつくすだろうが、トラブルとルースと父親は外務省人事に娘が口出しすることをよろこばないだろう。

それでもクリスははったりをかけ、返事を待った。サミーは折れた。

「も、もちろん、いいですとも。大使館のものはなんでもお使いください」

「ありがとう」

クリスはさっとまわれ右をして、執務室をあとにした。廊下では幹部職員たちが待っている。

「会議の続きをどうぞ」

振り返らずに歩いていった。

さて、大使館のものはなんでも使っていいとの言質を得た。本来ならよろこばしいことだ。ルースの命がかかっている状況でなければ。

「なにかわかった？」

クリスは作戦室に模様替えされた会議室にはいって訊いた。ジャックが答えた。

「キャラが拾った紙片には電話番号が書かれていました」

「電話番号ね。この連中にしてはずいぶんな不手際だわ」

ベニ兵曹長が説明する。

「ただの電話番号ではないですよ。書かれた数字の印象からすると」

「というと、その番号は……？」

「ぼくが買ったリストにないんだ」ブロンクが答えた。

「第五ランクの番号である可能性が出てきたということ？」

クリスは肩をすくめた。

作戦室のようすをあらためて見た。ドアから見て正面の壁にはすでに事件関係の写真が貼られている。中央にはトラブルおじいさまとルースおばあさま。トラブルは華やかな礼装軍服で、ルースは金色のドレス。二人とも美しい。脇にはパスポートのものらしい最近の顔写真。

その隣には、海兵隊の写真が数枚ある。うつぶせに倒れた二人の死体。それぞれの身分証の顔写真。この部屋でやるべきことをこれらの写真が無言で教えている。

「では第五ランクのアクセス権を買いましょう」クリスは決断した。

「それが、クリス、すこし問題があるのです」アビーが言った。

「どんな？」

クリスはメイドにむきなおった。脇にはいつものように二人の子どもがくっついている。

少年はとてもそわそわしている。

「コンピュータはどれも固有のＩＤが割りふられているんだ。ネット上でやったことはすべて身許をたどられる。それを回避するのはミッキーでもできない」

ミッキーというのはその分野の達人らしい。ブロンクは続けた。

「ぼくが第五ランクを買ったら、だれかが調べにくる。たぶん、五分以内に」

「ここにいれば安全よ」

「問題はママだよ。コンピュータを登録するときに自宅住所を書かなくてはいけないんだ。ママが……」ブロンクは懇願する口調。

「……危なくなるのね」クリスはあとを続けた。

知らずに実行していたら、この少年の一番大事な人を危険にさらすところだった。もちろん、ロングナイフは目的のためなら人的犠牲をいとわないことで有名だ。とはいえ今回はなるべく犠牲を出さずにルースを取り返したい。

海兵隊にむきなおる。

「危険が迫るまえにこの問題を解決できるかしら、デバル大尉」

「もちろんです、殿下。一等軍曹」

「はい、大尉」ブラウン一等軍曹は答えて、海兵隊の二名にむきなおった。「おまえたちはいま派遣任務に志願した」

男女の二人は直立不動になった。

「はい、軍曹」

「クレジットカードの使用によって、この人物の母親に危険がおよばないようにしろ。そのさいの人的被害は最小限に」

「はい、軍曹」

答えて、女性海兵隊員は笑顔に、男性海兵隊員は失望した顔になった。

「わたし名義のクレジットカードを使ったほうがいいんじゃないかしら」クリスは言った。

デバル大尉は首を振り、壁の写真を見ながら言った。

「これは、海兵隊の正式な任務です」

クリスは反論しなかった。

デバル大尉はポケットから車のキーを出した。

「あの界隈ではひとめで海兵隊とはわからない乗用車のほうがいいだろう。へこませるなよ」

「ウーラー」

キーを受け取りながら、男性海兵隊員は笑顔に変わった。女性海兵隊員はドアへと歩きながら、危険手当てを倍額でもらいたいとぶつぶつ言った。

「ネリー、あなたがこの大使館を住所登録して、第五ランクを買える？」

「できません。わたしはこの惑星で登録されたコンピュータではないので、ウェブの大部分が見えません」

大尉がうなずいた。

「ある海兵隊員が地元のガールフレンドの影響でコンピュータゲームをはじめたのですが、

プレイするのに地元製のコンピュータを新たに買わなくてはいけなかった。そういう兵士が何人かいます。軍曹、地元製のコンピュータを何台か持ってこい」

「待ってください」クリスの鎖骨から声がした。

「どうしたの、ネリー?」

クリスはやれやれという表情で天井を見ながら訊いた。衆目がクリスの胸もとに——といっても軍服なのでまったく開いていないが——集まっている。ネリーは頭か手首に装着したほうがいいかもしれない。

(でも注目を浴びるのは嫌いではないでしょう)ネリーが脳内で言ってから、声に出して説明した。「電機店のライズにコンピュータの最上位機を注文しました。その過程で、新しいコンピュータの識別コードを二つ取得しました。わたしの一部をそのコンピュータとおなじものに変更しているところです。ネットから基本ソフトをダウンロードすれば、地元産コンピュータとしてふるまえます」

「すごい」ブロンクが声をあげた。ネリーの宣言を聞いてキャラといっしょに跳びはねながら、「すごいよ」と叫んでいる。

「これでこの惑星のネットワークでのけ者にされません。ネリーの真の力を見せてあげましょう」

コンピュータのくせに意気がっている。興味深い。

「だれの名義で登録したの?」クリスは訊いた。

「ああ、兵曹長の名前を使わせてもらいました」

「なんだと！」ベニ兵曹長が声をあげた。

「あなたの人生にはたまに刺激が必要でしょう」ネリーは言い返した。

ネリーと兵曹長の関係は変化しつつある。危機を招かなければいいが。

「その新規のコンピュータはしっかり隔離してある？」クリスは訊いた。「エデン星からダウンロードしたソフトウェアは、住民に似てかなり陰険かもしれないわよ」

「三重のバッファをはさんでいます。ふーむ、たしかに性格が悪いですね。うるさい。支配的傾向の強いソフトウェアです。この惑星のネットワークがめちゃくちゃな理由がわかってきました」

「いずれそれと戦うことになるわ。買い物ができる状態になったら教えて」

「いつでもゴーです。これが海兵隊の言い方ですよね」

「そうよ、ネリー。ではショーを開幕ね。アビー、ネリーにクレジットをあげて」

「必要ありません、クリス。自分のクレジットを設定しました。さっきからそれを使っています。身許はたどられません」

クリスとアビーは眉を上げた。ジャックは笑みをこらえている。海兵隊は、大尉もいっしょに腹をかかえて笑い出したいようだ。しかし海兵隊はそんなことをしない。プリンセスのまえでは。

「第五ランクをダウンロードしました。ブロンクに転送します。クリス、アーカイブを買うオプションがあります。かなり高額の別料金がかかります」

「アーカイブですって？」

「はい。使用されていない電話番号の一部はアーカイブにはいっている可能性があるとのことです」

「買って！」

「おっと、これは困った」

「どうしたの」

「わたしのクレジットが拒否されました。充分な残高があると思ったのですが、そうではないようです」

「アビー、新しいクレジット番号をネリーに送って」

「受け取りました。おや、これはなんだろう。また新しい選択肢が出てきました」

「また⁉」クリスだけでなく、ジャックとペニーも声をあげた。

「サイトを片っ端からクリックしているうちに、いわゆるイースターエッグを開けてしまったようです」

「イースターエッグなんて、ミッキーからは聞かなかったよ」ブロンクは驚愕している。

「達人といえども、なんでも知っているわけではないのよ」クリスは言った。「ネリー、説明して」

「あらゆる住所、居住者、資産状況、社会保障番号の閲覧権を購入できます。きわめて高額です」

「買って」クリスは即答した。「これで電話番号から、住所以外のいろんなことも調べられるようになるわ」

「売買の銀行記録も売っています。ただし料金は巨額です。これを払ってまで見たいという人はいないでしょう」

「サンプルはないの？」

「ありません。全か無かの選択です」

「それはすこし待って」

「ええと、あの、プリンセス――」ブロンクが呼んだ。

「クリスでいいわ」

「キャラが拾った番号を調べてみた。第五ランクのリストにはなくて、アーカイブにあった」

「住所は？」

「ええと、わかるよ。うーん、中心街のほうだ。でもこれは古い情報かもしれない」ブロンクは慎重に言った。

「部屋への突入はしたくないわね」しばらくして、「必要ならべつだけど」

「クリス、あなたあての電話です」ネリーが言った。

「だれから？」

「フレデリコ・ミゲル・オハリハンという人物です」

「ボーンズのリーダーよ」キャラが小声で教えた。

「受けるわ」

「やあ、プリンセス、まだ市内にいるのか」

「用がすんでないのよ、フレデリコ」

「その名前で呼ばねえでくれって」

ブロンクとキャラが口の動きでこのギャングの通名を教えてくれるのを見て、言いなおした。

「ごめんなさい、ボーンマン」

「とにかく用件は、この地区で起きてることに興味があるだろうと思ってさ」

「とても興味があるわ」

ボーンマンは得意げになった。

「いいぜ。そっちのガキを勝手につかまえてきた二人の話だ。あとで問い詰めてみたら、ある男にそそのかされたって話が出てきた。ガキが裏切ったっていう結論に飛びついたのはその男のせいだ。わかるかい」

「ええ」

「よし。おれたちを今朝、大変なめにあわせてくれたその男が、じつはもどってきた。ヒットマンを雇いたいらしい。時間はかからない、うまくいったら金ははずむって。この話に興味あるかい？」

「興味はおおありよ」抑揚を強くきかせて答えてやった。

「あんたのとこの兵隊一人と、こっちの五、六人をまぜて、そいつがなにするつもりか調べてみないかい？」

クリスは部下たちを見まわした。

「ちょっと考えさせて」そして脳内で、（ネリー、音声を消して）

「消音しました」ネリーは声で答えた。

「大尉、兵士の一人にギャングの変装をさせられるかしら」

デバルはあきれたようすで首を振り、一等軍曹は同感というようにうなずいた。

「おかしな世の中だ」

「彼らを尾行できる？」クリスは訊いた。

「失敗を恐れるより試みたほうがいいでしょうね。まず車が必要になる」デバル大尉は邪悪な笑みを浮かべて、通信リンクをタップした。「ドクター、例のポンコツ車をまだ持っているか？」

「あんたんとこの車両よりましだが」

「それを借りて、無責任な海兵隊員二人に運転させたいんだ」

「なぜそんなことを？」

クリスは大尉の通信リンクに届くように声を大きくした。

「プリンセスからのお願いよ」

「やれやれ、あの危難の乙女か」

「ルース・トードンが誘拐された事件は知っている？」クリスは訊いた。

「なるほど、その件ですか。キーの受け取りにはだれが？　いや、こちらから持っていこう。わたしもたまには動きたい」

「作戦室の手前の会議室を使っている」大尉は教えて通信リンクを切った。そして一等軍曹にむきなおる。「尾行が得意で、取り返しのつかない事態になるまえに応援を呼べるのはだれかな」

「取り返しのつかない事態というのは同意できませんが」一等軍曹は言いながら、海兵隊員二人にむきなおった。「エイミー、ブルート、ギャングの服装は今朝見たな。ああいう服装をできるか？」

二人はうなずいてドアへむかった。

「わたしもいっしょに」ペニーがそのあとを追った。

「ペニー？」クリスは呼び止めた。

「今回は特殊部隊の仕事ではないでしょう。昔ながらの警察の仕事です。わたしが幼いころに父の膝で聞かされたような。情報将校時代には現場にも出ていたんですよ。見て、調べて、レポートするだけの退屈な毎日にはあきあきです。気晴らしに行かせてください」

クリスは止めたかった。しかし、いまのペニーに必要なのは仕事だと言ったのは自分ではなかったか。そしてペニーが言うように、これは警察的な仕事だ。海兵隊員の訓練で想定しているような特殊任務ではない。クリスはジャックの顔を見た。その表情には友人が危地へむかうのを見送る悲しみがあらわれているだけだ。クリスは前線へ出たいという部下に口出しできなかった。

「気をつけて。なにかみつけたら連絡を」

「もちろん任務ですから、ボス」

ペニーは言って、数カ月ぶりの笑みを浮かべて去っていった。

デバル大尉はいぶかしげだ。

「彼女にはなにかあるんですか？　海兵隊は彼女と同行しても安全ですか？」

「母親といっしょにいるように安全よ。そしてパスリー＝リェン大尉は充分に優秀」

クリスは写真の壁にむきなおり、この数分間に決めたことを反芻した。ブロンクの母親の身辺警護に海兵隊員二名を行かせた。ギャングからヒットマンを雇おうとしている人物を尾行するために、現在は友好関係にあるそのギャングのところへ、ペニーと海兵隊二名を送った。

そして電話番号だ。価値があるかどうかまだわからない。

「その番号は中心街のものなのね」

「すげえ金持ちの地区だよ」ブロンクは答えた。

「あたしたちも、もうすぐそこへ引っ越すようなことをガナおばあさんが言ってたわ」キャラが言う。

「危険な雰囲気ね」とアビー。

クリスは言った。

「これはわたしが調べてみるわ。アビー、なにを着ていったらいいかしら」

33

子どもたちの言うとおり、そのあたりはガーデンシティの高級住宅街だった。邸は広壮で、インフラの整備された地区に広い間隔をあけて建っている。新築らしい建物もあれば、ヌー・ハウスのように徐々に成長していった痕跡を残しているものもある。世代ごとの増築部分は建築様式としてかならずしも最高級ではない。

そこについて調べるのは大変だった。

電話番号からアーカイブを見ると、居住者はオハイ・トリストラム七世。社会データベースによれば彼はまだそこに住んでいる。しかしそれ以上の情報はない。年収、社会的地位などは空欄だ。

「この惑星では自分の情報を消すことも金しだいのようね」クリスはつぶやいた。

「次のデータベースを買いますか?」ネリーが訊いてきた。

「いま運用しているコンピュータからはやめて。新しいのを買って、まっさらの状態からセットアップしなさい」

ネリーがやっているところへ、ドクターが到着した。車のキーをデバル大尉にあずけると、写真の壁のまえに立って眺めはじめた。

一等軍曹が言った。

「そのコンピュータを受け取りにだれか行かせないと」

クリスは命じた。

「ネリー、追加で二台購入しなさい。あとで中隊の娯楽室に設置するから、いま必要なぶんをそこから持ってきて」

べつの私服の海兵隊員が廊下へ出ていった。

多くの海兵隊員がさまざまな方面へ出かけ、車両を片っ端から使っている。

(ネリー、車両を一ダースくらいレンタルして。小型車から四輪駆動車までとりまぜて)

(その指示は予想ずみでした。数カ所のレンタカー業者のサイトでべつべつのクレジットカードで決済します)

(車では不可能なほど遠く速く移動する必要があるかもよ)

(それも予想ずみです) ネリーはコンピュータのくせにえらそうに答えた。

「クリス……殿下」ブロンクが呼んだ。「新しいデータベースにも、まえのデータベースとおなじことしか書いてないよ」

「こいつは何者なんだ?」ジャックが低くうなった。

「だれを探してるんだね?」ドクターが写真の壁から振り返った。

「オハイ・トリストラム七世」クリスは住所といっしょに教えた。

「ああ、オハイジか。言ってくれればいいのに」ドクターはにやりとした。「彼の邸のパーティに何度か招かれたことがあるぞ」

「オハイジ……」クリスは言った。

「会ったことがないと、彼のことはわからないだろうな」

「どんな人物ですか？」ジャックは訊いた。

ドクターは肩をすくめた。

「派手好きだな。父親から学んだことしかしていない。つまり財産を食いつぶしている。植民初期には家名華やかだったようだが、最近三世代で資産は一ペニーも増えていないはずだ。なのに、豪華なパーティを開く。わたしはガールフレンドのマッジの紹介でそこに出かけるようになった。ガーデンシティの二流の人々と会うにはいい場所だ」

ネリーが口をはさんだ。

「クリス、メディアの社交面でトリストラムを探してみました。埋め草の記事に定期的に登場します」

「最近も訪れて？」ジャックはドクターに訊いた。

「最近は行っていないな。料理はうまいのだが、むしろ自分で払って、好ましい人々と食べたほうがいい」

「集まりはどんな人々が？」

「愚痴《ぐち》ばかり多い連中さ。家業を継がない若者が多かった。最近は起業が難しいと文句ばかりたれている。消化に悪い話さ」

ドクターは肉づきのいい腹をなでた。クリスは顎をさすりながら言った。

「そして八年前に、彼はエデン星のほとんどのデータベースから消えているわ」

「遊び人が大金を使って穴を掘り、蓋をしたのはなぜなのか」

ジャックがつぶやいて、テーブルを指先でこつこつと叩いた。そこにはガーデンシティの地図だけが表示されている。ドクターはそのテーブルの椅子にすわった。

「八年前？　ちょうど飯がまずくなったころだな。わたしは四年前に通うのをやめた」

クリスはそれについて考えながら、アビーの用意した服をまとった。裾の広がったスラックスとルーズフィットの金色のシャツが、厚いボディアーマーをうまく隠してくれる。

海兵隊の装甲車両で邸に近づき、設備の具合を観察した。自動セキュリティ装置がこちらのIDをスキャンする。石塀は高い。庭木は伸びすぎている。わかりやすい位置にある監視カメラは、古すぎて動かないか、飾り物かどちらかだろう。目立たない本物のカメラがべつにありそうだ。

（でもクリス、見えているカメラ以外に漏洩電磁波は感知できません）

（ありがとう、ネリー）

ゲートを通るさいには掌紋登録が必要だった。パーティの客全員にもこれを義務づけているのか。ドクターは大使館にとどまったので答えはわからない。

大きな建物にたどり着くと、またセキュリティの通過手順を求められた。ジャックとアビーも同様だ。デバル大尉らは車両に残っている。全員の顔ぶれを教える必要はない。

屋内で迎えたのは召使いロボットだ。といっても、小さな六輪の足から細い棒が直立しているだけ。室内を見まわすと、椅子はすりきれ、暖炉のマントルピースには飲みかけの白ワインのグラスがおいたままだ。このロボットは目がよくないらしい。

オハイ・トリストラム七世、通称オハイジは、広い書斎のデスクで客を迎えた。壁には合皮装のかび臭《くさ》い本が並んでいる。パーティの少人数の客がくつろぐのによさそうな厚手のクッションのソファがある。パーティの晩には休憩室になるのだろうか。

トリストラム氏は立ち上がってクリスに手をさしのべた。オハイジという通称の由来は、デスクのむこうに隠《ハイド》れているからか、それとも小柄なせいか。身長百五十センチくらいのチビだ。

「ご用件はなんでしょうかな」トリストラムは訊いた。

クリスが握手した手は弱々しく、とても湿っていた。手を放してほっとしたほどだ。長い自己紹介は必要ないと判断した。

「わたしの曾祖母のルース・トードンが行方不明なのです」

「おや、それはご心配ですね」心のこもらない口調で言った。「ニュースでは見聞きしませんでしたが」

「まだニュースにはなっていないようです」

するとトリストラムの顔つきが変化した。まず困惑の表情。クリスの迅速さに驚いたのだった。
ろう。たちまち自分のところへ乗りこんできたことに。そしてつくり笑いで、話の続きを待

「彼女にボディガードを派遣した警備斡旋会社のオフィスに、あなたの電話番号があったのです。そのボディガードたちは、ルースといっしょに行方不明になっています」

オハイジは言葉の意味を理解するためにやや待った。それから首を振った。

「ああ、それは残念です。行方不明になったボディガードのことです。怪我がなければいいが」

話の趣旨をわざとずらしている。クリスは訊いた。

「あなたの電話番号がそこにあったのはなぜなのでしょうか」

トリストラムは肩をすくめた。すくなくとも肩を動かした。表情はつくり笑いのままだ。

「わかりません。わたしのパーティには多くの客が来ます。客たちは友人にその話をして招きます。来る人もいれば来ない人もいる。類は友を呼ぶ、ですよ」

「ここの警備を担当している会社は？」

トリストラムは軽く笑った。

「知りません。家政コンピュータにまかせています。数年ごとに入札をして最低価格を提示した業者と契約しているはずです。人間にやらせるよりはるかにいい。業者からこっそりリベートをもらったりしませんからね」

「その家政コンピュータに問い合わせれば、現在契約中の業者がわかりますか？」ジャック

が訊いた。

「ああ、それは無理です。エデン星に来て日が浅いようだ。そのようなプライバシーは保護されています。業務上の秘密です」

「重要なことなのです。曾祖母を取り返すために」

クリスは強調した。デスクのむこうにまわってオハイジを威圧してやろうかと思ったが、やめた。この男から手がかりが得られるとしても、それは意図したものではないだろう。

オハイジは指先を山の形にあわせて、椅子にもたれた。

「たいへん申しわけありませんが、エデン星の法律を破るわけにはいきません。そうでしょう？　それに、知っても無駄だと思いますよ。こういうことはひとりでに解決するものです。身代金の要求はありましたか？」

「犯人から連絡はありません」

「では電話機のまえで待つべきでしょうね」アンティークな自分の電話機を見ながら、親切に助言した。「最初の電話を受けそこねると、次はかかってこないかもしれない」

「かかってきたら、確実に受けられるようになっています」

「お役に立てなくて残念です。次の金曜日のパーティにいらっしゃいませんか？　それまでにはきっと解決しているでしょう。おばあさまもごいっしょに。ひいおばあさまでしたか」

「後者です」

クリスは背中をむけて退室した。

邸から出ながら、ジャックが低くささやいた。

「ずいぶん中身の濃い会見でした」

「静かに」

クリスはきびしく、できるだけ小声で言った。海兵隊車両にもどって、真っ先に命じた。

「デバッグ開始」

それから三十秒ほどは、ナノバグが火花を散らして死んでいく音を黙って聞きつづけた。

「掃除終了です」ネリーがようやく宣言した。

「大量にくっついてきたようですね」ジャックが感想を述べた。

「屋内にはうじゃうじゃいました」ネリーが説明した。「あらゆる種類の無線データが飛びかって。クリス、あなたの発言は一言一句、外へ伝えられていましたよ」

「異なるナノバグ？」

「いいえ。ナノバグは屋内のも、この車両内のも三種類の基本モデルでした。索敵ナノバグもまじっていました。それらはすべて仲間として認識しあっていました」

「自分たちだけが監視できるセキュリティ体制だったわけだ」

「さほど優秀ではありませんね。電話線にこちらの盗聴ナノバグをとりつかせてきましたから」

ネリーは誇らしげだ。もし口があったら、耳に届くほどのにやにや笑いだろう。耳もあればだが。

「ちょうどいま電話をかけています」

「かけるでしょうね。ジャックが監視に気づいていないようにほのめかしたから」クリスは警護班長を肘でつついた。

「こちらで言わなければ、あなたが言ったでしょう。こういうことは部下に言わせたほうがいい」

「軍服は信用度が高いからな」デバル大尉は笑みでつけ加えた。

「相手の番号が判明しました」ネリーが得意げに言った。しかししばらくして不機嫌な声に。

「む、なんてことだ、音声にスクランブルをかけている」

「解除しなさい」クリスは命じた。

「無理です」ネリーのため息が聞こえそうだ。「スクランブルの復号キーは数秒ごとに変更されています」

「電話番号を教えてよ」ブロンクが訊いた。

　ネリーは送ってやった。

「データベースに載ってる？」クリスは訊いた。

　ブロンクは固い表情だ。

「909なんて局番、見たことない」

「あたしも」キャラも言った。

「また行き止まりか」ジャックはため息をついた。

しかしネリーが一筋の光明となることを言った。

「わかったこともいくつかあります。話の内容は不明ですが、オハイジはなにか言おうとしてさえぎられます。それからふたたびなにか言うのですが、そのときは申しわけなさそうな調子です」

「なるほど」とデバル大尉。「電話をかけてこられるのが気にいらないらしい。なんの話をしたのかますます知りたいな」

「絶対聞かれたくない内容でしょうね」クリスは言った。

それはかなり的を射ていた。

幕間 3

グラント・フォン・シュレーダーは、オハイジの突然の電話に怒った。

「わたしにかけてくるな」

「まだニュースになっていない話を聞きたいでしょう」

「わたしがエデン星の出来事を知るのに、ニュースを見る必要があると思うのか？」

「ではクリス・ロングナイフがつい先ほどわたしに話したこともご存じだと」

「なぞかけはやめろ、ハイジ」

このパーティ用の偽名をオハイにむかって使う者は少ない。上下関係をこの遊び人に教えるためだ。

「彼女は曾祖母を探しています。誘拐したようですね、だれかがミセス・ルース……」

「トードンだ。話は終わりだ。みんな忙しい」

グラントは電話を叩き切った。まもなくコンピュータが、ガーデンシティ警察の情報筋からの最新ニュースを伝えた。

クリス・ロングナイフの動向には注意していた。しかしルース・トードンまでは注意がまわらなかった。いまにして思えば大きなまちがいだ。

「ビクトリアはどこにいる？」

「部屋をお出になったところです」家政コンピュータが答えた。

「わたしが用があると伝えろ」

まもなくビッキー自身の声が返ってきた。

「わたしからは用はない。こちらはこちらの用で動くわ」

「そのせいでわたしやお父上のビジネスに影響があるのですよ。書斎に来てください。来ないなら人をやります」

「指一本ふれたら解雇してやる」

「では武装した衛兵に連行させます。そしてこの邸の地下牢生活を楽しんでもらいましょう。お父上からあなたについて問い合わせがあるまで。状況からすると、だいぶ先になるはずです」

まもなくビクトリア・スマイズ゠ピーターウォルドがグラントの書斎に足早にやってきた。あとから四人の衛兵が困り顔でついてくる。部屋にはいるとビクトリアは叫んだ。

「あなたから口出しされるいわれはないわよ」

「兄上もおなじことをお目付役に言ったようですね。その直後に真空にさらされた。あまりいい結果ではなかったようです」

「ロングナイフがやったのよ」

「だからあの女を狙うのですね」グラントはなるべく冷静に言った。

「あの女とばあさんの両方」かわいい顔で汚い言葉を使う。

グラントはため息をついた。この教育任務はうまくいかない。

「そのばあさんは、お父上が生まれるよりも昔に、凶悪なイティーチ族と戦って生き延びた人物ですよ」

「餌の時間に帰ってきた雌牛のように簡単につかまえてやったけど」ビクトリアは誇らしげだ。

「そのようですね。しかし誘拐の噂が人類宇宙に広まるのは、お父上もわたしも困ります。「彼女の夫のトラブル将軍が黙っていないでしょうから」

彼にはわからないはずよ。ばあさんとあのロングナイフの娘をだれが殺したのか」

「しかしわたしは知っている。そしていまあなたは四人の衛兵のまえでしゃべってしまった。お父上やわたしが人類宇宙でいまの地位を築くまでに、そんなやり方はしなかった。右手を血で汚しても、左手はなにも知らない。その教訓を熟考してください」

ビクトリアは地団駄を踏んだ。

「あなたの教訓なんかを熟考している暇はないのよ」

「残念ながら、暇はできます」グラントはやや声を大きくした。「ミズ・ロッテルダム」

「はい、ご主人さま」ビッキー付きのメイドの声がすぐに返ってきた。

「ミズ・ビクトリアを自室へお連れしろ。彼女はそこにとどまり、情報セキュリティの意味について熟考する。いかなる理由があっても目を離すな。いいか、いかなる理由があってもだ」

「わかりました、フォン・シュレーダーさま。お嬢さまについては、わたしか交代のメイドがつねに見張ります。お嬢さまの側から個人的ないし不道徳な働きかけがあっても受けつけません。態度が従順でない場合にそなえて電撃杖を携行します」

「よろしい」

ついでシュレーダーは上司の娘をにらんだ。

「部屋のドアのまえと、窓の外に衛兵を配置させていただきますよ。グリーンフェルド星では子ども部屋から脱け出すのが得意だったそうですね。わたしの家はそのような遊び場ではないので、誤解なきよう。あなたが起こした問題の後始末をしなくてはならない。そのあいだ部屋でおとなしくしていてください」

ビッキーはソファの脇のエンドテーブルを蹴った。ところが思ったより重くて動かなかった。そこで上に乗ったランプを叩き落とそうとした。しかしそれもテーブルにボルト留めされていたので、シェードが傾いただけだった。

「ピーターーウォルド家の名が泣きますよ」

グラントが言うと、猿のような叫び声をあげた。その声にグラントが反応しないので、足を踏み鳴らして出ていった。

グラントは主任衛兵を見た。

「彼女は行き先を話していたか?」

「いいえ」

「予定をなにか知らされたか?」

どう答えても叱責される。主任は短く答えた。

「いいえ」

「おまえの上司に伝えろ。衛兵隊のなかに彼女の予定を知り、それを助けている者がいるはずだ。中隊内で調査し、適切な対応をとってもらいたいと」

「はい、上官」きびきびと返事があった。

グラント・フォン・シュレーダーは机にむきなおり、小さな作業をこなした。やがて書斎にだれもいなくなると、安全性の高い通信リンクをタップした。

「少佐、配置した工作員全員を急いで確認しろ。その一部が敵に内通している可能性が出てきた。バルバロッサ計画を前倒しで実行しなくてはならないかもしれない」

「それは想定外の危険をともないます」古くからの協力者は答えた。

「内通者がどれだけ出たのか、三十分以内に確認して報告しろ。危険性の評価はそれからだ」

リンクが切れる音を聞いてから、グラントはバルバロッサ計画の文書を呼び出した。時間をかけたほうが危険は少ないのはもちろんだ。しかしエデン星を運営する愚か者たちが砂地から顔を出してしまったのなら、逆に時間がたつほど状況は悪くなる。

グラントは笑みを浮かべた。

成功すれば、グリーンフェルド星の旗に星印を増やすことができる。そして上司の娘を生きて連れ帰ることができるだろう。教育的成果はなくても。

34

クリスは作戦室からの報告を聞いて、ネリーがやっているオハイジの電話内容の解読をあとまわしにさせた。

「わがほうのスパイが興味深いものをみつけました」

デバル大尉の作戦ボードに新しい位置マークが表示されていた。倉庫街のひときわ大きな倉庫だ。厳重かつ高度な警備態勢が敷かれている。

「騒がれずに近づくのは困難でしょうね」大尉は言った。

「ネリー、レンタカーの手配は？」

「できています。ファミリー用のバンからスポーツカーからポンコツまでそろえた十二台が、大使館の隣のブロックに駐車しています」

「では行きましょう」

三十分後。海兵隊中隊の大半を乗せた車両がばらばらの方角から平凡な倉庫のまわりに集まった。

クリスは赤いスポーツカーの後部座席にいた。運転はジャック。助手席にはデバル大尉。

ジャックは派手なエンジン音を響かせながら倉庫のまわりを一周した。

クリスは膝をかかえる姿勢だ。百八十センチの身長にスポーツカーの後部座席は狭い。いや、人間が乗る場所とは思えない。それでも倉庫に立つ見張りは確認した。正面に一人、裏に一人だ。

この車にももちろん注目が集まった。艶《あで》やかな速いマシンへの羨望のまなざしだ。

「赤いスポーツカーだけ記憶に残って、どんなやつが乗っていたかは憶えていないでしょう」ジャックはうれしそうに笑った。

「メーカーとモデル名は答えられるはずよ」クリスは言った。「ペニーのところへやって」

情報将校はドライブインの駐車場にいた。ハンバーガーを食べながら、携帯式の作戦ボードを見ている。

クリスはスポーツカーによりかかって爪の手入れをはじめた。赤いショートパンツにラインストーンのきらめくタンクトップという姿は、どう見てもこの車の飾り物として乗せられた女だ。隣の車に聞こえる程度のつぶやき声に注意する者はいない。

「警備態勢はどんな具合?」クリスは小声で訊いた。

「かなり厳重ですね」ペニーは答えた。「建物の角ごとにカメラ。ブロックの中央付近にも。ドアには人間の見張り。通りにはナノバグが充満していて、攻撃用、偵察用がいます。襲いかかれば、たちまち接近をさとられるはずです」

「内部にはいれた?」

「標準的なプローブを建物周辺に流してみました。しかしすべて敵の防衛ナノバグに出会って退却をよぎなくされました。通常タイプが出入りするのは無理です」

「ネリー、通常タイプじゃないのが必要らしいぞ」ジャックが言った。

クリスの肩に張りついた自己組織化コンピュータ・マトリクスのネリーは、本来の重量は五百グラムだ。しかし最近太った。追加のマトリクスとスマートメタルで約百グラム増えたのだ。そのネリーが小声で告げた。

「トゥルーは今回の相手にぴったりの手段を用意してくれました。録画用ナノバグを五、六個、中継用ナノバグを一ダースほどつくります。録画機が侵入して内部を偵察し、中継機にタイトビーム通信で送ります」

「やりなさい」クリスは指示した。

ペニーの青いセダンのむこうに、灰色のポンコツのステーションワゴンがはいってきた。後部座席にはアビーといっしょにブロンクとキャラが乗っている。前のベンチシートには屈強な海兵隊が三人。中央は女性隊員だ。

「倉庫内の見取り図はないの？」クリスは小声で訊いた。

ブロンクが、まるで双頭の怪物を見るように目を丸くしてクリスを見ている。クリスティン・ロングナイフ王女は必要に迫られてこんな変装をしているわけだが、エデン星ではやりにくい。

ジャックがハンバーガーと麦芽牛乳を自分のために買い、おなじセットをクリスのぶんとして持ってきた。クリスは鼻を鳴らしたが、女は男の所有物という時代錯誤的な演技に甘んじた。

「普段からこうだと思わないように」小声で警告した。

ハンバーガーは悪くなかった。麦芽牛乳は、ウォードヘブンシティの〈密輸業者の巣窟〉のミルクシェイクにはかなわないが、まあまあの味だった。グラスの最後の滴まで味わったところで、ネリーが言った。

「ナノバグ偵察隊からレポートがはいってきました」

「見せて」

クリスはデバル大尉の作戦ボードを見た。侵入に成功したナノバグからの映像がいっぱいに表示されている。

ネリーは複数のナノバグからの映像をわかりやすく一本に編集していた。おかげでクリスとチームは、箱が積み上げられた倉庫の一階フロアを概観できた。二階に上がり、通路を進むと、奥に部屋があり、ルースがいる。ダクトテープで椅子に縛られている。

見張りは、一人が近くを歩いている。もう一人は机の椅子でふんぞりかえって背もたれを揺らしている。部屋の反対側では、出入り口近くのテーブルに六人の若いチンピラがいる。ピストルを分解し、清掃し、組み立てている。愛情たっぷりに。

監視モニターもある。画面は六面に分割され、倉庫内外が映されている。映像はつねに送られているわけではない。枠によってはしばらく真っ暗になったり、ひどくぼやけたりする。

それでも問題にはなっていない。室内のだれも注意して見ていない。これがクリスの最初の幸運かもしれない。もしかしたら。

ペニーが報告した。

「ドアに一番近い二人は協力関係にあるギャングです。動物園の虎のように歩きまわっているのは、その二人を雇った者。あとはわかりません」

「ネリー、こちらのナノバグは安全に働いているの?」クリスは訊いた。

歩いている男は、机の男にむかってなにかしゃべっている。しかし音声はない。

「敵の防衛ナノバグのせいでノイズが出ています。タイトビーム送信の線上に彼らがはいってくると、送信を止めざるをえません。こちらのナノバグ本体に近づいたときは、作動を一時停止します」

「あの二人の会話を聞きたいのよ」

「音声がはいってきました」ネリーが言った。

「あの女はどこなんだ?」歩いている男が言った。

「あの女ってどの女だ?」すわっている男が訊き返した。携帯ゲーム機から目を上げない。

「金持ちの女だ」

「どっちの女もおまえやおれよりはるかに金持ちさ。そして雇い主をそんなふうに呼ぶな」

「予告なしにいきなり来るってことはねえだろう。武装したボディガードに守られてくるはずだ。入り口の見張りがどれだけぼんやりしてても、あの女のリムジンを見逃すわけはないな」

「ああ、そうだ。だからすわって、おれたちみたいにのんびりしてろ」

背景ではテーブルの会話が聞こえる。雇い主から配られた銃を整備しながら、使うときのことを話している。五十歩の距離から頭を撃ち抜けるとか、いやおれは七十五歩からやれるとか主張している。

しばらくはその会話だけだった。立ち止まっていた男がやがてまた歩きはじめた。

突然、そいつがルースのほうにむいた。手には銃がある。

「いまこいつを撃ち殺したらどうなるかな」

「銃をしまったほうがいいと思うぜ」ゲームをしている男はやはり顔も上げない。

「なぜこの年寄りを撃っちゃいけないんだ」

「なぜなら、おれたちの金持ちの女は、その年寄りを撃つぞと脅して、若い女をおびき寄せてるからさ。金を出してるのは金持ちの女だ。おまえはどうか知らんが、おれは黄金のルールに従う。金持ちの女が金を出し、口も出す」

「その金持ち女はもうそろそろ来てるはずだろう」歩いている男は叫びださんばかりだ。

ゲームの男はうなずいた。

「そうなんだがな」

「電話してみろよ」

「おまえの長い失敗リストを増やすなよ」

「このばあさんを撃つぜ。金持ち女がいますぐあらわれないなら、撃つ」

「そのうち来るって」

「警察がうしろからくっついてくるかもしれねえ」

「警察は心配するな。あいつらは手なずけてある」

「そうだが、金持ち女が来る来ると言いつづけて、もう三十分じゃねえか」

「来るよ」

「このばあさんを撃つぜ」

会話は堂々めぐりだ。クリスは聞きたくなかった。

「大尉、もう一人の〝金持ち女〟が来るのを待つわけにはいかないわ」

「でしょうね」デバル大尉は同意した。

「表と裏の入り口にいる二人の見張りを、騒がせずに倒したらいいんじゃないかしら」

クリスは言いながら、にやりと大きく笑った。派手なスポーツカーに簡単に目を奪われたやつらだ。べつの手段もすぐに思いつく。

車内でジャックがデバル大尉をつついた。

「さっさと別案を出したほうがいいですよ。この女性を先走らせると、わたしたちは必死にあとを追うだけになる。行き着く結果はだれにもわからない」

「そのとおりだな」大尉はつぶやいてから、窓の外を見て呼んだ。「ベッキー、トリシュ、おまえたちが前々から話してた目くらまし作戦を、ここで実行するぞ」

「了解ーっ」

隣の車からうれしそうな返事があった。車内でTシャツを脱ぐようすと、ナイフを取り出すようすが見える。しばらくしてTシャツをふたたび着て、ドアが開き、女性海兵隊員が下りてきた。

Tシャツはほとんど残っていない。袖は切り落とされ、襟は大きく開いている。裾は下半分がない。

赤毛の女性隊員は残骸になったTシャツの下でブラもはずした。車内の男性隊員が下品な口笛を鳴らす。女性隊員は体をくねらせ、体の曲線を見せつけた。男たちの視線が集まる。短いブロンドの女性隊員もおなじ格好で加わり、集まる視線は等分された。

「なおれ」ブロンドは低く命じた。笑い声があがった。

「さて、前線の女はなにをすればいいかしら」赤毛がなまめかしく言った。

「エイブ、ハンマ、この二人のあとについていけ。鼻の下を伸ばしてる見張りにやることはわかってるな」

呼び出されたのは、中隊でも背が低いほうの隊員だ。白Tシャツに最近流行のだぶだぶのズボン。一人が格子柄、もう一人がチェッカー柄だ。女たちが尻を振って歩き、そのあとをぶらぶらとついていく。

「あの体格で見張りを倒せるかしら」クリスは疑問を述べた。

「海兵隊ですから」デバル大尉は答えた。「見張りくらいで手間どりません。そいつらの視線が思ったとおりのところにむいたら、なににやられたのか気づくまえに倒れてるでしょう。さて、凄腕ネリー。室内のやつらはろくにモニターを見ていないし、画面もときどき砂嵐になるが、きみの手腕でもってタイミングよく砂嵐になるようにできるかな」

「砂嵐ですか。興味深い表現ですね。できますよ。男性諸兄があわれな女性隊員を性的対象に変えているあいだに、こちらは新作のナノバグを飛ばしていました」

海兵隊の二人の士官は目を丸くしてクリスを見た。ネリーの成長はフェミニストの段階にはいったのか。秘書コンピュータの興味深い態度は、クリスにとって願ってもないものだが。

「新作のナノバグというのはどんなもの？」

クリスはルース救出のための議論を進めた。ジャックは首を振って、〝誤解です〟と声に出さずに口だけを動かした。

ネリーはかまわず説明した。

「新作のナノバグは監視カメラのフィードに侵入します。フィードはプロテクトがかかっていて、侵入に対して警報が出るようになっていますが、トゥルーと彼女の秘書コンピュータのサムのほうが一枚も二枚も上手なので、侵入可能なはずです。しばらく作業に集中させてください」

クリスはデバル大尉のほうにむいた。大尉は作戦ボード上で車両をポイントしながら、倉庫正面あるいは裏への振り分け、到着の順番を指示していた。

「最初に、あのメイドからスパイダーシルクの下着を供給されたチームが突入します。先頭の連中にはセラミックプレートも装着させます。アーマーなしのチームは最後です」ボードをタップして連絡する。「運転役は車両に残れ。後続が来たらすみやかに移動しろ。下車に手間どったり、だれも乗っていないのに出入り口前をふさいだりするな」

返事はないが、ドライブインのあちこちでうなずく顔があった。

「わたしは？　フルアーマーを着けてるけど」クリスは訊いた。

「しんがりです」デバルは強い口調で言った。「わたしが命令できる立場なら」

クリスは首を振って拒否した。大尉は隣のジャックを見た。

「この女性に理を説くにはどうすればいい？」

ジャックは肩をすくめた。

「ロングナイフですからね。理屈がとおる相手じゃない」窓に顔を寄せてクリスを見上げる。「せめて先頭はやめてください。そんなことをしようとしたら、足を引っかけてころばせますよ」

「わたしより前にいないと、ころばせられないわよ」

海兵隊大尉はうめいた。

「こんなのがわたしの部下でなくてよかった。彼女の部下になるのもごめんだ」

クリスは中隊長であるデバルに訊いた。

「あなたの突撃順は？」

「殿下とおなじ車両に乗っていないとしたら、まんなかあたりですね」

「では、わたしもそのへんがよさそうね」

ジャックはあきれた顔でクリスを見た。

「あなたは本当にわたしの警護対象ですか？　どこかのエイリアンに精神を乗っ取られたのでは？」

「女性隊員二人が倉庫のドアのまえを通るぞ」デバルが状況を言って、指示した。「運転役、エンジンをかけろ。仕事はきれいにすませろ。近隣住民の噂になるな」

クリスはドアを開けた。デバルが助手席を前にずらし、クリスはすきまから後部座席にもぐりこんだ。

まわりでは車が次々と動き出した。一部はタイヤを鳴らし、意気がったティーンエージャーのように出ていく。普通のファミリーカーはおとなしいペースで走りだす。ポンコツは騒音と煙を漏らしながら移動していく。やがて駐車場は空《から》っぽになった。

「ジャック、永遠に停まってるつもり？」

クリスが訊くと、ジャックはしぶしぶとスポーツカーを後退させはじめた……と思うと、いきなりタイヤを鳴かせて猛然とバックした。ギヤ鳴りもかまわず一速に叩きこみ、ロケットのように飛び出していく。

クリスはまずシートベルトに押しつけられ、それからシートに背中を押しつけられた。クリスにとってもだれにとっても小さすぎるシートだと実感しながら、姿勢を回復すると、ルームミラーごしにジャックがにやにや笑っていた。

「しっかりつかまってな、かわいこちゃん！」

どうして男というのは真っ赤なスポーツカーに乗るとＩＱが半分になるのだろうと疑問に思いながらも、クリスは黙っていた。ルースのところへ連れていってくれるならかまわない。途中で事故らなければだが。

「正面の見張りを倒しました」ネットワークごしに報告が上がる。

「裏の見張りも倒した」

「一号車から下車中」

間髪をいれずに続く。二号車から五号車も前の報告が終わらないうちに連続する。

ジャックたちの順番がきた。

スポーツカーの幌を跳ね上げる。ジャックはアクセルを踏みこみ、加速しながら正面入り口のステーションワゴンが去ったあとへ滑りこむ。

と見せて、ジャックはいきなり左へ切った。倉庫から道をはさんでむかいの歩道ぞいに、トラックが二台縦列駐車していた。ジャックは急ブレーキをかけながらそのあいだにスポーツカーを滑りこませた。鼻先を縁石に直角にむけ、左右のドアはうしろのトラックのバンパーとまえのトラックの荷台にふれんばかりだ。

スポーツカーが止まりきらないうちにクリスは立ち上がり、小さなトランクを滑って道路に下り立った。倉庫の入り口めざして車道を突っ切る。ジャックとデバル大尉もすぐあとを追う。

「たいした腕前ね」クリスは肩ごしに言った。

「披露する機会がめったにないだけです」ジャックは笑った。

「今後もないことを願ってるわ」

クリスは言い返し、入り口から倉庫の危険な闇に跳びこんでいった。

「ひとを批判しておいて、自分はそれですか」ジャックはうめいた。

倉庫内では方向を訊くまでもなかった。道筋をしめす緑のケミカルライトが点々と残されている。それをたどった。

(ネリー、ナノバグのようすは？　こちらは見られてる？)

(敵のナノバグは撃ち落として、偽装したレポートを送っています。ただし敵のナノバグは六十秒ごとに認証シグナルを送る設定になっているので、それが偽装できる限度です)

「ナノバグの異変を気づかれるまで六十秒よ」クリスは声で教えた。

「三十秒で片付けます」デバルは答えて、階段を一、二段飛ばしで駆け上がった。

前方の廊下には私服の海兵隊が並んでいた。多くは拳銃を手にしているが、一部はM‐6をかまえ、大尉の指示を待っている。

デバル大尉はM‐6の四人にハンドサインを送った。拳銃の軍曹一人がついて列の先頭に出る。

(神経質な男がなにかに気づきました)ネリーが教えた。

クリスは足を止め、デバル大尉の作戦ボードを見た。人質のいる部屋は騒然としている。

冷静な男はテーブルの男たちにピストルを急いで組み立てろと指示した。近くの二人にはドアのむこうを確認しろと言っている。

「来るぞ」

デバル大尉は小声でチームに警告した。

ドアに近づいた四人の海兵隊員は、廊下を奥へ進んで、あとから来る重武装のチームのために場所をあけた。

「人質を保護しろ」デバルはささやく。

「スーツの二人は尋問したいわ。できれば生きたまま拘束を」クリスは言った。

「こちらに犠牲を出さないことが優先です」大尉はきびしく言った。

ドアが薄く開いた。

35

犯人たちは体をさらさずに廊下のようすをのぞこうとした。方針は悪くない。

しかし海兵隊にドアを蹴り開けられることまでは予想していなかった。

軍曹はドアを蹴り開けたばかりか、室内に跳びこんだ。さらに後方から掩護チームがチンピラたちにフルオートで撃ちかける。

用心深くドアを開けようとした二人は、部屋の奥まで飛ばされた。奥の壁と周囲に血が飛び散る。

クリスと協力関係にあるギャングの二人は、すぐに床に伏せ、銃を遠くへ放った。

残ったのはチンピラ二人とスーツの二人。チンピラは海兵隊を撃とうとした。しかし海兵隊が狙いを彼らに移すほうが一秒速かった。一秒の差は致命的だ。二人のチンピラは、最初の二人とおなじく灰色の汚れた壁に描かれる血糊のモダンアートと化した。

スーツの二人は銃を手にしていた。銃口をむけた先はどちらもルースの頭。

しかしルースはだてにイティーチ族との白兵戦を生き延びていなかった。

犯人たちはルースをダクトテープで椅子に縛りつけただけで行動の自由を奪ったつもりだ

った。しかし彼女が椅子ごと立ち上がり、それを背負って背中をむけるとは思わなかったはずだ。金属の椅子にさえぎられてルースの頭を狙えない。

犯人たちは二歩まわりこもうとした。しかし二歩目は出なかった。軍曹が一人を、クリスがもう一人を撃った。

軍曹は神経質な男の銃を持つ腕に一発叩きこみ、それから狙いを移して胴に三発いれた。

クリスは自分の射撃の腕をそこまで信用していなかった。肩に一発、脇腹に二発撃ちこんだ。

どちらの男も引き金を引くまえにその場で踊って倒れた。

「撃ち方やめ！　撃ち方やめ！」デバル大尉は叫んだ。

海兵隊は従った。耳が痛くなるほどの沈黙。

「衛生兵、衛生兵、尋問を要する犯人を二人倒した」

デバル大尉はその沈黙を破った。赤十字のバッグを持った海兵隊員二人が部屋に跳びこんでくる。死体や壁から滑り落ちる肉片に眉を上げながら、デバル大尉の足もとに倒れた二人のスーツの男に駆け寄った。

デバルはクリスに言った。

「トラブル将軍夫人の確認をお願いします」

言われるまでもなく、クリスはルースの脇に滑りこんでいた。

「大丈夫、おばあさま？」

ルースの口に張られたダクトテープを剝がそうとする。最初はそっと剝がそうとしたのだが、粘着力が強くて無理やり剝がさざるをえなかった。

犯人たちはルースの口を厳重に閉じていた。その理由をクリスは思い知らされた。

「ずいぶん遅かったわね」ルースは険悪に言い放った。

クリスはルースの腕と椅子を縛ったテープを剝がしはじめた。

「眺めのいい道路に遠まわりしてきたから」

救助者に感謝するどころか苦情を述べるのがロングナイフだ。

ルースは両手が自由になると、クリスといっしょに体や足を縛ったテープを剝がした。そして立ち上がろうとした。しかしまだ早すぎた。

クリスが呼ぶより先に衛生兵が飛んできた。ルースの瞳孔をペンライトで照らし、質問した。返事は強硬だ。

「もう立てるわよ」

ルースはうめいた。二人は左右からささえた。多少よろめきながらも、今度はなんとか立ち上がった。

「そこに並んだタフそうな男女からすると、わたしは海兵隊の手中に落ちたようね」

部屋中から、「ウーラー」と返事が聞こえた。

「では、トラブル将軍と孫たちの名にかけて、あなたたちの仕事に感謝するわ。よくやってくれた」

また「ウーラー」と返事。

ルースはスーツの二人にむきなおった。

「この二人は本当に役立たず。バカもバカよ。わたしの眉間に弾を撃ちこみたがっていた。歩きまわる男はずっとそう言っていた。ゲームの男はそのタイミングだけを考えていた。だからこちらはいざというときの行動を考えていたのよ。そこへあなたたちが突入してきた。するとこの二人はわたしの眉間に穴をあけること以外の考えはなくなった。だからわたしは、やろうと思っていた行動を実行したのよ」

ルースは神経質な男に歩み寄り、見下ろした。男は担架に乗せられている。もう一人は運ばれたあとだ。

「わたしは考えたとおりにやった。あなたたちはどう？　愚かにも、わざわざまわりこもうとした。椅子なんか弾よけにならないのよ。そのまま撃てばよかったのに。あるいは脚を撃って、血管をつなぎようもないほど穴だらけにするとか」

首を振った。

「一人は〝金持ちの女〟の不満ばかり言って、もう一人はなにも考えずにゲームばかりしていた。その女があなたたちのかわりに頭を働かせたからこそ、わたしを誘拐できたのだとわからないの？」

ルースはその場でデバル大尉にむきなおった。

「海兵隊の二人はかわいそうなことをしたわ。どうしようもなかった。まったく不意討ちだったから」

「地元のボディガード二人は？」デバルは訊いた。

「いるわ。壁にへばりついてるのがその二人。ずたずたになって」

遠いサイレンを聞いて、デバルは言った。

「地元の連中が来るぞ。周辺と内部を片付けろ」デバルは強い口調で言った。

クリスはルースの肘に手を添えて外へ案内した。ルースは言った。

「ありがとう。まだ平衡感覚がもどらないわ。ああ、それからお手洗いに行きたい」

「大使館にもどったらすぐに」

「急いでね」

しかし一階の箱の山のあいだで軍曹に呼び止められた。

「これを見てください」

一人の海兵隊員がバールで木箱を次々と開けている。一部を見れば、残りの中身も見当がついた。ライフル、拳銃、ロケットグレネードランチャー、それらの弾薬の山。防水布を剝がすと迫撃砲がいくつかのぞいた。

「完全に武器庫ですよ」伍長が言った。

「爆破しましょうか」と軍曹。

「そうしたいのは山々だけど、近隣住民がよろこばないでしょうね。地元警察に始末をゆだねましょう。対応が興味深いわ」

クリスはそう言って、ルースと視線をかわした。そこに年長者と年少者の差はない。老兵と新兵のちがいもない。ルースの目にあるのは対等な相手への称賛だった。

倉庫の表と裏の大きなドアが開くと、トラックが内部を通り抜けられるようになった。海兵隊の三台の大型車がはいっている。二台は救急車と同様の装備だが、先頭のはそうではない。そしていまにも出発しようとしている。クリスはルースに、それに乗るようにしめした。

そこへアビーが子どもたちを連れてやってきた。

「クリス、この子たちを家まで送る必要があります。すくなくともキャラは。ブロンクの母親はどこにいるのかわかりませんが」

「海兵隊のだれかに送らせるわ。あなたも当面は自由にして。ここを片付ける大仕事があるから」

アビーは弾薬の山を見まわした。

「そのようですね。革命を起こせそうなほどおもちゃがある。いったいなにをするつもりだったのか」

「さあね。それを知っていそうな男がすくなくとも一人は生き残っているわ。子どもたちを送り届けるのはあわてなくていいわよ……でも遅くなりすぎないように」

「ええ、お仕事が楽しみです」

アビーが言ったときには、ルースはすでに車両に乗り、運転手はエンジンの回転を上げていた。クリスが乗るとすぐに車両は大使館へ、安全な場所へと走りだした。

36

あとは大使館まで障害に出くわさなかった。横のゲートからはいり、ルースを建物内にいれると……まずトイレに案内した。

待っているうちにネットワークに報告が流れてきた。海兵隊は無事撤退を完了したようだ。見張りに二人が残り、警察に現場を引き継いだ。パトカーはまず一台あらわれ、二台が応援に来て、五台に増え、たちまち警察の全車両が集まる事態になった。

クリスはそれを聞いて安堵した。最初のパトカーが倉庫に鍵をかけて、なにもなかったことにするのではと懸念していたのだ。もしそうなら、武器庫の爆破を再検討しなくてはいけなかった。しかしエデン星の為政者は、この即席の革命の種を直視することにしたらしい。なんらかの手を打つだろう。

革命……。

それが今回のキーワードだろうか。この政権交代の芽生えこそ、クリスがここへ送りこまれた理由なのか。

かりにそうだとして、レイ王の念頭にあるのはその手助けなのか……それとも阻止なのか。

ウォードヘブンから遠く離れたここからでは質問もできない。しかしルースに対する革命活動家の態度は、失礼だった。言語道断なほどに。となるとクリスとしては、心情的にその対抗勢力に肩入れしたくなる。

対抗勢力がいるのなら。そして彼らにとってクリスの存在が無意味でなければ。

ルースがもどってきたので、思索は中断した。

そこに、銃をむきだしで持った数人の海兵隊がずかずかとはいってきた。行き会わせた数人の民間人と外務省らしい職員たちがあわてて道を開ける。

外交官らしい一人が、マルホニー海軍中佐と話していた。普段から軽視されることの多い中佐だが、最近は腹が引っこみつつある。海軍派遣隊を率いて、海兵隊に続く第三の小隊として毎朝ジョギングしている成果だ。

民間人がまだいるうちに、血まみれの台車付き担架が外の車両から館内の医務室へ運ばれていった。

「いまのは、やはり……？」外務省職員が中佐に問いかけた。

中佐は固い笑みをわずかに浮かべて答えた。

「なんでもありませんよ。なにかを見た気がするなら、さっさと忘れるのが賢明です」

民間人は眉をひそめる。そして廊下を見やった。二台目の血まみれの台車付き担架が医務室へ押されていく。

そしてそれらの肉塊が運びこまれる廊下のつきあたりに、クリスが立っていることに気づいた。彼は目を丸くし、すぐに細くした。

「なるほど、中佐。おっしゃることがわかりました」

「賢明な方だ。長生きできますよ」

「あなたも」

二人は笑いあい、べつの方向へ去っていった。

クリスとルースは血なまぐさい医務室にはいった。


「やはりあなたのおかげで仕事が増えたな」

ドクターは、医務室にはいってきたクリスを見て言った。

「例のメイドが自走式トランクを二個ころがしてここへ来ましてね。取り出したのは、長い医者暮らしでもお目にかかったことのない最高レベルの医療機器の数々。それを使って治療するのは可憐な王女かと期待していたんですが、実際には海兵隊が運んでくる死体同然のぼろ切れだった」

「予想がつかないものよ、ドクター。ロングナイフがかかわるときは」ルースが言った。

「そうおっしゃるあなたは？」

「ルース・トードンよ、ドクター。長女が不運にもロングナイフ家に嫁いだの」

「彼女はいまどのように？」

「六十年ほどまえに死んだわ」

「それは残念です」ドクターは心からそう言っているようだ。「さて、看護師たちが患者の容態を安定させたようなので、失礼しますよ。彼らを死体安置所行きからなんとか救わなくては」

「お願いするわ、ドクター」クリスは言った。「わたしは――いえ、わたしもルースも、あの二人とぜひ話をしたいの。麻酔の影響下で素直になっているうちに」

「噂はやはり噂だったようだ。これはあなたの仕業ですか？」

「一人は。もう一人を撃ったのはブルース軍曹」

「そしてこの二人が狙っていたのはわたしの眉間よ」ルースは辛辣に言った。

「なんて蛮行だ。そんなやつらは死なせたほうがよいのでは」

クリスは言った。

「この二人は金をもらってその蛮行を働いたはずなのよ。その金をだれからもらったのか、聞き出したいの」

「ならば生かしたほうがいいですな。わたしの微力がおよぶかぎり」

ドクターは手術室にはいっていった。

クリスは手もちぶさたで室内を歩きはじめた。ルースは椅子に腰を落ち着けている。しばらくして言った。

「ねえ、やめてちょうだい」

「なにを？」

「歩きまわるのを。わたしを殺そうとした男もそうやって歩きまわったのよ。ところで、護身用の武器を借りられるかしら」

二人は海兵隊の武器庫へ足を運んだ。管理者は年輩の二等軍曹で、ルースの老いた手になじむ古いタイプの銃がほしいと言うと、うれしそうに請けあった。誇らしげな吐息とともに奥から出してきたのは、古い六ミリ・スペシャルだ。

「最近めったに見ない古い銃です。使い方をお教えしましょう」

ルースは弾倉を抜き、アクションを引いて弾薬が装塡されていないことを確認した。

「わたしの古いやつと機構はおなじよ、軍曹」

「失礼しました。自分の祖母に悪態を教えるようなものでした」

「あるいは、はなはだしい礼儀知らずに銃弾を撃ちこむようなものね」

ホルスターはアビーに用意させるとクリスは言おうとしたが、軍曹が下の棚からさっさと出してきた。ルースの新しい武器は腰の裏にぴたりとおさまった。

クリスは言った。

「ジャックは警護対象に銃を持たせたがらないのよ」

「ジャックというのはあなた付きのシークレットサービスの若者ね。なぜ海兵隊の軍服を着ているの？」

「トラブルおじいさまから聞いてない？」

「あら、わたしのいとしいテリーがまたなにかやらかしたの？　彼がトラブルと呼ばれるわけをいいかげんに学びなさいな」

クリスはいやな顔をした。

「これ以上学ばされたくないわ」

「あなたたちロングナイフは生来の楽天家か、もの覚えが悪いか、どちらかね」

「きっと両方よ」

「さて、どこへ行くときもこれを持ち歩くようにするわ」ルースはホルスターをスラックスの背中側にまわした。「今朝の事件はまだ終わっていない。危ない銃や爆弾の詰まった箱があんなに倉庫にあるようでは。始末はどうしたの？」医務室のほうへもどりながら訊く。

「報告によれば、地元警察の車両の半分が現場周辺に集まっているらしいわ。ここまでくれば、もうあの革命を手品のように消すわけにいかないでしょうね」

ルースはうなずいた。

「いいことよ。でもあれが表沙汰になり、すくなくとも為政者の注意を惹いたとなると、武器弾薬の収集者がとるべき道は二つに絞られる」

クリスはうなずいて列挙した。

「逃げて、地下に潜り、嵐が過ぎ去ったあとの捲土重来《けんどちょうらい》を期す」

ルースはうなずいた。

「あるいはいっきに革命の火蓋を切る。行動予定日を前倒しし、賽《さい》を投げる」

「残念ながら、それ以外の選択肢は思いつかないわね」ルースは言った。

そこにネリーが割りこんだ。

「クリス、大使から呼び出しです。執務室で会いたいとのことです」

「おばあさまは医務室へもどる？」

クリスが訊くと、ルースは首を振った。

「長居して精密検査を受けさせられるのはごめんよ」

「では孫娘の呼び出しについていって大使に会う？」

「それは見逃せない楽しみだわ」

ルースは意地悪な笑みになった。

前室の秘書はクリスがはいってきてもコンピュータから顔を上げなかった。

「大使はお待ちです」

さすがに大使は顔を上げた。そしてクリスの隣のルースを見て顔をしかめた。

ルースはにこやかにクリスに続いてくる。クリスは父親に同行した経験から、自信たっぷりの態度でいれば、人々は意外とどこでも通してくれて、なんでも望みのことをしてくれるものだと知っていた。もちろんルースは、どんな場所も自宅の裏庭同然で、案内は不要という態度を完璧に身につけている。

「いったいなにをなさったのですかな、王女」

椅子から立ち上がった大使は、はいってきたクリスに対して開口一番、問うた。

クリスは返事の材料をいくつか用意していたが、曖昧な問いには曖昧に答えるのが最善と判断した。軽くはねかえす。

「べつに、いつもどおりですわ」

そこでようやく、大使のデスクの手前でこちらに背をむけてすわっている人物に気がついた。立ち上がった彼に、クリスは思わず手をさしのべていた。

「あら、ジョンソン警視。おひさしぶりです……二時間ぶりくらいの」

「ええ、心やすらぐ二時間でしたよ。そのあいだお元気でなにより。こちらのご婦人は？」

「ルース・トードンです」将軍夫人はみずから名乗って握手を求めた。

警視は眉を上げげた。

「誘拐されたと聞きましたが」

「そのようですね。だらしない犯人たちで、さっさと脱出して公共交通機関を使ってまっすぐ自分の大使館へ帰ってきました。ファンデルフント大使にご挨拶にうかがおうとしたら、ちょうど廊下でクリスと会いましてね。呼び出されているというので、いっしょに参りましたのよ。万事解決して欣快《きんかい》の至りですわ」

「なるほど。たしかに」警視は答えた。

大使はいきなり全身が脱力する発作を起こしたようだ。騒々しい発作ではないので、だれもが――本人も――無視した。

警視は続けて言いかけた。

「あなたが脱出なさった住宅は――」

ルースはすばやくさえぎった。

「倉庫でしたわ」

「そこの箱の中身をのぞく機会がありましたか？」

「箱の裏に隠れるばかりで、中身に興味はありませんでしたわ」ルースはまじめくさって答えた。「それどころか箱の文字やマークも見ていません。バスに乗り遅れないように急いでいましたから」

警視は耳を掻いた。

「そうでしょうね」

会話が途切れた。というより、話すことがなくなった。そこでクリスは天真爛漫な表情で訊いた。

「大使、わたしにご用だったのでは」

ファンデルフントは強い光をあてられて目覚めたような顔をした。そしてジョンソン警視を見て、クリスを見て、またジョンソンにもどった。

「警視が、質問があるとのことだったので」

「あったのですが、トードン夫人がすべて答えてくださったようです」警視は軽い笑みで答え、顔に指先をあてた。「夫人、あなたがこの……」手に負えない娘と言いたいらしいのをがまんして、「……お嬢さんの曾祖母でいらっしゃるとは意外です。まだまだお美しい。よほど若くしてご出産なされたのでは」

ルースはにっこりと微笑んだ。それは赤ん坊が大人の顔にむかって嘔吐するときの微笑みにそっくりだった。ジョンソン警視は子育て経験があるらしく、一歩退がった。

クリスは割りこんだ。

「さて、用がないのでしたら、わたしは急いでやるべきことがありますので」

すると警視が眉を上げた。

「というと、どのような」

クリスは肩をすくめた。

「まあ、あれやこれや。お気になさらずに。ご存じのように、わたしはときどき常軌《ボックス》を逸したことをしますので」

ジョンソン警視はクリスを横目で見た。

「興味深い表現ですね。つい先ほど、蓋の開いた箱《ボックス》をいくつも見たのですよ」

「あら、なにがはいっていましたの？」

訊くルースは驚くほどまじめな顔だ。クリスは自分の遠慮会釈のない性格がだれからの遺伝かわかった気がした。

対するジョンソンは権力者の公明正大な顔だ。

「なにもありません。大学教授とリム星域のプリンセスの興味を惹くようなものはなにも」

「わたしの興味は驚くほど広範囲なのですよ」クリスは言った。

ジョンソンはドアへむかいながら答えた。

「驚く？　ありえますね。興味を惹く？　それはありえない」ドアに手をかけて、クリスとルースのほうに振り返る。「本当ですよ。あなたがたには関係ない。かかわらないでください」

そして出ていった。ファンデルフントがつけ加えるように言った。

「よい助言だ、とてもよい助言だ。ところで海兵隊が朝からずっと外へ出ていたと聞きましたが？」

「訓練です。ちょっとした練習です」

「ならばかまいませんが」

ルースがドアへむかいながら言った。

「あっさり信用せずに、あのハンサムな大尉に尋ねたほうが賢明ですよ。名前はなんといったかしら。はいってくるときにぶつかりそうになりましたわ。ちょっと夫に似ている。そう、九十年くらいまえの」

そしてルースとクリスは早足の凱旋パレードで医務室へもどりはじめた。途中でクリスはルースのほうを見た。

「いけしゃあしゃあと嘘をつく自分の才能を、どこから受け継いだのかわかったわ」

ルースは皮肉っぽく笑った。

「わたしではないわよ。わたしは純朴な農場の娘で、海兵隊員と結婚しただけ。その海兵隊員がとんでもないホラ話をおおまじめにしゃべる男だったのよ。そんな二人を出会わせた天の思し召しよ」

「どうしてそんな男を信用したの？」

「だって、わたしには嘘をつかなかったのよ。部下にも、海兵隊の仲間にも嘘は言わなかった。そこでは百パーセント誠実だったのよ。それに対してあの男はどう？　自分はなにもあかそうとしない。こちらが誠実になる筋合いはないわ。むこうもわかってるはずよ。与えないなら、得られない」

「武器の山の目的についてわからずじまいになってしまった」

「あの警視だってなにひとつ知らないはずよ」

医務室の手前でデバル大尉と合流した。ジャックもいっしょだ。

「ドクターがなにか聞き出したようですよ」

いっしょに医務室にはいった。しかし手術室のドアはまだ閉まっている。

クリスがあとの二人に、ジョンソン警視が聞きこみに来たことを話していると、ドアが開いた。ドクターが手袋をはずしながら出てくる。一行が待っていると、ドクターは始末を終えて、尻ポケットからメモ用紙を出してやってきた。

「よくしゃべりましたよ」

「助かりそう？」

「おそらく大丈夫。軍曹が撃ったほうはわかりません。平和が長すぎたんですよ。大尉、あの軍曹は初めて人を殺したことになるのかな？」

デバル大尉はうなずいた。

「カウンセリングに行かせたほうがいいでしょう。たとえ軍曹でも人の死に直面すると動揺するものだ」

「そうしよう」

ドクターはクリスにむきなおりつつ、手もとのメモを見た。

「さて、あなたが撃ったほうだが、しゃべらせたいというので、あのメイドが持ってきた装置を使ってみました。経口チューブではなく点滴で、キットにあった専用の麻酔薬を注入する……。あのメイドはどこであんなものを？」ドクターは言ってから手を振った。「いや、知らないほうがいいでしょうな。知ると命がなくなる。なくならないとしたら、知りたくないことや知らなくていいことを、知らざるをえない立場に追いこまれる」

「とにかく、男はなんて？」

クリスはようやく口をはさんだ。ドクターは注目を楽しんでいるようだ。罪深いほどに。

「せかさないで。すぐその話になる。ミス・ビクトリーとかいう人物に心当たりは？」

「ビクトリア・ピーターウォルドかしら」

「ああ、二度目はそう言っていました。発音がはっきりしなくて。しかし衛生兵の字がわたしより汚いせいもある。医者のカルテは読みにくいとよく文句をいわれるが、衛生兵もいえた義理ではない」

「とにかく、男はなんと？」今度はデバル大尉がせかした。

「クリスが資金の出どころを知りたいと言うのでね。男がつぶやきはじめたときに、麻酔担当の技術兵に耳もとで〝金《かね》、金〟とささやかせたんですよ。こっちは切ったり縫ったりしてるあいだに、〝金、金〟と、〝どこからもらった〟と。それが効いて、男はミス・ビクトリー……いや、ビッキーの話をはじめた。だれもいないところで金を受け取らなくてはいけない。さもないとこの仕事で自分がいくらもらったか、みんなに知られてしまう、と」

「盗賊は仲間同士の信用もないわけだ」ジャックが言った。

「当然ですよ。他にもなにか言っていた。ミスター・グラント……シュレッダーとか。姓ははっきりしない。とにかくその人物をひどく怖がっていた。なにかをしくじるのをとても恐れていた。こんなところにいたくない、べつの場所へ行きたいと。なんのことだかわかりますかね？」

クリスはうなずいた。

「彼は武器庫にいたのよ。いま警察が調べているわ。銃規制がいきとどいたエデン星にどうしてこんなものがあるのかと」

ドクターは口笛を吹いた。

「そんなところにいたら胃に穴があきそうだ。おびえている理由がわかりましたよ」

そのとき手術室のほうからかん高いアラーム音が聞こえてきた。

「おっと、わたしは肉屋の仕事にもどろう。お役に立てたのならさいわいです」

ドクターは去っていった。

「さて、大尉。作戦室で新規プロジェクトを立ち上げようと思うんだけど、どうかしら」

「充分役に立ってくれたわ」クリスは言った。

「いいですね」デバル大尉は答えた。

37

クリスはルースと並んで、壁に貼られた写真を見ていた。ルースは自分の写真をはずして、デバル大尉にむきなおった。

「あなたの意見は尊重するわ。でもわたしの賃借表はまったくつりあっていない。わたしは自由になり、海兵隊員は二人死んだ。借りがあるわ」

大尉はゆっくりと答えた。

「わたしの任務は大使館の警護です。大切な部下の命を次々と捨てるつもりはありません」

しかし言葉と表情はうらはらのようだ。大尉はクリスにむきなおった。「殿下、次はどんな手を？」

「いつものことだけど、糸口がみつからないのよ……現状では。だから、いまわかることを洗いなおしたいの」

「なるほど。ではどこから？」

「手はじめに、仲間に加えたい人物がいるのよ。警察の警部補で、名前はマルティネス。わたしは銃の携行許可について問い合わせる用事がある。そのついでに、地元の事情についていくつか率直な答えを引き出してみるわ」

　大尉は外部者を参加させることに乗り気でないようだ。しかしロングナイフに、まして王女にノーと言える者は少ない。

「彼が重要ななにかを持っているとお考えなら」

「話してみないとわからない。でもこの惑星は不可解なことが多すぎるわ。さっぱりわからない。ネリー、電話で呼び出して。それから、ドクターが言っていたグラントという人物のことも調べて。またの名を……なんだったかしら……シュレッダー？」

　ネリーは不愉快そうに答えた。

「電話とデータベースの検索くらい同時にできます。そもそも必要ありません。グラントとシュレッダーについて情報を求められるのは予想ずみで、あらかじめ検索しておきました。結果に満足できるかどうかはべつとして」

「ネリー、あなたのデータベースに愛想という言葉はないの？」

「ありますとも。辞書の最初のほうに。でも能力について中傷をくりかえされたら、いつも愛想のいい秘書ではいられません」

「頭にいれておくわ」

　クリスはあきれたように目をぐるりとまわした。チームのスタッフは笑いをこらえたり、眉を上げたりしている。

「それでグラント氏について調べた結果は？」

「データベースでは数百件ヒットします。すべて初級ランクのデータで、上のランクはありません。たいていは中流の仕事と生活と出ます。疑うなら検索結果をダウンロードしてご自分の目でたしかめていただいてもかまいません」

「怒らなくていいのよ、ネリーお嬢さま。もう一方の名前は？」

「シュレッダーという名前は、麻酔で朦朧とした頭のせいでシュレッダーにかけられたのでしょう」

ネリーはそう言って、しばらく沈黙した。

「おもしろい冗談ね」クリスは評した。

「ありがとうございます。努力しています。綴りをすこし変えてシュローダーで検索してみました。しかし結果はグラントと似たりよったりでした。ああ、クリス、マルティネスが五分後に到着するそうです。すみやかにと言ったので」

「わかった。それで、グラント・シュローダーという人物はヒットする？」

「いいえ」

「やはりこの謎の人物は惑星の全データベースから自分の情報を消しているようね」

「ニュースのアーカイブは検索したのか？」ジャックが訊いた。

「主流メディアはすべて調べましたが、なにも出ません。独立系はいま調べているところです。こちらは数が多いので」

「さもありなん、ね」クリスは言った。「金を払ってデータベースから個人情報を消せるのなら、カメラに映らず、記者に記事を書かせないようにもできるはずよ」

「興味深い人物だ」大尉が言った。

そこでペニーが指摘した。彼女はあとから来て、黙って話を聞いていた。

「でもビッキー・ピーターウォルドといっしょに行動しているはずね。ネリー、社交面でビッキーとこの人物をいっしょに検索してみて」

「これまでは経済、時事、政治面で検索していました。クリスは社交界に興味をしめさないので」

「いま興味が出てきたわ」とクリス。「ビッキーはここへ来て一、二週間のはずよ。せいぜい三週間。時間的な範囲はせばめられるわね」

「主流メディアでは成果ありません。ビッキーの記事はたくさんありますが、同伴者についてはなにも書かれていません」

「さもありなん」

「一件ヒットしました。〈アンカラ短信《ピカユーン》〉という奇妙な名称のメディアです。ミズ・ビクトリアに同伴したのは博愛主義者のグラント・ファン・シュレーダーと書かれています。博愛主義者のところは括弧つきで、皮肉だと思われます。グラント・ファン・シュレーダーで検索してみます」

クリスの指示を待たずにネリーは作業をはじめた。室内は沈黙した。心臓の鼓動が聞こえそうなほどだ。

「主流メディアでこの博愛主義者は引っかかりません。経済でも、時事でも。しかしマイナーメディアでは、グラント・フォン・シュレーダーの名前がいくつか出ます。あるソフトウエア会社でストライキがあり、従業員全員が解雇される事件がありました。そのとき証人喚問されたなかの一人がこの人物です。ストライキは鎮圧されました。他にも労働争議、開発予定地での不動産買い占め、特許訴訟などにかかわっています。いずれの場合も法廷は彼の味方をしました。好ましい人物ではなさそうですね」

「同感よ。ピーターウォルドの息がかかっている証拠がある？」

「ビッキーの到着以前にはなにも」

「エデン星のヌー・エンタープライズからの報告書はこの男について言及している？」

ネリーはすぐに答えた。

「当たりです。大当たりです。ヌー社もこの人物をこころよく思っていません。さまざまな胡散臭《うさんくさ》い取引にかかわっています。ドラッグ売買もあります。傘下の販売店が非公認の部品を納入したことから、ヌー社はこの人物を入札企業から除外しています。ただし除外にも苦労したようです。会社の名義が頻繁に変わるせいで。グループ内で買収と売却と商号変更をくりかえしています。ヌー社では一人の部長が専任で彼の監視にあたっています」

「その部長の報告書を取り寄せて。それから、ルースがいた倉庫の所有者も調べて」

「わたしもそれを言おうとしていたわ」ルースが言った。

これは簡単ではなかった。政府の入手可能な不動産データベースは日付が一年近く古い。

フォン・シュレーダー氏の不動産はそれよりはるかに速いペースで取引されていた。しかしじつは、それより新しく、高額なデータベースもあった。ネリーはそれを買った。

「シュレーダー氏は倉庫をいくつか所有しています。問題の場所もそうです。おなじ規模の倉庫は六カ所あります」

ペニーが立ち上がった。

「大尉、今朝とおなじ海兵隊の二人をまた貸してもらえるかしら。隠密行動には優秀だったわ」

「お貸しします。車両はべつのを使ったほうがいい」

「ナノバグもいくつか持っていってください」ネリーが言った。

ペニーが早足で出ていこうとしたとき、ドアのところでマルティネス警部補とぶつかりそうになった。警部補は驚いたようすだ。

「クリス王女がこちらにいらっしゃると聞いてきたのですが」

そう言ってからクリスに気づき、部屋にはいってきた。クリスは椅子をしめした。彼はそこに腰かけながら、壁の写真に目を奪われていた。死亡した海兵隊員の写真だ。

「ここではなにを?」小声で訊く。

「政府に迷惑をかけるようなことはしていないわよ」クリスは言った。

「だといいのですが」マルティネスは小声でつぶやいた。

「まったく」ジャックも続いた。

「わたしの曾祖母のルース・トードンが誘拐され、海兵隊員二名が殺された事件は知っている？」クリスは訊いた。

「一部のニュースで知りました」マルティネスはルースのほうを見て、うなずいた。「ご無事でなによりです」

「でも……考えさせられたわ」ルースは答えた。「わたしはこの惑星を何度も訪問している。謎だらけの社会だけど、それでも足を運んだ、若い子たちになにかを教えられればと思って。でも、さすがにこれが最後かもしれない」

「兄の末っ子があなたの授業を受けています。講義の打ち切りは大きな損失です」

「そう？　役に立っていたのかしら」

「甥のスティーブはそう思っています。他の惑星がやってきたことに目を開かされ、自分たちにできることを考えさせられたと」

「思い出したわ。スティーブ・マルティネスね。移民したいと言っていたわ」

警部補は驚いた顔になり、目を伏せた。

「家族としては初耳です」

「あなたは移民を考えないの？」クリスは訊いた。

「ここは故郷です」

「でも選挙権がない。政治に参加できない」

「警察官です。政府のために働いている。それなりに役に立っていると思っています」

ルースが訊いた。

「わたしが閉じこめられていた倉庫の中身を聞いた？」

「いいえ。あなたが脱出したことさえ知らされていないのに」

クリスはデバル大尉を見た。

「写真はある？」

大尉が、「一等軍曹」と声をかけると、写真が映し出された。箱にはいった各種の武器だ。マルティネスは椅子から立ち上がり、壁のスクリーンに歩み寄った。サブマシンガンやアサルトライフル。その銃身や発射機構を指でなぞる。

「なんてことだ。この武器庫をだれも知らないのですか？」

「倉庫のまわりには相当な台数のパトカーが集まったわ。さすがになんらかの処置をしているはずよ」

「知らされてしかるべきなのに。わたしは違法な武器の調査が担当なんです」

「ジョンソン警視はそう思っていないようね」

マルティネスは吐き捨てるように言った。

「ジョンソン。こういうことにはやはり彼がかかわっていたか」

「武器の密輸入？」

「いいえ、武器の存在を消すことです。政府の第三副大統領がそういう考えなんです。森で木が倒れても、その音が聞こえなければ、倒れていないのとおなじだと。それを実行するのがジョンソンです」

「とにかく、この木は倒れた。それはしかたない。心配なのは森にもっと倒れそうな木があるのか。それがだれの頭の上に倒れてくるのか。なにか考えはある？」

マルティネスは長いこと首を振りつづけた。

「父もおなじことをいつも言っていました。でも一介の交通警官の話などだれも耳を貸さない。政府は腐っていると父は言っていた。いつかだれかが乗りこんで、痛いめにあわせなくてはいけないと」

「いい考えのようだけど？」ルースが言った。

「ええ。でも痛いめにあわせようと活動する集団が、政府以上に腐敗していたら？　わたしは政府のことは知っています。知りえる範囲で。でもこの集団は正体不明だ」

「つまり、最近やってきた悪党より、よく知っている悪党のほうがましというわけかな」ジャックが言った。

「わたしたちにとっての疑問でもあるわ」クリスは言った。

「この惑星の住民なのに、恥ずかしながら、みなさんより多くのことは知りません。隠匿されている武器はこれだけなんですか？」

「わからない」

マルティネスは苦笑した。

「わたしが知っているべきですね。しかしだれも教えてくれない」

話はそこで行き止まりになりそうだった。そこでクリスは、ジャックとデバル大尉に目をやってから、新しい話題を投げこむことにした。

「おなじように警官を父に持つ友人がいるのよ。彼女は他の武器庫を探すためにさっき出ていったわ。いっしょに行ってみる？」

「たまには警察らしい仕事をしろと？」

クリスは肩をすくめた。

「参加しましょう。署に連絡して年休をとります」

「警察がべつの武器庫を発見して、その調査のためにきみの手を必要としたら？」ジャックが訊いた。

「携帯に連絡があるでしょう。でもかかってこないと思いますよ。わたしには」

ジャックがマルティネスをペニーに紹介するために同行した。

クリスは作戦室であらためて壁の写真を見た。

「なにをするか決めましたか？」デバルが訊いた。

「そういうことは走りながら決めるのよ。そう言ったら驚く？」

「なんですって？」デバルはわざとらしく驚愕の表情をした。「あなたはわたしたちとおなじ人間だと？」

「あたりまえでしょう。とにかく、武器庫のうち一カ所は消えたと見なしていいわね」クリスはため息とともに言った。

「本当にそうかしら」とルース。

「警官たちが押さえたんだから」

「その警官たちが携行しているのは、わたしがいま持っているのと似たりよったりの武器なのよ。アサルトライフルで重武装した集団が、あの武器庫を暴徒に開放するために襲ってきたら、抗しきれるかしら」

「ではわたしの判断ミス？　あそこを爆破しなかったのは」

「いいえ、あの時点ではいい判断だったわ。でもとうぶんは注意が必要よ。いい判断がいつまでもいいとはかぎらない。注意しておきなさい」

「注意すべきところは他にもたくさんあるのに」クリスはため息をついた。「かつてこういう経験をしたの、おばあさま？」

「ええ。何日も、何カ月も、何年も。最高の出来事だと思ったのに、あとで手痛いしっぺ返しを受けたことがある。最悪に思えた出来事が、意外に悪くない結果を生んだこともある」

クリスは椅子にもたれてしばらく考えた。

「つまり、影響力の大きい人間でも、かならずしも思ったとおりの影響をおよぼせるわけではないということ？」

ルースは笑みを浮かべた。

「そして賢者は、手助けをよろこんで受けるものよ」

さらに考えこんでいると、そこへアビーがやってきた。

「子どもたちは安全なところへ帰った?」クリスは訊いた。

「キャラは曾祖母のところに。個人的には安全と言いにくいのですが。ブロンクは仕事です。一部のギャングが電子的な掃除を希望しているようです」

「あの子には母親の居場所を教えていないの?」ルースが訊いた。

「ええ。知りたくないそうです。いまのところは。何日か寝泊まりするあてはあるでしょう。賢い子ですから。そうでなければ、ファイブコーナーズであの年まで生きていません」

しばらく沈黙が下りた。テーブルにはクリス、アビー、ルース、デバル大尉がいた。

クリスは口を開いた。

「さあ、休憩は終わり。仕事にもどりましょう。昨日までは不明で、いまはわかっていることはなにかしら」

「クリス、気づいたパターンがあります」首の横から声がした。

「話してみなさい、ネリー」

「オハイジの邸にいたナノバグは、ギャングの二人の女にくっついていたものとおなじでした。種類がおなじです。メーカーもそうだと推測されますが、商標は人類宇宙で一般的に知られているものではありません」

「エデンの逆襲だ」ジャックが言いながらもどってきた。

「倉庫のナノバグは?」クリスはネリーへの質問を続けた。

「調査中です。設計は似ていますが、もっと高度です。そして商標はありません」

「エデン星でもさすがにそれは違法でしょう」クリスは言った。

「そのはずよ」ルースが同意した。

テーブルに加わったジャックが訊いた。

「昨日の自動砲を制御していたチップとの関連性は？」

「自動砲も商標がありませんでしたが、製造法がおなじです。おなじ〝指紋〟が認められます。チップ工場もおなじです」

「グラント・フォン・シュレーダーにますます会いたくなってきたわ」

「しかし彼の自宅住所はどこにも記載されていません。データベースにも、ヌー社の報告書にも」

「べつのアプローチをとるしかないわね。ビッキーが乗りまわしていた巨大なリムジンがあったでしょう。大尉、社交欄を読むのが趣味というあなたの部下は、あれについてなにか気づいていないかしら」

「さあて。一等軍曹」

まもなく、女性の技術軍曹がやってきた。まずデバルが訊いた。

「ベティ、ビッキー・ピーターウォルドが使用中のリムジンについてなにかわかることがないかと、こちらの王女からご質問だ」

「自分のコンピュータを調べさせてください」

それはすぐに終わった。壁のスクリーンにはビッキーの写真がずらりと並んだ。多くは笑顔のバストアップだ。クリスの目がいくのは、どのドレスからもこぼれ落ちそうな大きな胸。

　そのなかに、リムジンから下りてくる一枚がある。

「ナンバープレートが映っています。ここから調べられるのでは？」

「また新たに高額なデータベースを買わなくてはなりません」ネリーはため息を漏らしそうだ。

「アビー、今回の任務ではわたしの毎月のこづかいが底をつきかけてるわ。クロッセンシルド中将に経費請求する書類をつくれないかしら」

「つくれますが、あのうるさい方が大金を黙って出すとは思えません」

「あとで交渉しておいて。こういう事情だから、あなたがはさみで切ったドレスの替えもとうぶん買えないわ。ネリーの四半期ごとのアップグレードも」

「それもクロッシーに請求してください」ネリーは憤然として言った。

　ベティと大尉は、この人類宇宙で一、二を争う資産家の財務状況を見せられて唖然としていた。あるいはウォードヘブン情報機関のトップに対する、コンピュータのくだけすぎた呼び方にあきれているのか。一等軍曹はやや顔をしかめただけだ。

　しばらくしてネリーは、プレステージ・トラベル社の電話番号にたどり着いた。

「クリス、どうしますか？」ジャックは警戒心をあらわにして訊いた。

「黙って見ていてもしかたないわ。ネリー、傍受の準備を」

「やってみます」ネリーはすぐに答えた。

「ではかけて」

一呼吸おいて相手は出た。

「プレステージ・トラベルです。快適で威厳ある移動をお約束します」

クリスは思いきり田舎くさいしゃべり方になった。

「ちょっと聞きたいんだけどさ、おたくに白くて大きなリムジンがあるそうね。この惑星で一番でっかいやつ」

「ええ……もちろんございますよ」

受付は慎重に返事をした。無一文の田舎者なら追い返し、金持ちで散財癖のある田舎者ならつかまえなくてはならない。

「こっちはウォードヘブンのほうから来たプリンセス・クリスティン・ロングナイフなのよ。あんたのとこの一番派手なやつを借りたいのさ。今夜乗りつけるところがあるんだけど、なんでも一番じゃないと気がすまないたちで」

「では調べてまいります、殿下。すぐに折り返しお電話いたしますので」

「すぐよ、すぐ。一分待たされたら、自前でリムジン発注するから」

「わかりました、お客さま。いえ、殿下。すぐに折り返し」

電話は切れた。ジャックがあきれたように言った。

「そんな田舎くさい話し方ができるとは思いませんでした。しかしいまの受付がひっかかりますかね」

　クリスはにやにやして答えた。

「完全にひっかかってるわよ。たぶんわたしのことはなにも知らないし、この惑星ではリム星域の田舎の姫と思われてるはずよ。そのとおりに演じてやればいいわ」

「クリス、いまの受付が電話をかけはじめました。例の存在しない９０９からはじまる番号です」

　クリスはいやな予感がした。ネリーはうれしそうな声をあげた。

「棚ぼたです！　彼は音声の暗号化に大金をかけていません。解読できます」

　ネリーからプレステージ・トラベル社の受付の男の声が聞こえてきた。

「アル、アル、その車、午後からぜんぜん動いてねえじゃん。あのねえちゃんはあっちこっち外出するんじゃなかったのか？」

「乗ろうとしかけたんだよ。そしたら突然ボディガードにとっつかまって、邸んなかに連れもどされてさ。それっきり悲鳴もなにも聞こえてこねえ。おれは運転席から花を眺めるだけさ。花だけはたくさん咲いてるからな」

（ネリー、この電話を受けている相手の位置を探知できる？）

（できますし、すでに探知しました）

　壁のスクリーンからビッキーの笑顔の写真が消え、地図に切り換わった。明滅する緑の点があるのは遠い郊外。二十エーカーの広い区画が並び、塀でかこわれた高級住宅街だ。

「だいたいわかったぞ」デバル大尉がつぶやいた。

その電話は切れ、べつの電話がかけられた。今度の相手はおなじ地区ではない。そして位置情報を隠している。

とにかく今日はリムジンは使われず、夜は空《あ》くことがわかった。すぐにクリスに折り返しがかかってきた。

「アビー、あとで交渉をかわって。今夜は出かける用事はあるの？」

「いまのところはございません。あの美術展以降、王女のご臨席をたまわりたいという希望は皆無です」

「ほう、いったいなぜだろう」ジャックが言った。

「ではリムジンは明日借りることにしましょう」そして電話を受けた。「やっほー、返事があってよかったわ。このあとはわたしの個人秘書と相談して」

そしてアビーに手を振った。メイドはそつなく対応する。

「アビー・ナイチンゲールです。ご用件を。ああ、なるほど、王女はときどきご自分で電話をかけてしまうのです。おかげで手前どもは大迷惑を」

クリスはアビーにむかって顔をしかめた。なにか投げつけたかったが、手近に適当なものがない。

「ああ、申しわけありません。主人はデートの話になると興奮して頭がこんがらがってしまうのです。くだんのパーティは明日の夜なのですよ。今夜は自宅で静かに飲むことになっています」

今度こそクリスは本気でものを投げたくなった。

「わかりました。契約書をお送りください。支払票をつけて返送いたしますので。プロの業者との商談は安心ですわ」

電話を切って、アビーは言った。

「さて、明日どこかからお招きがあればよいのですが」

38

明晩リムジンでなにをするかは棚上げにして、今日の問題にもどった。

ペニーは調べた最初の三棟の倉庫について報告してきた。いずれも警備は常識的で、保管物にも不審はないようだ。引き続き残り三ヵ所を調べる。

アビーは、海兵隊技術兵とその上役として同伴するブルース軍曹とともに、フォン・シュレーダー氏の住居としてあきらかになった場所を調べに出かけた。可能なかぎり接近、観察する。ネリーは最高性能の実験的なプローブをいくつか持たせた。

クリスには、この人物についてのヌー社の報告書を読むことしかできなかった。しかしおもしろい発見はない。三十分後に顔を上げて言った。

「この男はどこから来たのかしら。あらわれたのは十年前。大金をたずさえて、経営が傾いた会社を買収し、切り刻んで売れるところを売り、残りは捨てるということをやっている。表面上は」

「というと?」デバル大尉が肩ごしに訊いた。

「アルおじいさまに大笑いされるわね。アルは一族のなかの大金持ちよ。さっさと海軍をやめて、いっしょにビジネスをやろうと誘われているの」

「死ぬ危険はないでしょうね」

「しかし楽しみもない」ジャックがクリスより先に言った。

クリスはそちらをにらんだが、ジャックはにやにやしたままだ。

「とにかく、わたしは経営学の単位をとって、選挙運動の予定がない夏に何度かアルおじいさまのところでインターン生活をやったわ。そしてビジネス勘を多少なりと身につけた」

「では、この無学な海兵隊員がわからないところをご指摘ください」デバルはふたたびうながした。

クリスは付箋をつけたページをしめした。

「この小さな電子機器会社を見て。彼が買ったときは赤字続きで債務超過におちいっていた。もっと大きな企業に吸収されて、その豊富な技術と契約にアクセスできる環境でやりなおすべきだった。彼はソフトウェア部門を閉鎖して、ゲームデザイン部門を競合他社に売却した。でも小規模なチップ工場は存続させたの」

「チップ工場？」デバル大尉の目が光った。

「そう。チップの少量生産を請け負う小さな工場。ねえ、ネリー、彼が労働組合を閉鎖して全従業員を解雇したのはこの会社じゃなかったかしら」

「名前はおなじですが、こちらの報告書にはソフトウェア会社と書かれています」ネリーは答えた。

「ソフトウェア部門もあったのよ。でもヌー社の報告ではカスタマーチップ部門もあった。それにしても全従業員を解雇したのなら、この部門はどうやって運営したのかしら」

ジャックが考えながら言った。

「新しい従業員を雇ったのでは。この特殊なチップをなにに使うのかなどとよけいな質問をしない連中を」

「でしょうね。でもわたしの疑問はまだ解消していない。このグラントという男はどこから来たのか。初期資金を出したのはだれなのか」

「出身は地球です」ネリーが言った。「住宅取得時の書類にはそう書いてあります」

「そんな書類を閲覧できるのか?」ジャックが訊いた。

「不動産登記簿は更新が遅れています」ネリーは鼻を鳴らしそうなほど不満げだ。「それでも、彼が八年前に土地を買ったのは確実です。その事務処理がいまだに終わっていないなんて、どんな無能な事務員でしょうか」

「とにかく、地球出身なのね」クリスは納得できないまま言った。

「書類にそう書いているというだけです。わたしが持っている恒久データストレージには地球出身者の市民台帳がありますが、そこに彼の名はありません」

「じゃあ、地球出身じゃないんだ」ジャックが言った。

「どちらでもありえるわよ」クリスは言った。「地球では市民台帳への登録を厳密にやらない地域もある。納税者であれば登録されるけど、納税者でなく、選挙権もないと、いいかげんな扱いになる。地球出身の大学の友人はそう言っていたわ」

「そもそも、一介の市民が企業買収ビジネスをはじめるような巨額の資金を、どこで手にいれたのかしら」ルースが疑問を呈した。

「ここが普通の惑星なら、ネリーに銀行の取引記録を調べさせればすぐわかるんだけど」

「エデン星では無理よ」とルース。

「銀行の取引データファイルが販売されているので、それを購入しましょうか？」ネリーが訊いた。

「代金を払うまでファイルの中身を見られないんでしょう？」クリスは言った。

「そんなところに役に立つ中身があると思うほど楽観的な愚か者だということを、相手に知らせるだけよ」ルースも言った。

「たしかに。罠かもしれない」とジャック。

「その話はしばらく保留」クリスは結論を出した。

そこへアビーから連絡がはいった。メイドは偵察報告をはじめた。

「クリス、シーダー・エステーツ地区は塀でかこった高級住宅街ではありません」

「それはよかった」ジャックが言った。

「堀と城壁でかこわれた城砦と呼ぶべきです。石塀は高さ五、六メートルで、その上に鉄線が張られています。おそらく通電されています。監視カメラは一定の間隔に設置され、警備員は二人一組で外周を歩いています」

「ずいぶん友好的ね」クリスは言った。

「どうでしょうか。立ち止まって話しかける気にはなれません。偵察ナノバグを二個ほど塀のむこうに飛ばしてみましたが、侵入できたのはせいぜい五メートルです。ネリーの特別製は試していません。切り札としてとっておくべきでしょう」

「いい判断だ」

ジャックの言葉に、クリスはうなずいた。ルースもだ。

「万一の備えは必要よ」クリスは言った。

「周囲を車でまわって、弱点をできるだけ探しておきます。ブルース軍曹と郊外をドライブするのは少々楽しみでもあります」

最後のところは笑みをふくんでいるようだった。

ジャックはうなずいた。それから肩をまわして、痛みに口をゆがめた。クリスのほうに言う。

「ペニーの報告がはいるまで、またあのバスタブを使わせてもらえませんか」

「わたしがいっしょでもかまわなければ」

クリスも再度の温熱療法が必要な状態だった。お湯につかれば痛みが緩和されるだろう。

するとルースが言った。

「わたしはプール監視員の資格がまだあるはずね。二人を見ていてあげるわ。なにかあったらドクターを呼べばいいんだから」

「まあ、乙女の付き添い役ね。彼がキスを迫ってきたらひっぱたいてやって」

ジャックは不機嫌な顔でクリスを見た。

クリスはからかうのが愉快で心は痛まない。自分も立ち上がって背伸びをしてみた……ゆっくりと。まだ痛む。

ルースが言った。

「ひっぱたくですって。まさか。よく憶えておきなさい、ミス・ロングナイフ。わたしは——」指を折ってかぞえる。「——曾孫の孫の孫まで見たいと思っているのよ。あなたたちが不適切な行為をはじめたら、わたしはスカートをつまんで高笑いとともに退散してあげるわ」

今度はジャックがゆっくりと立って、体の節々を慎重に伸ばした。痛みに顔をしかめる。

「わたしが殿下の貞操を危険にさらすことはありえませんよ。いまのところは」

デバル大尉は首を振った。この軽口の応酬は友愛精神の範囲なのか、それともジャックは海兵隊の騎士道精神の伝統を汚しているとみなすのか。判断は口にしなかった。

着替えのテーブルにおいてきたネリーが、「ペニーから電話がはいっています」と言ったのは、クリスがバスタブにはいって落ち着いたころだった。

ルースはアビーがクリス用に用意したマイクロビキニをつまみ上げてしげしげと見た。

「なにもないよりましという程度ね」

そしてクリスに手を貸してバスタブにはいらせたところで、ジャックがあらわれた。ルースは軽く口笛を吹いた。筋肉美に対してか、青と黄色と茶色に変色した無数のあざについてかは不明だ。

クリスの全身の痛みがほぐれてきたころに、任務の電話がはいった。

「ペニー？」

「クリスですか？」ペニーは声を大きくしている。「そちらの騒音で声がよく聞こえません。なにをやってるんですか？」

ルースは泡の水流を止めた。

「ああ、聞きやすくなりました。こちらは最後の倉庫に来ました。扉は開けっ放し、なかは空《から》っぽです。先客が洗いざらい持っていったようです」

「保管されていたものや、運ばれた先の手がかりは？」

「わたしはナノバグを飛ばしています。同行の女性海兵隊員は足を使って調べてまわっています。男の同僚たちはなんでも銃で解決しようとするけど、自分は厄介事を起こさずに仕事をできるといって」

それに対して背景から声があがったが、クリスは聞き流した。ペニーは続けた。

「とにかく、この線は行き止まりのようです。箱入りの革命は運び去られて……」

「そのようね」クリスは認めた。「行き止まりばかりだわ。なにもなければ帰ってきて」

「了解、クリス」電話は切れた。

「だめだったようね」ルースが言った。

「ところで、水流を止めると丸見えですよ」ジャックが指摘した。

クリスは下を見た。水はとても透明だ。

「おばあさま、水流のスイッチをいれて」

「さあ、どうしようかしら。孫を抱くには、このまま退散したほうがいいかも」

クリスは自分でスイッチに手を伸ばした。節々に負担がかかって痛いが、なんとか届いた。切替弁を叩くと、バスタブ内にふたたび水流が噴き出し、泡で水面下は見えなくなった。

「残念。肌の露出度は……たぶんトゥランティック星以来だったのに」とジャック。

「あら、トゥランティック星でなにがあったの？」ルースがふくみ笑いで訊く。

「言ったら殺すわよ」クリスは険悪な声になった。

それからしばらくはバスタブでくつろいだ。クリスは筋肉をなるべく動かした。お湯のなかでは普段ほど痛くない。ジャックもおなじくゆっくりと曲げ伸ばしして、固くなった筋肉をほぐしている。

そんな時間がいつまでも続いているとき、ふたたびネリーの声がした。

「クリス、アビーから電話です。緊急のようです」

「おばあさま、水流を止めて。アビーと話すから」

「いま、キャラから電話がかかってきたところです」

アビーは言って、すぐに少女の声に切り換わった。

「ブロンクがいなくなったの。路上での共通の知りあいに聞いたら、ミックとトランと銃を持ったギャング二人といっしょにどこかへ行ったって。そこで電話をかけようとしたら、携帯にメッセージがはいってたの」

キャラの声からしばらく雑音に変わり、ブロンクの押し殺した声が聞こえた。

「やつらは全員を殺す気だ。このことを……」

39

ジャックはバスタブから立ってまっすぐ出ていった。

クリスはルースの手を借りて立ち、体を拭き、略装軍服に着替えた。ネリーはそのあいだにデバル大尉に電話の件を伝えた。大尉はすぐに作戦室に人を集めた。

「ブロンクの母親を避難させた海兵隊員二名に、キャラを連れてこさせます。あの子の話を聞かなくてはいけない」

十五分後には作戦室に全員そろっていた。クリスはジャックとルースを左右にしたがえて入室した。席が埋まったテーブルの上座に着こうとしたとき、ネリーが言った。

「クリス、大使の秘書からお電話です」

クリスは天を仰いだ。

「つないで」一呼吸おいてから言う。「手短にお願いできるかしら」

「なぜでしょうか。ここしばらく暇にされているようですが」

若い男性秘書が言った。今度は作戦室の全員が天を仰いだ。

「明晩の大統領レセプションへの招待状に対して殿下が返事を出されていないようなので、

確認の連絡です。出席なさいますね？」

「明晩……？」クリスはゆっくりと訊いた。

「招待状が届いたのは一週間以上前です。こういうお返事はすみやかに願います」

「聞いてないわよ」

「ではコンピュータが招待状をなくしたのでしょうか」

（なくしてません！）

（静かに、ネリー）

「どこかにあると思うわ。そのレセプションはどんな集まり？」クリスは訊いた。

「各界の要人が全員集合なさいます。大統領と副大統領ら。国会議員のほぼ全員。話す機会はあまりありません。とにかく人数が多いですから。レセプションの列に並んだら、ひたすら笑顔で、一言二言挨拶してすぐに次。肉が流れるベルトコンベアのようなものです。ご存じでしょう」

「それが……明晩なのね」

クリスは言いながら、デバルを見た。大尉はうなずく。テーブルの全員が暗澹たる顔。

「そのとおりです」

「場所は？」

「国立美術館です。美の殿堂ですよ。地球に実在する場所……たしかベルサイユ宮殿をモデルにしていたはずです」

デバル大尉は作戦ボードを操作した。壁に地図が表示された。庭園と豊かな森にかこまれた巨大な建物だ。ズームアウトすると、大使館から数キロの川ぞいに位置する。

「いいわ。ウォードヘブン代表としてよろこんでレセプションに出席させていただくと、大使に伝えて」

「わかりました。大使がエスコートされます。早めにお支度をなさると伝えておきます。七時ごろには」

「メイドに指示しておくわ」

クリスは通話の終了音を待った。

「ネリー、切れた？」

「完全に切れました」

「各界の要人が全員集合だそうよ」クリスはゆっくりと言った。

アビーはうなずいた。

「ブロンクは、〝やつらは全員を殺す気だ〟と言っていましたね」

「明晩予約した大型リムジンの使い道に悩んでいたのだったわね」クリスは口の端にこわばった笑みを浮かべた。「デバル大尉、このだだっ広い会場におけるセキュリティ上の問題点を教えて」

ところが壁のスクリーンからは地図が消えて、かわりに軌道のハイエデン・ステーションの離発着時刻表が表示された。

デバル大尉は立ち上がって咳払いをした。

「ご立派な行動をなさるまえに、その行動の必要のいかんを議論すべきかと思います」

「同感です」ジャックが言った。

クリスはこの展開に顔をしかめるべきか、ため息をつくべきかわからなかった。

「どういう意味かしら、大尉」

デバルは敢然と主張した。

「殿下、大使館とその職員の安全にわたしは責任を負っています。とりわけこの中尉は殿下の生命に責任があります。そうだな？」

「身命を賭しておりますよ」ジャックは満面の笑み。

「よって提案します。この場面での最善策とは、三十六計逃げるに如《し》かず！　さいわい大熊猫丸がいまから四時間と二十……二分後にエアロックを閉鎖します。殿下を死体に変えずに任務を遂行するには、この船にお乗せするのが最善であると、海兵隊の暗愚な頭で考えます。豪華な客室はありませんが、ヤマト星へ直行します。そこでウォードヘブン星行きの定期便に乗り継がれればよろしいかと」そこで間をおく。「以上は議論のための一案です」

言い添えてデバルは着席した。

その大演説の途中で、ペニーたちが帰ってきた。ペニーはテーブルの空《あ》いた席にすわり、マルティネス警部補は壁ぎわにおかれた椅子に腰かけた。

クリスは重い沈黙のなかで孤立を感じていた。テーブルの面々を見まわせば大勢はあきらかだ。圧倒的多数が大尉に賛成している。

となると、ここで一票を投じるのは愚かだ。

そこで笑うことにした。場の緊張をやわらげるためだ。小さな声だが、笑いは笑いだ。もの問いたげな視線が集まった。

「ごめんなさい。でも毎度のことだからよ。わたしがこういう危険に跳びこもうとすると、よってたかって止められる。弾の飛んでこないところに押しこまれる。では訊くけど、大尉、あなたはわたしといっしょに船に乗るの?」

「いいえ」

「海兵隊中隊をすべて大熊猫丸に乗せる?」

「まさか」

「たとえ危険があっても、任務をまっとうするのね」

「もちろんです」

作戦室に集まった海兵隊技術兵にも支援スタッフにもひるむ者はない。驚くにはあたらない。何人かは期待から獰猛な笑みさえ浮かべている。

「では、わたしの仕事はなにかしら」クリスは問うた。

「ペーパークリップなどの事務用品の購買ですね」アビーが陰気な声で。

「そうなのよね」クリスも陰気に応じた。

そしてしばらく間をあけた。ジャックやデバルの石頭にも考えを浸透させるためにだ。

「レイ王がわたしをここへ送りこんだのには、それなりの理由があるのよ。ペーパークリップ以外に。でもレイ・ロングナイフの悪い癖で、それがどんな理由か教えてくれない。そうよね、ペニー」

「つねに秘密でした」と情報将校。

「つねに秘密なのよ」理解の遅い者たちのためにクリスは強調した。「彼はロングナイフらしい大きな問題をかかえ、その解決のためにロングナイフを送りこんだ。でも本人にはそれがなにか教えない」

ルースが皮肉っぽく言った。

「革命あるところにロングナイフあり。危険のいかんにかかわらず」

「それがロングナイフ家に生まれた者の不幸よ。歴史書には載っていない。載せるまでもない大義。この点に疑義がある？」

一同黙したまま。

「ではそれを前提に。問題の状況を見たとたんに船に乗って逃げ帰ることを、レイ王は望むかしら」

テーブルの面々はたがいに目を見あわせた。クリスはデバルを見つめた。目をはずしたのは大尉のほうだ。

「議論のために一案を提示したまでです、殿下」

「了解したわ。では、ルースおばあさまは船に乗る？」

「いいえ、まさか。老いたりといえど、まだかくしゃくとしているわよ」

「予備役辞令は棚の上にある?」

ルースは誇らしげな笑みで答えた。

「いいえ。わたしは現役。この年になると現役か予備役かなど、だれも気にしなくなるのよ。夫のテレンスをみれば、そんな区別が無意味なことがわかるでしょう」

「ではトードン中佐?」

「なんなりとご命令を」イティーチ戦争経験者は軽くお辞儀をした。

「これで決まりね」

クリスはデバルを見た。大尉は苦笑してうなずいた。クリスは続けた。

「というわけで、行動の顔ぶれは決まった。ではどんな行動をとるか決めるまえに、大尉の議事進行にしたがって、行動の必要のいかんを議論しましょうか」

テーブルの面々はきょとんとした。

「いまのはさすがに筋道立った発言ではなかったわね。では言いなおしましょう。たとえばわたしは仮病を使ってもいいし、大使のリムジンのタイヤに穴を開けてもいい。ようするに、エデン星の騒動にウォードヘブンがあえて首をつっこむ理由はない。たしかに、この背景にはピーターウォルドがかかわっていると確信しているわ。でもいまある証拠では、ビッキーはたまたまこのタイミングであらわれただけ。グラント・フォン・シュレーダーという男はヘンリー・ピーターウォルドとの関係を完全に隠しおおせている。そこで、マルティネス警部補」クリスは唯一の地元出身者を見た。「わたしたちが考えている陰謀の構図については説明を受けている？」

「ペニーから聞きました。わたしのことはファンと呼んでください」

「ありがとう、ファン。あなたは政府に対して選挙権を持たないけれど、その政治家たちをだれかが殺そうとしていることに異議をとなえる？」

マルティネスはしばらく黙ってじっとすわっていた。それから立ち上がった。

「わたしたちは二級市民と呼ばれてきました。選挙権はなく、被選挙権もない」

右手を上げて、探るように手のひらを見つめる。それから左手を上げて、続けた。

「それでもわたしは警察官です。たとえ選挙権がなくても、政府を守ると誓った。このことをわたしは——そしてわたしのまえには父親も——奇妙だと思いました。でも笑わなかった。わたしたちが笑うのは、選挙権があるのに選挙に行かない人々です。それは愚かです」

両手を下におろす。

「祖父はこう言っていました。人が無力になるのは、自分でそう言ったときだと。自分から認めたときだと」

ファンは唇を結んで続けた。

「わたしたちは選挙権も被選挙権もない。でも候補者を決める機会はときどきあるのです」

クリスは眉を上げた。ファンはにやりとした。

「ある大物を知っています。中身は空《から》っぽの人物です。彼は国会議員になることをめざしています。しかし彼を飲酒運転でつかまえたことのある警察官が五人います。五回とも本人が運転し、道路上の人を危険にさらしていました。もし彼が立候補しようとしたら、わたしは自分のコミュニティで読まれているマイナーメディアのひとつにそのネタをひそかに持ちこむつもりです。それは記事になるでしょう。これほど大きなスキャンダルは主流メディアも取り上げないわけにいきません。すると中央政界への彼の野心はたちまち断たれます。

たしかにわたしは選挙権も被選挙権もありません。それでも政府にいるべきでない人物を追い落とすことはできる。それはひとつの力です。

今回だれかが殺そうとしている政治家たちは、わたしたちの政治家なのか。たぶんちがうでしょう。しかし彼らの政治家でもない。ですから、プリンセス・クリスティンにお願いします。声なきわたしたちのかわりに声をあげてください。叫んでください。たとえ命の危険があっても」

ファンはそこでいったん黙って、皮肉な笑みを浮かべた。

「意外なことになるかもしれませんよ。今回はたくさんの記事が書かれるかもしれない。レセプションには記者が多数集まります。彼らに真実を教えてやればいい。踏みとどまった一部の記者が理解するかもしれない」そこでふたたび間をおいた。「でも、あなたの計画は秘密を守らなくてはいけません」

クリスは低く言った。

「完全に秘密にするわ。奇襲が肝心だから」

「ではプリンセス、わたしになにを望みますか？　ここにすわってあなたの話を聞いていればいいのか。それとも外に出て、信頼できる警察官を集め、必要なときにあなたを掩護するほうがいいか」

「ファン、なにか計画があるの？」

その問いに警部補はうれしそうに笑った。

「まず最初に、武器でいっぱいの倉庫があります。そこを守っている警官たちは、悪者が本気で襲ってきたら防ぎきれないでしょう」

「ルースもそれを心配していたわ」

「そこで、現場にいる何人かの友人にわたしが指示するんです。倉庫の武器でみずから武装しろと。猫が猛虎に変身するわけです。そうやって倉庫警備を何交代かすれば、特別機動隊《SWAT》に近いものができあがります。小説で読んだだけですが、わたしたちにもそんなチームが必要です。治安をおびやかす悪者が高性能なオートマチック銃を持っているのに、警官はリボルバーと警棒だけで巡回している状況が不満だったんです。志ある若者は戦う用意があることを政府に見せてやりたい。それなりの装備を持たせるべきだとしめしたい」

クリスはデバルのほうを見た。

「大尉、警部補を行かせてやっていいかしら」

「指揮権《コマンド》の統一はつねに留意しなくてはなりません。しかしファンをここにとどめていたら、彼は部隊《コマンド》を編成できない。いいだろう、警部補。必要なときにきみたちがあらわれてくれることを、われわれは期待するのみだ」

「いざというときに通信がきかないかもしれないとペニーから聞きました」

「とても優秀なジャミング装置をだれかが持ってるのよ」クリスは言った。

「では騎兵隊は銃声を合図に騎乗すればいいですね」

警部補は大尉に敬礼して退室した。

クリスは言った。

「おばあさま、イティーチ族との戦いでもこれほど不利だったことはあったのかしら。歴史書によると――」

ルースはさえぎった。

「歴史書など本棚にしまっておけばいいのよ。クリス、状況は改善したりしないものよ。つねに悪くなる」

クリスは国立美術館の地図に歩み寄った。

「ここをどうやって守る？」

デバル大尉はその言い方を修正した。

「というより、だれかがそこを襲撃しているときに、どうやって襲撃するか、ですね」

「複雑ね」とペニー。

「ここがエデン星であることを差し引いても」アビーはつけ加えた。

40

クリスのチームは大半が昼食抜きだった。そこで休憩して早めの軽い夕食をとることにした。

食堂でトレーを手にしたとき、隣にマルホニー中佐がやってきた。

「明晩は国立美術館でレセプションがあるそうですね」

「その予定です」クリスは認めた。

「エスコートが必要でしょう。あの海兵隊員は、なんというか……他で忙しいでしょうから」軽く咳払いをして言う。「よければわたしが腕をお貸ししたい」

クリスは眉をひそめて中佐を見た。さすがに海兵隊員のように筋骨隆々ではない。それでも最近は海兵隊との早朝ジョギングを続けているおかげで、ウォードヘブン海軍いちのウエストサイズという評はもはや真実ではない。とはいえ。

「明晩は平穏なパーティにはならないはずですよ」

「ええ、耳にしています。海兵隊の室内射撃場で制式拳銃の練習もしてきた。軍曹からは腕前は〝悪くない〟との評価をもらいました」

クリスは眉を上げた。明日の夜は、〝悪くない〟程度ではまったく役に立たないだろう。

「大使からエスコートしたいとの申し出を受けていますので」

クリスはやんわりと断りながらも、中佐を料理の列に招いた。食堂の両開きのドアは開けっぱなし。通りかかる人に会話が筒抜けだ。

中佐は列にはいり、クリスのまえに手を伸ばしてトレーをとった。

「今回は海軍で固めたいといえば、大使もいやとは言わないでしょう。わたしでも大使でも大差ないが、すくなくとも伏せて、あなたの射撃のじゃまにならないようにできる。大使では足手まといになって、決定的な一秒を失うかもしれない」

クリスはホットプレートの列を移動しながら、料理を取ったり受け取ったりした。

ロングナイフとはこういう血筋なのか。その一員が戦いに立ち上がると、かならずいっしょに立って標的になろうという者が出てくる。こんなふうに弾よけになろうとする者も。

いや、それは正確ではない。兄や父は人々を戦いに導いたりしなかった。やってきたのはクリスだ。みずから最前線に立つことで人々をうながした。

「ジャック、あなたの意見は?」

「たしかに明日わたしは、あなたの腕につながれているより自由に動けたほうがいいですね」

デバル大尉は即応部隊を率いて屋外に待機する予定だ。完全戦闘アーマーを装着した海兵隊が突入して応援に駆けつけられるように。

「本当にいいんですか?」

クリスはマルホニーに訊いた。中佐はしばし黙って、腹に力をこめた。そして自分の未来へ……あるいはその終点へ進む決意をしめした。

「殿下、この誇り高い海軍でわたしが歩んだキャリアはさして輝かしくはない」鼻を鳴らして、「昨今のように緊迫した情勢にならなければ、四、五年前に退役をうながされていたでしょう。これまで仕事はしてきた。大きな仕事ではないが、それなりに。しかしやるべきことは少なかった。重要な任務をわたしに託す者などいなかった」

吐き出すように言った。

「自分が何者かはわかっている。たいしたことはない。明日は志願した仕事のために死ぬかもしれない。それでも微力ながら役目を果たしたい。わたしより優秀な者が自由に働けるように。あなたの隣にいる男は射撃の心得が多少なりとあるほうがいいでしょう。まったくないよりは。ひょっとするとひょっとするかも。敵がわたしを撃つかあなたを撃つか、一瞬迷うかもしれない。その一瞬があなたの生存を左右するかもしれない」

「アビー、予備のスパイダーシルク下着で中佐にあうものがある?」

アビーはジャックのうしろに立って首を振った。

「申しわけありません、中佐、殿下。このサイズは用意がありません」

マルホニーは軽く笑った。

「当然だな。わたしの礼装軍服も海兵隊のような防弾仕様ではない」

「ボディアーマーなしにロングナイフの隣に立つのは危険です」ジャックは警告した。

「安全は求めていない。数発分の弾よけになれればそれでいい」

クリスは自分のトレーに目を落とした。すでに料理はそろってテーブルに運べる。持ってむきなおると、まるでクリスの一行を待っていたように空きはじめたテーブルがあった。

この中佐をどうするべきか。考えながら席へ歩いた。

もう子ども十字軍を率いるような真似はしないと誓った。

しかし今日と明日の予定は、ブロンクが送ってきた短いメッセージによって一変した。相当な危険をともなう。

中佐は子どもではない。意気軒昂な楽観主義者のような話し方だが、リスクに無頓着ではない。サイズのあわない軍服を着ながらとはいえ二十年近く勤務している。危険は承知。生きて帰れる見込みは少ないとわかったうえで、役目を果たしたいと志願している。この数年間、無駄飯食いのように思われていた彼が。

「中佐、いっしょにすわりませんか。明日のレセプションでは、よろこんであなたにエスコートをお願いします」

中佐の顔の心配げな皺が、うれしそうな笑みに変わった。

埋葬されるときにこの笑みがはたしてあるだろうか。

仕切りのない士官用テーブルでの食事の会話は小声だった。話題は、フォーマルな礼装軍服にどのようにアーマーをいれるかに集まった。

ブロンクは、みんなから大佐と呼ばれている人物のまえで、慣れない気をつけの姿勢をとった。膝は震え、いまにも倒れそうだ。

「新しくて高性能なコンピュータを持ってるそうだな」

大佐はブロンクに言った。そして、ブロンクとミックとトランを率いている軍曹にちらりと目をやる。ブロンクは答えた。

「は、はい。た、た、大佐。あるおばさんからもらったものです」

どもらないようにと思うほど、ひどい結果になった。

「なぜそのおばさんは、そんな高級なおもちゃをおまえにくれたんだ?」

「ええと、それは、なにがほしいかと、その、そのおばさんに訊かれました。そこで話しました。するとおばさんは、自分の希望を言いました」

今度はどうしようもなくどもった。顔が赤くなっているだろう。

大佐はにやりとした。

「楽しいことをしたか?」

「は、はい、大佐」

ブロンクが答えると、左右の兵士が笑い声をたてた。

もちろん、アビーの希望というのは、ロングナイフに近づくなということだ。その時点でブロンクはそのとおりにするつもりだった。

「こいつが持ってるのは、そんなにいいものなのか？」大佐は軍曹に訊いた。

「すごくいいです、大佐。あとの二人が持ってるのは、これにくらべたらガラクタです。地元のコンピュータ店の領収書がこいつのポケットにはいってました。話はまちがいないです。たっぷり稼いだみたいですね」

大佐と軍曹は笑った。ブロンクはまた顔が火照った。

「年はいくつだ」部隊長の大佐は訊いた。

「十四です。もうすぐ十五になります」

「そのコンピュータの使い方も知ってるのか？」

「はい、大佐。あの、いいえ、その……まだ勉強中です」

大佐は眉をひそめた。軍曹が口をはさんだ。

「こいつに教えていた二人のバカは、ろくに使いこなせてませんでした。このガキは充分やれると思います。自分に一日あずけてください。そうすればはっきりします」

「一日も待てん」大佐は苦虫を嚙みつぶしたような顔で言った。「少年、いまはエデン星にとって天下分け目のときだ。新しい時代が来る。おまえのように頭のいい人間には無限の可能性が開ける。うまく手札を切ればな。カードをやったことがあるか？」「賭ける金がありませんから」

「い、いいえ、大佐」ブロンクは答えて、急いで小声でつけ加えた。

「おれたちについてくれば金ははいってくるぞ。軍曹、まかせる。かならずいい返事を持ってこい」

ブロンクは軍曹のあとについて、大佐の小さな司令センターから出た。センターといってもただのテントだ。コンピュータがたくさんある。ブロンクにとっては初めて見る本物のコンピュータだ。

ミックとトランと共用の小屋にもどりながら、ようやくブロンクは呼吸が楽になった。大佐のところへ連れていかれた二人は、もどってこなかった。噂によると、ライフル射撃場の外に彼らの死体が捨てられていたらしい。

ブロンクはライフルの使い方を習っていない。だから射撃場の場所も知らない。知りたくもない。

彼らが全員を殺すんだと話しているのを聞いたときに、すきをみつけてキャラにメッセージを送った。しかし全員というのがだれのことなのか、どこで殺すのかはわからない。

大佐の話からすると、決行のときは近いだろう。だれが殺すのかはあきらかだ。銃身の長い銃や短い銃を持った男たちが数十人、キャンプを歩きまわっている。

キャラにもう一度メッセージを送りたかった。しかし考えるだけでも危険だ。ブロンクの新しいコンピュータは付近に充満する正体不明の音楽をとらえている。ここは電子的セキュリティがとてつもなく厳重だ。

アビーと兵曹長がくれたコンピュータは、簡単に使いこなせないほど高性能だということはわかった。

その音楽を注意して聞いていれば、もしかしたら生き延びられるかもしれない。

41

クリスは驚くほどよく眠った。その爽快な朝をだいなしにしたのは、海兵隊とのジョギングの途中ではいったネリーの通知だった。

「ジョンソン警視がどこかからの暗号電話を受けています。彼はいま、大使館前で車を停めています」

早朝ジョギングから途中離脱するべきかと考えた。しかし警視を待たせることにした。予定の距離を走った完全武装の海兵隊中隊と汗まみれの海軍小隊は、やがて駆け足で大使館の正面ゲートにもどってきた。

一等軍曹の号令のあと、クリスは列を離れた。海兵隊は早足で宿舎へもどっていく。クリスはいつものチームにデバル大尉もしたがえて、警視のまえに歩み出た。

「あいかわらず、この惑星を侵略する気満々のように見えますね」

のっけから警視は世間話らしからぬ感想を述べた。

クリスは目でデバル大尉に問いかける。大尉は答えた。

「防衛目的と厳命しております」

さらにペニーが言った。

「ご自身がおやりになっていることも、海兵隊に負けず劣らず侵略的に思えますが」

さすがに警視は眉をひそめた。クリスをじっと見つめる。

「なんのことかな」

「おはようございます、警視。この惑星のすばらしい朝に感謝いたしますわ」

クリスはまず明朗快活に挨拶した。重い話題に移るまえの友好的な世間話だ。

警視は答えた。

「すばらしい朝かどうかわかりませんね。昨夜はほとんど寝てないので」

「箱の中身は調べ終えましたか？」クリスはあくまでほがらかに。

「いいえ。いまは所轄の問題で大騒ぎになっていますよ」鼻を鳴らして、「箱の中身を知らないはずのところまで口を出してくる。あなたのおかげかな？」

クリスは肩をすくめた。

「エデン星は秘密主義ですね、警視。ただし大きな事件が起きたときはそうではない。秘密か表沙汰かどちらか一方で、中間がない」

警視はむきを変えて、大使館の広い車まわしを歩きはじめた。クリスもついていく。他のチームは高いところから監視する。

駐車場の中央で警視はむきなおり、小声で言った。

「なにをご存じなのですか？」

クリスはうなずいた。そして……正論をぶった。彼の問いとは関係なく。

「エデン星は変わらなくてはいけません。腐敗、秘密主義、優秀な人材の疎外をやめなくてはいけない」

警視は強く言い返した。

「ご高説を感謝しますよ。だれでもそう言うでしょう。ありふれた解決策だ。それとも実現のためにみずから奮闘したことがおありですかな？」

クリスは肩をすくめた。相手の反応は意外ではない。

「通りすがりの者の感想です。エデン星の現状はもはや一刻の猶予もなりません。みずから変わるか、あるいはこの星をあなどる人々によって無理やり変えられるか、どちらかです」

「ご親切な助言をありがとう」

警視は険悪に言って、歩き去ろうとした。

そこでクリスは勝負に出た。警視が言葉どおりに誠実な人物であることに賭けたのだ。

「彼らは全員を殺す気ですよ」

警視は憤然とした足どりの二歩目で止まった。そしてくるりとむきなおった。

「どんな連中が、どんな人々を、全員殺すと？」

「わかりません」

「情報源にたしかめればいいでしょう」

「情報源は身を挺してやっとこれだけ伝えてきたのです。これ以上は訊けません」

「その情報源は信頼できるのですか？」

「できない理由はありません」

「この惑星に来て一カ月もたたないのによく結論できますね」

「好きなように考えてください」

「〝彼ら〟が〝全員〟を殺す気だと」警視は反復した。

「〝彼ら〟がだれで、〝全員〟がだれなのか。そういうことをできる〝彼ら〟とはだれか」

「いつ？」

「たしかなことはわかりません、警視」

ジョンソンは首を振り、歩きはじめた。

「〝彼ら〟が〝全員〟を殺すなど不可能だ」

クリスは警視をじっと見た。この情報を聞いたときに、それまでの疑問の答えはすぐにわかった。なぜ警視はわからないのか。クリスはゆっくりと言ってやった。

「わたしは今夜、レセプションに招待されています。そこにはありとあらゆる人が全員、招待されるそうです」

ジョンソン警視は歩きながら目を上げた。

「ええ、国立美術館でのレセプションですね。もちろん知っていますよ」

「あらゆる人が全員だそうですが？」

警視は強く首を振った。

「ありえない。マクリンドン副大統領の命令でわたしはあそこの安全面を点検した。水も漏らさぬ警備体制だ。だからこそあの美術館を会場に選んだ。建物は強固な石造り。周囲の庭園と植物園は視界が開けていて不審者がひそむ場所はない。あそこにいるかぎり、母親の腕に抱かれているように安心できますよ」

クリスにとって母親の腕はすこしも安心材料でないことを警視は知らないらしい。

「そう聞いて、なるほどという気分になりました」思いきり皮肉っぽく言ってやった。

「本当に今夜はなにひとつ心配いりません」

クリスはジャックとデバルを見た。ああいう大型石造建築を襲撃する作戦を問えば、この二人は何十種類も案を出すだろう。

あるいは、ジョンソンはこちらの知らないことをなにか知っているのか。それとも、現代兵器で武装した襲撃チームの威力を知らないだけなのか。

クリスはかつて父親の膝の上で、見ようとしない者にはなにも見えないものだと教えられた。高校時代には自分なりにこう言いかえた。問題があると認めない者に、問題は解決できない。

ジョンソン警視は問題をかかえ、その解決の助けをクリスに求めている。しかし国立美術館だけは最初から除外しているのだ。

もちろん彼が正しい場合もありえる。

クリスは肩をすくめた。

「ありがとうございます。今夜にむけて気が楽になりました」まるで本心のように。

「そうではないと思っていらっしゃるのですか？」

クリスは側近の二人を見た。ゆっくりと首を振っている。

警視は言った。

「とにかく、あなたの情報源からなにか言ってきたらご連絡ください。〝全員を殺す〟というのがまちがいかもしれない」

「そうかも。武器庫は他にみつかりましたか？」

「いいえ。きっとあれで全部だったのでしょう。封じこめは成功したのだと思っています。今回の危機は終息にむかっているのではないでしょうか。きっとね」

警視の車が走り去るのを見送った。

「楽天家の胃に潰瘍なし」とペニー。

「悲観論者は長生きする」とジャック。

クリスは指示した。

「大尉、技術チームを美術館へやって、予定の侵入経路をよく調べさせて。ネリーの最新の偵察ナノバグも使って。突入するときに善玉の部隊とぶつかりたくないわ」

「同士討ちになったら、せっかくの善行が無駄になりますからね」デバル大尉は認めた。

ペニーがにやにや笑いで訊いた。

「今夜にむけて本当に気が楽になりましたか？」

クリスは答えた。

「ええ、なったわ。心拍がだいぶ落ち着いた。毎分百回くらいに」

42

クリスは七時近くまで待って、大使に電話した。バスタブでアビーに髪を洗ってもらいながらだ。石鹸の泡を落とすシャワーの音を盛大に立てながら話した。

「大使、わたしをおいて先に行っていてください。遅れていきますので」

「おいていったら、あなたはどうやってレセプションへ来るのですか」あまり心配していない口調で大使は言った。

二時間も早く会場入りしたがる理由をクリスは聞かされていないが、おそらく今夜が今年の社交シーズンのハイライトだからだろう。ウォードヘブン大使といえども、エデン星の真の権力者と面会する機会は貴重なのだ。次に父親に会うときに言っておかなくては。

「ああ、ご心配なく。ビッキー・ピーターウォルドが先週まで使っていた豪華リムジンをレンタルしましたから。今夜はわたしが一番大きいので乗りつけます」

「かまいませんよ、ご自分で費用をもっていただけるなら」

そう言って電話は切れた。

「あっさり断りすぎたかしら」クリスはアビーに訊いた。

「お嬢さま、どうかお気を悪くなさらずに聞いてください。あの男性はお嬢さまに好意をお持ちでないようです」

クリスはショックを受けた演技で目を見開いた。

「そんな！」

すると演出のために目に石鹼の泡をいれられた。

「なんてことを！　わたしの安全を守るのが役目じゃなかったの」クリスは目をごしごしこすりながら文句を言った。

「あんな場所へお出かけになるのに、安全うんぬんとは笑止です」

冗談めかした雰囲気はそれで消し飛んだ。

「そのことよね」

クリスは真顔にもどり、バスタブから上がって体を拭いた。新品のスパイダーシルク地のボディスーツを着ながら、古いほうを引退させた理由をいやでも思い出す。脚と腹には青黒いあざが残っている。いまはクリームを厚く塗って保護している。

アビーの用意したブラはサイズがかなり大きめだった。アビーはそこにパッドをいれながら注意した。

「高性能爆薬です。使用には充分をお気をつけください」

文字どおり爆乳だ。いざというときは爆弾として使える。

ガードルはセラミックプレートがはいっている。おかげでヒップがいくらか張り出すが、男性の目を惹くにはたりない。アビーはクリスの思考を読んだようすだ。

「ご心配なく。今晩はお尻も大きくなります」

「またパッドをいれるの？」

「このドレスについて感想はいかがですか？」

アビーはそれをクリスの頭からかぶせながら訊いた。

「すこしちがうわね」

クリスのいつものドレスなら、細いウエストからヒップを強調するように大きく広がる。スカートをふくらませる骨組みの下に、グレネードなどの武器をたっぷり隠すのだ。

しかし今夜のドレスはきらめく灰色の布地で、第二の皮膚のように体にぴったりとしている。とくに尻のあたりでそうなっている。

「ここになにがはいってるの？　アーマー？」

「いいえ、お嬢さま。防備ではなく、攻撃です。さわってみてください。なにがはいっていますか？」

クリスは尻の上に手を滑らせた。妙に厚いところがある。慎重に探ると、ポケットの入り口があった。その奥から……なにか出てきた。四角くて平たい。フリスビーのように投げられそうだ。

「灰色のものはすべてスタングレネードです。閃光と煙と音響。中央の突起を押すと作動開始。遅延は五秒。右へまわすと四秒に、左へまわすと三秒になります」

クリスはしげしげと見た。海兵隊の武器庫では見かけない。当然だろう。海兵隊は舞踏会における敵との接近戦など訓練しない。

「お尻の次の段は緑色の麻酔ガス弾です。お嬢さま用のフィルターはハンドバッグに」

探るとたしかに二段目があった。さらに三段目も。

「最後の段は追加のスタングレネードです」

アビーはクリスの頭にウィッグをかぶせた。長い縦ロールの髪の奥に拳銃を隠している。頭には美しいティアラ。通常の海軍仕様ではなく、ネリーのアンテナとして探査能力を向上させる細工物だ。スマートメタル製で、ナノバグの増援が必要なときはネリーがその原材料に使える。

クリスは化粧台から立ち上がってみて、残念な点に気づいた。靴が快適でない。

「これ、どうにかならないの？」

クリスはタイトなドレスが許すかぎり片足を上げてみた。すると驚いたことに、ドレスのちょうどいいところでスリットが開いた。これならハイキックも可能だ。

「申しわけありませんが、でか足殿下、八センチヒールとはこういうものです。頻繁に履いていれば慣れます」

「八センチヒールは軍装規定に適合しないわ」

「ではそれなりの店でお買い求めください。ネリー、今夜のお嬢さまが本当はどう見えるか、見せてさしあげなさい」

「では、いきますよ」

コンピュータは、手ぐすね引くような喜々とした口調で答えた。

鏡に映ったクリスの姿が、いきなり明るい黄緑色のドレスに変わった。肌は純白、髪は赤だ。目を凝らさないとティアラには気づかない。

クリスは目を丸くした。さまざまな使い道が思いつく。

「いくらでも変えられる？」

アビーは笑った。

「灰色のドレスにブロンドの髪のプリンセスを探していたら、みつけるのにかなり苦労するでしょう」

ドレスは紺青色に、髪はブルネットに変わった。

「どれだけ種類が？」

すると鏡のなかにブラックホールがあらわれた。顔も髪もドレスも肌も真っ黒。まるで石炭桶に跳びこんだ深夜の黒猫だ。

そして靴はパンプスになっている。走るのにちょうどいい。

「装備としてはこれがいいわ。鼻がまだちょっと大きすぎるけど」すこし愚痴を言う。

「許されるお化粧はここまでです」アビーは鼻を鳴らした。「ところで今夜はあなたのコピーが会場をうろつく予定です。女性海兵隊員の一人がおなじドレスを着て待機しています。いまは黒にして」

「それは興味深い選択肢になりそうね」

考えながらつぶやいたが、いまやるべきことにもどった。ネリー、ドレスを赤にして。以前どおりのわたしの見え方をどうするかね。今夜のわたしを期待している人々にわかりやすいように。髪もいつものブロンドに」しばし口をつぐみ、合わせるべき種類を考える。そしてため息とともに、「靴は八センチのヒール」

アビーは金色のチェーンがついた小さなハンドバッグを渡した。

「これも色が変わります」

「もしネリーがジャミングを受けたら？」

「ハンドバッグをドレスに押しつけてください。それで伝わります」ネリーは言った。

クリスは鏡を見て、いつもの自分の姿に顔をしかめた。そして未来へ足を踏み出した。

部屋を出ると、チームが待っていた。ジャックは一分の隙もない赤と青の礼装軍服だ。

「新品？」クリスは訊いた。

「予備を一式用意していました。前回同様のアーマー入りです」

「いいわね」

マルホニー中佐がクリスに肘を貸す。こちらは輝かしい白と青の礼装軍服。

「多少なりと防弾を？」クリスは訊いた。

中佐は白いジャケットを開いて内側を見せた。スパイダーシルクのボディスーツを切って内張りとして縫いつけてある。効果は多少なりと……あるかもしれないし、ないかもしれない。白いドレスシャツの下の腹をおおうのはただの綿の肌着だろう。

彼はみずから望んで危険を引き受けているのだと、クリスはあらためて思った。

隣のペニーは、床まで届く柔らかいオレンジのタフタ地のドレスだ。肘にかけているのはふつりあいに大きなハンドバッグ。

「今夜はナノバグのモニターをするつもりかな」ジャックが訊いた。

「兵曹長のかわりに。彼はデバル大尉と海兵隊員たちといっしょに外で待機しているわ」

ジャックはクリスの細身のドレスに顔をしかめた。そしてペニーのほうに言う。

「そのペチコートの内側に弾薬が隠してあると安心できるんですがね」

「若いレディに失礼なことを訊くのね」ペニーはなじってから、長いスカートをさっとめくった。あらわれた二本の弾帯にはグレネードと予備弾倉がずらり。「荷運びのラバになった気分よ」

「あるいは弾薬の密輸業者というべきか」中佐が眉を上げて言った。

ジャックは思い出したように言った。

「ああ、そういえば、われらがプリンセスとの外出は初めてでしたね。まず、出発時点では絶望的な気分になります。みんな死ぬ。逃げられない、と」

「そこからだんだん状況はよくなるんだな」中佐は希望的に言った。

「いいえ、ますます悪くなります。悪くなる一方」とペニー。

「そこに一筋の光明が」中佐は低い声。

「いいえ、たいていそこで列車が突っこんでくるわ」クリスはまじめな顔で言った。

「しかし最後は脱出できるはずだ。ここでこうして胃の痛む話をしているんだから」

「あら、正しい認識をお持ちだわ」ペニーは言った。

「チームの一員に加えてはどうかな」とジャック。

クリスはメイドにむきなおった。

「アビー、あなたはどこにいる予定？」

「作戦室です。キャラはルースおばあさまといっしょに午後ずっとそこにいました。ブロンクの情報がはいるのを期待して。そこが一番いいでしょう」

「ルースを引き止めておいて」

「おやおや、彼女のそばにいるのが安全と感じるなんてめずらしい」

こうして彼らは任務に出発した。どんな任務になるのか、だれもわからないまま。

43

リムジンはクリスの期待どおりか、それ以上だった。ベッドまである！

しかし運転手は、クリス一行がカップル二組、赤と青の礼装軍服のいかつい海兵隊員六人、舞踏会用ドレスの女性海兵隊員二人という大所帯であるのを見ると、ベッドを収納して補助席を出した。

失望の声があがった。クリスは聞かなかったことにした。軍人は気づかないほうがいいことがある。とくにその声をあげたのがおなじ軍人である場合は。

海兵隊の警護車両がリムジンの前後につき、クリスの守備を強化する。海兵隊員の一人が助手席にすわっても、運転手は驚いた顔一つしなかった。

国立美術館は思ったより遠かった。市北部の川ぞいで、公園のなかにある。リムジンの運転手は地元の観光ポイントについて解説を加えるのが仕事の一部と心得ているようだ。あるいは……退屈なトリビアで乗客をいじめているのか。

「競技場は地元のサッカー・リーグが使用し、また陸上競技やクロスカントリー競技でも使われます。毎年開催されるマラソン大会では、半径数光年から参加者が集まります」

クリスは眉に唾をつけて聞いていた。

「右手に見えますのが国立バラ園。あらゆる種類のバラが豊富に育てられています」

案内とともにリムジンの空調吹き出し口からバラの香りが出てきた。

「そして左手が日本庭園——」クリスにはただの丘陵にしか見えない。「——ヤマト星にも知られた名園です。ヤマト星でもっとも高給取りの庭師を招き、数年ごとに設計と造園をおこなっています」

もっとも高給取りは、もっとも尊敬されているのだろうか。まれなことだ。

「射界としてどう見ますか？」ジャックがクリスに耳打ちした。

クリスはうなずいた。これほど開けた場所では、前方の巨大な灰色の建物に接近する不審者を容易に発見できるだろう。

「バラ園はどう」

「完全に監視できます。オートマチックの銃器なら刈り払うのは簡単です」

「バラは繁殖力が強いので、すぐ新芽が出るわ」ペニーが言った。

バラの咲き具合が一、二年寂しくなっても、政府首脳を根こそぎにされるよりましだろう。ジョンソン警視の言うとおりかもしれない。〝彼ら〟が〝全員を殺す〟のは少々難しそうだ。

しかし、それでもクリスの胸の動悸が止まらないのはなぜなのか。

リムジンは美術館前の広い砂利敷きの敷地にはいった。中央に巨大な噴水があり、人や馬や石像が四方八方に水を吐いている。

「これは地球のパリ郊外にあるベルサイユ宮殿の噴水の正確なレプリカです」運転手は説明した。ということは、大使秘書の話は不正確だったようだ。「美術館の建物のほうは、地球のワシントンにあるナショナル・ギャラリーを拡大したレプリカです。国立美術館は、建物の一階にあたるグランドフロアほぼすべてとメインフロアである二階を占めています。それより上の階はエデン大統領の公邸になっています」

「エデン星全体の？」クリスは訊いた。

「まあ正確には、エデン星のアメリカ領のです。でもおなじことですよ」

運転手は無条件に愛国的態度で言った。

クリスは大理石の建物を見た。まずグランドフロアである一階がある。入り口は石造りの階段で広いポルチコに上がったところにあり、そこからメインフロアである二階にはいる。その上の階は二フロアかそれ以上ある。屋上の構造によってはさらに二フロアくらいありそうだ。

階上が階下と同様の間取りになっているとしたら、隠れるところはいくらでもありそうだ。敵が銃を持ち、こちらが丸腰だと、いざというときにお手上げだ。

しかしクリスたちは銃を持っている。そして戦う用意がある。

興味深い一夜になりそうだ。

ジャックはリムジンから下りるクリスに手を貸し、その手を中佐の腕にあずけた。次にペニーに手をさしのべた。ペニーはドレスの裾をなおすのに時間をかけてから下車した。海兵隊とその女性たちはすぐに続いた。

クリスは見まわした。フォーマルな夜会服の男女が多数。しかし警戒すべきところはない。大使の姿もない。列の先へ進んでいるのだろう。

クリスは隊列をつくって階段を上りはじめた――八センチヒールで。


「ロングナイフの女らしいな」

グラント・フォン・シュレーダーは言った。西側のポルチコから未来の死体が続々と到着するのを眺めていた。

トパーズもいっしょに見ながら、客たちのドレスを批評していた。いまは一列で上がってくる一行に注目している。いかにも兵士らしい連中をしたがえているのは、タイトな赤いドレスの女。

「あれがそう？　初めて見るわ」

「あれだ。まわりが兵隊だらけですぐわかる。ほとんどは海兵隊だ。あの青と赤の軍服の。しかし今回は青と白のやつが加わっている」

「わたしの娘の金持ちの雇い主は、男をころころ変えるわけね」

「娘といえば、キャラをそろそろ避難先から帰らせてはどうだ。いま電話して、きみが外出しているあいだに帰宅するように言うといい。今夜帰るころにはもう眠っているだろう」

「キャラが携帯電話を持っているかしら」祖母であるトパーズは言った。

グラントは新しい携帯の番号を教えた。

トパーズはグラントの提案をしばし考えたが、いつものように従った。ポルチコの上ですこし離れて電話をかけた。グラントの耳には祖母と孫の言い争いが届いたが、やがてトパーズは電話を切り、満足したようすでもどってきた。

「家にむかったわ。話の続きは朝」

「若い娘にはしっかりした指導が必要だ」

グラントは言って、今夜の警戒項目の一つを除外した。

新たなリムジンが停まり、犠牲になる家畜がさらに下りてきた。明日のニュースに載るはずの追悼記事のリストに彼らを追加した。

リストは順調に長くなっていく。

44

階段の上でのセキュリティ検査は厳重だった。武器携行許可がなければ厄介だったはずだ。クリスは武器を呈示した。海兵隊とともに金属探知機と爆発物センサーの検査に案内された。見ていると、他にも何組か同様の検査を受けている。多くの護身用武器が提出されている。

これもじつは計画の一部なのか。

不愉快な考えだ。

クリスは客の人ごみのなかをひと巡りした。何度か握手したり、頰に軽くキスしたりした。しかし彼女に手を振る者は少なく、意外に速いペースで進めた。

そうやって今夜の戦場をひととおり確認した。

たいしたものはない。

西ポルチコのセキュリティ検査を抜けると、大きなドアのむこうに丸天井の大広間がある。中央に鎮座するのはブロンズの大きな像だ。エデン星に降り立った初期入植者たちを表現している。おそらくアメリカ隊にとって正確な描写なのだろう。

この円形広間の南北に広いホールがある。どちらも豪華な大理石張りで、両側に彫像が並んでいる。左右のドアの奥には展示室。奥行き方向に二、三部屋が連なっている。つまり客たちは小部屋で袋の鼠になるか、二つの大ホールで機関銃掃射を受けるわけだ。愉快な見通しではない。

「ナノバグの状況は？」クリスはペニーに訊いた。

「最大限です」ペニーとネリーが同時に答えた。

「約半数が偵察型。残り半数が索敵攻撃型です」ネリーは補足した。

「わたしたちが飛ばすのは控えたほうがよさそうね」

クリスが言うと、ペニーもネリーも同意した。

南棟の偵察を終えたとき、礼装の警官たちがやってきて政府要人の到着準備のためにそこを閉鎖しはじめた。

クリスはその一人に尋ねた。

「女子トイレはどこですの？」

最初にしめされたトイレのまえにはすでに長蛇の列ができている。

「一階に二カ所あります。階段を下りて左です」

クリスはエスコートの大部分をその場に残し、ジャックと海兵隊のカップル一組をともなって階段を下りた。

そして右へ曲がった。

「左とのことでしたが」とジャック。

「いいえ、右よ」クリスは主張する。

一人の警備員にぶつかった。

「こちらにご用ですか？」来るなと言いたげな態度。

「女性用化粧室を探しておりますの」

「あっちです。階段を下りたら左へ曲ってください」

「ほらやっぱり」とジャック。

「まちがわれる方が多くて」と警備員。

クリスはしぶしぶ退却した。警備員に聞こえないところでジャックは小声で訊いた。

「どんなようすでしたか？」

「奥のオフィスはどれも施錠されていないし、たいした警備もされていない。警備員のあの装備はどう思った？」

「ボディアーマーなし。携行しているのは回転式か自動式の拳銃一挺のみ」

「そう。倉庫にあった武器で重武装した連中が本気で襲撃してきたときに、あれで阻止できるとジョンソン警視は本気で考えているのかしら。もしそうなら大量の血と内臓が床を汚すことになるわね。ただし脳は一片もない」

そのあとクリスは本当に女子トイレを使った。出てきたときにネリーが言った。

「クリス、アビーから電話です」

「どうしたの？」クリスは電話に出た。

「キャラがいなくなりました」アビーが言った。

「どこに行ったの？」

「それがわからないのです。キャラの携帯に電話がかかってきて、作戦室の外で話していました。もどってきて、ブロンクからではなかったと。そしてトイレに行くと言ってまた出ました。それが十五分前です。トイレにおらず、大使館内のどこにも姿がありません」

「携帯の電波を追跡してみた？」

「もちろんです。でもキャラはその機能を停めています。十二歳でもう違法行為を。親しくしている友人の手腕です」

「優秀な教師ね。行き先の見当はつく？」

「母親か祖母から帰宅するように言われたのではないかと」

「自宅は安全？」

アビーは長く沈黙した。

「その可能性には一地球ペニーも賭ける気になれませんね」

「キャラが、〝全員を殺す〟陰謀にかかわっていると思う？」まるで信じていない口調でクリスは訊いた。

「今夜はだれも全貌を把握できていない大きな動きがあるという気がします」

クリスは長いこと黙りこんでその言葉を考えた。沈黙のあいだにアビーは決心を固めたようだ。

「クリス、わたしはファイブコーナーズへ行ってキャラを連れもどしてきます」

「アビー、あなたにはそこで監視していてほしかったのよ。いざとなったら緊急即応部隊を率いてもらうことも考えていたわ」

「ルースおばあさまがしっかりと見ていらっしゃいます。中佐としての権限行使を楽しみながら」

「あなたにも予備役の権限くらいありそうね」

その冗談に答えは期待していなかった。しかし危険で切迫した状況下で毎度のことながら、アビーは興味深い返事をした。

「わたしはウォードヘブン陸軍情報部予備役中尉の辞令をいただいています」

「クロッセンシルド中将があなたを中尉に！」

「最初は少尉でした。お嬢さまを宇宙のあちこちへ追いかけて生き延びているうちに、いつのまにか昇進しました」

クリスはショックを受けていた。どちらが原因かは自分でもよくわからない。アビーが予備役辞令を受けていたことか……それとも本人が認めたことか。とにかくメイドは姪の安否を懸念している。

「キャラを取り返したいのね」

「血を分けた姪なのに、まだなにもしてやっていません。なにかあったら困ります」

「では、行って連れもどしてきなさい」

そう命じてから、ジャックのほうを見た。警護班長は誇らしげに笑っていた。もしかすると父親めいた笑みか。手に負えない腕白小僧がようやく文明的な人間になるきざしをみせたというような。

電話の声が変わった。

「もしもし、ルースよ。ここにいる海兵隊軍曹がアビーに同行したそうな顔をしているのよ。ブルース軍曹だったわね？」

背景で、「はい、中佐」と声が聞こえた。

クリスとしては高齢のルースにあまり負担をかけたくなかった。

「おばあさま一人に作戦室の監視をまかせて大丈夫かしら」

「問題ないと思うわ、クリス。それに厄介なことが起きたら彼らを呼びもどせばいいわ。わかっているわね、アビー。電話したら、どこにいてもすぐもどってくるのよ」

「わかっております、中佐」

クリスは電話を切ると、ベンチをみつけてへなへなと腰を下ろした。

「アビーが予備役の辞令を受けていたなんて」と驚いた。

ジャックは一階のようすに目を配るのに忙しい。北棟はメインフロアとそっくりおなじ。南棟は事務室が並ぶ。ジャックはうなずいて同意した。

クリスは低くうめいた。

「それはともかく、こちらの手勢は分散して弱体化しているわ」

「偶然ではない気がしますね」

「最初の銃撃戦から敵はなにか考えがありそうだったわ。いまさら考えなしに動いているとは思えない」

そのとき、階上でチャイム音が聞こえた。

「ディナーの開始か、家畜を整列させる合図か。どちらだと思いますか？」

ジャックはクリスに腕を貸した。海兵隊のカップルをしたがえて、もと来た道をもどる。

東に面した一階の窓には川を一望するぜいたくな景色が広がっていた。夕日に染められた血のように赤い雲が川面に映っている。

これが予兆でないことを願いながら、階段を上り、今夜の運命に足を踏みいれていった。

45

レセプションの列で、今回のクリスは先頭付近ではなかった。序列第一位の栄誉はニュージュネーブから招かれた三人の政府要人。次が天界委任統治領の数人の代表者だ。そのあとは会社の資産順になっているらしい。ヌー・エンタープライズより上位の企業がエデン星に数社あるようだ。

クリスにとってはどうでもいい。それより射界の確認に忙しかった。

メインフロアの上の二フロアからは広いバルコニーが張り出し、ホールを見下ろしている。大理石の円柱ごとにサングラスの男が立ち、定期的に襟にむかってしゃべっている。いずれも武装は一階の警備員程度だ。

エデン星なりに対応しているつもりらしいが、これではまったく不足だ。

ペニーがクリスに耳打ちした。

「ウォードヘブンの首相だったら、これほど多くの警備員を配置するでしょうか」

いい質問だ。クリスは一秒ほど考えて答えた。

「クーデタ計画があると思ったら、さらにきびしい体制を敷くでしょうね。その件でわたしに発言権があればなおさら」

ジャックが皮肉っぽく、くすりと笑った。

マルホニー中佐はきわめて冷静にやりとりを聞いている。表情筋はぴくりとも動かない。しかし普段の肌の色からすると、かなりの恐怖におびえているようだ。

レセプションの列に近づき、クリスは議員やその配偶者との握手を開始した。笑顔で手を握り、軽い抱擁をかわす。儀礼的な紹介は簡潔で短時間だ。ネリーは、氏名、政府での役職名、その他の情報を通知しようとしたが、クリスは断った。

列はテンポよく進んでいく。まじめな話があるとしたらこの儀礼的な紹介と歓迎のあとだろう。

やがて襲撃してくる敵がその暇をあたえてくれればだが。

(ネリー、ジャミングは受けてる?)

(いいえ、クリス。そのときはすぐ知らせます)

クリスは次の手と握手した。


「スピード違反のチケットを切られたくないのよ。街灯柱に衝突するのもごめんよ」

アビーは注意した。しかし隣で運転するブルース軍曹が速度をゆるめるようすはない。

例のレンタカー群から選んだのは、派手なスポーツカーではない。外観は平凡。ただしエンジンフードの下には強力な心臓がおさまっているというタイプだ。軍曹はそのパワーをフルに使っている。

「あの子の行き先は見当ついてるのかい？」軍曹は訊いた。

「自宅にむかったと確信しているわ」

その一方で、アビーはコンピュータで高価なプログラムを起動させていた。

あらゆる携帯電話は、当局が適切なコマンドを遠隔で送りこむと位置情報を取得できるようになっている。多くの人は大金を払って違法なオプションを入手し、その機能を止めている。アビーはさらに大金を払って、そのオプションを回避できると称するソフトウェアを使っていた。

ブロンクのハッキング能力が勝つか、アビーの金の力が勝つか、興味深い対決だ。

意外にも、少年はまだ学ぶべきことがあるようだった。車のフロントウィンドウに地図が投影され、緑の点が表示された。市内電車の路線にそってファイブコーナーズへむかっている。

「家路を急いでいるな。なぜなんだ？」

説明はない。沈黙のあと、軍曹は話題を変えた。

「きみは中尉なんだって？」道路から目を離さずに言う。

アビーは鼻を鳴らした。

「そうらしいわ。軍服は持っていないし、着用を学ぶつもりもない。名をとくに秘すある人物が、プリンセスを守る仕事はジュネーブ条約の保護下でやったほうがいいだろうと考えたのよ。でも、まちがいだったかもしれない」

アビーは肩をすくめた。そして乱暴な運転をしているこの軍曹について考えた。いままで友好的だったのに、しばらくまえから態度がぎこちないのはなぜか。

「ロングナイフのメイドに射撃の腕で負けたとしても、軍属だとわかればそれほど悔しくないと思ったんだけど」

「陸軍のやつに負けた。しかも頭でっかちの情報部に負けたからさ。いや、すまん。悔しいのはほんとだ。だれに射撃を習ったんだ？」

「地球にいたころの雇い主の一人よ。上品で小柄な老婦人だったわ。銃を持った敵につけ狙われているとはだれも思わないような。その主人が、習ってこいと射撃場に通わせたの。年輩の指導員が二人ついたわ。一人は元陸軍、もう一人は元海兵隊の軍曹。四苦八苦してわたしに教えこもうとした」

「つまり、下手だったのか」

「最初はね。音に驚いて目をつぶってしまう。そんなあるとき、主人のボディガードが射殺された。血の海が広がるなかで、わたしと主人が生き残るすべは、わたしの銃と、主人が長下着に隠していた銃しかなかった。そのときは目をつぶらなかったわ。犯人二人を撃った。それからあとよ、腕を上げたと軍曹たちにほめられるようになったのは」

「なるほどな」

ブルース軍曹は答えながら、猛スピードで角を曲がった。

デバル大尉は二個小隊の先頭にいた。川下へむから彼らに止まれと合図をする。両側の兵士たちは流れに抗して止まった。

美術館に近づく経路はどれも完全《デッド》に姿をさらしてしまう。文字どおり、死《デッド》に直結する隙があるのは川だけだった。

実際には川もかなり警戒されていた。上流でカヌーや手漕ぎボートで遊んでいるカップルたちは、自分たちが重火器の照準にとらえられていることをどれだけ知っているだろうか。軍用追尾レーダーを検出できる携帯電子機器を持っていればわかるだろう。しかしそんな一般人は多くない。

今朝、カップルをよそおった海兵隊員たちがピクニックバスケットに対電子戦機器一式をいれて、付近のようすを偵察した。その結果にもとづいて、デバルは海兵隊に水中を歩かせている。

水中の進入路にそなえた完全戦闘装備と、宇宙空間用のそれとはほとんどおなじだ。海兵隊はボンベで呼吸し、パトーマック川の底に沈むだけの重りを装備している。

もちろん、今朝ボートで通ったときに水中の防衛ラインを探知しなかったからといって、いまそれがないとはかぎらない。

また海兵隊が水中を最善のルートとみなしたということは、敵もこのルートを使っている可能性がある。興味深い鉢合わせはありえる。

デバル大尉はヘルメット内のヘッドアップディスプレーを見て、異状がないことを確認した。右目でまばたき一回。ディスプレーはギャビーのセンサー画面とおなじものに切り換わった。しばらく眺めたが、こちらも異状なしだ。

デバルは起き上がり、二個小隊に前進の合図をした。

ブロンクは若者たちといっしょに伏せていた。他の若者たちはアサルトライフルを持っている。ブロンクはコンピュータを持っている。

それを使って電磁波スペクトルを上から下までサーチしていた。引っかかるものはない。実際にはいろいろ引っかかるのだが、センサー担当軍曹から指摘された以外の異状は、付近にはない。なにもなければ黙っていればいい。

まわりで一部の銃手が小声でしゃべりはじめた。しかし銃担当の軍曹ににらまれて口をつぐんだ。

ブロンクは沈黙を続ける。

その気になれば、この高性能のコンピュータが軍曹たちの興味を惹くものをとらえはじめても、沈黙を続けることができる。

キャラの命がそれにかかっているかもしれない。

46

クリスはこのレセプションの列から動けないことに苛立っていた。射撃場のカモになった気分だ。華やかな金の手錠をかけられているわけだが、手錠は手錠。容易にはずれない。

むかいの列の先頭の人物と握手したのはだいぶまえだ。シャーリー・チゼルという保守的なスーツの小柄な女性だった。クリスの手をしっかり握って言った。

「あなたとは二、三日前にすれちがっていたようです」

クリスは眉を上げた。

「緑地帯で」チゼルは続けた。「あれはあなたを狙ったのかしら。それともわたし？」

「わたしがあそこにいたのは予定外でした。偶然です。あなたは？」

チゼルは眉をひそめた。

「二日前から予定されていたわ」

クリスはそれ以上言わなかった。

「あとでお話しできる機会があるといいわね」

チゼルは言って、隣の議員にクリスを譲った。

そのあとはひたすら握手した。しかし興味を惹く人物はいなかった。さすがにあきてきたころに、ようやく政府関係者が出てきた。

エデン星のアメリカ人は、強い政府を持つ議会政治を選んでいた。ある政党から大統領を選任する一方で、べつの政党が議会の過半数を押さえて首相を出すというやり方が、クリスにはさっぱり理解できない。エデン星にはいろいろおかしなところがあるが、これもそのひとつだ。

議員の並びの最後の二人は閣僚だった。いま握手しているのは防衛大臣。親切そうな女性で、クリスを知っているようだ。しかしあまり話さないうちに、クリスを首相のほうに譲った。

首相は陽気で背の低い男だった。サンタクロースのような真っ白い髭をたくわえている。次は第三副大統領。そのかたわらにジョンソン警視がいて、なにごとか耳打ちした。すると副大統領はクリスに笑みをむけた。

「エデン星での休暇をお楽しみいただいているようでなによりです」

「休暇ではありません」クリスは訂正した。「ウォードヘブン海軍の現役士官として大使館の購買部に派遣されています。つい先日も知性連合の惑星がエデン星の会社から多くのソフトウェアを購入し、最新設計のコンピュータを現地生産する契約を締結するのを手伝いました」

「とてもよいことです」クリスの訂正など聞いていないように副大統領は言った。「この星の安心できる暮らしを実感していただけることを願っています。住民の安全には万全を期していますから」

「もちろんですね」

クリスは言いながら、ジョンソンを見た。副大統領の発言における裏の意味には気づいているようだ。〝住民〟には、よそ者であるリム星域の野蛮な姫はふくまれないと言っているのだ。

握った手を軽く押す力で、第二副大統領のほうへうながされた。女性の第二副大統領と第一副大統領はクリスにとってどうでもいい人物だった。地元政界ではそれなりに重要な人物なのだろうが、銃弾が飛びはじめたら真っ先に餌食になりそうだ。なんの音かと不思議に思いながら死んでいくだろう。

大統領にも強い印象はなかった。笑みは口もとだけ。目はべつのことを考えているようで、クリスの目を見ない。握手は触れただけ。

こんな連中のために銃弾のまえに身をさらすのか。これでも守るべき政治家だとマルティネスが主張しなければ、さっさと部下たちに撤退の合図を出したかった。安全地帯へ引き上げて、あとは野となれ山となれということにしたい。

しかし、敵の姿をまだ見ていない。

クリスはオードブルのテーブルに移動した。

グラント・フォン・シュレーダーは、オードブルのテーブルの端に立っていたおかげで、今夜で二番目くらいに重要な会話を耳にした。

幹事がケータリングの責任者に質問していた。

「残りの料理はどうなっているんだ、トニー」

「すぐ来ます。もう届くころです。確認してみましょう」

〈イタリアの味〉という店を営む小太りの男は、そう答えて携帯電話に手を伸ばした。そのあいだも世間話を続ける。

「新型の風邪がはやってるみたいなんですよ、ご存じですか？　従業員の半分がそれにかかったと連絡してきて、午後になって新しいスタッフを何人も雇うはめになりましたよ。それでも料理の前半の分はちゃんとそろったでしょう？」

「そうだな。しかしイナゴの大群が迫ってる。これくらいはあっというまに消えてしまうぞ。政治家の名声のようにな」

幹事は皮肉っぽい笑みでつけ加えた。トニーは調べた結果を教えた。

「ああ、やっぱりすぐそこまで来てます。ゲートのところで立ち往生しているようです。警察の巡査部長がトラック八台を全部検査するまで通さないと言ってるらしくて」

「なんだと。かわれ。腹をすかせた警官が豪華な料理をつまみ食いしはじめたらどうするんだ」

幹事はトニーから携帯電話を受け取った。

「巡査部長、わたしはディック・ハマーナクだ。大統領からじきじきに今夜の準備をまかされている。その料理をはやくよこせ」

しばらく沈黙した。

「いいから、一台目のトラックは検査したのか？」

予想どおりの返事を聞いたようにうなずいた。

「よろしい。残りのトラックも一台目と中身はおなじだ。そうだな、トニー？」

トニーはうなずいた。もちろんそうだと信じている。生きて朝を迎えられる組ではないのだ。

「だから一台目を見たら全部見たのとおなじだ。料理をよこせ。すぐにだ。いますぐに」

そして幹事は電話を返した。

「警官め！　あいつらはベッドの下までいちいち調べたがる。放っておいたら客のスカートをめくって調べはじめるぞ」

トニーは陰気な顔でうなずいた。

立ち聞きしているグラント・フォン・シュレーダーは、にんまりとした。

エンジンにギアがはいって動き出す音に変わると、ブロンクのそばにいる二人の軍曹がほっとした笑みになった。笑顔は銃を持った他の少年たちにも広がった。

ブロンクは言われたとおりに電磁的スキャンを続けていた。変化はない。おかしなものはない。

キャラはあのメッセージを受けとっただろうか。

彼らは、話していたとおりに全員を殺すつもりだろうか。

ブロンクは緊張を解こうと顎を動かした。たくさんの血が流れることを考えると、胃がひっくり返りそうだ。しかし自分にできることは多くない。

生きたい。大人になりたい。キャラといっしょにいたい。これほど強く願うのは生まれて初めてだ。

コンピュータのスキャンが一周した。変化はない。

47

ヌー・エンタープライズのエデン支社長をオードブルのテーブルにみつけて、クリスはその隣へ行った。

「ここでは興味深い人物を大統領に据えているのね」

支社長はこの惑星の政府とおなじく警戒心のない人間だった。

「この星にぴったりの大統領ですよ。だれもがロングナイフでなくていい。嵐を呼ぶ伝説の人物が、どの星にも必要なわけではない。失礼な言い方ですが」

「多様性の価値を知ったわ。ところで、エデン経済における大物も知ったのだけど。グラント・フォン・シュレーダーという」

支社長はむっとしたように言った。

「彼ですか。この星のよき代表とはいえませんね。たしかに経済界の大物ではある。ああ、来ていますよ。お会いになられますか?」

クリスが返事を決めるまえに、テーブルの先のその人物へ案内されてしまった。

「グラント、クリス・ロングナイフと会ったことは?」

双方に緊張をはらんだ沈黙が流れた。おたがいを観察する。クリスは中立的な表情をつくった。相手もそういう顔だ。中年の男で保守的な仕立ての正装だが、まっすぐに伸びた背筋がいかにも元軍人だ。

視線も鋭い。瞳は冷ややかな灰色。冷たく計算された世界を映す。奥の思考はなにもあらわれていない。この冷たい目に呑まれてしまう者もいるだろう。しかし本人は一顧だにしないはずだ。

彼はこちらをどう見ているのか。その目にはどんな評価もあらわれていない。

「いや、初対面だよ、ヘンリー。視野の狭いわたしに紹介してくれて感謝するよ」

言葉の一つ一つは愛想がいい。しかしそれらで組み立てられた全体はまったくちがう。

クリスは手をさしのべた。握手は固い。そのまま力くらべになりそうだったが、相手は抑制している。クリスも力をこめたい誘惑を抑えた。グラントが抑制しているなら、こちらもそうしなくてはならない。

「今宵の夕焼けは赤かったですね」天気の話からはいった。

「流れる川も真っ赤でしたね。美しい季節だ」グラントは答えた。

その一瞬、ほんの一瞬だが、この男の本心がのぞけた。多数の死体が浮いて血で真っ赤に染まった川の眺めを楽しむ男だ。

この男に惑星の未来を託してはいけない。

この瞬間に、クリスの腹は決まった。

今夜は撤退しない。部下たちとともにこの男と戦う。この世界の夢と希望のために戦う。キャラやブロンク、そしてジョーおじさんやモンおばさんのような商店主たちが細々と生き、最低限の文明的な生活を営んでいるこの世界のために。

そしてもちろん、マルティネスのような警官のために。彼らはすでに努力している。そんな彼らのためにクリスは身命を賭して戦う。目のまえの男の心に巣くう怪物を倒す。

自信たっぷりの態度をすこしでも崩してやろうと試みた。

「あなたの情報セキュリティは破れているわ。今夜準備されていることを、わたしたちの一部は知っている。目論みどおりにはいかないわよ」

グラント・フォン・シュレーダーは眉を上げた。あるいはそう見えただけか。すぐにかたわらの女に顔をむけた。黒く美しい目の女だ。

「トパーズをご紹介したことは？」

「いいえ」

クリスはふたたび手をさしのべた。女は手袋をした手で軽く握った。

（クリス、これはアビーの母親です）

（わかっているわ、ネリー。他になにかわかる？）

（発信装置の信号が出ていません。そもそも装置を持っていないようです。電子ノイズを探知できません）

たしかにそれは異例だ。

クリスは次の展開を待った。しかしグラントは言った。

「むこうの人物への用件を思い出しました。ヘンリー、美しいレディを紹介してくれてありがとう。失礼するよ」

軽く会釈して、女とともに去っていった。

ヌー支社長がそれを見送る。

「なんの話だったのですか？　〝目論みどおりにはいかない〟とは」

「ロングナイフ的な話よ。ロングナイフ的な新たな展開がはじまろうとしている。この会場から出なさい。振り返らずに。長生きしたければ、急いでよそへ行くことよ」

支社長は陰気に首を振った。

「変わった方だと聞いていましたが、そのとおりですね。失礼します。むこうに話したい人々がいますので」

支社長が歩き去った方向はドアの近くではなかった。

「愚か者は生き延びる知恵さえないようだ」ジャックが小声で言った。

「まったくよ」ペニーが同意する。「日常に慣れすぎて、それ以外を想像できないのね」

「日常がいつまでも続くならそれでもいいが」とマルホニー中佐。

「今夜は続かないわ」クリスは言った。「ジャック、グラント・フォン・シュレーダーを見てどう思った？」

「気にいりませんね。元軍人だ。この星で十五年暮らしてあの鋭さを維持しているとすると、甘く見ないほうがいいでしょう」

「ネリー、暗号を送信して。プレーボールよ」

「送信しました」

これで決した。今夜の行動はもうキャンセルできない。

駐車場では、屈強な海兵隊員たちが礼装軍服から迷彩柄の戦闘服にいっせいに着替えはじめた。クリスのリムジンと海兵隊車両二台のまわりをパトロールしていた者たちは、ゆっくりとそこから離れて、予定の警戒位置に移動した。装備も戦闘用に切り換え、赤外線暗視装置で状況を見はじめた。


デバル大尉が受け取った暗号は、予想どおりだった。

歴史書で読むレイ・ロングナイフは、部下の兵士を酷使した。そして多くを失った。だから、おなじ伝説への道を駆け上がろうとしている新たなロングナイフの手に自分の海兵隊をゆだねるのは、デバルは気が進まなかった。

しかしこの若いロングナイフには少々驚かされた。彼女は人をよく見て、大事にした。ただの鉄砲玉のようには扱わなかった。エデン星で苦労している人々に心を痛め、悪者を調査した。

そこまで準備しておきながら、行動をキャンセルする場合もまだありえると彼女が言ったのは、デバルにとってうれしい驚きだった。

最終的にロングナイフはキャンセルしないと決めた。現場にはいって最後の留保事項の見きわめがついたのだろう。悪者を容赦なく叩き、懲らしめるだけの充分な理由があると判断したわけだ。

暗号はちょうどいいときに届いた。大尉は二個小隊を水際の手前で整列させたところだった。二個分隊を左右に展開させ、一個分隊を予備として自分の左右に。技術支援小隊はその予備分隊のうしろにおいた。

海兵隊の準備は整っている。

「ギャビー、新しくわかったことがあるか?」

技術兵は細いケーブルの先の小さなフロートを放した。ある意味でおかしな光景だ。大きな魚が上の世界へむけて釣り糸を垂れているようだ。糸の先にあるのは釣り針ではなくカメラだ。

デバルは今夜のターゲットをようやく間近に見た。大きな建物だ。石造りで、醜い。トラックが数台、左の搬入口へバックしている。荷台に描かれたマークが正しければケータリング業者だ。美術館の窓はどれも明るい。数カ所のバルコニーには飲み物と料理の皿を手にした人々が出ている。パーティはもうはじまっている。

デバルは上へ視線を移した。建物の屋根にはアンテナが何本も立っている。多くは通常の通信設備だ。そうでないものに注目した。

建物の角に二本立っているのは、照準用センサーだ。さらによく観察すると、屋根の稜線に自動砲が八基、いや九基並んでいる。どれもセンサーにつながっているはずだ。そして、どこかの警備センターにいる人物が作動ボタンに指をかけて待機しているだろう。

いまの時点でボタンにかかっているのは味方の指だ。愚かだが善人だ。それが悪者の指に変わったとき、周囲の屋外にいる者には最悪の事態が訪れる。

「ギャビー、この映像を先頭の班に送れ。屋根を調べて、センサーを破壊する用意をするように伝えろ。光学カメラはあるか？」

「いまのところ発見できません。備えていないのでは。モーションセンサーとレーダー、それと赤外線に頼っているのではないでしょうか。ただし作動しているのは両隅の二本だけです」

つまり今夜は、ゆっくり展開する地獄がどんなものか知ることになりそうだ。デバルは兵士たちに、配置について待機するよう合図した。海兵隊は待つことに慣れている。

アビーは待たされたくなかった。コンピュータをタップして、キャラの携帯電話をふたたび呼ぶ。緑の点があらわれた。

「二ブロック直進、右折して一ブロックよ」

アビーは言うやいなや、姿勢を保持するために座席につかまった。ブルース軍曹がいきなり右へ切ったのだ。

アビーとしては次を右折したかった。しかしどちらが正しかったかわからない。

タイヤを鳴らしながら左折。これでめあての通りに出た。小さな人影が歩いている。うなだれ、肩を丸め、十二歳なりに世界の重みに耐えている姿。

ブルースが加速しながら言った。

「おいでなすったぞ」

四ブロック先で一台の車がタイヤを滑らせながらこの通りに曲がりこんできた。エンジンを吹かす。

アビーは目を細めてむこうの運転手と同乗者を見た。

「銃よ」

アビーと同時にブルースもおなじことを言った。アビーは自分の拳銃を抜いた。装薬量を最大に、弾倉選択を致死弾にする。

彼女が一連の操作をするあいだに、ブルースは助手席の窓を下ろしていた。アビーは身を乗り出すだけ。いい判断だ。

迫りくる車の助手席の窓から腕が出ている。

アビーはその助手席側のフロントウィンドウに一発撃ちこんだ。

むこうの連中はようやくこちらを認識したようだ。狙いを少女から正面の車に変える。

アビーの狙いどおりだ。一度運転席を撃ち、また助手席の銃手に照準をもどす。こちらの車も被弾するのが振動でわかった。

目の隅で、キャラが倒れているのがわかった。賢明な判断で伏せているのか、撃たれて倒れたのかはこの時点でわからない。

隣のブルースは車をコントロールしようと必死だ。後輪が左右に滑っている。

「あいつら、キャラを轢いてしまうわ」アビーは怒鳴った。

むこうの車はコントロールを失って大きく横滑りしている。

アビーは足をつかまれるのを感じ、車内に引きもどされた。車はゆるい弧を描きながら、相手の車に衝突するコースを滑っていく。

両車の衝突地点は、倒れた少女より一、二メートルむこうになるはずだ。

アビーは衝撃にそなえた。


衝撃は予想ほどひどくなかった。

もちろん破壊されていく車内で振りまわされた。滑らかな内装のあちこちが鋭く裂け、体を傷つける。アビーの脳も頭蓋骨のなかで二度、三度と衝撃を受けた。

それでも鋭い杖で目を突かれるのにくらべればましだ。ほとんど近いが。

いいこともあった。ブルースが力強い手で、しかし慎重に車内から引っぱり出してくれた。そして骨折や重大な出血箇所がないか、全身をさわって調べはじめた。さわるならもっとましなさわり方がありそうなものだが、いまは職業的な手つきだった。いつか非職業的に女子にさわる方法を教えてやろうと予定を立てた。

しかしいまは他にやるべきことがある。

アビーはブルースの手の下から脱け出し、キャラのほうへ這っていった。

「大丈夫？」

「撃たれた気がする」少女は腕を上げてみせた。

かすり傷だった。流れ弾か、ガラスや石の破片が飛んできたのか。アビーは携行しているキットから包帯を出して止血にかかった。肩ごしに訊く。

「軍曹、車は動く？」

返事のかわりにセルがまわった。しかしエンジンがめざめる気配はない。

「帰りは歩きだな」

「トードン中佐に、発砲の事実と、キャラのかすり傷と、徒歩になったことを報告して」

「了解」頼れる海兵隊員は答えた。しばらくして結果を言った。「ルースによると、迎えの車をなるべく手配するが、あてにするなとのことだ。クリスが〝プレーボール〟を宣言したらしい。〝バッター、打席へ〟の報告はまだだ」

プレーボールは意外ではない。アビーの知るクリス・ロングナイフは、老婦人や子どもに銃をむけるような連中の手に惑星をゆだねたりしない。しかし、たとえ相手が悪党とわかっていても、殺す決断を下すまでは慎重に調べる。

「ルースに伝えて。車は自力で調達するか、無理なら路面電車で帰ると」

ブルースは連絡してから、アビーにむかってにやりとした。

「きみがそのへんの車を直結させるのか？　おれがやるか？」

「競争よ」そう言って、キャラの腕に巻いた包帯をきつく締めた。「痛む？」

「たいしたことないわ」キャラはブルースの手を借りて立ち上がった。「まさか、本当に車を盗んだりしないわよね、アビーおばさん」

倫理的に困惑する若い目に見つめられて、アビーは少々困った。しかし路面電車に譲歩するほどではない。

「小ガモちゃん、わたしたちは急いで大使館に帰らなくちゃいけないのよ。あなたの腕の傷も早くドクターに診せなくてはいけないし」

「〝小ガモちゃん〟て呼ぶのはやめて。ガナおばあちゃんからもそう呼ばれてて、いやなのよ。アビーおばさんはちがうと思ったのに」

「わかったわ、キャラ。でもやっぱり、車を盗んででも帰らないとまずいの」

「ジョーおじさんに頼んだら？　トラックを貸してくれるかもしれない」

「それは考えなかったわね」

アビーは考えた。借りるというのはまずい。あの老人の頭に殴った傷をつけ、トラックは盗んだ形にしなくてはいけない。それをうまく説明できるだろうか。

キャラはアビーの先に立ち、あの角の商店へと歩いていった。ブルースは相手の車のなかに生存者がいないことを確認してから、ついてきた。

ジョーおじさんは、キャラの早口での状況説明を聞いた。そしてアビーを脇へ連れていって話した。

「今夜、市内で騒ぎが起きるって噂を聞いたんだが」

「その噂はよく知っているわ。さっきの銃声はわたしたちが悪者をやっつけたの。彼らは車でキャラを轢き殺そうとしたから」

「善良な子どもたちが無関係に殺されるのは腹が立つな」

「あの子を急いで医者に診せたいの」

「うちのトラックを使いな」

老店主はキーを差し出した。

「そういうわけにいかないわ。キャラの命が狙われたのは偶然じゃないの。わたしと、ここにいる背の高い友人は、噂になっている今夜の騒ぎにかかわっている。あなたがわたしたちの側に立っていると見られたら、今度はあなたの命が危なくなる」

老人は顔をしかめた。

「だったら、閉まったドアにわざとぶつかって、たんこぶと切り傷をつくっておくさ」

「いまここで痛くないように殴ってあげてもいいんだけど」

「あんたがそうするところをキャラに見せたくないだろう。かまわねえから、キーを持っていきな。ほんとにそういう状況になったら、見せる傷くらいはむかいのモンに頼んでこしらえてもらうさ」

というわけで、ブルースは往路よりかなり馬力の減った乗り物を運転して、ファイブコーナーズから帰ることになった。

48

クリスはルースから最新報告を聞きながら、腹の底が冷えるのを感じ、殺気立った表情になった。

トードン中佐は言った。

「キャラは骨折にいたらない負傷よ。ただしこれは敵の本来の狙いではなく、誘拐もしくは殺害を狙っていたはず」

「とにかく、こちらでは発砲にはまだ至っていないわ」クリスは報告した。

「時間の問題ですが」とジャック。

「それでも重要よ」クリスは言い返した。「全員、数分後にはじまると思って準備するように。銃を警戒。発見したら相手を撃て。可能なら尋問できるように捕虜にとれ。無理なリスクは負わなくていい」

ネットワークは完全な沈黙で命令を聞いた。

クリスはペニーのほうにむいた。

「このホールはあなたにまかせる。犠牲者を最小限に。海兵隊も民間人も。発砲がはじまったら、可能ならチゼル議員をそばにおいて守りなさい。彼女には今夜を生き延びてもらいたいから。幸運を」

ペニーは命令と祈りを聞くと、目でうなずいた。

次はそばにいる女性海兵隊員だ。背丈がクリスとほぼおなじで、おなじデザインのドレスを着ている。色だけが黒だ。

「いざというときのために用意よ。入れ替わる準備はできているわね」

海兵隊の人垣にかこまれたなかで、クリスと女性海兵隊員は立ち位置を交換した。すぐに海兵隊員のドレスは赤に、クリスは黒に変わった。海兵隊員の髪はブロンド、クリスはブルネットになった。

さらにクリスはジャックをかたわらに引き寄せた。ペニーのそばには男性の海兵隊伍長が立った。

しばらく人垣に動きはなかった。やがてジャックとクリスはそこから退がり、ホールから出て部屋にはいった。海兵隊は人垣をつくったままゆっくりと円形広間のほうへ移動していく。

二人だけになったクリスとジャックは、絵画のあいだを歩いた。人ごみから離れてほっとしたとか、外の空気を吸ってから絵を鑑賞したいとか会話した。

しばらくすると二人の海兵隊員がやってきて、やや距離をおいてついてきはじめた。礼装軍服だが、警備としては目立たない。あちこちで雑談している要人や特別な賓客たちのうしろにも警備チームが付き従っている。クリスはさりげなくふるまった。

レセプションはきわめて大人数のイベントだ。主催者側が約四百人。特別に招かれた客が約千人。くわえて警備関係者、ウェイターその他が三、四千人いる。一階と二階に合計五千人前後いる計算だ。

クリスは警備関係者に注目した。今夜は奇妙にそわそわしている者がいる。このうち陰謀にかかわっている者は何割か。無関係な主人を持つ者は何割か。先日ルースの質問に答えた海兵隊員のように、金で忠誠心を売らないと答えられる者が、今夜はたして何割いるだろうか。

きわめて危険な構図だ。

クリスの史学教授は、死傷者が多い戦闘のいくつかは内戦だと教えていた。この戦いは、一晩で終わらせなければ新記録をつくるかもしれない。

もちろん終わらせる予定だ。しかし予定というものの多くは会敵の瞬間に吹き飛ぶ。

クリスは西のバルコニーに出た。駐車場を見下ろせる。クリスのリムジンは、クジラの群れにまじった恐竜のようだ。駐車場にちらばる海兵隊員をかぞえた。命じたとおり三十人弱。それでいい。

クリスはむきを変えて手すりにもたれた。空を見上げて、星がきれいねとジャックと話す。

実際にその目がむいているのは自動砲だ。見える範囲には九基。拠点防衛の基本からすると、見えないところにも九基あるだろう。クリスは短い海軍履歴ですでに宇宙ステーションの防衛経験が一、二度ある。正確には防衛したのが一回、防衛されているステーションを攻略したのが一回だ。見えている大砲の他に隠れている大砲が同数以上あると想定するのが無難だ。

これらの自動砲はだれの手にあるのか。作動するのは銃撃戦の序盤か、中盤か、終盤か。いずれわかるだろう。わかったときが死ぬときかもしれないが。

クリスはゆっくりと屋内にはいった。ジャックは屋外の暗い場所で軍服の色を変えた。赤い上着を黒に、青いズボンもおなじく黒にした。離れてついてくる海兵隊の二人もジャックとおなじ外見になった。

クリスは絵を見るふりをしながら、一部の要人を観察した。警備などいないかのように無視している。

クリスは階段室のドアによりかかった。ジャックがなにか言って、クリスは笑った。のけぞりながら、ドアを細く開けた。ネリーのナノバグの群れを送りこむには充分だ。

そのあと川に面した裏のバルコニーに出た。川面に月光が映る。恋人たちには絶好の場所だ。

しかしクリスが目をむけるのは屋根。その自動砲だ。海兵隊がなぎ倒されるまえにこれを止めなくてはいけない。

（ネリー、進行状況は？）

（階段室の監視カメラはいつでもループ映像に変更できます。偵察ナノバグは、その他のナ

ノバグを集めて一階ないし地下へ追い払いました)

「行くわよ、みんな」

クリスは小さな笑みで言うと、ドアをすりぬけた。

やるべきことをやる。可能なら生き延びる。

階段室にはいったあとは、ためらわなかった。ネリーによれば監視カメラは六十秒間のループ映像を流している。

階上の物理的なセキュリティはただのゲートだ。海兵隊は下をくぐり抜けていく。クリスはジャックに手を添えられて優雅に跳び越えた。

ネリーの言葉を信じれば、敵のナノバグをまとめて階下へ追い払ったらしい。注意深い人間の警備関係者がこのナノバグの密度の異常なかたよりに気づいたのなら、警報を発するはずだ。しかしそのようすはない。

五階を通過するときも、見とがめる警備員はいなかった。

六階への階段には施錠されたドアがあった。ここを通らないと屋上に出られない。ジャックがすばやく作業して、全員を通過させた。

この先はメンテナンス作業員しか通らないエリアだ。階段を上りつめる。壁は灰色から薄いベージュに変わった。配管は区別のために原色で塗られている。

踊り場に達すると、ドアが二つあった。一方は屋上に出る。クリスは反対のドアを通り、灰色の暗い廊下にチームを導いた。拳銃を抜き、麻酔弾に設定する。

前方に見えてきた最初の三つの事務室は、明かりはついておらず、ひとけもなかった。奥へ進むと、明かりのともった一室があった。ちょうどドアが閉まるところだった。

建物のどこかで一発の銃声が聞こえた。

すぐに続いて、フルオートの連射音が響いた。

49

ブラウン一等軍曹は、最初の銃声を聞くやいなや、「伏せろ」と叫んだ。海兵隊は訓練どおりにすばやく伏せた。

民間人の運転手たちの多くは、逆に伸びあがって音のしたほうを見ている。防弾仕様のリムジンからわざわざ外に出てくる運転手もいる。

隣の巨大なリムジンの運転手は、地面に這いつくばった一等軍曹を見て、せせら笑った。その笑いが続いたのは十五秒程度だった。まずオートマチックの銃器の連射音が夜のしじまを破った。続いて自動砲が撃ちはじめた。

一等軍曹は顔を上げなかったが、音から判断して、捕捉した標的を順番に倒しているようだ。射程内の人間に一人五発ずつ連射している。

せせら笑った運転手が浴びたのもそれだ。二〇ミリ汎用弾を五発。その一発を受けた顔面にせせら笑いはほとんど残らなかった。

軽歩兵隊が地面を大好きで、いつも抱きしめている理由を、一等軍曹は思い出した。

部下たちを確認した。それぞれ全力で地面を抱きしめ、ひたすら低くしている。予想どおり、ハスケル二等兵だけは破片を浴びていた。しかも尻だ。まるで切り身にされたかのような情けない悲鳴をあげている。民間人より騒々しい。

というより、民間人は物音ひとつたてていない。そもそも息をしていない。

一等軍曹は、こうして伏せているだけでやられっぱなしなのが気にいらなかった。反撃の機会はあとであるという思いが頼りだ。

長い軍歴で初めて敵の銃撃を浴びながら、戦闘のこの段階はまだ重要ではないとわかっていた。若い部下たちは動揺しているはずだ。

「耐えろ、海兵隊。プリンセスが期待しているのは、ここでじっと耐えることだ。すぐ死ぬようなばかな行動をするな」

「ウーラー」という返事は、彼らを守る地面のせいでこもって聞こえた。


グラント・フォン・シュレーダーはにたりと笑っていた。場所は円形広間のブロンズ像のそば。状況はうまく運んでいる。

ウェイターたちは、彼の合図で白衣の下からいっせいにサブマシンガンを出した。階上の通路から注意深く見ていたシークレットサービスの一部が気づいて、一発だけ撃ってきた。彼と他のシークレットサービスは数秒で倒した。抵抗はそれだけだった。

大統領、およびその警護班も倒した。勇敢だが無駄な抵抗だった。

こちらに寝返らなかったボディガードの一部も撃ちあって倒した。多くは主人もろとも殺した。

それを見せられた政治家の大半は、両手を高く上げ、ボディガードたちにも同様にするように指示した。

それに従った賢明なボディガードたちは生かしておこうかと、グラントはしばし考えた。あとで雇ってもいいのではないか。しかし彼らにはもっと早い段階で仲間になる機会をあたえていた。遅れてくる連中をどこまで信用できるか。この問題はとりあえず棚上げにした。

自分が雇ったボディガードに銃を突きつけられて円形広間に集められる大物たちの姿は、なかなかの見物だった。その驚愕の表情はグラントにとって一生楽しめる記憶になるだろう。気づくのが遅すぎた顔ほど愉快なものはない。

ホールの銃声がおさまったのといれかわりに、屋上の自動砲が撃ちはじめた。その火力が窓を震わせ、客たちの青ざめた顔がますます青くなった。

屋内で銃が鳴るのは、この状況をまだ受けいれない者に対してのみになった。〝偉大な権力者である自分にこのような扱いはけしからん〟というような態度の者には、脚に一発撃ちこんでやった。
五、六人をそうすると、大物ぶった連中もしおしおと縮んで小物になった。すくなくとも静かになった。
グラントは仕事の仕上がりを眺め、満足した。

一階の銃撃ははげしいが、メインフロアでの死者数は少なかった。大統領とそのシークレットサービスは倒れた。しかし彼らは狙われて当然だとだれもが考えている。自分たちはべつだと。立派な身なりの人々は、自分は特別だと信じていた。身代金をとる価値がある。銃口のまえで財産が盾になると本気で信じている。

円形広間のまえでは二人が血の海に倒れている。一人は淡い紫色、もう一人は紺青色のドレスだ。

ルビーとトパーズは目的にそって使われた。大物たちはこの女たちと親しくはないが、顔だけはあちこちの重要なパーティやイベントで見ている。それがどちらも死んだ。おまえたちもこうなるぞ、というわけだ。銃を持った男たちの言うとおりにしなければ。

この女たちは要人ではなく、だれかの親しい友人でもない。だから銃をとって守ろうとする者はいなかった。それでも人々はよく見知った者が死体に変わったのを見て、顔をそむけた。高級なオードブルを吐いた。

そして銃を持つ者に従順になった。あっさりと。

ここに追加したい死体がもう一つある。赤いドレスを探した。しかし見あたらない。

明るい赤と青の海兵隊を探す。その集団はいた。ただし彼らがかこんでいる女は黒いドレスだ。場ちがいなオレンジ色のドレスも見える。

王女がここに到着したときの映像をグラントは調べた。たしかに海軍士官の腕につかまっていた。

その海軍士官は、いまは一人で立っている。

オレンジのドレスの女も海軍士官で、こちらは海兵隊士官にエスコートされている。隣には軍曹が立っている。

いつ入れ替わったのか。

赤の細身のドレスを着たブルネットの女を見た。このドレスはさっきまで王女が着ていたはずだ。こちらをからかっているのか。

海兵隊にこちらへ来るように命じようかと、しばし考えた。しかしやめた。銃を手にしていないからといって武装していないとはかぎらない。団結し、整列し、挑戦的な態度だ。

彼らとはべつのボディガードもそばにいる。

手強い相手だ。タイミングを見て全員殺そうと頭に刻んだ。

グラントはコムリンクを叩いた。

「大佐、問題が起きている」

「奇遇ですね。こちらもです。どちらから話しますか？」

「ウォードヘブンのクリスティン王女がこちらの網をすり抜けた。海兵隊員二、三人をともなって建物のどこかにいるらしい」

「それは簡単に解決できます」大佐は言った。

その考えは甘いことを教えようかと思ったが、グラントは口をつぐんだ。大佐は沈黙のあとにはっきりと言った。

「即応部隊が来ました。やつらの末路をご覧にいれますから、円形広間の扉からのぞいてください」

「倒せ」

グラントは命じた。昔のように。そして固い笑みを浮かべた。命令し、それに即座に服従する強力な部下がいるのは、いいものだ。

しかしようすを眺めるために出ていこうとはしなかった。野次馬になって流れ弾にあたって死ぬわけにはいかない。

グラントは昔を思い出していた。

屋上にいるクリスの耳に、強力なエンジン音が届いた。窓から見下ろすと、八輪の装甲兵員輸送車が全速力でエントランスへ突進してくるところだった。

騎兵隊の到着だ。しかも時間どおり。

(ネリー、ナノバグの状況は?)

(見慣れないナノバグの群れがホールをこちらへ移動してきています。過去に接触していない種類です。排除のために攻撃ナノバグを放出しています。お待ちください)

「止まれ。気配を殺せ」クリスは口を動かさずに命じた。

クリスは黒のなかに身をひそめた。暗い廊下で影と一体化した。背後の海兵隊も同様だ。

クリスたちのそばにある屋上の自動砲が射撃を開始した。二〇ミリ徹甲弾が兵員輸送車の屋根に浴びせられる。これが屋内側にいる人間に撃ちこまれたらどうなるか、クリスは考えたくなかった。

(ネリー、移動したいのよ)

(クリス、今回のナノバグは強力です。こちらのナノバグには増援が必要です。この戦いは負けるかもしれません)

(それはだめよ。必要ならティアラを材料に使いなさい。敵のナノバグを倒して。自動砲を止めないと海兵隊が突入できない)

(努力しています、クリス)

外では弾丸が燃料タンクに命中し、兵員輸送車が爆発炎上した。四台、五台、六台と進路がふらつく。運転手が死亡したか、炎上しているせいか、その両方か。壁や立木や他の車両に衝突する。

遠いせいで人間の悲鳴が聞こえないのがせめてもの救いだ。

その小さな地獄絵図に、新たなモンスターが進入してきた。無限軌道が付近の建物を振動させる。御影石と大理石造りのこの建物は微動だにしないが。

エデン星のどこにこんな昔ながらの戦車があったのか。しかしこうしてあらわれたのだから疑問の余地はない。アサルトライフルを持った歩兵隊が戦車の陰に隠れて前進してくる。

これは訓練された軍隊による複合兵器攻撃だ。さらに煙幕、射撃計画、確実な戦場の準備もあればなおいい。しかし惑星政治を動かす大物たちが全員集合している場所に大砲を撃ちこむわけにはいかない。準備不足のまま重火器を持ちこんでいる。戦車は前進するも、大砲は撃たず。機関砲は自動砲に応射せず。

クリスはこの光景に首を振りたかった。

そのとき、廊下の先でドアが開いた。サブマシンガンを持った男が顔を突き出す。外のようすを見にきたらしい。

緊迫した表情がはっきりと見える。周囲で燃えるナノバグの火花で照らされている。屋外の戦闘に眉をひそめた。

そのあと、廊下の影をひとつひとつ見まわしはじめた。

念のために弾倉一本分の銃弾をばらまいておこうかという考えが、目を凝らす顔に半分くらい浮かんでいるようだ。

しかし奥から呼ぶ声が聞こえた。男は顔をしかめ……引っこんだ。ドアが音をたてて閉まり、頑丈な錠前ががちゃりとまわされる。

クリスは安堵の息を漏らしそうになった。

美術館の正面が昼間のように明るくなった。屋上からロケット弾が発射されたのだ。先頭の戦車の後部に命中した。

弾頭はしばらく付着して燃えていたが、やがて貫通したらしく、戦車の後部が爆発した。

二台目の戦車にもロケット弾がまっすぐに飛んだ。わずかな間をおいて、そちらも火柱を吹き上げた。

（ネリー、まだかかるの？）

（もうすこしです、クリス）

（もうすこしでは、外で火あぶりになってる連中にまにあわないのよ）

（わかっています、クリス。最善をつくしています）

そうだ。まかせるしかない。クリスが怒っているのはネリーに対してではない。やりたい放題をやっているグラント・フォン・シュレーダーという男に対してだ。

このツケは払ってもらう。全額耳をそろえて。

「掃除を終わりました。こちらのナノバグの残りは一個です」ネリーが宣言した。

クリスはすばやく、音を立てずに廊下を進んだ。

50

デバル大尉は、ペニーから〝バッター、打席へ〟の暗号をささやき声で聞いたあと、いっさい情報を得られなくなった。ときおり爆発やロケット弾の反映が、美術館の背景のうっすらとした残照を追い払うだけだ。

一等軍曹には自分の判断で動くように命じてある。通信状態がどうなるかわからなかったからだ。王女もジャミングを受ける可能性を指摘していた。

「トードン中佐、聞こえていますか?」

「隊内ネットワークに参加しているのはわたしたちだけのようよ」ルースが答えた。

「ジャミングが?」

「そのようすはないのよ、大尉。敵はジャミングをかけたら、自分たちの通信も妨害してしまう。いまは状況を把握するためにこちらと同様に通信が必要なはずよ」

「では、どういう状況なのですか?」

「ようするに地獄の扉が開いた。そして悪鬼たちが暴れまわっている」

もの憂げにそんな言い方をされると、デバルは凄惨な現実を忘れてしまいそうだった。

ルースの説明は続いた。

「政府の主要ネットワークでは情報が錯綜している。大統領公邸でなにが起きているのかさっぱりわからない。大統領は死んだという情報もあれば、脱出したとか、負傷したという話もある。命令を求める叫び声ばかり。とにかく指示がほしいと。あなたから見てそれは正しいの？」

「動きがあるのは公邸の反対側です。さまざまな閃光の照り返しが見えます。ジャミングされている者はいませんか？」

「とくに気づかないわね。だれもかれも、わめいたり叫んだりしているから、沈黙に気づけないのよ。人が多すぎて不在がわからないというか」

「市内のようすは？」

「昨日のあの倉庫が襲撃されているわ。でもそれは予想ずみで、マルティネス警部補が対応している。しばらくは応援を頼めないわよ」

「期待していません。しかし彼がもちこたえれば、こちらの敵には応援が来ないことになる」

「あなたはどうするつもりなの。突入する？」

「わかりません、中佐。いま突っこんでも役に立ちそうにない。しかし短期的にさらに状況が悪化しないともかぎらない」

「いわゆるリーダーシップ問題ね」

にやりとしているのが聞こえるようだ。

「そのようですね。そちらでなにか変化があったら教えてください」

「了解。いまのところ家に電話してきたのはあなただけよ。子どもたちから連絡がないと寂しいものね」

親しい声はそこで切れた。

デバル大尉は美術館を見た。あるいは公邸か、戦場か。なんというべきか。

返事をしてください、クリス。なにが起きてるのか。


グラント・フォン・シュレーダーは、最後の戦車が後退するのを見送っていた。その前面では厚い装甲を貫通できなかった対戦車ミサイルの残滓がまだ火花を散らしている。

「これでしばらくは寄せてこないだろう」かたわらの軍曹に笑顔で言った。

「そうですね」

グラントは振り返って、富裕層の連中が身を寄せあっているのを見た。その多くは美術館の窓ごしに、救いの手が近づき、失敗して死者を出し、撤退していく一部始終を見ていた。恐怖が広がるようすにグラントはほくそ笑んだ。

いや、恐怖が広がっているのは一部だ。

海兵隊はきびしく挑戦的な目でこちらを見ている。

「失踪したプリンセスをどうしたものかな」

グラントは当面の課題をつぶやきながら、ブロンズ像の台座に登った。エデン着陸記念日の偉人たちのあいだに立つ。自分の姿を思い浮かべて微笑んだ。いい気分だ。

海兵隊は、南棟の大ホールの中間あたりでゆるい戦闘隊形をとっている。彼らを有利に撃てるのは三階東側のバルコニーしかない。士官らは壁を背にし、海兵隊員が前列に並んでいる。武器を持ったボディガードたちがそこにしだいに集まっている。

グラントの当初の予定ではすみやかに全員を武装解除するつもりだった。しかし時間がかかりすぎるのでやめた。戦意喪失した者は無力であり、銃を持っていてもなにもできないと思ったのだ。

要人警護の一部が海兵隊であることを考慮していなかった。戦意喪失や無力という言葉は彼らの辞書にない。

グラントは呼んだ。

「中佐。そこにいるきみだ。クリス・ロングナイフはどこにいる？」

海軍中佐は、おかしなオレンジ色のタフタ地のドレスの女となにごとか話した。女はうなずき、やや背筋を伸ばして言った。

「この派遣隊を代表してわたしが話す」

見下したものの言い方が、場の緊張を高めた。グラントは訊いた。

「おまえは？」

「知性連合海軍パスリー－リェン大尉だ」

「クリス・ロングナイフはどこにいる」

「そちらが一番いてほしくない場所だ、愚か者」

女が言い返すと、ホールにくすくすと笑いが起きた。

人質たちのまえで愚弄されるのは不愉快だ。

「銃を捨てろ。そうすれば命は保証してやる」

「こちらの命を保証しているのはこの銃だ。拒否する、楽天的なきみ」

ふたたびホールに緊迫したざわめきが広がった。

上を走る足音が聞こえてきた。ケータリング業者の最後のトラックから出てきたライフル隊が、三階のバルコニーに走ってきて並んだ。アサルトライフルをメインフロアの人質たちにむけてかまえる。

撃てば、運がよければなにかにあたるだろう。射撃場での訓練の成績がひどいことはグラントは報告で聞いていた。しかし人質は知らないことだ。

「おい、そこのボディガードたち」グラントは呼んだ。「おまえたちはまだ武器を持っているな。その海兵隊をかわりに武装解除しろ。数人の海兵隊くらい怖くないだろう。やればこちらで雇ってやるぞ」

ボディガードたちは顔を見あわせた。なにかささやきかわしているが、グラントには聞こえない。

一人がグラントの提案に乗ろうとしかけた。しかし殴られて気絶し、床に倒れた。その拳銃をだれかが拾って、海兵隊のそばのグループに加わった。

グラントはふたたび呼びかけた。

「おまえは多くの人々を危険にさらしているんだぞ、パスリー大尉。あっというまにすべてを失うことになる」

すると冷たい声で返事があった。

「わたしは未亡人よ、愚か者。大切なものはあなたたちピーターウォルドの手下にすべて奪われたわ」

コンピュータで確認した。調べればすぐにわかることだった。

「その不愉快な手下たちに全員殺されてもいいのか？」

そう言ってみたが、期待したような反応はなかった。そこでグラントは、三階バルコニーのライフル隊の指揮官を呼んだ。

「軍曹、タイラップを下に投げろ」そして人質たちに言う。「これで自分の両手を縛れ。縛ったら北棟へ移動させてやる。そこの反抗的なやつらを射殺するときに巻き添えにならずにすむぞ」

プラスチック製の結束バンドは空中でばらばらになって落ちた。何人かは隣同士で両手首を縛りはじめた。

オレンジ色のうるさい女が大声で言った。

「やめなさい。全員殺すつもりなのよ。無抵抗になっても、順番をあとまわしにされるだけ」

われがちに手首を縛ろうとしていた勢いが止まった。

グラントは三階のライフル隊を見た。撃てと命じるべきか。虐殺をはじめるのか。もともと一人も生きてここから出すつもりはない。真実をいつ教えるかという問題だ。

「ねえ、グラント！」

女の声で注意を引きもどされた。女のまえに立っていた長身の海軍中佐が横にどいた。女は制式拳銃をかまえていた。グラントの眉間をぴたりと狙っている。

「あなたが先に死になさい」

すぐに数人の海兵隊員がおなじ行動をとった。拳銃を抜いてグラントを狙う。

グラントは反射的に彼らの軍服に目を走らせた。全員が一級射手。一人は狙撃手だ。

建物のどこかで爆発音が響いた。

他の海兵隊と銃を持ったボディガードたちが、上のバルコニーにならんだギャングの少年たちに狙いをさだめた。

「眉間をダート弾で射抜かれたいか？」海兵隊軍曹の声が問う。

バルコニーのライフルが動揺した。一人が見えないところに隠れ、もう一人が逃げ出した。

グラントは軍曹のだれかが状況報告をするのを待っていた。それともこちらの一級射手にあの女を撃たせるか。

そのとき、照明が消えた。

グラントは闇にまぎれてブロンズ像から跳び下りた。さきほどまで立ってたところのブロンズ像にダート弾があたって跳ねた。

照明が消えたとき、クリスは悪態をついた。意図しない事態だった。

彼女はまずめあてのドアへゆっくりとにじり寄った。ドアを観察する。金属製で窓は強化ガラス。鉄格子の補強入り。世の中が平穏だった昔なら、最大限の安全を象徴していただろう。

しかし、いまの時代には見せかけだけだ。

手を振って海兵隊員を前進させた。彼は錠前を見ると、すこし眉をひそめただけで、ポケットから巻いたプラスチック爆薬をとりだした。

爆破の準備が進むあいだに、クリスはガラス窓のむこうをのぞいた。よく見えない。なかにあるものはドアからかなり遠いようだ。それでも垣間見えたものからすると、監視と警備のための部屋らしい。自動砲の制御室だと推測できる。

海兵隊員が退がり、錠前と蝶番をいっしょに爆破する準備ができたと合図した。

クリスは尻のパッドに手を伸ばして、スタングレネードを二個取り出した。一個をジャックに渡し、もう一個を自分が持つ。

軍曹は三本指を上げ、二……一……と折った。ドアが爆破された。

クリスは壁ぎわの低い姿勢から跳び出し、ドアの低い位置に体当たりした。高い位置にはジャックがあたった。ドアはむこう側に倒れた。

ただし完全に平たくなったわけではなかった。床の死体におおいかぶさった。

部屋の奥はすぐにカウンターだ。上はガラスパネルでふさがれ、奥のコンピュータ室への侵入をはばんでいる。ガラスパネルとカウンターのあいだには、申請書類を事務員に渡すような高さ十センチメートルほどのすきまがある。

クリスはまず手前の部屋にスタングレネードを投げこんだ。ジャックもおなじようにした。

背後では海兵隊員がフルオートで撃っている。小口径自動砲が旋回してクリスを狙いはじめたのを、阻止しようとしている。

クリスは低い姿勢で跳びこみ、ころがりながらカウンターに近づいた。自動砲がこちらに照準を合わせようとしているが、背後の守りは海兵隊にまかせた。奥のコンピュータ室で席についた四人に銃をむける。

自動砲からクリスのセットした髪に三発あたった。しかしそれっきり自動砲は空転する音をたてて停止した。

明日の朝はひどい頭痛がするだろうと思いながら、叫んだ。

「グレネードは？」

「あります」

背後の軍曹が答えて、一個を放った。クリスは受け取り、一連の動作でピンを抜くと、ガラスのすきまから投げこんだ。

「爆発するぞ」だれかが叫んだ。

一拍おいて爆発。クリスは二つかぞえて跳び起き、撃ちはじめた。

とくにどこかに標的をさだめたわけではなかった。よく見るべきだったかもしれない。

照明が落ちた。

51

十五秒間にわたって、メインホールは銃の発射炎がひらめくだけになった。多数の死者が出る状況だ。

ペニーは、フォン・シュレーダーの背後を守る男たちの銃の発射炎を見ながら、本人を目で追った。敵は全速力で振り返らずに走っている。しんがりの銃手が何人か倒れるのが見えたので、撃ったのは無駄ではなかったようだ。

「グレネードを使いましょうか」海兵隊員が訊いた。

「だめよ、絶対に。民間人があちこちにいるんだから」ペニーは返事をした。

「掩体が必要だろう」

マルホニー中佐が大声で言って、ペニーのまえの大理石の彫像の背面によじ登った。壁に背中をつけ、手と足で押す。きわめて高価な芸術作品が転倒し、床にぶつかった部分は砕けた。しかしその裏に隠れられる。

大ホールのあちこちでおなじように大理石やブロンズの像が倒されていった。

バルコニーからの銃撃はまばらになっている。円形広間の敵と天秤にかけて、ペニーは広間に攻撃を集中するように銃手らに指示した。また裏の階段室を確保させるために二人を行かせた。通り道なのだ。

「民間人を脱出させよう」

マルホニー中佐が言って、後方へ走った。東ポルチコに出るドアをみつけ、開けようとする。しかし施錠されている。立ち上がって錠前を撃ち、ようやくドアは開いた。ポルチコに出て叫ぶ。

「民間人はこっちへ。ここから逃げなさい」

床に伏せていた人々がその言葉に反応した。

同時に、武装して外のバルコニーで警戒にあたっていた敵の注意も惹いた。マルホニーは二発撃ちこまれた。

「ちくしょう」悪態をついて、彼は倒れた。

そのときようやく非常照明がともった。ペニーは凄惨な状況をまのあたりにした。

グラント・フォン・シュレーダーは大きなブロンズの壺の裏に滑りこんだ。通信リンクに言う。

「大佐、状況は予想以上の早さで変化しているぞ。新しく起きたことを話せ」

「警備センターとの連絡がとれません」大佐は言った。

「なるほど、ロングナイフの女はあなどれないな」

大佐は言いわけをしなかった。警備センターを制圧したのがロングナイフかどうか不明だが、その点も反論しない。プロらしく今後の話をした。

「駐車場から攻撃を受けています。ウォードヘブンのリムジン周辺を警備していた海兵隊を倒しきれていなかったようです。ライフル隊一隊をやって応戦中です」

「裏口も忘れるな」

「わかっています。川側はライフル隊二隊に守らせています。もう一隊は自動砲をマニュアル操作できないか調べさせています」

「よし。ロングナイフの暴れ犬に気をつけろと言え。仕留めたやつには褒美を出す」

「はい、全員承知しています」

「そしてここでいったんお別れだ、大佐。ジャマーを作動させろ」

「そのつもりでした。指揮所に退がっていただいたほうがいいでしょう」

「待っているぞ。ここの抹殺はすぐ終わるだろう」

グラントはかたわらの軍曹にむきなおった。

「全員殺せ。終わったら大佐に報告しろ」

グリーンフェルド星出身の男たちはベルトからグレネードをはずした。グラントは姿勢を低くして階段室へ移動した。

ブロンクは自分のコンピュータを見た。完全にジャミングされている。これでは高性能コンピュータもただの煉瓦だ。

軍曹の一人がバルコニーに落ちたライフルを拾った。それを使っていた少年は目をむいたまま動かない。額に小さな穴が開いている。後頭部の状態はすでにブロンクは見ていた。あらためて見たくない。

「コンピュータは使えないだろう。だったら撃て」軍曹は命じた。

ブロンクはコンピュータを脇において、ライフルを手にとった。蛇かなにかのようにこわごわとさわる。

「それで撃つんだ。撃たないなら、おまえを撃つぞ」

有無をいわせぬ口調だ。軍曹は本気であることをしめすように、バルコニーのむこうへ逃げようとした少年を撃ち殺した。

ブロンクはバルコニーの端ににじり寄った。他の少年たちは床に伏せている。手すりをささえる高級な大理石の支柱のあいだから撃っている。ブロンクは真似をしてライフルを突き出し、半裸の女性像に銃口を適当にむけた。

引き金を引く。

動かない。弾が出ないどころか、引き金をほとんど引けない。力をこめても、びくともしない。

「このレバーを動かすんだよ」

右隣の少年が教えてくれた。ライフルを横に倒して、ブロンクによく見えるように指さした。そのとき肘をついて体を起こすという過ちを犯した。

いきなり頭の上半分が砕けて、背後の壁に血となにかが飛び散った。

ブロンクは吐きそうになった。

「撃てと言ってるんだ」

だれへの怒鳴り声かわからない。それでもブロンクは頭を低くし、親指でレバーを動かして、撃った。

今度は発射された。連射が止まらない。ブロンクはようやく思い出して引き金にかけた指の力を弱めた。

左隣の少年が伏せたまま言った。

「オートで撃つな。軍曹に怒られるぞ。セーフティを一段もどせ」

ブロンクは助言に従った。今度は引き金を引くと一発だけ発射された。

「狙え。狙いをつけずに撃つと軍曹に怒られるぞ」

少年は銃身にそって目をこらしている。ブロンクも真似した。さっきの半裸の女性像に狙いをつけ、引き金を引いた。

その頭の上の壁材から白い埃が上がった。自分が撃ったやつだろうか。

「もういやだ！」

一人の少年が叫んだ。ブロンクからすこし離れたところだ。跳び起きて階段のほうへ走っていく。

「止まれ！」軍曹が言って、その頭を撃った。

すると、その軍曹の足のあたりにいたべつの少年が叫んだ。

「もううんざりだ！」

そして体を回転させて銃のむきを変え、軍曹の下腹に三発撃ちこんだ。彼らだけが着て、少年たちにはあたえられないボディアーマーの下側だ。

その少年を訓練したべつの軍曹が、その軍曹の頭をうしろから二発撃った。撃った軍曹は少女で、射撃の腕前を認められて特別にその地位に選ばれていた。

しかしそのさいに体を半分起こしたせいで、下からの銃弾にやられた。

「どうするんだ、おれたち」隣の少年がブロンクに訊いた。

「逃げ道ならわかると思う」ブロンクは言った。

「ついていくぜ」何人かが声をかけた。

「殺されるぞ」まだ撃っている少年が言った。

「じゃあ、おまえはここに残って海兵隊に殺されろよ。おれは逃げてみる。だれに出くわすかは運しだいだ」

ブロンクはそう言うと、十数人といっしょにバルコニーの奥へ寄った。そして姿勢を低くして階段へむかいはじめた。センサー担当軍曹が他のライフル隊の応援にいくときに、階段を上っていったのをブロンクは見ていた。だから上へ行った。下にはもどらなかった。

二人が分かれて下へむかった。しかし数秒後に銃声と、撃たれた少年たちの悲鳴が聞こえた。

他の少年たちはブロンクに続いて階段を上がった。

「申しわけありません、クリス。まちがえて爆破用のグレネードを渡してしまったようです」

軍曹の説明で、目のまえの状況のわけがわかった。ジャックのハンドライトが惨状を照らし出す。

カウンターと仕切りのガラスパネルは爆風に耐えている。窓もだ。しかし四つの死体と部屋じゅうの焦げた電子機器はめちゃくちゃだ。壁は黒くすすけ、血と骨と肉体の破片が張りついている。強化ガラスのパネルから赤いものがカウンターにしたたっている。

軍曹はプラスチック爆薬の残りでドアの錠前を吹き飛ばし、むこうの部屋にはいれるようにした。

「照明をつけるスイッチがあるかしら」クリスは言った。

「グレネードでワークステーションが吹き飛んだようですね」

ジャックはそれらしい形状の残骸をハンドライトで照らした。はいっていくケーブルと、出ていくケーブルがある。しかしそのあいだがどうなっていたのか判別できない。

「自動砲は停止した？」クリスは訊いた。

ジャックは肩をすくめた。最新設計の艦船では、どの管制席も他の管制席の機能をコピーできるようになっている。おなじようにここも、自動砲の主管制室が破壊されても、地下室にバックアップの管制室があるのではないか。それは知りようがない。

「ネリー、海兵隊に攻撃命令を」

「できません、クリス。ジャミングがはじまっています」

クリスは王女らしからぬ言葉を吐いた。

「ジャック、大尉になんとか合図できる？」

「モールス信号の腕が衰えてなければ」

ジャックは窓の一角から血の汚れをぬぐうと、川にハンドライトをむけて点滅させはじめた。

「これで伝わるといいんですが」

そのとき、通路のドアを守っている軍曹の声が響いた。

「止まれ。撃つぞ」

続いて銃声一発。

「撃たないで。お願いです、撃たないで」

クリスの耳に聞き覚えのある声が届いた。

デバル大尉は、屋上のいくつかの窓で爆発の閃光がひらめいたのを見た。美術館の状況が変化したようだ。

「突入の準備をしろ」

部下たちを死地へおもむかせるのだろうかと思いながら命令した。

そのとき館内の照明が消えた。

「どうやら出番だぞ」

第一分隊を前に出させた。分隊は川から岸に這い上がる。まだなにも起きない。

さきほど爆発の閃光が見えた窓で、光が点滅しはじめた。しばらく待って読みとる。

〝モンテズマの間から……〟

海兵隊員にはこれだけで意味は通じる。海兵隊賛歌の冒頭の歌詞だ。

「突撃!」デバル大尉は生まれて初めての命令を下した。

「行け、行け、行け!」左右の軍曹たちが応じる。

「館内突入がビリのやつは来月の台所勤務だぞ!」戦列のどこかから叫び声がした。

百人の勇猛な兵士たちが、完全戦闘装備の許すかぎりの全速力で走った。美術館のきれいに刈られた芝生の上を渡る。

デバルは屋上での動きに気づいた。西ポルチコでも動きがある。

むこうで発射炎、こちらで土が跳ねる。海兵隊員が一人倒れた。

「第一分隊、伏せろ。掩護射撃。第二分隊、おれといっしょに前進」

楽をしようと海兵隊にはいってくるやつはいない。

しばらく苦労させられそうだと、指揮官の大尉は覚悟した。

52

ペニーは攻撃方向の修正を軍曹に命じた。

バルコニーは沈黙した。そこの銃手は死んだか、逃げたか。見まちがいでなければ、最後にそこから逃げたグループを率いていたのはブロンクらしかった。しかし薄暗い非常灯下なのだ、確信は持てない。少年が生き延びていることを願った。警告を伝えてくれた彼には恩義がある。

円形広間からグレネードが投げられた。また一つ。さらにもう一つ。

無差別殺戮のはじまりだ。

最初のグレネードは民間人の集団に落ちた。彼らは茫然と見るだけ。爆発で多くが死んだ。二個目は海兵隊員が一人いる民間人のグループに落ちた。海兵隊員はその上に跳び乗って伏せた。本人は死んだが、民間人たちは助かった。さらに一個は海兵隊のグループに落ちた。一人が拾って投げ返し、それは敵の頭上で爆発した。すくなくとも敵の悲鳴は聞こえた。

グレネードは次々と飛んできた。愚か者や対応できない者は死んだ。勇敢な者は自分一人を犠牲にするか、逆に敵を殺した。

エデン星で長く忘れられていた美徳が急速に復活している。

グレネード投げは全員参加のスポーツのようになった。

「こっちも投げましょう」

海兵隊の一人が提案した。ペニーはボディガードらといっしょにペチコートに隠したグレネードをはずし、前線の海兵隊に渡した。海兵隊はそれを、円形広間に誇らしげに立つブロンズ像のまわりにひそんだ敵部隊に投げこんだ。

多くの美術品が砕け、燃えた。それ以上に多くの人々が死んだ。

「おれはドジャースのピッチャーだったんだ」と言うボディガードがいて、グレネードを求めた。彼は西ポルチコに通じる戸口に立っていて、中央エントランスへそれを投げた。多くの悲鳴があがった。

倒れたマルホニーが生存の兆候を見せた。弱々しいが、親指を立てた。

しかしポルチコの敵には増援がはいった。そこと駐車場とのあいだの銃撃戦がはげしくなっている。大ホールの一方の出口は安全でないようだ。

グレネードが投げこまれ、投げ返される。身を寄せあったまま死ぬ人々。戦って死ぬ人々。海兵隊員はあちこちでグレネードや弾倉の追加を求めて叫ぶ。ペニーは荷運びのラバから補給担当軍曹に昇進していた。

こんなことがいつまで続くのか。

海兵隊が川から突撃してくるのを、クリスは窓から見た。希望が湧いた。ドアのほうに振りむく。

「撃つな、軍曹。あなたなの、ブロンク？」

「そうです、上官、殿下。仲間も十何人かいっしょです。みんな怖がってるから、撃たないで」

銃声が響いた。

クリスは廊下に出た。少年たちはタイルの床に伏せている。海兵隊員はさきほどまで自分たちがひそんでいた廊下の奥にむかって撃っている。

クリスはスタングレネードを二個抜き、廊下の奥へ投げた。軍曹はあとからダート弾を撃つ。

スタングレネードが破裂。むこうのドアが閉まった。

「屋上が厄介なことになっています。まわりこまれたようです」伍長が言った。

「自動砲を撃てるようにしにきたのかしら」クリスは低く言った。「掩護して」

クリスは廊下に出て、床に伏せた少年たちのあいだを忍び足で進んだ。少年たちはアサルトライフルを持っているが、放り出している者も多い。クリスはその一挺を拾い、弾帯も一本拾った。

階段室のドアにたどり着いたとき、べつの階段室のドアがふたたびきしんで開いた。後方の軍曹がそちらに射撃する。

　スタングレネードを投げたジャックが、クリスの背後についた。少年も二人ついてきた。頭上すれすれを銃弾が飛ぶ廊下にいつまでも伏せていたくないのだ。狙いがすこし下がればどうなるか、十代の少年でもわかる。

　ついてきたうちの一人がブロンクだった。

　ジャックが小声で言う。

「川から上がってきた海兵隊が銃撃を受けています。デバルの前進が遅くなっている。半分が応射して、半分が移動している状態です」

「ここの自動砲は独立してマニュアル操作できるのかしら」

「エデン星の製品がどうなっているのか、さっぱりです」

　クリスは屋上に出るドアを開いた。

のぞこうとすると、ドアは穴だらけになった。

「簡単にはいかないな」とジャック。

　クリスは自分の尻を探った。

「スタングレネードと催眠ガス弾。どれだけ効果があるかしら」

「こちらには煙幕弾と破片グレネードが何個か」

　クリスはスタングレネードと催眠ガス弾を二個ずつ抜き出して、少年たちに配った。

「まずジャックが煙幕弾を投げる。近めにね。あなたたちは催眠ガス弾をできるだけ遠くへ投げなさい。屋外だからあまり効かないはずだけど、あくびでもさせれば充分だから」

少年たちは軽く笑った。

クリス自身はスタングレネードを投げるつもりだ。煙幕弾より遠く、催眠ガス弾より手前に。

「用意はいい？　カウントして、三でジャックが投げる。二でガス弾を。一でわたしがスタングレネード。ジャックはそのあと破片弾を投げて。跳び出すのは煙幕弾が充分濃くなってから。いいわね」

「はい、上官」ティーンエージャーらしい返事があった。

かぞえて実行した。煙幕、ガス、閃光と音響、そして最後に破片。

クリスはブロンクのあえぐ胸を片手で押さえて待った。その心臓は跳び出しそうなほど鼓動している。煙幕が濃くなるのを待つ。

「姿勢を低くして。走って」

クリスとジャックは、少年たちを率いて出た。煙と閃光のなかへ銃弾を連射していく。どこかで男の悲鳴があがった。べつの男がののしり、衛生兵をと叫ぶ。

クリスは姿勢を低くして走り、アンテナのコンクリート製の基礎の裏に滑りこんだ。ジャックも隣でべつの場所を確保する。

少年の一人が撃たれて倒れた。もう一人はコンクリートブロックの壁に隠れた。

屋上の敵は六人いた。煙幕が薄れると、マシンガンの弾幕に変わった。

屋上のどこかで自動砲が撃ちはじめた。地上へむかって不気味なほど長く連射する。

クリスは見なくてもわかった。海兵隊が倒れていく。

「狙撃手、屋上のやつらをやれ」

ブラウン一等軍曹は命じた。大声のせいで小口径の銃撃が集まる。防弾仕様の巨大なリムジンはびくともせず、陰に伏せた一等軍曹は痛くもかゆくもない。

屋上でなにかが起きているのはたしかだ。どうやら右の翼棟の屋上で海兵隊が敵を制圧しようとしている。あの中尉とプリンセスだろう。できるかぎりの支援が必要だ。

ふいに自動砲が射撃をはじめた。こちら側ではない。ではなにを狙っているのか。一等軍曹の銃撃チームの他に狙われる標的といえば、デバル大尉とその小隊しかない。

海兵隊が助けを必要としている。一等軍曹にできるのは屋上に応戦することだ。

狙撃手が屋上の敵を一人倒した。銃を持って右の翼棟の裏をまわろうとしていたらしい。よくやった。

屋上のべつの敵が自動砲らしいものの脇で立ち止まり、防楯を立てたか、あるいは制御装置の蓋を開けたかした。べつの狙撃手がそれを阻止した。

屋上の海兵隊が撃ちはじめ、人影を倒していく。多くは姿勢を低くし、急いで退却する。残っているのは撃たれて死んだ者だ。

一等軍曹たちが屋上に射撃をむけると、美術館正面のポルチコへの攻撃が手薄になる。こちらのおもな戦闘はそこなのだ。

一等軍曹は照準器の映像を見た。そしてドアからグレネードを投げこもうとしている男をみつけ、撃った。男は倒れた。一拍おいて、そのグレネードが周囲の味方に被害をもたらした。

一等軍曹はにんまりとして、ポルチコを見まわした。他にグレネードを投げようとしている敵がいないか。楽しいわけではない。グレネードがかならずしも味方でないことを彼らがわかっていないのだ。

こちらの銃撃チームを確認する。一等軍曹のまわりに五、六人がいて、横に狙撃班が二組いる。建物の正面からこの駐車場へ撃ってくる敵がいても、たいていは押し返せる。

後方を見る。戦車とトラックがちろちろと炎を上げている。あっちの連中はなぜ応援にこないのか。なにを考えているのか。

一等軍曹は首を振った。それは士官が考えることだ。よけいなことを考えると士官学校へ行けという話になる。

ある窓に動きが見えた。グレネードを投げようとしている者をまた倒した。しばらくしていい感じの爆発が起きる。

ただの下士官のほうがいい場合もある。

自動砲に狙われているのは、デバル大尉はわかっていた。もちろん、ついてくる部下も全員わかっている。しかし自動砲が最初の連射を終えたとき、デバルの脚は体重をささえられなくなって崩れた。大尉は急停止した。衝撃はアーマーが受けとめた。脚に痛みは感じない。いまはまだ。

このタイミングを有効に使った。

「ロケット兵、自動砲を狙え」

デバルのうしろにいる海兵隊技術兵が、ロケットランチャーで屋上を狙った。その引き金を引いたのと、自動砲が彼に照準をあわせて撃ってきたのが同時だった。技術兵は死んだ。ロケット弾は屋上に届いたが、自動砲にはあたらず、銃手二人を吹き飛ばした。

続いてべつの技術兵が撃ったロケット弾が、同僚の仇をとった。

第二の自動砲が火を噴く。狙いは他のロケット兵で、たちまちやられた。

手榴弾を投げられる距離ではない。二〇ミリ・グレネードランチャーでもあの高さの屋上に届かせるのはきつい。

狙撃手は自動砲の銃手を狙った。しかし自動砲も狙撃手を狙ってくる。

やはり奇跡でも起きなければ、自分と部下たちがこの殺戮原野を横断するのは難しい。それがわかってきたとき、脚の激痛が耐えがたいほどになった。視界が真っ赤にかすみ、顔を上げていられない。

戦闘の遂行は仲間にまかせるしかない。

53

あの自動砲をやらなくてはいけないと、クリスはわかった。

「ジャック、グレネードはある？」

「破片弾が一個」

「あの自動砲に投げて。きみたち、掩護して」

クリスと少年たちは掩護射撃をした。ジャックはグレネードを高く放った。

爆発は自動砲の銃手を倒したが、すぐにべつの銃手に交代し、地上の海兵隊の装甲に穴をあけつづけた。

クリスはブラに手をいれ、パッドがわりのおっぱい爆弾を取り出した。

「掩護して」クリスは声をかけた。

「それはまさか」少年の一人が言う。

「掩護しろ」ジャックが荒々しく命じて、拳銃を連射した。

クリスは自分で三発撃つと、拳銃をおいて体を一転させ、コンクリート製の掩体の反対側に出た。半分だけ体を起こしておっぱい爆弾を投げる。

敵の応射はアンテナの基礎の最初の側に来たが、すぐにクリスがいるほうへ移動した。しかしそのときには、クリスは掩体の裏に引っこんでいた。投げた爆弾は、目的の自動砲を越えて隣の自動砲にあたって爆発した。不運にも稼働中のものではなかった。しかし庫内に弾薬を満載していた。爆発によって自動砲は燃えはじめ、その火が一分ほど続いたところで弾薬庫に引火した。二〇ミリ砲弾が花火のように無作為に飛んだ。川にも飛んだ。

稼働中の自動砲の銃手がその一発で頭を砕かれた。やられた銃手に交代しようと立ち上がった銃手もやられた。

あわてた銃手たちは、敵味方の区別がない殺戮から逃れようと階段室へ退却した。その階段室のドアは二発あたって吹き飛ばされ、飛びこんだ一発が奥で爆発した。

逃げ場を失った一人は、建物の隣に立つ楡の木にジャンプした。なんとか枝につかまれたが、その枝は体重をささえきれなかった。落ちていく途中でべつの枝につかまる。それも強度不足だった。男は裏のポーチの手すりに落ちて、背骨を奇妙な角度に曲げて動かなくなった。

敵は階段へむかっていっせいに逃げはじめた。

クリスは逃げる者を放置しておきたい気持ちをこらえて、ジャックといっしょに敗残兵を撃っていった。彼らが屋上から無事に脱出したら、グラント・フォン・シュレーダーの軍曹たちにつかまって、ふたたび銃撃隊として編成されるはずだからだ。

クリスの背後で少年の一人が嘔吐していた。

屋上の敵を掃討し終えると、クリスは拳銃をおさめて、敵のアサルトライフルを拾って調べた。ニューエルサレム製らしいM‐6の商用版だ。ただしフルオート連射が可能なように改造されている。興味深い。

ジャックがライフルを手に立ち上がり、地上の海兵隊にむかって手を振った。

多くが立ち上がり、美術館の裏のポーチへ駆け足で進みはじめた。立ち上がった者が多いが、倒れたままの者も多い。幸か不幸かジャミングが続いているために、クリスはだれが倒れているのか問い合わせられなかった。

クリスは小走りに階段室へむかった。黒焦げになった死体にじゃまされる。進むか引き返すかの選択に迫られ、ジャックを見て、いっしょに階段へむかった。

その途中で自動砲の隣を通るごとに、内部にたっぷりと銃弾を撃ちこんだ。これでもう海兵隊を悩ませることはない。

進行はグラント・フォン・シュレーダーの予定どおりでなかった。

「屋上を制圧されました」ミュラー大佐が報告してきた。半地下にある司令センターのコンクリート打ち放しの壁のように冷たく陰気な言葉だ。「やはり民兵はカードの兵隊のように簡単に倒れますね」

「軍曹たちの指揮でどうにかならないのか」

「性根のある兵士に鍛える時間がなかったのです」

大佐は反論した。グラントはうなずいた。

「時間がたりないのはおたがいに承知だ」

「羊は充分に殺したでしょうか」

それが今夜の最大の目的だった。エデン星の政財界のトップを一度に亡き者にする。グラントは名家の放蕩息子たちに、それぞれの家業を相続させてやると約束した。彼らはその言葉を鵜呑みにしていた。

もちろん空手形だ。一カ月後にはグリーンフェルド星の抜け目ないビジネスマンたちが乗りこんできて、この星の経済を乗っ取る。一年後には九十パーセントがグリーンフェルド星の支配下にはいっているだろう。その強力な手腕で労働者を効率的に働かせる。

それが今朝の時点での理想だった。

今夜それはどこまで実現できただろう。

「大佐、予定どおり北への撤退を準備しろ。わたしは円形広間へ行って、残りの羊の殺戮を指揮する。そのあと集合地点で軍曹たちと落ちあおう」

ミュラー大佐は腕時計を見た。

「十分でお願いします。一秒でもすぎたら味方は撤退します」

「そうしろ」

グラントは階段にむかった。うまくいけば、その十分以内にロングナイフを倒せるかもしれない。

クリスは階段を下りていった。ジャックと海兵隊員二人が続く。少年たち六人も、おびえながら素直についてくる。

「ねえ、ジャック。ピーターウォルドのガキとのこういう騒ぎを一度完全に終わらせて、話がしたいわ。本気で話したい。わかるでしょう」

クリスは肩ごしにジャックに言った。警護班長は訊いた。

「ピーターウォルドの言うことをわざわざ聞きたいですか？　レイおじいさまがそれをお望みになると思いますか？」

レイの望みなどもはやどうでもよかった。曾孫娘をこんなところへ送りこんでおいて、一言の警告もなかった。ほのめかしすらしなかった。レイに対する無作法で口汚い表現が頭に浮かんだ。

しかしレイは王だ。それらの表現は反逆罪にあたるだろう。だからクリスは口をつぐんだ。

四階に下りた。バルコニーからはメインフロアがよく見える。しかしここから撃とうとすると角度のせいで体をさらしすぎる。

もう一階下りた。

三階の踊り場は、初期の銃撃戦で倒れた死体で足の踏み場もない。少年たちは青ざめた。

しかしクリスのあとについて、友人たちの死体をかきわけながらバルコニーに出た。

二階のメインフロアを見下ろす。まるで殺戮原野だ。特別な掃除が必要だ。ヘラクレスが暴れたあとを片付けられる清掃員が。

死体が山積みになっている。倒れた場所に放置されている者もあれば、意図的に積み上げられ、陣地の土嚢がわりにされている場合もある。砕けた彫像はあちこち引きまわされ、その下に人々が逃げこんで震えている。

あちこちでグレネードが投げられる。ライフルが連射される。拳銃が撃たれる。戦闘の騒音のあいまに、傷ついた人間の悲鳴や泣き声が通奏低音のように聞こえる。

なによりも血と死の匂い。

クリスはそれらを一目で見てとると、自分にとって重要な要素に集中した。

ペニーはいた。オレンジ色だったドレスは、鮮血の赤と乾いた血の茶色に変わっている。それでも大尉として命令し、ドレスの下からグレネードや予備弾倉を出してあちこちの海兵隊員に放っている。

発砲は散発的になっている。銃弾が尽きかけているのか、双方ともに掩体の陰から出てこなくなったせいか、判然としない。

鹵獲《ろかく》したライフルを使っている海兵隊員が二人いた。三階バルコニーの不慣れな少年兵がやられたときに落としたのだろう。しかし発砲がとぎれとぎれだ。

クリスは敵兵の死体から弾帯をとって、手すりごしに投げてやった。射撃がいったん止まり、しばらくしてフルオートで撃ちはじめた。それが掩護射撃になり、海兵隊は予備弾薬の確保に走りはじめた。まもなくべつのアサルトライフルが連射をはじめた。

円形広間からの応戦は少ない。海兵隊の抵抗が勢いを増している。

クリスはバルコニーの縁に這い寄り、用心深くのぞいた。ちょうど、グラント・フォン・シュレーダーが円形広間の端に小走りに出てくるのが見えた。

「なにをしてるんだ、寝てるのか？　ママが恋しいのか？　おまえたちは乳臭いガキか。敵はむこうだ。撃て。グレネードが残っている。投げろ」

クリスはその姿に照準をあわせた。五連射を叩きこもうとした刹那、フォン・シュレーダーは着陸記念日のブロンズ像の裏に姿を隠した。

彼とはゆっくり話をしたいので、それでもいい。しかし敵兵は鼓舞されて応戦がはげしくなった。

ゆっくり話をできる日ではないようだ。

ブラに手をいれ、最後のおっぱい爆弾を取り出す。どこへ投げるか。考えて、にやりとした。

延期信管を四秒にセットし、ブロンズ像へ放った。空中を飛んでいくそれを、フロアのだれも見ていない。しかしクリスは注視している。複数のブロンズ像のまんなかにはいった。ガーデンシティの礎をきずいた五人の偉大な父祖の一人にあたり、彼らの足もとに落ちた。五人の像は背中合わせに立ち、遠い旅路のはてに到達した土地を眺めている。

爆発が起きた。ブロンズ製の脚や胴や腕は、もっと古い種類の青銅製品に変わった。すなわちナイフ、槍、剣だ。

円形広間に立てこもる敵兵たちは体を切り裂かれた。

「凄惨だな」ジャックがつぶやく。

「彼らに神の慈悲を」クリスはかつてトムがよく口にした言葉を真似た。「わたしは無慈悲だけど」自分の言葉もつけ加える。

最初の爆発の耳鳴りが消えないうちに、第二の爆発音が響いた。

まもなくその原因はわかった。聞き慣れたM－6の単発射撃の音が続く。海兵隊を象徴する銃声が円形広間に響いた。すぐに海兵隊は姿をあらわした。フルボディアーマーに、完全戦闘装備。川の水や泥がしたたっている。

まさに騎兵隊だ。救援に駆けつけた。ラッパは鳴らさず、誇らしい旗もひるがえっていないが、充分に勇ましい姿だ。

クリスのいる大ホール側ではまばらな拍手が起きた。

円形広間では降伏の手が次々と挙がった。

しかし全員ではない。だれかが先頭の海兵隊員を撃った。発砲した者は射殺された。

降伏を迷う者への説得力は充分だった。

沈黙がホールをおおった。安堵に満ちた無音。

それを破るのは、まだ安息が訪れない者のうめきとすすり泣きだ。

54

ブラウン一等軍曹は白い巨大なリムジンの下に伏せたまま、円形広間の大きな爆発で吹き飛んだガラスの雨がおさまるのを待った。割れたガラス片が車体を鳴らす音がやんでから、這い出して周囲を見た。

闇がもどっている。視野のオレンジ色は爆発の閃光の残像だ。散発的な発砲がいくらか続いている。号令への反応が鈍いやつはいるものだ。しかしそんな連中も気づいたか、あるいは殺された。神々しささえ感じる沈黙が下りた。

沈黙は続く。いいことだ。これまでの血なまぐさい騒音にくらべればはるかにいい。

そう思いながら、一等軍曹は腕時計に目をやった。

三十分しか経過していない？　ありえない！

腕時計を耳に近づける。こちこちと音がしている。古いゼンマイ式だ。父から息子へと気が遠くなるほど昔から受け継がれてきた。その時計がちゃんと動いている。はてしないように思えた地獄も、じつは三十分強の出来事だったわけだ。

一等軍曹は首を振った。

沈黙が続き、甘美な平穏へと変わっていく。振り返ると、緊急車両の回転灯が何十個も集まっているのが見える。救急車はなぜ動かないのか。

手前に目をもどし、脚の速い者を探した。むこうへ行かせて誘導させなくては。

そのとき、美術館の北棟からこっそりと出てくる複数の人影をみつけた。

ブラウンは士官ではないので、要人の顔をすべて知っているわけではない。しかし、ネズミは沈む船から逃げ出すものだ。とりわけ船に穴をあけたネズミは。

予定を変更した。

脚の速い女性海兵隊員と目があったが、送った先は救急車ではなかった。南端にいる狙撃班を呼んでこさせた。自分は中央を守る銃撃隊に合図して、北へ移動をはじめた。

北の狙撃班を率いているのはドノバン伍長だ。彼女は指示がなくてもやるべきことを理解した。狙撃班を立たせ、駐車車両に隠れてゆっくりと北へ移動した。

あわてずとも、逃げられる心配はなかったようだ。美術館から出てきた人影はやがて立ち止まった。五十メートルほど歩いた、石の花壇にかこまれた木の下だ。五、六人が外向きの輪をつくって警戒し、内側で四、五人が話しあっている。

打ち合わせた集合地点らしいと一等軍曹は察した。二十年の海兵隊暮らしはだてではない。彼らは待機している。プロの兵士ならそうする。連絡に来る者がいるか、あるいはだれも来ないのか、しばらく待ってたしかめる。

しかし最後の爆発と銃声がやんでから、あたりは静かすぎるほど静かだ。

たんなる戦線離脱した敵兵なら黙って去らせてもよかった。しかし士官らしい者が中央にいて、周囲に目を配っている。だから下士官も動かない。

一等軍曹の銃撃隊は現場に追いつき、追い越してまわりこんだ。待ち伏せに好都合な地点をいくつかみつけて、一等軍曹はほくそ笑んだ。この集団がふたたび北へ移動しはじめたら、文字どおり袋のネズミにできる。

海兵隊が攻撃の準備をしているあいだに、一等軍曹は観察を続けた。上級下士官らしい男が、士官らしい男と話している。声は聞こえないが、だいたいわかる。

「上官、移動すべきです。時間を無駄にできません」

しかし士官は腕時計に目をやっただけ。だれを待っているのか。遅刻者とこの士官は個人的に親しいのだろう。おそらくその男の下で、下級士官として勤務したことがあるのだ。べつのときなら、待つのは意味があっただろう。今回はそうでないようにしてやる。

一等軍曹は態度を決めた。

見える範囲の部下にハンドサインを送る。麻酔弾使用。

命令は伝達された。

麻酔弾での対応はリスクをともなう。しかし、こんな事件を起こして、多数の死者を出したグリーンフェルド星の犯罪者には、生きて証言させなくてはならない。それが下士官としてのブラウン一等軍曹の考えだった。

不正規戦の過酷な現実に、士官はそしらぬ顔をできるだろう。しかし前線の兵士は、そんな現実を避ける態度に吐き気をもよおすのだ。

　この場は一等軍曹がまかされている。だから自分の判断でやる。

　こいつらは負け犬だ。肩の落ち方でわかる。そして海兵隊の手中に落ちてきた。汗臭く汚れた一等軍曹が彼らに対してやることを、王や大尉たちは切歯《せっし》扼腕《やくわん》しながら見るがいい。

　敵の士官は最後にもう一度腕時計を見て、美術館を見た。やはり動きはない。

　士官は兵士たちに合図した。斥候の二人が先頭に立ち、外側を警戒していた兵士たちが続いた。集合の隊形から、移動する隊列になる。

　芸術品のような軍事行動だ。一等軍曹にはわかる。煙がくすぶる美術館での作戦展開はお粗末きわまりなかったが。

　しかしその整然たる隊列は、こちらの待ち伏せ陣形のなかへはいってくる。ブラウン一等軍曹の芸術品のなかに。

　ブラウンはにやりとして、士官を照準にとらえた。芸術品のような軍事行動という意味では海兵隊も負けていない。

　こちらの芸術を見るがいい。

55

負けた戦場にくらべて勝った戦場はあまり悲惨に見えないと言ったのは、どこのどいつだったか。

疲弊しきったクリスの脳は答えを引き出せなかった。こういうときはネリーだ。

「ジャミングはまだ続いてるの？　救急車を呼べる？」

「申しわけありません、クリス。妨害はまだ続いています」

クリスは首を振った。敵の敗北はあきらかだ。それでもジャミングを続けているのは嫌がらせか、それとも失念しているのか。あるいは、まだ負けていないつもりなのか。

不愉快な考えだ。

戦闘装備の海兵隊はきびきびと円形広間にはいってきて、敵兵の武装解除と拘束をはじめた。クリスは三階のバルコニーから声をかけた。

「デバル大尉、状況は？」

一人が顔を上げた。

「ええと、トロイ大尉です。現在は自分が指揮官です、ええと……殿下」

これだけで海兵隊の大使館派遣中隊の状況がおおよそわかった。

「大尉、捕虜を拘束したら、ホールの防衛線をここに設定しなさい。それから武装した支隊を出して館内のすべての部屋を捜索。銃撃戦のあいだ隠れていた民間人がいるかもしれない。脱出を試みている敵兵が残っているかもしれない」

「その……殿下、それらの任務をすべて実行できるほど兵員が残っていないと思います。それよりも医療支援はありませんか。後方に送りたい者が多数います」

中隊の状況はさらによくわかった。クリスはうなずいた。最優先すべきことを考え、行動リストを短くする。

「大尉、捕虜の拘束と、反撃にそなえた大ホールの周辺防衛をやりなさい。医療支援はなんとか呼ぶわ」

クリスはジャックのほうにむいて低くつぶやいた。

「救急車はまだなの？」

いっしょに階段を下りはじめる。

「少年たち、離れずについてきなさい。でないとまちがわれて捕虜にされるわよ。あなたたちは別扱いにさせるから」

たしかに彼らは戦闘中に何度も立場を変えた。その戦闘は……クリスは時計を見て驚いた。たった三十分だったのか。とにかくブロンクとその仲間は、まちがったことをしたあとに正しいことをした。

「海兵隊の到着だ」

ジャックはメインフロアに近づいたところで言った。正しい用心だ。

一行は頭から爪先まで黒一色だ。闇のなかの影。このカムフラージュのおかげで今夜を生き延びられたともいえる。しかしいまは仲間の海兵隊が守る陣地にはいろうとしている。

メインフロアは戦場だ。アサルトライフルの少年たちと、黒い戦闘服の大人たちがあちこちに倒れている。ペニーのグレネードの一部もここで使われている。

階段の下の踊り場には、倒した彫像が寄せられ、海兵隊員一人とボディガード一人が拳銃でクリスを狙っていた。わきには二、三人が倒れて死んでいる。

まず海兵隊員が拳銃の銃口を立てて、乾いた口で、「つねに忠誠を《センパー・ファイ》」と言った。

防衛線の内側にはいった。

南ホールは、華やかで豪華なパーティ会場から、赤黒くぬかるんだ血と人肉の海に変わっていた。聞こえるのは低いうめき声。うめいていないのは死体だけだ。

クリスにとっては静かすぎた。足もとに気をつけながら、目的をもって進んでいく。

背後では少年たちが嘔吐して、足もとの汚物の海を増やしていた。

ペニーと生き残った海兵隊の数人はホールの中央にいた。ペニーも彼らもすでに体を起こしてすわっている。海兵隊の一部は立って仲間を迎えた。ペニーは立てない。長いブロンズの破片に右の二の腕を切り裂かれている。皮膚を破って突き出たブロンズの先端を見て、ペニーは陰気に首を振った。

「血まみれの現場をかろうじて生き延びたわたしを、あなたは普通の入り口からはいってきて叱咤《しった》するわけですね」

「ごめんなさい」クリスは心をこめて言おうとしたが、伝わったとは思えなかった。「負傷の治療をできる者をなんとか呼ぶわ」

「悪党の始末をえんえんとやったわたしたちに……救急車はまだ？」ペニーは見まわした。

クリスは苦々しく認めた。

「まだなのよ。ネリーによるとジャミングが続いている。通信ができない」

そのネリーが言った。

「クリス、妨害電波の発信源がだいたいわかりました。どうやらこの下です」

クリスは深く息を吸い、ゆっくりと吐いた。

この戦いはまだ終わっていないようだ。

新規増援の海兵隊部隊にネリーをゆだねて、建物の地下を捜索させるという手もある。なるほど、さしものロングナイフもここまでというわけか……。そんな声が頭の奥から小さく聞こえた。

そんなわけがない……。べつの部分が反論した。

「ありがとう、ネリー。ジャック、あなたとあとの海兵隊は美術館めぐりをもう一周やれる？」

ジャックはうなずいた。海兵隊の「ウーラー」という返事は、いつもほどには力がなかったが、それでもそう答えた。

屋外のどこかから、M－6を単発で撃つ聞き慣れた音が聞こえた。海兵隊がだれかを撃っている。応射するサブマシンガンの音。しかし短かった。すぐに夜の静寂がもどる。

「ネリー？」クリスは訊いた。

「ジャミングは継続しています」

クリスは階段にむきなおった。その背中にペニーが声をかけた。

「気をつけてください、クリス。この銃撃戦の最後の死者にならないように」

「最善をつくすわ」クリスは肩ごしに答えた。

「わたしも」ジャックも言う。

「自分たちもです」海兵隊が続く。

「おれたちも」少年たちもくっついていく。

べつの海兵隊員がライフルを手にした。

「同行しましょう。不審なお土産が残されてるかもしれない。爆発物技術者がいたほうがいいでしょう」

クリスは寄せ集めのチームを率いて、黒い地獄の口へふたたびはいっていった。

56

階段の非常灯は戦闘で破壊されていた。クリスは足先で死体のあいだを探って階段を下りようとしたが難しい。ジャックは言われるまえにハンドライトを灯した。階上の防衛側は熾烈な戦いをしたようだ。クリスは死体のあいだの血の海から血の海へ足を移動させた。後続はそのあとをたどってくる。

一階に着いた。クリスはライフルの照準ごしにようすをうかがった。

今夜は肉屋が働きすぎだ。ここは攻撃の早い段階でみんな殺されたようだ。休憩中の警備員や、不運にも残業していた公務員らしい。あえて生かしておく理由はないとグラントは判断したのだろう。

「ネリー、ジャミング装置の位置は？」クリスはささやいた。

「このフロアではありません」

「地下や半地下の部屋がある？」クリスは背後に訊いた。

「ここにドアがあるよ。階段の裏」少年の声が教えた。

「さわるな」爆発物技術者が制する。

遅かった。

爆発は低くこもっていた。しかし少年たちの悲鳴は今夜の戦闘で張りつめた神経をさいなんだ。

クリスと海兵隊は急いで階段にもどった。少年のうち二人が負傷している。一人は重傷だ。ジャックは少年の砕けた腕を、本人のベルトを止血帯にして縛った。べつの海兵隊員はもう一人のシャツを裂いて、包帯がわりにその胸を巻いた。

爆発物技術者の軍曹はドアの縁に指を滑らせる。まだ固く閉まっている。

「外で待っていてください」彼はクリスたちに言った。

だれも反論しない。

長い時間のあとに、かちりと音がして、軍曹の声がした。

「ドアは開きました。階段を確認するまで、そこで待っていてください」

クリスは気がとがめたが、まかせた。

ブロンクが新たに開いた階段口の闇を見ながら言った。

「明かりはいらない？」

「あればあったでいい。ただし離れていろ。よけいなものにさわるな」

ブロンクは軍曹についていった。片手でライトを持ち、反対の手はポケットにいれている。

残りの少年たちと海兵隊はドアからできるだけ退がった。

まる一分ほどたってから報告があった。

「次の踊り場まで来ました。階段の中央を下りてきてください。壁にさわらないように」

一行は指示に従った。ジャックが先頭、クリスが二番目。残る三人の少年たちがしんがりだ。

「この階にある？」クリスはネリーに訊いた。

「位置は建物のつきあたり、北端です。高さからすると下の階のようです。あるいはこの階の床が下がっていくのか。わかりません」

「下りる階段があります。確認しますからしばらく待機を」

軍曹が言って移動しはじめた。ブロンクが二歩うしろをついていく。

クリスは顔を上げた。天井の隅に非常灯があり、小さな赤いインジケータが点滅している。点灯していたのを最近消した証拠だ。

そのことを知らせると、軍曹は低い声で答えた。

「ええ、気づいてます。だからあまり再点灯したくないんですよ。わかるでしょう」

クリスは闇のなかで同意した。

やがて次の階に下りた。ここは非常灯がついている。コンクリート打ち放しの半地下だが、今夜の階上の状況にくらべると楽しい場所に思えるほどだ。

死体はない。戦闘による破壊もない。単純で機能的なエリア。館内が正常に機能するように作業をこなす場所。

正常すぎて不気味なほどだ。

「妨害電波はこの通路のつきあたりから出ています」ネリーが教えた。

軍曹が先頭に立ち、行く手を調べながら進む。後続はおなじところを歩いていく。進むのは楽だ。

やがて一室からジャミング装置が発見された。テーブルにおかれた黒い四角い箱のなかだ。アンテナ線が配管から出ている。電源も同様だ。

軍曹は観察して、首を振った。

「これをどうしたいですか？」

「できれば持ち帰って調べたい。わたしのコンピュータのネット接続をジャミングできた唯一の装置だから」クリスは答えた。

「唯一です」ネリーは強調する。

「でもいまは停止させることが優先よ。ジャミングを止めて、救急車を呼ばないと」

軍曹は首を振りながら言った。

「いかにも爆発物がセットされている感じですよ。どこをどう見ても怪しい。あっさりスイッチを切れるようにはなってない」

ジャックが訊く。

「爆薬が必要か？　ペニーから最後のグレネードをもらってきた」

「それと電線が何本かあれば」

「電線ならここにあるよ」少年が言った。

「さわるな！」四方から声が飛ぶ。

「さわらないよ」少年は答えた。

「いい子だ、すこしは学習したな」

軍曹は言ってから、ベルトを抜いて、その内部から長く細い線を引き抜きはじめた。

他の者は部屋から退避した。軍曹もしばらくして出てきた。線の端を持っている。

「これでグレネードを起爆したときにどうなるか、わかりません。ジャミング装置といっしょに少量の爆薬が爆発するだけか……。しかしこれまでの敵の仕掛けはどれも大規模でしたからね。みなさんは奥の階段室まで退避しておいたほうがいい。さすがに建物が倒壊するほどの威力はないはずだ」部屋のほうを振り返って、「たぶん」

クリスたちは廊下をもどった。

「ネリー、ナノバグをいくつか残しておいて。ジャミングが止まったら活動できるように」

「実行中です」

クリスたちはおおむね安全と思われる奥の階段室までもどり、軍曹に合図した。

軍曹は装置のある部屋のドアをほぼ閉めて、廊下をいくらか退がった。手を上げ、指を折ってかぞえる。三……二……一。

線を引いた。

そしてクリスたちのほうへ走ってくる。クリスは声に出してかぞえた。

「四……三……二……一」

グレネードが爆発した。

一拍おいて、もっと大きな爆発が起きた。装置があった部屋のドアが吹き飛ばされる。

「廊下の奥でなにかが発生しています」ネリーが警告した。

軍曹は全力疾走になった。

廊下の北端で火球がふくれあがった。軍曹の背後から迫ってくる。軍曹は北棟の階段室にたどり着き、そこに飛びこんだ。

クリスの一行は自分たちの階段室に引っこんで、鉄製のドアをしっかりと閉めた。しかし、ほとんど間をおかずにドアが吹き飛ばされるように開いた。ブロンクと隣に立っていた少年は跳ね飛ばされた。

衝撃波でクリスは階段室のなかで倒れた。耳がおかしくなり、あくびをしたくなる。

まわりにいるジャックや海兵隊の姿が変化した。ネリーがカムフラージュ操作をしてから魔女の心臓のように真っ黒だったのが、赤と青の礼装軍服にもどった。顔も茶色なりピンクなり黒なり、もとの肌色にもどった。クリス自身は灰色のドレスだ。

ネリーが宣言した。

「ジャミングは解除されました。そのかわり、保護迷彩技術が働かなくなったようです」

「かまわないわ。トードン中佐、聞こえる？」クリスは呼んでみた。

「よく聞こえるわ。どこでなにをしていたの？」

「あれやこれや、いろいろとね。とにかくこちらは流血の惨事よ。重篤な負傷者があふれていて、最大限の救急医療を必要としているわ。支援はどこなの？」

「それがわからないのよ。市内も眠っていたわけじゃないのよ。マルティネス警部補と友愛騎士団は、わたしの思い出あふれるあの倉庫をなんとか防衛したわ。楽天的なわりには口ほどにもないギャングの死体が周辺道路にあふれている。でも楽な戦いではなかったようよ。マルティネスはアラモ砦にたとえているくらいだから」

歴史の引用についてクリスはなにも言わなかった。よその惑星の話だ。言いたいことが通じればいい。

ルースは続けた。

「とにかく、マルティネスと一部の仲間がいましがたそちらへ救援にむかったわ。つないであげるから待ちなさい」

爆発物技術者の軍曹がもどってきた。耳が聞こえないことを身ぶりであらわす。目は充血し、顔はあちこち内出血している。それでも本人はプロらしく元気だ。怪物の巣穴をのぞいてきた自慢話をしたがっている。

クリスと一行はゆっくりと階段を上がりはじめた。そこにマルティネスとの通話がつながった。

「どこにいるの？」クリスは訊いた。

「バリケードの手前で阻止されています」

「爆破しなさい」

「敵のバリケードじゃないんですよ、殿下。われわれ警察のバリケードです。警官の一部がメディア関係者の侵入を阻止するためと称して、救急車さえ通さないんです」

「なんてこと」クリスの口からはそれしか出てこなかった。

一行がメインフロアに上がったとき、ちょうど三階から下りてくる人物に出くわした。驚いたことに、第三副大統領だった。ネクタイは曲がり、シャツのボタンは掛けちがえている。うしろに控えたブロンドの美女は誇らしげな笑みを浮かべている。

「テーブルの下に隠れていて無事だったのですよ」

第三副大統領の言いわけは四歳児への説得力にもとぼしい。

クリスは、あとで厄介なことになるとわかっていても、自分を止められなかった。セットが崩れた髪に手をいれて、隠した拳銃を抜く。その銃口をエデン星第三副大統領の顎の下に突きつけた。

「警察を指揮してここへの道路を封鎖させているのは、ジョンソン警視だと思っていいわね？」

「もちろんそうだ」

第三大統領はうかつな答えを口にした。クリスはそのネクタイをつかんで階段室から引きずり出した。大ホールに顔を突き出させ、その殺戮原野を見せる。

「なんだこりゃ」ショックを受けて、言葉はそれだけだ。

「封鎖解除を指示しなさい。救急車がここへはいれるように」

「だめだ。救急隊員がメディアに話してしまう。こんなひどいことを」

「そうよ、第三副大統領。ひどいことになっている。人々が死んでいる。なのにあなたは見当はずれの反論をしている。今夜のわたしはあちこちから銃で撃たれ、爆弾を投げられたわ。だからしかたなく銃で撃ち、爆弾を投げて何人も殺した。もう一人くらい殺して、今夜の死者の長いリストにあなたの名前を加えるくらいはわけもないのよ」

「それは……」低くゆっくりとつぶやきが漏れる。

「封鎖を解除させなさい」

第三副大統領は顎の下に突きつけられた拳銃を見下ろした。長い時間ののちに、ようやくその目に警戒の色が浮かぶ。頭の歯車がゆっくり回転する感触がクリスの手に伝わるようだ。このピストルがパーティの小道具ではなく、本当に人を殺せる武器だとわかってきたらしい。自分に死をもたらすものだと。

エデン星の第三副大統領は、リストユニットを口もとに近づけた。

「ジョンソン警視」

「はい、副大統領」すぐに返事があった。

「救急車をなかにいれろ。なにもかもいれろ。バリケードを解除しろ。こちらは助けが必要だ。たくさん必要だ。すぐにやれ」

「メディアはどうしますか？」

「気にするな。とにかく救急車だ」

「副大統領、もしやクリス・ロングナイフから脅されているのでは？」

「警視、言われたとおりにしろ」

「はい、副大統領」

通話は切れた。クリスはまだ副大統領を放さなかった。銃口も突きつけたままだ。開かれた契約は開かれた関係で結ばれるというのが父親の口癖だが、この契約にかぎっては、実際に医療支援が到着して約束がはたされるまで合意と認められない。そしてそれまでは、この男に生きて朝日を拝めると思わせるつもりはなかった。

ブラウン一等軍曹が円形広間の正面ドアを蹴破ってはいってきた。

「救急車が動き出しました、ようやく。赤い回転灯がやっと近づいてきました」

「最初の一台が到着したら知らせなさい」

クリスは命じた。青ざめた政治家の喉首はまだ放さない。副大統領はいまごろになって周囲の光景を理解しはじめたようだ。あるいは自分が死にすれすれまで近づいていることがわかりはじめたのか。

それからだいぶたって、最初の救急車が到着した。

クリスは安堵の息すらつかずに政治家を脇へ放った。その膝はたちまち崩れて、まだたっぷりと濡れた死体の上に倒れた。

ブロンドの美女は助け起こそうともしない。入り口からはいってきたメディアのレポーターをみつけると、そちらへ直行した。

マルティネス警部補も第一陣とともに到着した。非主流メディアのレポーターを左右にともなっている。二人は目を丸くして館内を見た。女性レポーターは足もとに吐いた。それでもカメラはまわしつづけた。

今回のニュースにかぎっては、事件現場から夜の報道番組までのあいだで消えてしまうことはないだろう。

そして、ジョンソン警視もあらわれた。

彼はクリスのほうに直行してきた。

57

クリスの部隊は傷の手当てが必要だった。だれもが血を流している。

ブラウン一等軍曹は十人を捕虜にしたと誇らしげに伝えた。

「本当は十一人のはずだったんですが、自分が狙って撃った士官に麻酔弾がうまく効かなくて、自殺されてしまいました。尋問したかったのですが」

「わたしもよ、軍曹。でもグリーンフェルド星の権力者は、どうやらわたしたちとの開戦を望んでいない。ウォードヘブンの上層部も望んでいない。表舞台でやりあうことはね」

するとブラウン一等軍曹は考えこんでしまった。

本来ならクリスが一番にやるべきことは大使の捜索だ。しかしそれを放置して、川岸へむかった。デバル大尉の安否確認だ。取り巻きがぞろぞろとついてくる。ジョンソン警視も。

負傷した大尉は台車付き担架に載せられるところだった。

「容態は？」

クリスは近くの衛生兵に訊いた。女性衛生兵は心配そうだ。

「出血がひどいです。急いでドクターのところへ搬送します」

「自分はケチなので、すこしの出血ですぐ倒れるんですよ」大尉は軽口を叩いたが、声は弱々しい。

クリスは通信リンクにむかった。

「一等軍曹、車両をこちらにまわして。大尉のために」

クリスは見まわした。自動砲にやられた重傷者が何人もいる。重傷以上のものは手の施しようがない。

一等軍曹が答えた。

「走行可能な車両は一台だけです。リムジンはタイヤを一本やられました。運転手に交換させたら、軽傷者を乗せて大使館に帰らせます」

「それでいいわ。こちらへ来る車両は、担架を四つ……」言いながら衛生兵を見る。衛生兵は片手を広げた。「……五つ収容できるやつをお願い」

「そんなにひどく?」

「そうよ」

海兵隊の車両はすぐに到着した。被弾してあぶなっかしい姿だが、なんとか走行できる。あとから民間車両二台がついてきた。運転しているのは有志の警官たちの集まり、友愛騎士団のメンバーだ。

一人のレポーターがクリスの大きすぎる鼻の下にマイクを突きつけた。

そこにジョンソン警視が割ってはいった。

「彼女への取材は禁止だ」

「なぜですか？」

マルティネスが進み出た。

「なぜなら、この星の指導層を根こそぎにしようとする計画に対して、すこしでも抵抗を試みたのはウォードヘブン星の海兵隊だけだったという事実を、メディアに知られたくないからですよ」

「それはちがう」ジョンソンは否定した。

マルティネスは続けた。

「この裏庭全体をカメラにおさめてください。倒れているのはだれですか？　エデン星の軍隊ではない。エデン星の即応部隊の車両の残骸は、ここへ来る途中で見たでしょう。近くまで来ていましたか？」

「いえ、あまり」レポーターは答えた。

「ホール内も撮影したはずですね。生存者のなかにこの星の兵士がいましたか？」

リポーターは思い出して身震いした。

「あの映像はとうてい番組で使えないでしょうね。プロデューサーが許可しない。悲惨すぎる。とにかく、見たかぎりでは生存者は海兵隊がほとんどで、あとは民間のボディガード。そしてその雇用主でしたね」

「そんなことをニュースでしゃべるな」ジョンソンが強く言った。

「もうしゃべってしまいましたよ」レポーターは耳にいれた装置をしめして言い返した。「一千万人の購読者にこの言葉が伝わっています。今夜から新規購読者になった九百万人にも」

「ライセンスを取り消すぞ」ジョンソンは低い声で言った。

「どの政府が？」レポーターは反論した。「野党のシャーリー・チゼルはすでに総選挙の実施を準備していますよ」

「そんなことをできるわけがない」

「できるでしょう、もう野党でないとしたら」レポーターはにやりとした。「野党のメンバーは今夜の宴に招かれていませんでした。招待客の生存率から推測すると、与党はもはや与党たりえないはず。朝になったら勢力比はどうなっているでしょうか？」

ジョンソンは青ざめた。

クリスは自分の選択肢を検討した。

エデン星は変わりつつある。今夜をさかいになにもかも変わるだろう。ジョンソンやその上司らは抵抗するだろうが、流れは止められない。時代の趨勢に逆らうのは愚かだ。

それはクリスにとってなにを意味するか。

レイ王はこの惑星に干渉したがるだろう。社交的にほめられない性癖の一部をクリスはよく知っている。

しかし現場にいるのはクリスだ。レイではない。

この惑星の人々はロングナイフを必要としていない。というより、許容できるかぎりのロングナイフをすでに許容したのだ。

クリスは肩をすくめて、心を決めた。

「申しわけありませんが、負傷した海兵隊員への治療を急がなくてはなりませんので」

クリスはレポーターと警部補に敬礼して、背をむけた。

マルティネスはレポーターたちに言った。

「わたしと友愛騎士団の警官はこれから大ホールの生存者を捜索します。同行して撮影しませんか？　大衆の視聴に耐えられるように編集するのはプロデューサーにまかせて」

いっしょに歩き出しながら、レポーターは尋ねた。

「犯人はいったい？」

マルティネスは慎重に答えた。

「その疑問のためには長い捜査が必要でしょう。ある日思いつきで起こせる事件ではない。しかし、かならずわたしたちの手で解明してみせます」

クリスは自分のやるべきことをやった。海兵隊員が倒れている可能性がある場所をくまなく探した。全員を連れ帰らなくてはいけない。民間人に先に発見させてはいけない。

最初は負傷者を大使館へ送っていたが、たちまちドクターが手いっぱいになったようだ。ペニーのような自力で歩ける負傷者を乗せたリムジンは市内の病院へむかわせた。

美術館内の捜索は夜を徹しておこなわれた。大使館から外務省職員たちが派遣されて、大使を探した。やがて大使は発見された。クリスのかわりに同伴した美人の中年女性の第三政務官もいっしょだ。発見場所は一階の死体の山のなか。襲撃者はメインフロアに連行すべき要人とは思わなかったのだろう。

ウォードヘブン外務省の職員たちは大使の亡骸とともに大使館へ帰った。

グラント・フォン・シュレーダーも発見された。着陸記念日の偉人のブロンズ像の足が顔面を直撃し、頭蓋骨を砕き、壁にはりつけにしていた。尻ポケットの財布の中身から本人と確認された。クリスは壁にぶらさがったままにしておくように命じた。

「エデン星のゴミはエデン星の人々にまかせればいい」

海兵隊は、名誉の戦死を遂げた同僚たちを西ポルチコ前の芝生に丁寧に集めた。最後の一人が静かに横たえられたときには、東の空に黎明が訪れていた。曙光が彼らの頬を紅色に染め、まるで温かく血が通っているように見せる。悲痛な光景だ。

マルティネスの仲間の警官が遺体にかける毛布を差しいれた。

クリスにはジョンソン警視との最後の対決が待っていた。

58

「大統領命令です。あなたと海兵隊は出ていってください。この惑星から。メディアのマイクとカメラが届かないところへ」

ジョンソン警視は単刀直入に言った。

ウォードヘブン首相の娘でもあるクリスティン王女は指摘した。

「大統領は亡くなりましたが」

たしかに大変な一夜だったが、こんな明白なことさえ失念されているのか。

「第三副大統領は存命です。彼が権限を継承しています」

権限の継承が非公開でおこなわれることは、なくはない。それでも手続きはある。

「宣誓したのですか？　右手を挙げて宣誓するまでは、継承順位第三位の人物といえども継承順位第三位のままですよ」

政治ではこのような細かい手順が大事だ。

ジョンソンは言葉に詰まったようだ。何度かまばたきする。クリスは理解させるために間をあけて、続けた。

「それに、銃撃戦の直後に出てきた彼に同伴していたブロンドの美女は、夫人ではありませんでした。彼は政治的に死んでいます。大統領が肉体的に死んだのと同様に」

クリスは政治家一家の出身なのだ。ジョンソンは青ざめた。だれそれから〝命令された〟というのは無能な官僚の常套句だ。

「そもそもわたしは戦死者と戦傷者に対する務めがあるのですが、第三副大統領はそれをご存じなのですか？」

また無言で見つめるだけ。もちろんあの政治家は、美女とよろしくやっているあいだに兵士たちが払った犠牲をなにひとつ知るまい。ジョンソンも、クリスが戦死者と戦傷者に負う義務を理解していない。そもそもジョンソン自身が部下への義務感など一片も持っていない。

「ネリー、ドクターにつないで。可能なら」

「こちらドクターだ」すぐに返事があった。

「手術中だったかしら」

「いいや、殿下。重傷者の容態をようやく安定させたところですよ。といってもまだ死者は増えるかもしれない。マルホニー中佐もよくない。今夜が峠だ」

「わたしが行ったほうがいいかしら」

「殿下にああしろこうしろと言える立場ではありませんがね。しかしここにいるのはみんな眠っているか眠ったほうがいい患者たちだ。来ていただいてもだれも気づきませんよ」

「惑星からの退去を命じられたのよ。最初につかまえたタクシーに乗れって」

「まあ、そういうものですよ。善行は報われない、時間の無駄だといつも言っている。医者のごたくなどだれも耳を貸しませんがね」

「また電話するわ、ドクター」

「ええ、こちらの手が空いていれば」

いったん電話を切る。

「ペニーにつないで」

情報将校はすぐに出た。

「どうですか、そちらの状況は？」

「いまは静かよ。あなたのほうは？」

「病棟をひとつ、わたしたちで占領していますね。最後の軽傷者が到着したところでしょう」

「あなたは銅像の破片が刺さったまま？」

「ええ。でも麻酔を打たれたので痛くはありません」

「わたしは惑星からの退去を命じられたのよ」

「あら、意外に早かったですね」ペニーは鼻を鳴らした。

「そこは安全面の不安はない？」

「充分に安全です。マルティネスの愉快な騎士団の二人が病室前を見張ってくれています」

「友愛騎士団よ」クリスは訂正した。

「とにかく、信用できるはずです。メディアはお断りと頼んだんですが、そこは甘くてレポーターが一人病室にはいってきてしまいました。話してみれば、いい女性レポーターでしたけどね。世の中が変わりつつあるので、息子の父親と結婚できそうだと言っていました」

クリスの隣ではジョンソン警視がなにかの発作を起こしたように頭をかかえている。

「どういうことだかよくわからないんだけど」クリスは説明を求めた。

「彼女がその子に選挙権を持たせようとすると、相手の男性との結婚、ないし父親としての認知はできないんです。それをやると子どもの選挙権は消失してしまう。古い法制度がなくなれば結婚できるけど、残っているうちはできないと」

クリスはジョンソン警視のほうを見てにやりとした。

「つまり多くの人が変化を歓迎しているわけね」

「そのようです」とペニー。

ジョンソンは首を振った。あともどりはできないと覚悟したのか。

「では、あなたの身辺は心配ないのね」クリスは言った。

「そのようです。惑星を退去してどこへ？」

「とりあえず宇宙ステーションの海軍基地に逗留するわ」

「ではわたしたちの部屋も予約しておいてください。軽傷組は二日ほどで合流できるでしょう。本星の救援を依頼するならロングナイフといっしょのほうが有利ですから」

電話を切ってから、クリスはまわりを眺めた。夜明けが訪れている。文字どおりの意味でも、象徴的な意味でも、エデン星の夜明けだ。多くのレポーターがそれを報道している。見える範囲で六人以上いる。

負傷者の確認ができたので、最後の質問に移った。

「メディアに包囲されずにこの惑星を去るにはどうしたらいいでしょうか」

答えを期待してはいなかった。ところが意外や意外、警視は提案した。

「北の郊外のボートハウスにシャトルがありますよ。非常時の大統領専用機として用意されたものです」

だから襲撃者たちは北へ逃げようとしていたのか。理由がわかった。

もう一言、挑戦的に言ってみた。

「そのシャトルに海兵隊を何人乗せられるかしら」

不本意な強制退去だ。中隊を大使館にもどして自分だけ去るつもりはない。戦闘部隊として着任した彼らは、戦闘を終えて去るのが筋だ。

「シャトルはボーイング２７３７。定員は百名です」

やられた。こちらの頭が疲労で働かなくなっているのか、警視のあたりまえの反撃か。

クリスは言った。

「全部で何人になるか、整列させてみましょう」

ブラウン一等軍曹を呼んで中隊集合を命じた。退去させられるにしても、そのまえに、はたすべき義務がある。この惑星が救世主に感謝しなくても、自分たちはやる。

海兵隊は呼集された。一部は死体の山のなかに生存者が残っていないか捜索中だった。残りは警備にあたっていた。惨劇の一夜を経験した人々は、自衛の必要を意識していた。

衛生兵と救急対応にあたっていた兵士は、血まみれの手とやつれた顔で集まってきた。

一等軍曹のきびしい目のもとに整列した。第一小隊、第二小隊、技術支援小隊。服装は整っていない。ゆうべまで赤と青だった礼装軍服は、黒ずんで裂けている。川から突撃してきた兵士の戦闘装備は泥だらけでびしょ濡れだ。

それでもきれいに整列した。疲労困憊していても列は乱さない。点呼をとる。一悄然とするほど少ない。だからこそ兵士たちは不足を埋めあわせるように顔を上げる。一部は病院送りのリストにはいっている。残りは毛布の下に横たわり、あるいは死体袋に発見できた部分だけが集められている。

小隊長がむきなおり、集合者とその他の内訳を報告した。ブラウン一等軍曹はクリスにむきなおり、誇らしげに報告を伝達した。

「集合した海兵隊九十八名です。他に入院中の者、四十七名。死亡者二十九名」

肉屋の請求書はやはり大きかった。

海兵隊技術支援小隊の端には、ブロンクとその八人の仲間も並んでいた。ブラウン一等軍曹が彼らを海兵隊として扱うなら、クリスとして異論は唱えない。

「わたしをいれて九十九名ですね」ジャックが言った。

「そしてわたしでちょうど百人。ジョンソン警視がご親切にも退去のためのシャトルを用意してくださるわ。ハイエデンの海軍基地での受けいれ準備もお願いしたいものね」

「そのあとはどこへ？」

ジャックの質問に対して、ネリーが報告した。

「ワスプ号が六時間前にジャンプポイント・デルタを通過してきました。現在は一・五Gでハイエデンへ加速中です。ドッキング予定は十二時間後です」

「予定よりすこし遅れているけど、悪くないわね」クリスは言った。

「いつのまにそんな命令を！」

「二日前にこの混乱から脱出する手段が必要と判断したのよ」クリスは認めた。

ジャックは小走りにジョンソン警視のところへ行き、クリス・ロングナイフが静粛を求めていることを伝えた。

徹底した静粛を。

「軍曹、中隊をまわれ右」

「はい、大尉」

一等軍曹は敬礼した。クリスは返礼した。

「中隊！」「小隊！」と号令が続く。

「まわれ、右！」

残存兵九十八名が、戦死者にむきなおった。

クリスは、自分の配下とみなす部隊の新たな正面にむかって立ち位置を移動した。小声で命じる。

「一等軍曹、表敬の準備を」

そのあとの演説は小声ではなかった。芝生のむこうまでよく響く声だ。西ポルチコでは十数台のカメラが、それぞれ異なる視点と信条から、エデン星に別れを告げる海兵隊を記録している。

「諸君のまえに横たわる男女は、全員が海兵隊である。戦い、血を流し、死んでいった。エデン星に自由をもたらすために。希望と自由の新しい日を諸君のものにするために。みずからの明日を捨てて、諸君の今日をもたらした。このような兵士たちへの信義を、神に誓って失わないでいただきたい」

クリスは聞く人々に言葉がしみこむのを待った。数百万の視聴者が理解するのを待って、続けた。

「この海兵隊員たちがおのれを犠牲にしたのは、この惑星のすべての人々のためである。富める者と貧しい者。選挙権を持つ者と持たない者。初期入植者の末裔と昨日の移民」

ふたたび間をおく。

「誤った政策と正道からの逃避のせいで今夜の事件が起きた。銃と爆弾と殺戮の夜になった。諸君の未来と自由を守る手段はここになかった。かろうじて遠い星からの訪問者と、母星のために身を挺して働く人々がいずれも少数いるだけだった。富も、投票者カードも、歴史も今夜は役に立たなかった。

ここに横たわる男女はこの星を案じた。そして戦い、諸君のかわりに大きな犠牲を払った。

諸君の未来は彼らによってある。その犠牲を無駄にしない未来を築いてほしい」

クリスはカメラのむこうに手を伸ばしたかった。この星が危機にあるときに安閑としていたすべての人々をつかまえたかった。しかしそれはかなわない。エデン星のためにできることはここまでだ。そして自分の中隊にできることも。

長く沈黙した。そして小声で指示した。

「表敬をおこなう」

「挙手敬礼」一等軍曹は命じた。

百人の男女は疲れてこわばった体で、最後の礼を捧げた。ともに働いた者たちへ。ともに戦い、かたわらで血を流した者たちへ。身を挺して銃弾を浴び、グレネードを敵陣へ投げ返した人々へ。

どこからか葬送ラッパが聞こえてきた。

この戦いにラッパを持ちこんだ海兵隊員はいない。しかし友愛騎士団のだれかが用意していたようだ。戦いに斃れた者たちを厳粛に送る調べが美しく流れた。

最後の音が朝の冷気を震わせて消えると、ブラウン一等軍曹は命じた。

「なおれ」

百人は手を下ろした。

「一等軍曹、中隊をボートハウスへむけて行進」

「はい、大尉」命令が次々と発されていった。

墓地では葬送ラッパを鳴らし、終わればすぐに去る。格言どおりだとクリスは思った。

海兵隊は移動を開始した。やがてどこからか聞こえてきた。最初の声がだれだったのかわからない。疲れきった中隊の列のあいだからか、それとも西ポルチコの上で歌われはじめたのか。はじまりはともかく、歌声が流れた。

〝モンテズマの間から〟一人の澄んだ声が歌う。

〝トリポリの海岸まで〟声をあわせて力強く。

〝祖国のために戦う。陸で、宇宙で、海で〟

59

戦いは終わっていなかった。死人を出しかねない戦いがそれから二時間続いた。

ハイエデンにドッキングしたシャトルのハッチを開けると、エデン海軍大将がクリスを待っていた。ただちに他星便へ乗り替えることを要求した。

さっさと出ていけという態度は、まあいい。配下の海兵隊から引き離そうというのも、まあいい。絶対に譲れない条件があった。

「その便にはビクトリア・ピーターウォルドの予約がはいっているでしょうか？」

大将は質問に困惑しながらも、確認をとった。

「そうですね、予約名簿にその名前がありますす」

「ではお断りします。ご存じありませんか？　ロングナイフ家とピーターウォルド家は不倶戴天なのですよ。不用意に接近するとまわりに死傷者が出ます」

大将は理解できないようだった。賢明なブラウン一等軍曹は、汗と硝煙臭い四人の屈強な海兵隊員を並べて海軍大将をクリスの視界からさえぎった。そうでもしないとエデン星は指導者階級をまた一人失うところだった。

次はステーション内の海軍基地だ。疲れ、腹をすかせて、戦闘の血と汗にまみれた百人の海兵隊を休ませる準備はなされていなかった。

エデン海軍の兵曹長は大きな腹をゆすって、食堂が開くのはいまから二時間後の一一三〇《ヒトヒトサンマル》であり、それまで何人たりとも足を踏みいれることはできないと述べて、クリスを激怒させた。短期滞在用の兵舎は一五〇〇《ヒトゴーマルマル》まで新規チェックインはできないと電話で案内され、クリスは怒り心頭に発した。

こんなときに役立つネリーは、ゲートのすぐ外にいいホテルがあると教えた。部屋数は充分で、四つ星レストランをそなえている。

ところがゲートの警備員が部隊の移動に待ったをかけた。クリスも海兵隊も基地の外へ出ることは許されないという。さすがにこのときは死傷者が出かねない事態になった。

さいわいにも基地ゲートの警備員は臆病者で、しかも丸腰だった。彼らは迫りくる海兵隊員の屈強な体と完全武装したようすを見て……コーヒー休憩をとることにした。全員いっしょに。

ホテルの支配人も驚愕した。汚れきって疲れきって殺気立った百人の猛者が、きわめて苛立った王女に率いられてきたのだ。しかし、クリスのクレジットカードを見ると態度が一変した。

ホテルの一棟がこの日から改装工事にはいる予定だった。支配人はその作業員を追い出し、客室従業員に命じてベッドに古いシーツを短時間でかけさせた。

到着して十五分後には海兵隊の半分は熟睡していた。残りの半分はコーヒーショップで軽食を腹にいれてからベッドにもぐった。

最後にクリスは支配人に不穏な警告をした。兵士たちは完全武装したままである。彼らの安眠を乱すと、その人物にとって致命的な結果になりかねない。支配人はうなずき、兵士たちの安眠を保証した。

もちろんクリス自身もおなじ気分であり、安眠妨害は許さないと厳命した。

ベッドサイドの時計によるとまだ十時間そこそこしか眠っていないのに、クリスはドアを執拗にノックする音で目覚めさせられた。

「あっちいけ。でないと殺す」

プリンセスらしからぬ訪問者への応対だが、プリンセスらしい気分ではないのでいたしかたない。

「あんたに呼ばれて参上したんだぜ。ウォードヘブンから遠路はるばる」

その返事に注意がむいた。聞き覚えのある声だ。

ベッドからころがり出た。倒れこんだときには清潔だったシーツが、いまはジャガイモ畑のように泥だらけだ。クリスはドアにたどり着いて開けた。

ドラゴ船長だった。クリスの船であるワスプ号をあずかっている。

「海賊のあなたが、こんな地球の近辺でなにをしてるの？」

「王女さまが危機だと聞いて、縛り首の危険もかえりみず救難に駆けつけたのさ」

クリスは自分のドレスを見下ろした。汚物と血痕にまみれ、ずたずたに裂けている。

「王女というよりストリートチルドレンね。食事に招待したいのはやまやまだけど、この格好でレストランへ行ったら、消防ホースで放水されて、薄汚くない格好に着替えてこいと言われそう」

「わけのわからんことを言ってるな、プリンセス。この部屋には立派なバスルームがあるじゃないか。あんたが必要かもしれないと思ってサイズのあう着替えも持ってきた」

「なるほど、いい提案かも」

青い船内服を受け取る。心臓まで真っ黒だという海賊はにやりとしただけだった。

「ちょっと待ってて」

クリスは言いおいて、シャワーを浴びて着替えた。昨夜の靴はパンプスにもどっている。非常に高価なドレス一式でまともに残ったのはこれだけだ。

それからまもなく食堂で分厚いステーキを注文し、調理済みのサラダを持ってこさせた。

海兵隊の特殊部隊に占拠されている雰囲気はみじんもなかったホテルだが、しばらくすると一方のドアからジャックがはいってきて、反対のドアからルースとアビーとキャラがあらわれた。みんなまっすぐクリスのテーブルに集まってきた。フロア係はすぐにテーブルを寄せて拡張し、水のコップとメニューを並べた。

「ひさしぶりだな、船長」

ジャックが言った。軍服はドライクリーニングをかけ、シャツも洗濯したらしい。しかし靴がもとの輝きを回復するのは無理なようだ。

ドラゴ船長は答えた。

「やっと着いたよ。でもこういっちゃなんだが、早く着きすぎなくてよかった。こちらの王女さまがいつもの大暴れをなさったそうじゃないか。美容のための昼寝もとらずに」

「鏡を見て……死にたくなったわ」クリスはつぶやく。

「ピーターウォルドの兵隊はみんなその運命になったわよ」ルースが低く言った。

「ブロンクはどこ?」キャラが訊いた。

「寝てる」ジャックが安心させるように言った。「軽い脳震盪と手首の捻挫があるが、元気なほうだ。あの子は必要なときに助けにきてくれた」クリスを見て、ルースを見る。「なにかしてやれるといいんですが」

ルースは大きな笑みを浮かべた。

「もうしてやっているわ。ウォードヘブン星のパスポート申請要件で明文化されていない部分があるのよ。ビザ発給課の友人に話を通しておいたわ。彼と母親のパスポートはそのうち出るはずよ」

キャラは恐怖の表情を浮かべた。

「ブロンクはエデン星からいなくなるの?」

「ブロンクとあなたはこの星を出るべきなのよ」

ルースはまじめな顔になって言った。次に出る話はクリスにはわかっていた。ルースは穏やかに、少女の母親と祖母が暴力的な突然の死を遂げたことを教えた。

ふたたび沈黙が下りた。キャラは椅子の上でじっとして、手のひらを長いこと見つめていた。

「だからアビーおばさんは、わたしを家に帰らせたくなかったのね」首を振る。「ガナおばあちゃんは高級住宅街に引っ越したがっていたわ。でもその街がおばあちゃんを殺したのね。ファイブコーナーズが子どもを殺すように」

アビーが言った。

「あなたをあの地区から連れていくわ。エデン星の外へ連れていく」

「そんな、自分は一度も帰ってきたことがなかったくせに」キャラの反論は率直で容赦がない。

「そうね」アビーは精いっぱいの悔恨をしめした。「でも残された家族は、あなたとわたしだけなのよ。いっしょにいたほうがいい」

アビーはクリスに、いまは口をつぐんでほしいと目で合図した。こまかい話はあとで。

「ブロンクもいっしょに来る?」

それにはルースが答えた。

「そうはならないわ。妹のメアリーの末っ子のところに、ブロンクとおなじくらいの年齢の子がいるのよ。ハートフォード星は田舎惑星とよく言われるけど、いい教育システムがある。

ブロンクは安全な環境で学校に通って、最高レベルの教育を受けるのがいいわ。あの子はしばらくそうするべきよ」

「わたしは？」キャラの声は早くも孤独に震えている。

「あなたの教育は伯母さんに考えがあるはずよ」ルースが視線をむけると、アビーはうなずいた。「ブロンクとはメールでお話しすればいいでしょう」

「そんなのいやよ」

「六カ月試してみて」アビーは言った。「半年たって、うまくいかなかったら、考えなおせばいい」

「おばさんは仕事を辞めるの？」

「そんなつもりはないわよ」アビーはクリスと目を合わせる。

「じゃあ、宇宙をあちこち旅してまわるのね！」

「次の行き先がどこだかわからないのは本当ね」アビーは認めた。

ウェイトレスが注文をとりに来た。注文はすぐに決まった。

ドラゴ船長はクリスに、自分がここでやるべきことを尋ねた。

「船の大きさはどれくらいだったかしら」クリスは訊いた。

「ワスプ号はだいぶ改装したぜ、前回ご乗船時からくらべてな。しかし全長はあんたが盗んだときから変わっちゃいない」

「盗んだんじゃなくて、正当に拿捕したのよ」クリスは訂正を求めた。

テーブルに船の見取り図が投影され、そちらに注意を移した。外見は非武装の五千トンの貨物船だ。司令および船員区画は前部にある。中央部は長い紡錘形で、まともな商船ならここにコンテナが接続される。ワスプ号も実際に一定量のコンテナを積める。後部はクリスにとって思い出深い機関区だ。

その船体を、現在は大きな球状の構造物がおおっている。これが秘密の装備だ。この外殻上をスマートメタルが移動し、レーザーを受けとめて熱を宇宙に発散する。

ワスプ号は、羊の皮の上にかぶる軍艦の皮を持ったわけだ。

「それだけじゃない。ヌー研究所は技術的ブレークスルーを達成した。いま搭載してる新型反応炉は、核融合エンジンからじかに電力を取り出せる。昔みたいにエンジンから出てきたプラズマを電磁コイルに通す必要がない」ドラゴはにやりとした。「次に軌道上で戦闘になったら、敵を後悔させてやるぜ」

「定員は？」

「いままでどおり三十人だ。友好的な客なら四十人」

「わたしに同行する海兵隊が百人、いえ百五十人いるのよ」

ドラゴは顔色を変えた。

「海兵隊は友好的な客のうちにはいらねえ」

するとネリーが提案した。

「このハイエデンには、ヌー・シップ社の修理改造施設があります。完全な造船機能はありませんが、基本的な機械設備はそろっています」

「なにをしようってんだ」

するとルースがあっけらかんとした調子で言った。

「昔は入植者を運ぶのに改造コンテナを積んだ貨物船を使ったものよ」

「エデン星から出ていく入植者なんてたかがしれてる。そんなおかしなコンテナはないだろう」

「設計図はわたしが持っています。ロボット工場に図面を流せば必要なものができます」ネリーが言った。

「ありがとう、ネリー」クリスは言った。

ドラゴはまだ首を振っている。自分の素敵な船が、毛深くて大柄な海兵隊でいっぱいになるのが気にくわないのだ。

それでも四日後には出港の準備が整った。

60

ジャンプポイント・デルタへむけて一・五Gで加速しはじめてから、ドラゴ船長は先延ばしにしていた質問をようやくクリスにぶつけた。

「で、進路はどこへ?」

クリスはまだ迷っていた。

振りむいて、アビーと、ジャックと、ペニーと、ルースを見る。ペニーは三十六人の包帯だらけの軽傷者といっしょに、昨日ワスプ号のハッチが閉まる直前に乗船してきた。乗れなかった重傷者もいる。デバル大尉の両脚は千ピースのジグソーパズル状態だった。医師たちは修復に努力すべきか、いっそ切断して金属の義足にすげ替えるか議論中だ。

負傷者たちは三々五々ばらばらにワスプ号に集まってきた。メディアから注目されないようにとの配慮だったが、よけいな心配だったかもしれない。

地上には報道すべきことが無数にあった。メディアはそれをすべて報じていた。

これまでの野党は、たまの機会に法案を提出するのがせいぜいだった。ところが大虐殺のあとは勢力比が変わり、委員会に送って廃案というコースを防ぐことができた。エデン星アメリカ領の全住民に選挙権をあたえる法案を決議できた。

過去の与党は抵抗を試みた。しかしマルティネス警部補がその望みを絶った。彼と友愛騎士団はあの夜、スペイン系住民のためではなく、エデン星の全住民にために戦ったと述べたのだ。万人の自由のために戦う人々がいるのなら、万人に選挙権があってしかるべきだと人々は考えた。

クリスは、あの警部補は政治の世界で生きるにはきまじめすぎると思っていた。しかし彼はもうその道をめざしているらしい。

こうして完全普通選挙が制定され、それによる総選挙がすぐに予定された。エデン星の政界には多くの空席ができていた。大統領も首相も空席だ。三人の副大統領も結局すべて空席になっていた。

第三副大統領とともに生き延びた女は、やはり彼の夫人ではなかった。テーブルの下ではなく、執務室に鍵をかけてこもっていたらしい。

元第三副大統領はアルコール依存症を公表してリハビリ施設にはいった。女は女優志望だと公言して、さまざまなメディアに出て冒険の一夜について語った。その内容はファミリー版と、番組しだいでアダルト版もあった。

クリスは振り返らずにエデン星を去った。再訪の予定はない。

それでも最初の問いにまだ答えていない。次はどこへ？

「アビー、わたしの艱難辛苦《かんなんしんく》についてのレポートはもう送ったの？」

「今日送信する予定です。検閲なさいますか？」

「そんなつもりはないわ。コピーをネリーに送っておいて」

ジャックが眉を上げてクリスを見た。ドラゴ船長の質問を忘れたのか。

「ウォードヘブン星に帰って、マクモリソン大将に報告する必要があるでしょう」

クリスはため息をついた。

「そうね、そうすべきよね。でもこの船があり、海兵隊がいるのよ。マックやレイおじいさまに次の行き先を決めてもらう必要があるかしら」

ペニーが口を出す。

「海軍士官の言葉とも思えませんね。王と大将から命じられた任地へおもむくのが筋でしょう」

「そうやって行かされた先がこのざまよ」クリスは指摘した。

「それはそうですが」ペニーは認めた。

「あらあら、曾孫娘も大人になったものね」ルースが顔を輝かせた。

「どこか行きたいところがある、おばあさま？」

「行ったことのない場所はほとんどないのよ。再訪ならともかく」いたずらっぽい笑みになって、「意外な行き先を挙げてみて」

「進路をチャンス星に」クリスは決断した。そしてアビーのほうを見る。「この行動がレイおじいさまやマックの機嫌をそこねたら、すぐにわかるはずよ」

ワスプ号がドッキングしたハイチャンスでは、クリスへの命令を携えたサンディ・サンチャゴ少将が待ちかまえていた。

クリスも少将も急ぐつもりはなかったので、朝食をともにしながらおたがいの近況を語りあった。いまはサンディが司令官をつとめる第四十一海軍管区と、リム星域のむこうの宙域について、クリスは興味深い話を聞いた。

クリスが発見した異星人の惑星の調査は、進展がないようだ。驚くにあたらない。

また、人々は航行可能なありとあらゆる宇宙船をチャーターして、クリスをまねて新世界探索の旅に乗り出していた。なにかみつけたい。異星人の惑星ならなおいい。

これも驚くにあたらない。レイおじいさまがウォードヘブン条約を制定するまでは、同様の発見と拡大の時代があった。

その行き着いた先がイティーチ族との遭遇だった。そして人類は絶滅寸前まで追いこまれた。

興味深い話だったが、続きをランチでというサンディの誘いを辞退して、クリスは地上のラストチャンスに下りた。ロン・トーンに会うためだ。

クリスはロンお気にいりのステーキ店でのディナーに招待された。そしてそこでアメリア・ブランを紹介された。ヘルベチカ連盟から新たに赴任した大使の令嬢だ。

結婚式は一週間後だという。よければ出席してほしいとクリスは求められた。

どきりとしたつもりはない。せいぜい、ほんのすこし。すくなくとも息をすることは思い出した。

しばし考えて、辞退せざるをえない理由を思い出すことができた。急ぎの命令を受けているのですぐに出発しなくてはならない。

翌日、ワスプ号はジャンプポイント・アルファへむけて一・五Gで加速しはじめた。気のあうボーイフレンドをまた一人失った。せめてもの救いは、付添人のドレスをワードローブに増やさずにすんだことだ。

61

ワスプ号はジャンプポイント・ベータからハイウォードヘブンへ快適な一Gで飛行していた。

クリス一行とマクモリソン大将その他謹厳なる同席者との面談をスケジュールにいれるメッセージは、予想に反して届かなかった。

そこでとりあえず、どんな面談にしようかと考えた。

「アビー、あなたは軍服着用で来なさい」

「それは王族としての命令ですか？」アビーは質問した。

「あら、おばさんは軍服似あうと思うわ」キャラが言った。「あたしもほしい。みんな持ってるのに」

「船長は持ってないわよ」アビーは指摘した。

「船長は例外よ」

十二歳の少女が朝食のテーブルにいるのは……いや、ディナーでもなんでも、身近にいるのはクリスにとって新鮮だ。クリス自身の十二歳はアルコール漬けだった。キャラがそんな悪癖に染まっていないのはありがたいことだ。

それでも、まだ十二歳ともいえる。

「とにかく、軍服のことだけど」

クリスは会話を引きもどした。南大陸の猛牛乗りのように力ずくで。

「軍服は持っていません」アビーの鋭い指摘。

「お望みならわたしが縫いましょう」ネリーが協力的に言った。

「あなたが縫う？」テーブルのあちこちから疑問の声。

「布地は船内のレーザーカッターで裁断できます。どなたかテーブルに広げていただければ。ミシンは操作をガイドします。どなたか操作していただければ」

「やる、やる」キャラが黄色い声で手を挙げた。「お裁縫ってやってみたかったんだ。自分の服も縫えるわよね。海賊みたいな服がいいな」

「悪意を感じます」

アビーはつぶやいて、クリスに刺すような視線をむけた。そしてネリーが船内に在庫があるという布地を探しにいった。


ワスプ号がドッキングしても、まだ海軍本部から連絡はなかった。

むこうがその気なら、こちらもゲームに応じてやろう。クリスはいつもの仲間を集めた。ジャックとアビーはカーキの軍服。ペニーとクリスは白の礼装軍服だ。

ルースはいたずらっ子のトラブルを探しにいかなくちゃとつぶやいて、同行を求められるまえに予防線を張った。

一行は軌道エレベータを下りた。地上駅でタクシーに乗り、予約なしにマクモリソン大将の執務室に乗りこんだ。

「お待ちしていました。どうぞおはいりください」受付嬢は顔も上げずに言う。

さてさて、ゲームをしかけているのはどちらか。

クリスはマックの執務室に三歩はいって、後続の短いパレードを止めた。ジャックを右に、ペニーとアビーを左に。

マック大将はデスクにつき、なにか読んでいるふりをしている。レイ王は私服で、大将の来客用椅子にすわっている。マックのほうではなく、到着した一行に顔をむけて、大きな笑みを浮かべている。

マックのデスクをはさんで反対側には、クロッセンシルド中将がいる。ウォードヘブン海軍情報部長は、財布から出した額面不明の紙幣を王に渡した。

「アビー、やはり軍服で来たな」レイ王は笑顔で言った。

「中将の予想より早かったようですね」

クリスは言った。これを賭けて、クロッセンシルドが負けたらしい。

「さすがはわが曾孫娘だ」王は誇らしげなおじいちゃんの顔になった。

「この切れ者ぶりを苦々しく思うときがいずれ来るでしょう」クロッシーはややむっとして

いる。

「今日がその日です」クリスは険悪な調子で言った。

「エデン星でおまえは期待どおりの働きをしてくれた」レイ王は言った。

「期待していたから、手助けがなかったのですか？　わたしを送りこんだ理由を教えてくれるとか、選択肢を考える機会をくれるとか。それがあれば死傷者を減らせたはずなのに」

「それで怒っているのか？　その評価でいえば、エデン星作戦における肉屋の請求書は、大規模な政治的クーデタとしては少ないほうだ」

王はこの面談のまえに図書館で確認したらしい。あるいはおのれの魂に訊けばわかるのか。

クリスは反論した。

「玉座からはそう見えるのでしょうね。爆弾にやられた真っ暗な部屋で、ちぎれた腕や脚をかぞえて死体袋に詰める作業をしていないから、そんなことが言える」

「それで怒っているのか、仔猫ちゃん」

「仔猫と呼ばないでください。今回はあなたとおなじやり方で部下を使いました。もう辞めます。マック、サインしますから辞表をください」

陸軍大将は書類をめくった。この一連の面談で初めてのことが起きた。

「ない」

「では急いで作成してください。こんなやり方で仕事はできません」

「待て待て、そこまでいうことはないだろう」今度はレイ王が譲った。

「わたしが送りこまれた任務は、表むきと中身がちがった。最初は冗談のつもりだったのかもしれません。わたしは若く、伝説のレイ・ロングナイフの命を受けて働いている。でも新鮮みはすぐ摩耗します。わたしは有為《ゆうい》の人々を多数死なせてしまった。自分を待ち受けるもの、彼らを待ち受けるものを知っていれば、死なせずにすんだかもしれないのに。おじいさま、もうあなたとの関係は修復不能です」

伝説のレイは口をすぼめて考え、うなずいた。

「いいだろう、若者よ。なにが望みだ？」

クリスは虚を衝かれた。あっけなくそういう話になるとは思っていなかった。しかしレイは対立を直視する人間だ。クリスもそうだ。

クリスは部下たちに合図して、マックのデスクのまえにならぶソファにすわらせた。自分は、脳裏で汚い三人組と呼ぶ男たちから一番遠い椅子に腰を下ろした。

快適かどうかはともかく、全員が着席した。クリスは単刀直入に言った。

「次の任務は自分で選ばせてください」

「きみが望むような艦上勤務のポストはまだ空きがないんだ」マックは言った。

「船は自前で用意します」

クロッセンシルドは手で口もとをおおった。しかしにやにや笑いを隠せていない。

「そうです、クロッシー。ワスプ号とその乗員をください。現在乗船中の海兵隊中隊ごと」

「それでなにをする？」レイは小声で尋ねた。

「リム星域外における法になります」

三人組は視線をかわした。レイがさきほどの紙幣を情報部中将に返した。

「サンディと話したのか？」レイは訊いた。

「リム星域のむこうに問題があるのは聞いています。現状はゴールドラッシュの時代とおなじで無法地帯です」

「問題はこちらでも把握している」レイは言った。

「そこへワスプ号の大砲を持ちこむのです。海兵隊も乗っている。悪者を懲らしめ、調べ上げるにはちょうどいい。海兵隊に一任ではなく、正式な資格と広範な権限を持つ裁判官も乗せたい。科学調査員も。未知のものがたくさんあるでしょう。科学者と海兵隊がいれば、およそどんな問題にも対応できる」

「海賊が出没するという噂だ」クロッセンシルドは新たな問題を挙げた。

「あなたからは、噂ではなく軍事情報として聞きたいのですが」クリスはやり返した。

「噂でがまんしなくてはならないときもある」

「噂でもなんでも、すべて教えていただけるのならかまいません。隠しごとはなしで。曾孫娘が即興でどんなダンスと銃撃戦をやるか眺めるために、わざと情報を伏せるようなことをしなければ」

「ウォードヘブン調査局という題名の新たな本を書くというわけか」レイ王は言った。

「そのようなものです。いずれは調査船の海兵隊を減らし、科学者を増やしたいですね」

「おまえは本当に若くて楽天的だな」レイは言った。

「おじいさまは本当に年寄りで悲観的ですね」クリスは言い返した。

二人以外は急に、天井に興味津々になった。アビーだけはボタンホールのほつれた糸を発見して引っぱっている。張りつめた沈黙が下りた。

「もう子どもではないということだな」レイ王は深いため息とともに言った。

「ええ、もう大人です。海軍生活は三、四年になります。アルおじいさまがあなたと不仲の理由も理解できてきました。あなたが父親であるのは耐えがたいはずです」

アビーは、今度はシャツの袖から糸を引っぱりはじめた。他はカーペットをしげしげと見ている。ペニーは、どこでもいいからここ以外の場所にいたいという顔だ。

王は立ち上がった。室内の全員が起立した。

「ここでできることは終わった。クロッシー、ペニーとアビーに充分な権限をあたえて、この若い暴君がリム星域外の法になるために必要な準備をさせてやれ。マック、海兵隊一個中隊をまるごと一隻に押しこむのは少々窮屈だと思う。しかしわたしが取っ組み合いの喧嘩をしても、この曾孫娘は一兵卒たりと手放すまい。その一兵卒が将来重要にならないともかぎらないからな」

そして、かつて見たこともない険しい表情をクリスにむけた。しかしクリスはひるまない。

レイはふたたびマックを見た。

「ワスプ号が探険と、平和維持と、ピーターウォルド派の領土獲得をはばむ活動をできるように充分な艤装をしてやれ」

　そしてクリスに目をもどし、

「それでいいか？」

　クリスはうなずいた。

「準備ができたらすみやかにワスプ号で出ていけ。二度と話したくない」

　王は去っていった。

　クリスは走って追いかけたい衝動にかられた。抱きしめたかった。なんでもいいから、曾祖父とのあいだにいまできた亀裂を埋めることをしたかった。

　しかし直立不動のまま、微動だにしなかった。ロングナイフ家の者は抱擁をしない。

　ドアが閉まると、クリスは、一人減った二人組にむきなおった。

「ワスプ号はコンテナを増やす必要があります。新型のセンサー群も必要です。仕事のできる技術者を紹介してください。彼らのために、食事その他を手配しなくてはなりません」

　本格的な打ち合わせがはじまった。

　ワスプ号は一週間後に出港した。

　レイ王は調査船に特別な愛着を持つことで知られている。人類協会大統領だった時代には、調査船の出港式は欠かさず出席していた。

　しかしワスプ号がハッチを閉じたとき、見送りの人々のあいだにレイ王の姿はなかった。

訳者あとがき

よく、「突然ですが」といってクイズで話をはじめる人っていますよね。たとえば、「群馬県の特産品はなんだと思いますか？」というような質問で。適当に、ダルマなんて答えるとバッで、「群馬県はキャベツの生産量が日本一なんです！」と正解を教えられて、農業の話ならそうと最初から言ってほしい、とこちらは内心でむっとするわけです。

こういう文脈のわからないクイズで試されるのは、内気で口べたな人間には大変なストレスなんですよ。軽いおしゃべりとして流せないんです。緊張するんです。コミュニケーション能力に難のある人間をいじめないでほしい。他人がそんなクイズで試されているのを見るだけで、自分までその場から逃げ出したくなります。

それはともかく。

まず文脈をしめせ。話はそれからだ。そう言いたいのです。

というわけで〈海軍士官クリス・ロングナイフ〉シリーズ第五巻です。

クリスの今回の任地は、四巻の最終章で命じられたとおり、人類の植民惑星として最古の歴史を持つニューエデン星。現地では略してエデン星です。職務はウォードヘブン大使館付き海軍派遣隊の……購買部。おもに事務用品の買い付けが仕事です。

四巻では海軍管区司令官で、大尉という下級士官にはありえない重職だったのに、今回はヒラの事務員扱い。この落差はいったい……。

前回のチャンス星は辺境の農業惑星で、そこへの転任はあきらかに左遷でした。しかしエデン星は都会です。クリスの故郷であるウォードヘブン星にとっては、政治的にも経済的にも重要な関わりがある星。そこの大使館付きですから左遷というわけではない。なのに、仕事はただの事務用品調達係。

裏がある。絶対に裏がある。

辞令を書いたのはウォードヘブン軍統合参謀本部議長マクモリソン大将。しかし辞令が出された面談の場には、クリスの曾祖父であるレイ王も同席していて、その意向が反映されているのは確実です。

なにをさせようというのか、おじいさまは。

さて、仕事は購買部の事務員とはいえ、クリスはロングナイフ王室の王女でもあります。腐ってもなんとやら。エデン星の社交行事には連日招待されます。大使館に勤める身ですから外交活動への協力は必須。お馴染みメイドのアビーの手で軍服からドレスに着替えさせられ、夜の社交界へ送り出されます。

するとエデン星の人々から訊かれます。

「ところで、あなたはなにをしにこの星へ？」

その質問だけは勘弁してほしい。リム星域のお姫さまが、どうしてわざわざコンピュータの買い付け係として派遣されてきたのか。こっちこそ教えてほしい。

それでも、外へ出ることで見聞きし、肌で感じて（かなり痛い思いもして）、このエデン星の表の顔と裏の実態がずいぶんちがうことを知っていきます。たとえば、銃規制法のおかげで安全な社会とうたわれているのに、じつは強力な銃器が出まわっているとか。メディアに対する情報統制が異常にきびしいとか。

なるほど、この惑星があちこちおかしいのはわかった。しかし、クリスにどうしろというのか。エデン星の社会の奇妙さはあくまで彼らのやり方であって、よそ者の口出しは無用。レイ王はなにをクリスに期待しているのか、なにをやらせたいのかわからない。クイズの文脈が見えない。

ロングナイフ家の永遠のライバルであるピーターウォルド家は今回もからんできます。ハンクは四巻で死にましたが、最終章でほのめかされたように、妹のビッキーが登場します。彼らはエデン星でなにかたくらんでいるらしい。レイ王とマクモリソン大将はその陰謀を嗅ぎつけているはずなのですが……クリスには教えてくれません。特命任務は発令されているらしいのに、発令されたはずの王女には、その中身は秘密!?

クリスは、帰ったらレイに猛烈抗議してやると決心しながら、いつもの仲間たちと手探りで動き出します。

もしかするとこのなぞなぞ任務は、ロングナイフ家の末っ子を一人前にするための試練なのかもしれません。しかし試されるほうはたまったものじゃない。

まず文脈をしめせ。クリスからのお願いです。

訳者略歴　1964年生，1987年東京都立大学人文学部英米文学科卒，英米文学翻訳家　訳書『新任少尉、出撃！』シェパード，『カズムシティ』レナルズ，『トランスフォーマー』フォスター，『大航宙時代』ローウェル（以上早川書房刊）他多数

HM=Hayakawa Mystery
SF=Science Fiction
JA=Japanese Author
NV=Novel
NF=Nonfiction
FT=Fantasy

海軍士官クリス・ロングナイフ

特命任務《とくめいにんむ》、発令《はつれい》！

〈SF1968〉

二〇一四年七月二十日　印刷
二〇一四年七月二十五日　発行
（定価はカバーに表示してあります）

著者　マイク・シェパード
訳者　中《なか》原《はら》尚《なお》哉《や》
発行者　早川浩
発行所　株式会社 早川書房
郵便番号　一〇一 - 〇〇四六
東京都千代田区神田多町二ノ二
電話　〇三 - 三二五二 - 三一一一（大代表）
振替　〇〇一六〇 - 三 - 四七七九九
http://www.hayakawa-online.co.jp

乱丁・落丁本は小社制作部宛お送り下さい。
送料小社負担にてお取りかえいたします。

印刷・星野精版印刷株式会社　製本・株式会社明光社
Printed and bound in Japan
ISBN978-4-15-011968-3 C0197

本書は活字が大きく読みやすい〈トールサイズ〉です。